中阿典籍互译出版工程

主办方：中国国家新闻出版广电总局
　　　　阿拉伯国家联盟秘书处

中 阿 典 籍 互 译 出 版 工 程

مشروع الترجمة والنشر للكتب الصينية والعربية والأعمال الأدبية

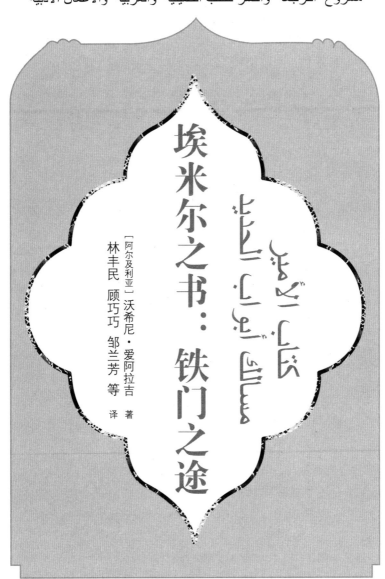

埃米尔之书：铁门之途

［阿尔及利亚］沃希尼·爱阿拉吉 著

林丰民 顾巧巧 邹兰芳 等 译

人民出版社

责任编辑：宫　共
封面设计：徐　晖

图书在版编目（CIP）数据

埃米尔之书：铁门之途／（阿尔及）爱阿拉吉　著；林丰民等译.
　－北京：人民出版社，2014.5
　（中阿典籍互译出版工程）
ISBN 978 – 7 – 01 – 013452 – 9

I.①埃…　II.①爱…　②林…　III.①长篇小说 – 阿尔及利亚 – 现代
　IV.① I415.45

中国版本图书馆 CIP 数据核字（2014）第 074405 号

埃米尔之书
AIMIER ZHISHU
——铁门之途

［阿尔及利亚］沃希尼·爱阿拉吉　著

林丰民　顾巧巧　邹兰芳　等译

人民出版社出版发行
（100706　北京市东城区隆福寺街 99 号）

北京瑞古冠中印刷厂印刷　新华书店经销

2014 年 5 月第 1 版　2014 年 5 月北京第 1 次印刷
开本：710 毫米 ×1000 毫米 1/16　印张：29.25
字数：310 千字

ISBN 978 – 7 – 01 – 013452 – 9　定价：66.00 元

邮购地址 100706　北京市东城区隆福寺街 99 号
人民东方图书销售中心　电话（010）65250042　65289539

CONTENTS

目 | 录

译者前言

　　《埃米尔》是阿尔及利亚当代著名作家沃希尼·艾阿拉吉的代表作之一。小说曾于 2008 年获得阿联酋扎耶德总统（文学类）图书奖。后来有关部门还计划将其改编拍摄成电影。

　　这是一部历史小说。作品中的主人公是拿破仑时代阿尔及利亚的民族英雄，领导抗击法国殖民者的行动。主人公的原型阿卜杜·卡迪尔，是阿尔及利亚的一个埃米尔①。作家呈现了阿尔及利亚在被法国人入侵之前的壮阔场景和美丽景象，描绘了奥斯曼土耳其人统治不善所遗留的各种问题，各个部落的种种乱象，以及埃米尔为了重建美丽家园的宏伟蓝图和巨大努力。

　　主人公的生活随着他所领导的抵抗运动而不断发生变化。法国殖民者摧毁了一个又一个阿尔及利亚的城镇，抵抗力量不断退守，主人公为了保住国家的存在，带着帐篷在全国各地辗

---

　　① 意为国王、王子、亲王、王侯。

转。作家通过小说情节表现了埃米尔想要建立的国家蓝图，他同摩洛哥素丹（国王）的紧张关系，他想收服的各个部落常年处于劫掠与侵略的状态之中。最终，埃米尔为了国家和人民的利益被迫与殖民者妥协，签订了协议，并信守承诺，被流放到法国。

作家不是在撰写历史，但是他研究了历史，参考了历史资料，叙历史之所不能诉，写历史之所不能言，展现了殖民时期阿尔及利亚人民的悲伤与痛苦。书中通过主人公与另外一个人物形象阿尔及利亚大主教迪皮什之间的对话，表达了作家对于不同文化如何和谐相处的思考。两人之间的对话实际上是一种文化对话，是伊斯兰教和基督教之间的对话。后来戴布什大主教还为了埃米尔的自由而奔走呼号，展示了伊斯兰教和基督教之间亲密关系的一面。这对于当前世界格局中的文化对话无疑具有重要意义。

作家非常艺术地处理人物关系和事件的发展，站在一个客观的角度去叙写情节的进展，对人物形象的塑造也不是单一的，而是复调的。在描述埃米尔的那些战友时，既叙述他们的英勇牺牲，也不掩饰他们有时任意杀戮的行为；在描述埃米尔本人时，既肯定他英雄的一面，也流露出作家对主人公的强烈同情；既表现主人公同法国殖民者的政治斗争，也描述他同法国人的妥协、谈判。

小说作者运用非常优雅的阿拉伯语正规语，语言优美。作家娴熟的写作技巧和诗意的语言增添了作品的美感，深受阿拉伯读者的喜欢，也受到法语世界读者的喜爱。

第一章　磨　难

船坞（1）

1864 年 7 月 28 日黎明时分，一大早开始就很闷热。时钟指向 5 点。万籁俱寂，黑暗笼罩，咖啡的味道从港口的另一侧飘过来，掺杂着浪花的击打，拍碎在船坞的边缘，犹如黑魆魆的影子逃向海岸，前方的部分景物消失在重重迷雾之中，那雾团一点一点地开始裹住这地方。

万籁俱寂，波浪起伏。一片挤满了船只和灾祸的海域。

晨光熹微，从高山后面几乎什么也看不清，微弱的光芒依然在和厚厚的暗影做争斗，埋伏在暗影后面的一些金黄色光环开始穿越黑暗。隐隐约约只看得见分开山与天的几个山峰的轮廓。当让·莫贝①看到马耳他渔夫的小船靠近船坞的边缘，便一次又一次朝他挥动手中的油灯，然后将灯熄灭，放在隔开了海水和陆地的防波堤对面。让·莫贝提起他的袋子，将 3 个花

---

① Jean Maubet. （原注）

环朝小船推过去，然后伸手去够第 4 个花环，这也是最大的一个花环。马耳他人帮他将花环放置在船的另一侧，以免松开。让·莫贝小心翼翼地伸出右腿，在渔夫的帮助下又迈出左腿，整个人都进到了船里。他气喘吁吁地坐了一会儿，小心地整理着自己的东西和衣服，然后深吸一口气，闭上双眼片刻，然后呢喃低语，生怕被人听见：

"我今天的行动非常迟缓沉重，我们开始变老啰，身体再也不像从前那样给我们帮忙了。对不起，兄弟！衰老，疾病，生活的残酷，一切事情都肩并肩排在一起，跟我们作对。"

"别担心，让先生，还是那样吉祥。我们走吧？"

让·莫贝自然而然地应答：

"走吧！我们走！"

当让·莫贝张开双眼，目光落在两只船桨上，它们劈波斩浪，小船已经稍微离开了港口一段距离，也离开了那些大船的汽油味，离开了船坞。随后，他拿出骨灰盒，生怕弄破了它。

"你知道，它很珍贵。我从波尔多带着这些骨灰，必须把它运到迪皮什大主教指定的地方来，老担心还没运到地方就丢散了。"

"你确定知道得很清楚吗？"马耳他渔夫问道。

"安托万·迪皮什大主教①？他是我的神父，也是我的兄弟。对我来说，他在我的生命中就是一切。我伺候过他 20 多年。当他被任命为阿尔及利亚主教的时候，我就跟随他来到这片土地。我陪伴他到过各个流放地，一直到他去世。"

---

① Monseigneur Antoine Dupuch.（原注）

"你们转移处理他的遗骸也太晚了。他去世有 8 年了吧？太久了。难道他去世之后就不能直接运出来吗？也许那样会令他高兴，至少让他入土为安吧。"

"像我这样一个仆人，除了时不时提醒一下主事的人，还能做什么？他的嘱托一直悬在我心头。感谢上帝！今日得行其道。帕维主教①说服了家属和波尔多的居民，也说服了那些爱他的人们：遗嘱必须得到执行。对此，我们不该忘记。"

"Mieux vaut tard que jamais.② 有生命体验的人才这么说的。"

"你说得对。"

马耳他渔夫的小船在水面上静静地滑动着，后面泛起小小的白色浮沫。在这一片寂静中，远处的声音一点也听不到，犹如教堂一般安静，只有双桨划动而发出破水的声音。双桨深深地潜入海水中，像犁地一样在后面留下一条直线。

"先生，是要我们再往深处一些吗？"

"去更里头更干净的地方，那里没有油花，没有垃圾。那里只有万物创始之初各种静静的生命，只有纯洁，只有光明，没有任何其他的东西。迪皮什主教以前就喜欢水，喜欢纯洁，喜欢光明，喜欢安静，尽管条件艰难，赋予他的只有流放和奔波，他为了别人的幸福而奔波，甚至忘了自己。他把一切都奉献给人间，却忘了自己其实也是人，也需要有人从他的肩膀接过思念和爱意，需要有人感受到他的存在。"

---

① Monseigneur Pavy.（原注）
② 法语格言，意为"迟到总比不到好"。（译者注）

"大人物往往就是这样。只有当他们生命熄灭，在身后留下巨大的黑暗、迷茫和无可弥补的损失，留下令人哽咽、伤及记忆的疑问时，我们才认识到他们的价值。"

马耳他渔夫重新又朝向深处摇动船桨，形影渐渐模糊，混为一体。他继续机械地划动着，然后让小船自动朝向太阳的方向滑动。黑暗一点一点地撤退，太阳在做最后的挣扎，努力要从黑暗中跳出来，在后面留下一个金色的光轮，最底下的部分在水面上滑过。

"我们往北偏一点，稍稍远离那些要进入港口的轮船的航线。这样我们至少处于安全之中。"

"运送迪皮什大主教的船只将在下午到达。我敢肯定今天迪皮什大主教是最幸福的人，尽管他是在棺椁中。他的骨灰将被抛洒在这一片水域，完全是一个纯洁的所在。在人世，他感到无处容身，便走了出来，再不回首，担心死得不利落。他的骸骨最终将在他喜欢的这片土地上找到大自然的庇护之所。深受那些贪婪者的压力，他从俗世出走，对出走的那种迫切饥渴的感觉难以描述。"

渔夫极为平静地重新摇动双桨，将小船隐匿到太阳光线留在后头的茫茫白色之深处，那是太阳从环绕城市的大山后面出来时照射的第一缕阳光。那过于耀眼的光芒，深陷于白雾之中。开始升起于大海的雾气缠绕着小船。光线像瀑布湍流一样渗出来，令让·莫贝挥洒的骨灰特别耀眼。他挥洒着骨灰，犹如在向广阔的天空抛洒珍珠。

"这片土地，主教踩过的地方，也是他最后安睡的地方，是他喜爱的地方，也是他最后卑微地结束的地方。他这样嘱咐我，要我将他的骨灰像种植谷物一样种在广阔的天空，将来有一天生长出美好与良善。"

马耳他渔夫没有搭腔，在奶白色的雾霭中，他继续奔向大海深处。每当他的小船往前一些，雾霭就变得越加浓密。除了海鸥的叫声，没有任何动静，也没有波浪。数量庞大的海鸥开始布满各个地方，让他们俩感觉海鸥就在自己头上。每当让·莫贝洒出一把骨灰，海鸥就使劲地聚集到那里，然后将细长的喙从海面潜入，发出温柔却强劲的声音。

让·莫贝再次弯下腰，碰了碰温暖的海水。海水从他的手指中漏出来，就像闪光的珍珠，显得无比清纯。他拿起第一个花圈，静静地放在海平面上，小心翼翼的，仿佛担心它会消散一样。某个瞬间，让·莫贝看到大海像新娘子一样，迎接着婚礼的花环，极力掩饰着巨大的幸福，那幸福就印刻在其稍显失意的双眼。

让感到后背有点疼痛，再一次从他坐的地方起身，试图弄清楚这种在旧船里滚动的靛蓝。他感到有一种香味使劲飘进他的鼻子，就像香水一样，让他产生一种想要深呼吸的欲望。

他又抓起一把骨灰，挥向远处，融化在白色的雾霭之中，然后传来一下又一下飘落在海面的细微声音，宛如春天的雨滴，当地的居民说那是沙来迈—纳迈①。

"现在迪皮什大主教到了海洋深处了。他没有想到有比这更好的休憩方式。我为他感到高兴。他终于越过了所生活于其

---

① 阿拉伯语（用拉丁字母可转写为 salama naama），意为"安一息"。（译者注）

中的残酷流放的门槛。"

有一部分光线已经穿过浓密的雾霭，在后面留下强烈的光照，覆盖了黎明最后的黑暗，给大海盖上了一条巨大的镜子般的被子，映射着熠熠的光辉。

"他同这片土地发生了联系。他企图像保护一本神圣经书一样，去保护这片土地，保护这片土地上的伟大人物埃米尔。他甚至企图以自己的生命作为抵押，来使得埃米尔获得释放。昨天，我花了整整一夜的时间端详着他最后的话语，想要深刻理解这种爱的秘密。我徒劳无益地猜想，我已经懂得了这些话语，将它们用心记了下来。埃米尔就是他抵达爱的最高境界的方式。"

"真理常常高于各种宗教。"

"真正的男人是那种将真理当作追求目标的人。大主教终身所做的不过如此而已。他们常常请求大主教的同情和怜悯，而他却总觉得自己在这方面做得不够完美。"

海鸥的声音停息了，不像刚才，到处都是海鸥，再也听不见海鸥的嘎嘎叫声，他也不再想要抓一只海鸥。他极其平静地放下第二个花环，就像放置第一个花环一样，然后再一次笔直站立，将一把骨灰扬向远处。在阳光下，这些骨灰在空中融化。他想看着骨灰一点点飘落，但太阳的光芒晃得他完全看不清楚。为了遮住强光，保护眼睛，他将手放在额头，这时候他看见大海偏向冷色调的绿油油的颜色，和 1838 年他第一次陪伴迪皮什大主教进入这片大地时一模一样。这种景象当时就引起了迪皮什大主教的注意。

"大主教，你看到了吗？他们的大海是绿色的，不像我们的大海是蓝色的。"

"亲爱的让，人世间的大海都差不多。如果你想知道海水的秘密，你就在黎明时分潜入海里，你就会看到上帝是颜色和合成方面的天才。"

大主教当时不知道他在海面上抛出的这几句话打开了我看世界的眼界，这是我从书本、从神奇故事中闻所未闻的。

当让·莫贝第三次从大理石骨灰盒中抓出满满一手掌的骨灰时，他看见了大主教笼罩着光芒的脸庞，头上是五彩缤纷的光环。当他第一次踏入战争之地，他的心满怀悲伤与哀愁，正是那个时候，他在巴黎的研修班上学会了努力去劝说人们互相爱惜。世界在快速发生着变化。那是 1838 年，他看着迪皮什大主教从巴黎主教德·克林手中接过黑色的铜质贞女雕像，这是由里昂城附近的萨克雷—库尔镇内城赠送的礼物。再后来，他看见迪皮什主教使劲忍着碎落的泪水，正在试图给埃米尔写一封信，赞扬他释放了一个女人的丈夫。那个女人在一个暴风雨之夜来到他跟前，请求他干预，拯救她的丈夫。

"大主教当时非常清楚，一个人失去自由意味着什么。我们也一样感受到对这片土地的饥渴。在生病卧床期间，他有一次对我说：'我希望上帝能够赋予我另外一次生命，让我为这片土地服务，这片土地在早些时候是被禁足的。如果我的骨灰能够平息人们的仇恨，能够唤起人们心底光明和爱的感受，我将献出我的遗体。'当时大主教还不知道他当时许下的一个诺言，会捆绑他一生，一直到他去世。"

当雾气在海面升起，黎明的阳光渐渐泛白，越来越亮，那种靛青色也越来越深。大主教最终休憩在自己选为最后庇护所的这块土地之前，他不可能会想到比这还更好，居然还能来看看这个城市最后一眼。

"主教大人当时就想将他的骨灰抛撒各地，也许这样能平息人们内心深处点燃的火焰。自打我们——我和他——离开这片土地，在那个黎明时分，脑子里一片空白，但很快又重新填满了，因为他发现自己正面对埃米尔，并和埃米尔进行了对话，在见到埃米尔之前他就已经有些喜欢了。"

太阳最初的光线已经完全清晰了，它的光彩与闪耀的海面、清爽的微风交错在一起，微风渗入他的鼻孔。让·莫贝深吸一口气，然后任由自己坠入眩晕。他闭上双眼，任由自己坠落在一大团雾中间，淹没其中。那雾团也把小船完全淹没了。

尽管渔夫手中双桨快速划动，但水面却越发平静。渔夫将小船推向海岸最远处，以便放置最后一个花圈。但让回首望去，什么也没看到，港口和船坞都消失了。只有船坞的一些高地才能显露出来。那些白色建筑中的灯管都已经熄灭。这些建筑大多背靠大海，依山而建。

在海水的激烈震荡下，小船再一次往右倾斜，避开浓浓的雾气和不远处驶过的船只的声音。他看不见那只船，但能听见船的声响，正在靠近港口，掀起波浪，劈开像镜子一样光滑的海平面。随后水面又平复如初。小船更多地向右边移动，离船坞越来越远，仅仅变成了宇宙间一个远离的影子，终于看不见它了。强烈的光芒将它的影子打碎，推动着它，一直到它渐渐消散。突然间，让张开眼睛，看到眼前马蒂福① 城堡的高处，

---

① Matifou.（原注）

城垛各处节节攀高，向着太阳，浓浓的雾霭越发衬托出它的洁白。

小船突然停下，仿佛终于发现了一直以来长时间漂浮在旁边的地球中心。

"我认为我们不能再向前推进。不可以！否则的话，我们就进入了军舰的射击范围了。捕鱼的界限就在这边缘。上周有一个马耳他渔夫就因为这个原因被抓起来了。"

渔夫一边嘟囔着，一边试图将船头再次转向马蒂福城堡，最大程度地朝向黎明阳光的方向。现在城堡的景象是最为清静的时候，过一会儿就会被远方驶来的轮船的油烟污染，还有那充塞港口的一张张瘦骨嶙峋的面孔。

"那么，现在呢？"

"是的，就现在。"

两个男人在右侧稍稍倾侧的船边深深地弯下身子，然后每个人扛起大花圈的一边。花圈上的胭脂花、延命菊和其他鲜活花草在上面闪闪发亮。两人将花圈放在海面上事先确定的最好的一个地点。花圈在那里轻轻地落下，然后就浸没在雾霭和光芒之中了。

"现在，一切都完成了。精神稍微放松一些了。我感觉胸口的重压终于放下了。"

"承诺是一种义务。"

"他卧病在床的时候，我答应过他，在他的遗体运往阿尔及利亚之前做好今天所做的事情。他要求的事情不多。我真担心自己死了，却不能做好应该做的事情。把承诺挂在脖子上是很艰难的，对大主教的承诺则更难。"

"啊，上帝赐予你所期待的。"

"现在我可以和那些我离开了30年的人们并排在一起了。我等待着来者把他的灵柩运到这片土地上。要是帕维大主教给我以祝福的话，我就会成为运送遗体的代表团成员，把他的遗体暂时存放在船坞，等着在大教堂里建成他的坟墓。"

"你跟帕维大主教谈过这事吗？"

"没有直接说，但是他知道一切事情。只要是迪皮什大主教遗嘱中的事情，他从来都没有阻拦过。为了将遗体运到这里，他尽了很大的努力。"

大海像镜子一样，它的颜色在像这样的季节里会从湛蓝变成靛蓝，接近于深紫，融在黎明的白皙之中。今年夏天很罕见的一件事，是湿度大增。昨天，大海卷起风暴，像疯了一般，根本就不是往常在这个季节的样子。今天，情形大变，大雾弥漫，水汽在每一个地方升腾，没有阻挡小船进入大海深处。

让·莫贝在这只旧船上伸展了下身子，看见白昼中一切都变得清晰，阳光开始温暖着大地。他从宽大的衣服下面掏出一本书。这身衣服有点像修士服。他翻开第一页，开始一点点读起来。他看到标题用很粗的笔画写成，字迹清晰：

阿卜杜·卡迪尔，于昂布瓦斯城堡 ①

致：法兰西共和国总统路易·拿破仑·波拿巴

---

① 昂布瓦斯城堡位于法国卢瓦尔河的昂布瓦斯。城堡的雏形可追溯至罗马时代。14世纪起成为了瓦卢瓦王朝的王室城堡。瓦卢瓦王朝的弗朗索瓦一世这位被喻为文艺复兴始创人的国王，曾聘请许多艺术家到法国工作，其中包括达·芬奇。去世以后，达·芬奇即被葬在该城堡的圣·于贝尔小教堂。（译者注）

阿尔及利亚前任主教安托万·阿道夫·迪皮什大主教　亲笔

然后在当页的下面用粗笔写着"波尔多"字样，下面写着：

印制和肖像照片：圣卡特琳娜大街 139 号，1849 年 4 月

他在手里稍微卷了卷，然后打开了头几页。

让不知道这么细致到底出于什么动机，但他感觉到当时触摸到的东西是有着某种价值的。昨天夜里，他又重新读了。每次他打开之后，都懂得了为什么大主教要将阿尔及利亚这片土地当作他最后的归属。当他翻书页的时候，露出了用深色的中国墨水绘制的迪皮什大主教的肖像画，正是埃米尔被囚禁在昂布瓦斯城堡时挂在通往接待客人的大厅走廊里的那一幅。在肖像照中，大主教似乎很平静，和摄影师靠得很近，他望着身前远方模模糊糊的地方，穿着宽松的衣服，大领子几乎盖住了十字架的上部，那十字架非常明显地从他的脖子上垂下来。他当时穿在身上的黑色宽大衣服给人感觉有些胖，但其实不是的。他的右手掌垂在膝盖上，使得食指上的粗大戒指十分显眼，这一枚戒指直到他去世都没有取下过。而左手，则抱着《圣经》，他殷切地抓着《圣经》，生怕会弄丢。

让·莫贝翻开下面一页，呢呢喃喃地读着书的序言，然后沉浸在书中所写的细枝末叶，沉浸在话语的迷雾之中，仿佛迪皮什大主教的叫喊声远远地传来，声音有些闷，像是从一口深井中传来一般：

"我马上就回昂布瓦斯城堡，我在他的屋顶下做客许多天。他是昂布瓦斯城堡有史以来最耀眼的囚犯，待人之友好极为罕见。我认为自己比别人更懂阿卜杜·卡迪尔。今天，我可以见识到这个男人的真相。遗憾的是，在我回到波尔多期间，遇到许多人，他们对这个人的看法都很模糊，不细致，必然将掩盖真相，一直到不可知的某一天。我猜想，要是所有的法国人都像我这样了解阿卜杜·卡迪尔，你们一定会在最短的时间里和他站在一起。因此，我想，自己作为人类的一员，有义务做点什么，以等待进行更重要的事情……"

雾霭缠绕着小船，就像缠绕着一个羸弱的躯体，令人担心它会碎裂。尽管让·莫贝的记忆中还尽是旅途的艰辛，但是很多的细节却越来越清晰了，那些细节一下子就在他的脑子里堆满了……

第一节　失落的幻象

1848年1月17日，迪皮什大主教有点冲动地从日历上撕下了一页，想着要扔掉它，接着又自动改变了想法，把它埋进那些堆满长条桌上的其他日历页里去了。

他用笔蘸了点墨水，觉得墨有点稠。

"让，劳驾来点儿热水。这墨水太浓了，笔划不开。"

"遵命，主教大人！"

"你还记得今天是什么日子吗？"

"我怎么会不记得呢？我天天都看着大人您忧心忡忡地数着日子。"

"你说得对。但我们防护着一件事情的时候，就会变得像有病似的。"

迪皮什大主教放了一点水，将有点凝结的黑墨水稍稍稀释了一点，然后又重新埋头在他两手之间的纸上了。他最后一次抬头望着天花板，在脑子里搜寻一个句子，不让堆满的语句在泛滥中被溶化。他摸了摸手指间转来转去中的羽笔，然后嘟嘟囔囔地放下，任其滑落在纸上，能听见他嘟囔的话：

"仇恨常常让人类看不清。我手中剩下的唯一解决办法是开始给共和国总统路易·拿破仑·波拿巴写这一封信。信中也没什么，只不过是眼里所看到的、心里所记录的东西而已。形势改变了。路易·拿破仑·波拿巴知道那个流放地，他应该理解人类所感受到的暴虐与邪恶的残酷。他远离自己成长的土壤，远离每天遇到的一张张面孔，这些人的忧患在艰难时世中很快就消失了。他还远离大地，每当嗅闻着泥土的气息，便离它的痛苦更近。"

从昨天开始，大主教就像小孩一样准备好了笔和墨，一字一字写得端端正正，清清楚楚。有那么一会儿，他停笔不写，而是打开了《箴言报》①的剪报。他以一种病态的方式保留着这些剪报，生怕会丢失其中的任何一个细节。他在一些日期和一些词语下面划了线，然后重新回去写信。

当安托万·迪皮什大主教听见钟铃声响了 3 下的时候，他正在收拾那些书信和纸片。前天晚上，他熬了夜，一张一张地整理好。他仔细地看了一下放在旧木头桌子上的《导报》，一字一句地端详着。为了遮雨，他从脑袋上往下套了一件旧大衣，然后迅速走出门外：

"Qui！j'ai entendu, le monde ne va pas s'écrouler."②

"Monseigneur, je suis à l'heure comme prévu."③

等在门口的马车夫听见主教不满的话语后回了话。马车在巴黎式的狭窄小路上疾驰，然后进入了主干道。马儿有点慢，但是像在这样的雨天慢一点，反而帮它走得稳，不会在石板路上打滑。马儿走过了时不时遇到的小水坑和泥泞的地方，留下了车辙。只听见雨点滴落的声音和马蹄得得的声音。马儿有条不紊地穿过街道。

迪皮什大主教稍微理了理衣服，抹掉挂在胡子上的水滴，嘴里嘟囔着：

---

① Le Moniteur.（原注）
② 原文为法文，意为"是的，我听见了，世界不会崩溃的"。（译者注）
③ 原文为法文，意为"主教大人，我按时来赴约了"。（译者注）

"我觉得这些巴黎人真奇怪，他们怎么受得了这个烦人的城市。我在这里住了很多年了，还是不习惯。城市的庞大让我感到害怕。这里的人们在每一个区溜来溜去，迅速搬迁。你很难相信巴黎人的秉性。"

"习惯！主教大人。习惯教会人们承受一切，"马车夫应答着，努力让马儿朝着主街道走，"甚至死亡，先生，也不再令人惊奇。"

"孩子，生命本身也不再意味着很多东西。我们似乎处在时间的边缘，每一样东西都在更替，或者朝向更替的目标。"

雨水滴落的声音混合着马蹄得得的声音，在青石板上碎裂。这条青石板路一直通向全国委员会。

迪皮什主教望着黎明的巴黎，就像他第一次看到的一样，这是一个对自身有着诸多渴求的城市，她很漂亮，但是她的内部秘密像火药的导火索一样在点燃，没有人知道会在什么时候全部爆发，特别是人民运动每天都在继续。下午，他们开始发动攻击，到了晚上只能听见子弹射击的声音和火药爆炸的声音，这些声音笼盖了狭窄的街道，也遮掩了死亡人数和被赶到监狱的人数的消息。

他不愿想起所走过路程的艰辛，也不愿想起从波尔多来到这个地方的路途艰难。重要的是，他在 1 月 17 日会议召开之前赶到了。尽管重大案件将麻烦之事摔在他面前，但他战胜了所有的困难。他在心里嘟囔着。

巴黎后面的一些街区似乎很安静，没有任何改变。雨一直下，都一周了，也没停。昨天夜里，晴了一会儿，今天上午，天又变黑了，只听见马车那干硬的声音叮当作响，依然空空荡荡的后街上不时想起马蹄得得的回响。昨天晚上市场入口处一个青年被杀，引起一场混乱，但这也没能改变巴黎人的习惯，没有影响到政府拒绝批准的答辩会①，只是形势变得更复杂了。

一辆单匹马拉的小马车停在宫殿建筑不远处，边上就是议会大厅，穿过云彩的阳光照射在闪亮的大理石上。迪皮什大主教走进议会，手中拿着他的皮包。一个大胡子男人昂首冲到前面。这里的人们都对他很熟悉，因为他经常来这个地方。

"早上好，迪皮什大主教！需要帮忙吗？"

"不用。拿点生活小用品的力气我还是有的。他们都到了吗？"

"大多数到了。德·拉莫里西埃将军②也到了。你知道这种情况下，人们争先恐后抢着早点到，好登记他们的名字，以便能早点进来。他们中的有些人在这里守了一夜，就为了能成为第一批进来的人。"

"很好。"

"他们终于被说服了？我希望不会发生令世间发生天翻地覆变化的事情。"迪皮什主教在内心深处嘀咕着，在又下大了的雨中穿过廊厅，最终消失在通向议事厅的大堂里。

当讨论开始的时候，时钟指向 1 点，尽管习惯上议会大厅

---

① Le banquet. （原注）

② Le Général de Lamoricière（原注）。克里斯托夫·莱昂·路易·瑞绍·德·拉莫里西埃（Christophe-Léon-Louis Juchault de Lamoricière 1806—1865），法国将军和政治家，温和的资产阶级共和党人。19 世纪 30—40 年代曾参加侵占阿尔及利亚的军事活动，1848 年参与镇压巴黎 6 月起义。第二共和国时期任陆军部长（1848 年 6—12 月）、制宪议会和立法议会议员（1848—1851），反对拿破仑第三政府；1851 年 12 月 2 日政变后被驱逐出法国，1857 年回到法国；1860 年曾指挥罗马教皇的军队。（译者注）

的讨论通常都是 2 点半才开始。卷宗就在委员会主席基佐①的两手间。他望向在场的人，努力要捕获他们的眼神。他打开了放在双手之间的纸。在德·拉莫里西埃和阿尔及利亚总督奥马勒公爵②殿下以及一些议员的协助下，迪皮什大主教很费劲地说服委员会公开阿尔及利亚素丹阿卜杜·卡迪尔的卷宗。

"大家都在这里。我们可以开始这一轮的会议了。我们会回答关于阿卜杜·卡迪尔情况的质询。我这里有很多人在质疑。我们根据登记的名单开始吧。比利·德·拉·洛泽尔③先生，有请!"

"谢谢主席先生!"

那一瞬间，有很多人坐立不安，他们看到后面有两个客人被要求出来作证。比利·杜·拉·洛泽尔质询道：

"主席先生，沉默让我们失去了很多东西。我们知道情况如何，但是我们现在该怎么办? 我们继续保持沉默吗? 法兰西背弃了自己的承诺，必须要找到解决的办法。此事关系到一个民族和一个素丹的名誉。这个男人给予了书面的承诺，它就在迪皮什主教和德·拉莫里西埃将军提交的卷宗里。在这个案子里，这两人是无法跳过去的。"

---

① Guizot（原注）。弗朗索瓦·皮埃尔·纪尧姆·基佐（Francois PierreGuillaume 1787—1874）是法国著名的政治家和历史学家，在七月王朝（1830—1848）期间他是君主立宪派首领之一，在法国政治生活中颇有影响。1832—1837 年，他任教育大臣，提出"基佐法"，确立了所有公民均可接受初等教育的原则。在一度任驻英大使（1840）后，他出任外交大臣，此后 8 年他的外交政策颇为成功。1847 年，他出任首相，是法国第 22 位首相。1848 年法国革命结束了基佐的政治生涯。（译者注）

② S.A.R le Due d'Aumale.（原注）

③ Pelet de la Lozère.（原注）

"你是知道的，比利先生，这个问题不简单，比我们想象的要复杂。有两种利益应该得到调和，一是国家的最高利益，二是我所说的一个词——诚信。我相信国王陛下的政府将会在两种利益之间进行调和。所有的诺言都会得到践行。"

在这一语境下，梅里洛[1] 插话说：

"在这个方面，我本来有一个计划，就是要质疑政府关于承诺的诚信和我们所听说现任阿尔及利亚总督的王储向埃米尔所做出的保证，其目的是什么？外交部长所提供的信息应该得到很好的限定，也应该在这一范畴内得到实施。明智之举，是政府应该将这一承诺细化，并确定应该得到实施的各种措施。法国总是受到朋友也受到敌人的尊敬，就是由于她深切的承诺。如果这一点被证明是正确的，那么政府就应该执行其所承诺之事，尤其是当敌人在之前承诺的基础上放下了武器。"

莫斯科亲王[2] 以更加清晰、更大的信心插话道：

"我坦率地说，政府应该毫不犹豫地限定对阿卜杜·卡迪尔所做出的承诺。让我们稍稍回顾一下事情是怎么发生的：当阿卜杜·卡迪尔获悉同摩洛哥素丹的谈判失败，他手下的哈里发[3] 布·哈米德被囚禁，他懂得了要向法国人那里寻求出路，他果断放弃了民族抗争的道路，尽管他还可以利用下雨、沼泽和水流的力量，还有他自己、6000 人马、骆驼，以及大量的羊和武器装备。他的部下完全可以渡到彼岸，不留下一头羊。

---

① Mérillou.（原注）

② Le prince de la Moskowa.（原注）

③ 这里的"哈里发"不是一般意义上的伊斯兰教国家的最高政治、宗教首领，而是阿尔及利亚各个地方的首脑。（译者注）

高级的军事经验值得尊敬，应该高度赞赏。但他知道所有通向南方的通道都被堵死的时候，他交出了自己，将自己的宝剑交到德·拉莫里西埃将军的手里。后者接受了，当时只有他和环绕周围的 80 名骑士。然后他提出了投降的条件，这些条件你们都知道得很清楚。现在有两种解决办法，没有第三种：要么把他当作战争罪犯和微不足道的海盗，在这种情况下，应该马上施以绞刑；要么把他当作获得书面承诺交出自己的司令官和战士，在这种情况下，应当以礼相待。"

在大厅的另一端，靠近右侧的地方，马尔博将军①站起来，满脸通红，双眉紧锁，阴云密布，满脸迷惑的神情，冷冷地打断了刚才插话人还没说完的话：

"我们不应该忘记，你今天为他辩护的这个男人，一天时间就屠杀了 300 名法国囚犯。如果你们认为这样的罪行无所谓，那你们就把他释放了吧，就让这个国家的名誉到泥坑里打滚吧。"

"也许吧。但是我不相信像他那样一个有气度的人会犯下这样的罪行。历史上有过一些投降协定备受尊敬的案例，也有一些失败的案例。在这件事情上没有什么认真或无所谓的态度。辛特拉投降了，但最终并没有满足英国人的条件。英国议会像公共舆论一样拒绝了他，但最终还是执行了投降协议的各项条款，允许我们的军队将武器和装备带回来。先生们，英国对这份不公平的条约是后悔的，但还是执行了。是什么阻止我们今天以同样的方式来对待西迪·易卜拉欣条约呢？"

---

① Le Général Marbot.（原注）

"你没有回答我关于阿卜杜·卡迪尔针对我们的囚犯犯下罪行的事情。"

"你打断了我的话。我无意回避。我们现在就可以回想阿卜杜·卡迪尔所有不好的事情，这些事情很多，马尔博将军！我没有绝对的证据，能证明他的无辜，但是，至少我的根据来自于阿卜杜·卡迪尔手下的哈里发、他本人的品行以及我从迪皮什大主教那里听到的。主教和他保持着经常性的联系，你们可以问他。其次，我的猜想促使我做出否定的回答。我认为（杀囚犯的）行动是在他不知情的情况下发生的。但是，只要阿卜杜·卡迪尔以一种公开的形式交出自己，我们就必须尊重协定。难道你们要让我们的政府做出像西班牙将军对待拜伦投降那样的行为吗？真是笑话！不尊重诺言的耻辱印记将留在历史的记忆中。你们稍微想想吧，要完全公正地想。"

大厅里的人们有些局促不安，从右侧发出了交头接耳的低语声，然后才接着听莫斯科亲王说话。他更加热情、自信地继续说下去：

"我们敬重这位伟大的将军德·拉莫里西埃，他带着我们的尊严同阿卜杜·卡迪尔签署了协议。今天，谁能否认阿卜杜·卡迪尔是为了自己的祖国和宗教而抵抗？难道他不值得我们的军队赞赏吗？我们把这位埃米尔转给一个穆斯林国家一点也不夸张。在我们的承诺面前，这是一件高贵的事情。为了表示诚意，法国将军同这位埃米尔交换了各自的宝剑，仅这一件事就足以说明：对阿卜杜·卡迪尔是认真做出保证的。"

"这个男人，哪怕他在另一个国家，我们也不应该轻视他的危险性。只要有机会回去，他肯定会回去点燃仇恨的大火。"

同在主席台上的陆军中将法维耶 ① 插话说：

"先生们，在这个大厅里谈论法国由于这个人而面临危险，将他同法国的名誉放在同一个天平上，这是很无聊的事情。假如政府任命阿尔及利亚总督，就会给他们以指示，并给他们授权。当奥马勒公爵到阿尔及利亚的时候，他非常清楚自己不可避免要面对阿卜杜·卡迪尔的问题。如果他看到德·拉莫里西埃所采取的措施没有违背政府的指示，就让我们将这个问题放到一边，停止这不会有结果的讨论。你们就不要再徒劳无益地坚持下去了，让我们免俗吧。"

一些人的抗议声此起彼伏。

"委员会主席基佐先生跟我们说，应该保持法国的利益，忠于承诺。问题是法国的荣誉在最后签署协议的时候成为了抵押品。阿卜杜·卡迪尔现在就在你们的手里，你们对他可以想怎么样就怎么样。但是在动手之前，请想一想你们的历任国王：让国王，佛朗索瓦一世，亨利四世，请不要触犯了他们的荣誉和这个国家的荣誉。"

讨论朝向审判的方向接近。慢慢地，直接触及协议的问题多了起来。当时拉莫里西埃的脸都黄了，疲惫的神色布满他那双鼓突的眼睛，也反映在他那冷酷的军人身上。当他的名字被叫到的时候，埃米尔的脸庞像云彩一般闪现在他的脑海，他看到的只有那一天的情景，寒冷彻骨，淫雨霏霏，马鸣萧萧，山路狭隘：

"先生们，我从你们这里听到了很多，现在到了你们听我

---

① Le lieutenant géneral Fabvier.（原注）

说一小会儿的时候了。我在这个大厅，也在其他的地方，听到很多质疑，如：你们的报告说埃米尔当时被迫行走在卡尔布斯关隘的通道上，没有其他的路可走，那你们为什么当时不逮捕他，就免去了很多的流言蜚语？你们知道，总指挥官的信是在战场上写的，时间紧迫，我们没有时间详细解释。请允许我回忆那一天的详情。12月21至22日的夜间抓住埃米尔是多么走运。他在埃姆希尔达山区埋头疾行，大雨滂沱，一片漆黑，使他的任务受阻，但他当时还是想方设法要通过山区。我知道他的一切行动，他正在向南方运动。他的兄弟头一天投降，告诉了我这个情况。还有乌季达的长官，当时和我在一起，我和他保持着经常性的联系。他也告知了埃米尔的行动计划：将强行通过伊兹纳辛部族所在的山区。就像任何一位军人在战场上所做的那样，我在地图上确定了一切可能的地点。我问自己，是否应该超到他前面，封闭他所有的通道，还是将他包围起来？"

"那你为什么没有那么做？"一位议员以激烈而又有些灰心丧气的声音质问。人们吵吵嚷嚷，却又压低了声音，交头接耳，想要听别人的交谈内容。

"很容易，尊敬的先生！坐在垫子绵软的椅子上通过话语就解决问题非常容易。但是，你们应该把自己放在当时的形势中。阿卜杜·卡迪尔当时被从北面、从摩洛哥国王那边被围住，而我们则堵住了他通往南方的各个门户。埃米尔当时带着他的随从，负担很重。但是像在这样的情况下，他对地形非常了解，他和他的部队不可能从那里经过。但我肯定他和手下的那些骑士将通过不同的隘口突围。尽管如此，在凌晨2点的时候，我从军营里出来，要去会一会这位埃米尔。就在我快要抵达的时候，我的部属告诉我，谈判已经结束了，剩下的你们都非常了解。"

"你们应该继续包围他，而不是和他谈判。他已经被打败了。"

"我跟你们说，如果我照你们建议的这个方法做，我会得到什么结果。我当时会发动另外一次进攻。我后来告诉你们，我要定了埃米尔的帐篷，他的地毯，也许还要一个他的女人，要是再走运一点的话，还能要到他的一个继承人。"

大厅里哄堂大笑。人们的窃窃私语打断了含糊的讨论。

"但是，他，阿卜杜·卡迪尔，和他的骑士们，就有可能从我们眼皮底下朝沙漠方向溜走。"

"那么，摆在埃米尔面前的，除了同他的一些骑士逃跑以外，别无他途。也许他会孤身一人或者受伤逃到沙漠里。没有了部署的埃米尔没什么可怕的。他在沙漠里孤独无助，总比把他遣送去亚历山大要强得多。"

"好吧，就算这样，让他呆在沙漠里比他呆在亚历山大要好，那你们就把他送到沙漠里，这样正中他的下怀。"

短暂的沉寂之后，拉罗什·雅克兰① 插话说：

"许多人都在质疑亲王殿下、阿尔及利亚总督奥马勒公爵所采取的措施和今天政府的反应。如果要保持德·拉莫里西埃将军所主张的荣誉，奥马勒公爵也已经同意了的话，那么，我们今天如何囚禁阿卜杜·卡迪尔？也许有我们所不知道的国家

---

① Larochejacquelin.（原注）

秘密，但是，对荣誉优于诚信是否有真正的判断？"

在会议的最后，委员会主席基佐再一次上台，对提出的各种问题给予了解答。讨论结束了，但仍然没有越出刚开始带进议会大厅的一般意义上的问题。

"这次会议上，众说纷纭。感谢各位先生们的真知灼见。根据这些相互矛盾的辩论，也研究我们现有的文件和证词，我们稍后会研究如何决定针对这两种利益的立场：国家的利益和对承诺的诚信。我们和埃及帕夏①之间有很多公开的磋商，让他先接收阿卜杜·卡迪尔，但我们不会强迫他这样做。当他原则上接受，我们将就监督的条件和保障再进行讨论，但这里我就不能透露了。不管怎么说，我会安排好，以保障我们国家的绝对安全。"

主教最后一次经过他暂时下榻的露台酒店（La Teaarsse）。他收起铺满桌子和小床上的《箴言报》剪报，还有埃米尔和亲戚们写给他的许多信件。他睁开双眼，透过俯瞰园子的窗户，望着天空，但只看到一位主教驼背比以前更厉害了，只看到大地上的天空。他长期以来撰写的那些小剪报，使他能够和埃米尔相识相知地深交。他把所要的东西都塞进旧包里，然后准备出门。

"主教大人！你这个包好像装了子弹。"

"亲爱的让，你是个小百科先生，你很清楚里面没什么东西，除了一些纸张、报刊剪报，还有就是被禁止一切的人们的

---

① 帕夏是近代时期对埃及统治者和达官贵人的尊称，这里指前者。（译者注）

痛苦。"

"主教大人，要是所有的人都像您一样，这个悲惨的世界一定能改变它的面貌。但是……"

"尽管如此，我是这个世界上最幸福的人。我打破了在埃米尔的事情上沉默的隔墙。"

"小恩小惠就能令人目盲啊，主教大人。很多军官都很闲适，他们不希望影响了他们的升迁。因此，常常能够理解他们的出现不过是一种隐藏。"

当迪皮什主教发现自己已经走到街上的时候，雨终于停了。夜幕降临这个城市，乌云笼罩着大街小巷，预示着可能会有一场风暴。他觉得嘴里有点苦，但他努力让自己安心。的确，很多事情还悬着，没有丝毫减少，但至少在候选人大厅里已经谈论过了，埃米尔的卷宗已经打开，一直困扰着议会大厅，也困扰着执政者和军官们，他们没有掩盖埃米尔在西迪·易卜拉欣和艾因·泰穆尚特①的囚犯们中间的痕迹。

巴黎的大街小巷就像死人的墓地一样空无一人。自从这个城市发生骚乱以来，巴黎人都早早睡下了。路上只有个别行人，行色匆匆，赶往目的地，还有一些无家可归的猫、狗在垃圾堆里争抢厮杀，饥饿的巴黎人也没给垃圾堆里留下多少东西。

他朝着巴黎—奥尔良铁路的火车站走去，心里明白自己要承受 400 多公里的旅途困顿，中间换乘火车、烦人的轮渡和机

---

① 艾因·泰穆尚特，位于阿尔及利亚西北部，是艾因·泰穆尚特省的首府。艾因·泰穆尚特省分为 8 个县和 38 个市。（译者注）

动车。对他来说，波尔多似乎是一个温柔的城市，没有巴黎那么粗鲁。在通往火车站的路上，他听到步枪和机枪干冷的声音，叫喊声此起彼伏；看到各处影影绰绰的是一张张冷漠的脸庞和他们那很差劲的马。

巴黎的局势还可以。

"让，我们最好脚下快一点，好赶上去奥尔良的火车。"

迪皮什大主教说着话，然后缩进自己宽大的衣服里。

我感觉到当时他的眼睛里突然蒙上了一种恐惧。他很快就感觉到了我的困惑。

"别担心，亲爱的让。鲁莽的子弹很可怕，但不一定会致命。只有当人们实现了所渴望的善之后，生命才会完结。我多么希望上帝多给我几年时间，好让我能够在监狱的高墙之外看到埃米尔。"

"你所做的一切都是善事。上帝只喜欢人类的幸福。"

当火车开动之前最后一次鸣响汽笛的时候，一切都从他眼前退去。他努力想让自己的头脑清醒一些，然后小睡一会儿。迪皮什大主教什么也没想起来，只想起了一些生活中的琐碎细节。他听着蒸汽火车的嚣叫，火车以非同寻常的速度擦过宽广的大地，带着大主教的思绪飞向最近那次会议的一些细节。他徒劳地想忘掉它，却做不到。很快地，黑暗降临，开始笼罩着遗失，一切细节终将烟消云散。突然之间，他所认识的那些亲近的人的脸庞混在一起，那些主教、修士、穷人、病人、犯人，还有埃米尔极为清纯的脸，那位女人熠熠闪光的脸，犹如在冷酷的黑暗深处宝剑的剑尖撞击了锐利的东西一样。他看到她的时候，她把自己的婴儿放在他的双手之中，乞求他拯救自己的丈夫，由于极度的寒冷和对丈夫的担忧，她的身子颤抖着。她听说部落人在抓住俘虏的时候除了杀头以外，从来不会去想其他的解决方法，砍头之后还要把头送到哈里发那里，取得一块金块作为报酬，有时候杀的人数太多，为了减轻运送的任务，他们用割耳朵来代替砍头。她还听说，他们中的一些人有时候看到有人耳朵像罗马人的耳朵比较小，就毫不迟疑地杀掉这种带着白刃的人，然后装进袋子里，带着耳朵去哈里发那里，对哈里发说他们是在某某地方杀的人，以便领取他们猎物的报偿。那位妻子衣不蔽体，身子发抖，突然站到大主教跟前。他后来才知道，她便是上帝将她放到他的道路上，让他认识埃米尔的首要因素或手段。他通过特派员到了埃米尔的监狱那里，同埃米尔面对面相会。他的思绪回到了他在阿尔及利亚当主教的那一年，他给埃米尔送去了第一封信函。那时候，黯淡的世界充满了那么多的仇恨，但是没有什么东西能够阻止他倾听来自遥远地方的那个声音，那一颗心的声音。战争、死亡和黑暗在拥有这颗心的人面前都要低头弯腰。

第二节　大灾难

1848 年 9 月。狂风肆虐，席卷古城的大街小巷，水面上金黄的落叶，好似为河流盖上了一层薄被。这一年的秋风比往年来得更早。一阵强风吹过，迪皮什主教不得不让我帮他捡起被风吹掉的衣帽。

"让，帮个忙吧，这秋风简直要把我击垮了。究竟是我太疲惫，还是这风太折腾？"

"您公务繁忙，肯定是累了。况且这风确实猛烈，把灰尘树叶刮得到处都是，让人睁不开眼睛。"

在亨利四世宫殿(埃米尔和他的朋友称之为"城堡")门前，迪皮什主教遇到了有名的正直之士欧仁·多马上校①，后者正在尽力避免从高大的柳树上吹下的叶子落到脸上和衣服上。当他看到迪皮什主教时，便毫不犹豫地迎过去拥抱他。

"主教，你好！要不是因为埃米尔，我们就见不到面了吧？"

"你知道，我们现在的情况并不好。二月事件②清除了包括王权在内的所有东西，取而代之的是共和制。你这心怀天下的大忙人，有什么想法吗？共和体制中的宗教前景明晰吗？更重要的是，我怎么才能找到埃米尔？"

① Le colonel Eugène Daumas.（原注）
② 可能是指法国的二月革命，是 1848 年欧洲革命浪潮的重要部分之一。法国人民面对奥尔良王朝的失政，成功推翻当时的法国国王路易腓力，鼓励欧洲其他地区的革命运动，令 19 世纪时由奥地利帝国首相梅特涅组织的机制受到进一步打击。（译者注）

"别忧愁，时间会解决一切问题。主教呵，共和国还年轻。埃米尔虽然现在处境艰难，但好在他的身体健康。有你们在，可以为他减轻很多烦恼。"

"我大概可以陪他五天，但愿他可以接见我。"

"那一定会让他高兴的。主教，您将会去拜访一位特殊人物，即使旅途劳累，您也绝不会后悔。您也知道，阿卜杜·卡迪尔荣耀之时，整个阿尔及利亚都处在他权力与法律的统治下。您会惊讶于他的谈吐，他不向世间索取什么，也从不抱怨，他甚至会宽恕敌人，不允许任何人来伤害他们。"

"只有伟大之人才能像他这样待人。"

"你会看到他在幽静之处沉默，原谅那些甚至曾经给他痛苦的人，不论这些人是穆斯林还是基督徒。他把一切归因于突然影响着个人与群体的残酷现实。拜访这位高尚的特殊人物，将是您生命中新的人道主义事业。"

"上校，我只不过是抢在别人之前做了我应该做的事情而已。"

"希望你能为我们的国家找到一种令众人都满意的解决之道。埃米尔清楚，军事活动终止了，但他还是希望自己伟大的抵抗事业能够一直被人所见证，他本可以丢下一切来保全性命，但是他没有。在他获得所要求的那些我们不怎么在意的保证之前，他已经承受了很多烦心事，有的是因为摩洛哥素丹，有的是因为部落和谷地一个个被包围。我们应该有勇气讲出所有这些话。"

埃米尔和他的家人被关押在潮湿腐臭的房间里，屋里的气味就好像老鼠通过时留下的毛发、粪便所散发的极度刺鼻的气味一样。走进通向这些房间的狭窄走廊时，迪皮什主教心中顿生一种异常的烦恼。

他刚跨过门槛，便看到一种特别的光明，好似战败者内心不灭的忠诚一般。他有一种强烈的感觉，这种感觉打破了沉寂。面对这种无法控制却又必然要发生的事情，他不由得颤抖起来。

埃米尔朝他走来，红光满面，突然充满喜悦之情。这些光芒是从哪里来的呢？主教自问，试图看清深深隐藏着埃米尔纯洁的微笑和威严庄重的暗云。

当埃米尔知道有客人来访时，为表尊重，他穿上袜子和皮鞋来迎接客人。他长久地拥抱客人，随后领着客人到他常坐的地方。

"主教，愿您一切都好！"

埃米尔难以掩饰心中的喜悦。

"我衷心希望上帝听到我们的祈求。他永远不会辜负他的信众。"

"我的心告诉我，您这次来访带来的是好消息。"

"非常抱歉，没有什么好消息。一定有什么可以解开您的忧愁，可是我两手空空而来，只是内心充满了善意与请求。但我的两条腿永远保证为您的事情奔走。"

"主教，我只希望你知道，比起两手满满、内心空虚，我更想看到你两手空空、内心满满。放心吧，我所说的好消息只是指精神上的善意，除此之外，只有真主才知道答案。"

"希望上帝能听到您的诉求，我同您所希望的一样，别无他求。"

"没有什么能阻止人们的抱怨，这些抱怨有的寂静无声，有的虔诚纯洁，且因与我们谈话的人的地位不同而各不相同。我多希望能和你谈一谈把我们聚在一起的所有事物！我已经开始诵读你们的经典——《新约》。你在我身边的这段时间，请允许我问几个相关问题。之前我并没有连续地阅读过这部经典，只是看了一些片段。这一次我决心全面阅读它，尽可能理解它。我们的先辈也曾在坚持信仰的前提下，做过类似的事情。"

"信仰在于内心，而内心之事只有上帝最清楚。我已做好准备，您问吧。"

"我相信你的心一直向善。那么就请你像兄弟那样与我交谈，无需担心犯错。善意是问与答最好的老师。"

"您的友好拉近我们彼此之间的距离。尽管我们并不相同，灵魂却会同样栖身神性的真心之中。"

埃米尔的宽容大度让大主教感到惊讶，这使得他接近了那些为消除恐惧、寻求更接近真主的道路而长期奋斗的大人物。城堡的墙面冰冷，而又四壁空空。迪皮什主教看到墙内有一种近似死亡的东西，正像蛇一样爬上各个房间。

尽管埃米尔喜欢沉思，却还是会害怕沉默。他对客人说道：

"我读过一些你们的老故事：一个远行者去看望他一个伤心的朋友，路上遇到一位天使问他：'你要去哪里？'他走近天使并回答说：'我要去看望一个非常需要我的朋友。'天使说：'你对他有什么期待？他是富人、权贵还是素丹？'他回答说：'不是的。他需要我的帮助，我会尽我所能给他善良、友爱与帮助。'最后，天使说：'你继续前行吧，你的每一步都被记录着，你的所有话语将得到报偿。'"

"埃米尔阁下，您知道，这是一篇寓言故事，它告诉我们要努力去爱人。很多故事，有的时候与其说要重视内容，还不如说是重视它背后的原因。"

"听到你说这些话，我感到很欣慰。"

晚上，在与埃米尔长时间谈论囚徒协议、埃米尔的善举，并与那个前来恳求主教把自己的丈夫从死亡灾难中解救出来的女性见面后，主教才告退去休息，以缓解旅途的劳顿。他的脑海中一直出现那张虽是初次见面，却感觉多年前就见过的面孔。

五天的时间里，他们朝夕相处，话题不断深入。

主教说：

"我不知道从哪里来生出一些念头，我确实比您所能想象到的更敬爱您。您在我的心目中占有重要位置，甚至在我的信仰中都留下了永不磨灭的印记。"

"对我来说，你的灵魂珍贵无比，我宁愿流血牺牲也要拯救它。请给我一点时间让我来了解你的宗教，若我信服它，我便会追随它。"

迪皮什主教因埃米尔的话而感到惊讶，他觉得有一种东西在他的内心升腾。自协商囚徒之事起，他就确定，这个人如果归顺了基督教，那就一定会有一股强大的力量面对各种失败与灾难。

埃米尔请求主教帮他带来一些宗教方面的专业书籍，并请来一位阿拉伯籍牧师为他解释基督教的具体信条。

"有牧师在我身边，我可以随时请教问题。若你需要，也可以让他在你身边，让他襄助你的行动。"

那一刻，迪皮什主教仿佛看到埃米尔在他的陪伴下乘上开往罗马的火车，去接受罗马教皇的洗礼。他们之间的所有讨论都生出巨大的希望，弥漫着难以抵抗的东方香气。

最后一天，大主教喝着从埃米尔的母亲拉莱·扎赫拉手中接过的茶水，很肯定地对他说：

"我断定您不会被关押太长时间。"

"我不知道。在所有这些事情发生后，我就更不敢确定了。国王和他的子女都走了，随之而来的便是众人撕毁协议。我曾对欧仁·多马上校说过，'权力会动摇世界，而不是巩固它。如果同世界上的很多国王缔结协议，使用计谋对付或远或近的人们，不出三天就足以改朝换代。这个世界奸人当道。'我敢说这个世界上的权力安排只能凭真主的旨意。"

"我赞同您的话，尊敬的素丹。"

当主教准备离开时，埃米尔走近他说：

"请告诉所有你所遇到的圣洁的基督徒，让他们为我祈祷吧，让我淹没在主的光芒之中，让主缓解我的悲伤与痛苦。"

"我会的。"

他们长久地拥抱，离开时，神奇的光芒一直在主教的内心深处闪烁。

蜡烛一根接一根地燃烧着。

迪皮什主教坐在花园对面的房间里，深吸了一口气。秋风正疾，他不禁感到一丝凉意。光秃秃的巴旦杏树也被吹弯了腰，就好似它那瘦弱的枝干承受着不能承受之重。凉风与黑夜抹消了所有的树阴。每当月光从面向院子而开的旧窗户后透射而入时，那树阴常常会爬上屋墙，连粗糙的无花果树，在面对巴旦杏树和它的树阴时，都相形见绌。

他在屋子里只看到埃米尔的面孔，在微弱的蜡烛光下微微摇晃。烛光在那张饭后被当作书桌的餐桌上跳跃着。突然，他感到一股凉意袭来，使他想起了沉睡在记忆中的凉意。他轻轻地将毛皮外套披在背上，使劲闭上双眼。1841 年 2 月 21 日的夜晚呈现在他的面前，比那用来缓解喉咙干渴的水杯离他更近。面前出现一位女人，她与其他女人都不相同，好像从原始的洞穴中走出来。她颤抖着，像一片无依无靠的落叶。她试图止住泪水，泪滴在褪了色的油灯光亮中闪烁。她的手中抱着一个孩子，孩子的脸上死人一样发青。女人的上半身赤裸。他记得自己吓得从坐着的地方站起来，把双肩和头上滑落下来的毯子盖在孩子身上，另一边盖住女人的胸部。女人想说些什么，他便把手放在她的双唇上，轻声低语道：

"不必道歉。先休息一下，如同在自己家一样。我知道你遇上了大麻烦，否则也不会在这狂风中大老远来到这里。"

"是的，主教。我是军事财务代表马索①的妻子，他被关押在靠近杜伟拉的地方。我担心他会因为比若②的顽固立场而断送了性命。他现在被部落人关押，而比若坚拒与部落人和谈。我很担心他，怕他被杀害，他还没见过女儿呢，女儿是在他走后才出生。我的丈夫并非好战者，他只是个财务代表。

---

① Massot, sous-intendant militaire.（原注）
② Bugeaud.（原注）

我来投奔上帝，在我前头已经无路可走。"

"关于这位埃米尔，我听说他是一位将军，并不是什么恶人，我相信只要犯人在他那里，就不会被杀害。那些逃出来的或被释放的人都确信他具有高尚的品德。"

"可是主教大人，有消息说部落人会割下囚犯的耳朵和头颅，并根据耳朵和头颅的数量邀功请赏。"

"这太夸张了。你放松些，我来看看可以做些什么。我会致信埃米尔来协商你丈夫的事情，并询问比若可以做些什么，也许我能够使事情有所改变。"

他让她躺在床上休息，并为她盖上旧桌子上的两块毯子，然后退回来写信给埃米尔。他久久地闭上双眼，让思绪从她那裸露的胸部转回来，准备写下无可争辩的语句。他往后看，发现女人已经睡熟，发出轻微的鼾声，她和抱在怀里的孩子就好像几经倒手的一块破棉布。他拿起笔，在首都霹雳电闪、雷鸣交加的天空下，开始写信：

尊敬的素丹，您并不认识我，可正如您一样，我也是一个全心全意为上帝服务的信徒。若我现在拥有骑上马背的力量，我定会立即到您那里去，不论黑夜侵袭还是狂风呼啸，都不会改变我的决心。我会站在您的帐篷前，用绝对忠诚于您的声音，向您请求：请您把在您那儿充当俘虏的兄弟归还于我。也许我不能去到您那里，但请您接见带着我的信去帮我完成这项任务的使者，愿上帝保佑她！我无金也无银，回报你的唯有我真诚的祈祷，和我所写的这个名字的家庭的忏悔。祝你一切都好！

主教的心隐隐作痛。那段时光已经离现在很远，却仍然历历在目，就好像一面反映生命的镜子，虽然快速地抽离，而影像却不断在心中闪现。他清楚地知道他对埃米尔的认知并没有错，而且不会改变。他一页一页地翻动纸张，突然看到了埃米尔的回信。他从那破碎的字母、弯曲如蛇的字体辨别出了这封信。信后附有译文：

安托万·阿道夫·迪皮什主教：

来信收悉。正如我所听说的，您那么慷慨、善良，对此我一点儿也不感到突然。尽管如此，还是请您允许我向您这位上帝的奴仆和人类的朋友做几点说明：你出自义务，要求我释放我方自协议被撕毁而应战后监禁的所有基督徒囚犯，而不是其中某一个人。如果这些穆斯林囚犯他们的生命之火可能在牢狱中熄灭——也能得到释放，那么您的做法将更加伟大。我爱您的兄弟们就像您爱您自己一样。

迪皮什主教内心一阵愤慨。当他向埃米尔袒露心声时，又怎会忘记那样的想法呢？他已经习惯了这种付出巨大努力才能消除的疼痛，但一些老图片加重了他的疼痛。他泪眼朦胧，看到芦苇城堡的监狱里满是皈依基督教的阿拉伯囚犯，有男有女，半裸着身子，一些蠕虫之类的微小生物爬上他们的胸膛。他经过一个个显现出惊讶的面孔，咕哝道：这些向我们涌来的妇女、孩子们的成百上千的破碎面孔，在不懂我们语言的情况下如何从哭喊声中分辨出言语？她们中的一个人年纪还不到15岁，发烧快要死掉了，还在试图用干瘪的乳房给孩子喂奶，自己却找不到一点儿吃的东西。除非确信他们能够被释放，否则主教绝不会离开这片高原。

有一天，在圣菲利普①大教堂做弥撒时，大主教呼吁守信而正义的人们，在说服军方采取必要措施选定边界地点交换俘虏之前，向囚犯捐献衣服和毯子，所有人可以找圣菲利普牧师，或圣约瑟夫姐妹，或阿尔及利亚慈善协会主席，献出他们的力量。

大主教的话在埃米尔的心中产生强烈共鸣。埃米尔随即委派他的随从穆罕默德·本·阿拉勒先生在一个边界农庄主持交换俘虏一事。130位阿拉伯俘虏陪同主教前往农场，走向自由。如果不是本·阿拉勒和大主教睿智过人，这场活动差一点就因为小小的误会酿成大屠杀。分歧是在主教的马车上解决的，在那里大主教同紧张的本·阿拉勒长时间交谈，并送给他一个双线钟摆：

"没有什么比你善良的面孔和心灵更重要的。请转告埃米尔，我会终生铭记他的善举。但愿上帝给予我更多的力量，让爱在人们之间传播。"

在达利·易卜拉欣的指引下，一位囚犯的母亲向自己的孩子跑去。当她看见这个穿着阿拉伯服装的男人身后藏着她儿子时，她才敢相信这一切是真的。她拥抱了儿子，并激动地亲吻了迪皮什大主教的手。主教邀请他俩同乘一辆车。

大主教难以掩盖内心的喜悦，尤其是当他想起埃米尔为了感谢他为阿拉伯囚犯们所提供的帮助，慷慨地为圣西普里

① La cathédrale de Saint-Philippe.（原注）

安①孤儿院送去诸多昂贵的毯子铺床，还有40头马耳他山羊，让妇女和小孩饲养。"你可以用这些奶水充足的山羊喂饱那些你收养的、没有母亲的孩子。"

"战争常常令人盲目，令所有人看不清啊，让。"

大主教向身后看去，假装稍微忘却花园里顶着秋风的巴旦杏树。

"战争是一种罪恶，无论隐藏在背后的理由有多么充足！"

"除了对这种盲目性进行抵抗，先生，我们还能做些什么呢？"

"你难道没有看到这个男人为了大众是怎么做的？他应该从空无人烟的宫殿、这假想的监狱中走出来。既然他们已经允诺于他，就应该履行诺言。这关乎整个民族的荣誉，而不只是个人的荣誉。"

"可是，先生，请稍微平静一下心情。我坚信新政府会找到一种让大众满意的解决方法。这样的情绪波动有害健康。"

"让呀，还说什么健康。其他人都相信领导者死去了，新的决策者又来了。不！埃米尔应该找出一条他想要的，走向东方的道路。"

在剪掉上半截一直冒烟的灯芯后，他把油灯转向了自己。他重新排列了面前的纸张，以便一页一页重新阅读。他觉得秋天正用严酷的姿态来彰显自己的存在，好似一种微弱的呼喊，让人审视自我的秘密进行写作。在他放回纸张之前，他轻声咕

---

① Saint-Cyprien.（原注）

哝道：

"我的面前，只有这个解决方法了，否则我们所作的一切都毫无意义。我要请求拿破仑帮忙，相信他也会干预这个男人的权益，议会做不了果敢的决定，也做不了最终的决议。议长基佐，自己纠集一帮人开会，最后也没有拿出真正的决议。我要致信拿破仑，向他介绍这个男人。"

冷风冻结了一切事物，所有的空间都变得逼仄。新的一年悄然而至。

主教一直专心于阅读信件和资料，呼吸困难、颈部酸痛都不能阻止他长时间的忘我努力。

新年如平常的日子一样到来了，随之而来的没有什么新事物，却是更多的恐惧与失望。天际间空无一物，只有误解变成了不可改变的真相。埃米尔明白，他距离自由越来越遥远。他只能寄希望于联系那些在新年来临之际向他做过承诺的人。

迪皮什主教从一堆文件中找到一封元旦时收到的信。他打开来看，重读之后细细思考了很久，试图找到隐藏在字里行间的骄傲与悲伤的战栗。

奉至仁至慈的真主之名！

我是真主虔诚的奴仆，真主是万物的主宰，为善事与助人不遗余力。真主寻求自我的牺牲，所有的寄托都不会被退回。真主用宽恕与慈爱保佑我们所有的奴仆。尊敬的大主教先生，您好！愿真主为您及您所爱的人指明前路。新年伊始，我们祈求尊贵的真主广施恩泽，让所有我们爱的人与爱我们的人都幸福。愿真主实现我们所有的祈求。

但愿真主给您时间，让您再来看望我们。我们请求您，事不宜迟。正如您所知道的，您来到我们身边，会带给我们欣慰与欢喜。假如您不能来，我们也将视此为我们真心崇拜与热爱的命运担保者——真主的旨意。但是我们仍然期盼着您的到来。那会让我们——我的同伴们、兄弟们尤其是我——所有人的生活更加幸福。我们全都希望最近能够见到您。我们请求您，若条件允许，请您尽快来到我们这里。

再见！我尊敬的先生。

阿卜杜·卡迪尔·本·毛希丁

伊历 1265 年 2 月 24 日

尽管为了全心全意帮助埃米尔，主教停下了手头的许多工作，但当他看到这封信的时候还是有一种深深的愧疚感。去年秋天，他看到埃米尔一家生活艰难，也曾亲身体会过凛冽秋风刮进残败宫殿的境况。

寒冷、霜冻、雾霾，恶劣的条件充满了院落里的每个角落。主教回忆着，就像平时默不出声时那样转动着手中的笔。他以手撑额，想找到一点什么他不能确定的事，仿佛看到孩童时期的埃米尔奔跑在哈马姆谷地边缘，然后他同父亲一起沿着朝觐之路踏遍大海与荒野，拜访开罗的学者们，驻足于巴格达的阿卜杜·卡迪尔·吉拉尼①阁下在巴格达的陵墓，又在大马

---

① 阿卜杜·卡迪尔·吉拉尼（1077—1168），伊斯兰历史上著名的苏菲派伊玛目、教法学家，擅长布道度人，上至王公贵族，下至平民百姓都喜欢听他讲经布道。据说听了他的布道以后而改信伊斯兰教的基督徒和犹太教徒超过 5000 人。（译者注）

士革伊本·阿拉比^①的墓旁逗留——人们围在这里，祈求吉祥幸福。后来他踏上归程，骑马驰骋，体验初任素丹的种种艰辛困苦。那时他并不知道，这些年他的英雄事迹将被记录在册。他是所有兄弟中最敏锐的人。

"主教……"

夜已经深了，我轻轻叫醒他，想问他是否要些花。他没有回应我，而是像平常那样背对着我说道：

"让，你知道这种情况下我想要什么，为什么还要问我呢？"

"为了确认，先生。"

出于习惯，我回答道。

"周围的一切对他来说都是骗人的、可怕的。只有总统和那些我所询问过的人向我强调，拿破仑非常清楚人们的流放生活意味着什么，也理解被流放者深深的伤痛。埃米尔正面临着严重的欺骗，就如同英国人带他到一艘他以为是来救援的船

① 伊本·阿拉比（Ibn al-'Arabī 1165—1240），阿拉伯古代著名的哲学家、思想家、宗教学者，苏菲神秘主义的代表人物之一。1194 年他到突尼斯。在突尼斯受到两位女神秘主义者马尔希拉的娅莎米和科尔多瓦的法蒂玛思想影响，接受苏菲主义学说。他将思辨的苏菲主义发展为系统的神秘主义理论体系，归结为"存在的单一"。他认为，真主是绝对的存在，是一切存在的本原。万物以理念形式预先存在于真主的认识中，通过照明而显现，并按同样方式复归；理念的原型是世界万物与绝对存在的中介，真主的超在性和内在性是人得以认识真主的依据；理性的宇宙原则，即穆罕默德的实在，最充分的表现是完人；完人是宇宙一切完美属性的缩影，是世界存在的理由和复归的保证。伊本·阿拉比的神秘主义哲学思想对后来的苏菲派思想家及欧洲中世纪的思想家，如但丁、罗吉尔·培根、邓斯·斯科特等均有一定影响。他写有大量著作，内容涉及教义、哲学、传记及诗歌，其中最著名的是《麦加的启示》、《智慧的珠宝》、《幸福的炼金术》、《到真主圣所的升霄夜行》等。他死于大马士革，被后人尊为大长老和宗教复兴者。（译者注）

上，随后将他囚禁的事情一样。亲爱的让，历史迟早会证明一切。因此我应该致信拿破仑，请他释放埃米尔，不加隐瞒或不加矫饰地告诉他所有真相。"

"为什么不呢，先生。人们都说他对埃米尔很友好，议会才是完成这一任务的最大问题所在。"

"我还没找到合适的办法。我可能会把这个办法用议案的方式写出来，为此我必须比现在更多地了解埃米尔。很多难题只有在全面地认识之后才能解决，这样也才能引起路易·拿破仑·波拿巴的重视。"

他用我刚好能听到的声音，问我：

"你知道'蝗虫之年'吗？"

我回答说没有的时候，他并没有在意。我亲眼见证，这一夜，迪皮什主教是如何专心致志地想尽办法去帮助。故事就要开始了……

1832，"蝗虫之年"。不论是本国人还是从远处来此的游客，都这么称呼那一年。自清晨起，第一批蝗虫大军开始降落在伊格里斯平原上，在田野与耕地上形成黑色的大伞。哈马姆谷地两岸，也因挂在各处树木上的大量蝗虫，变成了黄色。即便是前一夜的大风也没能吹走成群的蝗虫，仅仅带走了大量的沙土。

视野所到之处，空无一物。年长者嘴里嘟嘟囔囔的，用旧头巾遮住了半张脸，把手放在眼睛上挡住刺眼的光线。又经历了整整一年的炎热干旱，各种疾病，地面干裂，天地间只剩下了一整夜和大早上不停的狼嗥声，因饥饿或疾病（常常加速疲劳之人的死亡）带来的死亡，还有白日的酷热中昆虫的叫声……宣告着下一个夏天比这更可怕的干旱与绝望。

平原上的生命体，只剩下一些动物——它们在寻找阴凉来抵挡酷热与干渴，为如火烧一般的脸降温——从废墟中唯一的树上偷得一些湿气。远处，又有一批蝗虫带来绝望，它们准备侵袭一息尚存的每个地方。

这就是"蝗虫之年"，也是"死亡之年"、是"大浩劫"。水源干涸了，泉眼枯竭，战乱频仍，可怜的人们因为一些无谓的争端而大打出手。

南风刮去伊格里斯平原上徐徐上升的青烟，这个地区唯一的清真寺显现出来。居民们做完礼拜后走出来聚到这里，举手向天，高声呼喊，唾沫从他们干涸的嘴唇中飞溅出来。

"叛徒必死！碎尸万段！处死艾哈迈德·本·塔希尔法官！他背叛信仰，将名誉和祖国出卖给异教徒，与入侵的基督徒狼狈为奸。绞死他！真主至大！真主至大！"

毛希丁谢赫面对聚集的群众，面对等着将那个双手反绑的被告人脖子上的绳子拉紧的男人，既没有抬手，也没有摇头示意。各种声音越来越大，混杂在一起，直到毛希丁谢赫脑中澄澈清明，他抬手向天，口中念念有词：

"主啊，请启示我真相！"

他的声音与被孤立的艾哈迈德·本·塔希尔法官的话交相错杂：

"如果这是安拉的旨意，那就来吧！毛希丁谢赫，我知道你的儿子热爱宗教，热爱祖国。我曾经受人厌弃，如今要为自己的过错赎罪祈求宽恕，而你们还是要在法国人的军事压力下裁决我所犯下的罪。你不需要绑我，你可以要求我站到你面前，我绝不会犹豫。因为你是真正的榜样。"

"我们警告过你，也限制过你，可你冥顽不化。你明知道我们禁止与法国人合作、禁止卖给他们衣服、马匹骡子和草料。"

毛希丁谢赫重复道。

"我真的不知道是怎么回事。先生，这里头一定有什么误会。我是个商人，如果我拒绝卖东西给基督徒，他们就硬闯入仓库，根本没问我是否允许。"

"我也听说了。你知道，安拉的判决是有效的。"

"当你在真理之上时，真理又在哪里呢？"

"伊格里斯的所有法官们对你的判决无可置疑。"

"伊格里斯的所有法官们是根据他们的假设判决的。他们根本没容许我为自己辩护，来捍卫自己。我同你流着同样的血啊，毛希丁谢赫！"

这时，毛希丁谢赫毫不犹豫地向那个等待他指示的肥胖男人点了点头，摆了一下左手，示意开始执行死刑判决，当法官艾哈迈德·本·塔希尔看到毛希丁谢赫的右手放在《古兰经》上时，他浑身颤抖，慢慢闭上眼睛。

"真主啊，请原谅我，也原谅他们。您是倾听者、响应者。"

突然间，四周一片寂静。呼喊声停止，无数只眼睛像石化了一样看向被委以执行死刑的肥胖男人。只听到缚在法官脖子上的绳子拉紧的巨响，他那原本在橄榄树上扑腾的沉重身体与时间、酷热和重力抗争的声音。毛希丁谢赫在原地颤抖着，似乎想喊什么，却一个字也说不出来。所有的一切都结束了。

沉重的肢体摇晃了一会儿，便渐渐地没了动静。

天空中盘旋着来自沙漠的饥饿的乌鸦和其他凶禽，它们从远方传来的叫声不断升高，然后一圈一圈地盘旋在平静得像柱子一样一动不动的尸体上方。

秃鹰开始第一轮袭击尸体时，马蹄声突然响彻现场，秃鹰受惊，暂时飞走，却还远远地盘旋在橄榄树广场和小清真寺上空，等待下一轮的袭击；不一会儿又带来更大的鸟群，重新回到现场，不停地发出叫声，在马蹄扬起的尘土中飞舞。而人们因为阿卜杜·卡迪尔从战场上活着归来而高声呼喊着，完全把尸体的事情抛到脑后，就连那个胖子都欢呼着：

"阿卜杜·卡迪尔大人！阿卜杜·卡迪尔大人！安拉赐予素丹胜利！"

绞刑监官在本子上标记已经执行的死刑后就转向毛希丁谢赫，努力组织语言，在他的耳边低声说道：

"没什么，先生。好像是主公阿卜杜·卡迪尔回来了，他成功打退了基督徒。"

"我曾经希望他不会看到这个场景，但事与愿违，这会让他更加拼命。但愿他们已经收复了奥兰。在流放亚历山大之前，贝伊①将奥兰交给了他的主子们。在他心里，也许这是件好事。对他、对我们来说都是好事，否则他的命运也会像法官一样——他没能在敌人的进攻中保卫祖国。很多人会抛弃我们，并且质疑道：他向你们寻求保护的时候，你们为什么没有

---

① 贝伊为土耳其语，是奥斯曼土耳其帝国时代土耳其人对地方长官和达官贵人的尊称。(译者注)

保护他？是别人要了他的脑袋，却把他的背叛算在我们头上。"

"主公阿卜杜·卡迪尔和他的骑士们将会收复奥兰。"

"阿卜杜·卡迪尔是一个易怒的青年，我多么希望他专心于写作和学问啊！可是，当战火波及祖国时，知识就成了怯懦，忽视就成了背叛。"

"不，主公阿卜杜·卡迪尔不是那样的人。他是一个以宝剑说话、服从真主的男子汉！"

当各色彩旗高高升起，妇女打花舌的欢呼声也高涨起来的时候，艾哈迈德·本·塔希尔法官的尸体被空中的秃鹰围住，附近的一群狗也开始慢慢走过去，嗅了嗅。当阿卜杜·卡迪尔向尸体走过去时，他的父亲挡在中间。肥胖的刽子手已经把尸体脖子上的绳子解了下来，扔在地上，又帮着那个默默哀求的女人把尸体放在驴背上。他想要用那根执行绞刑的绳子捆住尸体，女人却伸出手，小声说：

"绳子就留在你们这里吧，你们绞死其他人还有用。安拉保佑你们吉祥！"

随后她便在酷热之中伴着蝗虫的气味离开了。阿卜杜·卡迪尔想骑马跟上她，问问是怎么回事，可是父亲却拉紧马缰，静静地示意他到后面去。

"不用问了。她是艾哈迈德·本·塔希尔的妻子。她拒绝把尸体埋在伊格里斯平原。我没有阻止。我跟她说：'不论哪里都好，安拉的土地非常广阔。'她说：'安拉的土地变窄了，不能容人。请允许我带他去更仁慈的土地。'这是法官妻子的原话。"

"这个女人让我吃惊，她走过这片荒芜之地来拯救她的丈夫，结果却只带走了尸首。"

"她曾想接近你，好说服你，可她最终没能来到你身边。"

"安拉会宽恕我们所有人。如果我们偏离了正路，他会为我们指明方向。"

毛希丁谢赫说完看向他的儿子——他仍骑着马，看着那个女人赶着驴行走在伊格里斯平原上。

阿卜杜·卡迪尔揭开斗篷的一边，擦了擦双眼。

"孩子，你哭了?"

"没有，我只是擦去脸上的尘土。安拉怜悯他。他是教法学的权威，是我的老师。这是巨大的损失。难道就没有一种更好的解决方法，只有死刑吗?"

"权威出错的时候，其他人会同他一起犯错。他的罪行是不受宽恕的。"

"真主是仁慈的。解决方法不只死刑一种。谴责也可以教化民众。"

"我们谴责过他，这事你知道。我们甚至庇护过他，可他还是与那些法西斯军队往来。侵略军围困我们，我们必须抵抗，迫使他们离开。"

"主啊，那是我的老师……"

说完，他用手捂住嘴巴，望向天空，闭上眼睛，久久不动。

广场上，人们渐渐离去，一群秃鹰在空中盘旋，在那些因过度劳累、饥渴而活不久的牲口上方形成一个光圈。广场上只剩下一位名叫哈纳塔的老妇，她像往常那样，在每次的死刑后，赶走鸟儿，清扫现场，再洒一点有沉香和沥青气味的香水，掩盖住死亡与血液的气息。每当人们问她在做什么的时候，哈纳塔老妇总说，沉香可以抹去死亡的遗存。

在橄榄树广场的对面，竖着一顶大帐篷，很多妇女在为阿卜杜·卡迪尔·本·毛希丁的马匹与士兵准备药物。她们从草药、薰衣草堆和杜松燃烧产生的气体中探出头，为那些从战场上回来的马儿疗伤。她们高声呼喊着，竞相跑到马群旁边查看伤势。

阿卜杜·卡迪尔下马后，把马交给了一个妇女，好给马做个全面检查。他向父亲问好，亲吻他的手，为之前所说的话道歉，然后请求父亲同他一起回到帐篷里。他不时地看着橄榄树广场和逐渐消失在干旱的伊格里斯平原上的牲口。秃鹰和乌鸦在它们头顶盘旋，身后还紧跟着数只野狗。

帐篷里，他同毛希丁谢赫、哈里发们、一些从奥兰袭击中突围的将领们站在一起。帐篷里又闷又热，谈话也并不多。毛希丁谢赫看向儿子，小声说道：

"统治者会给出教训，阿尔泽法官叛国，理应为此付出代价，如果我的儿子阿卜杜·卡迪尔做了那样的事情，我也不会饶恕他。而统治者无权玩弄权力——权力不属于他，而属于相信它的人民。如果我没那么做，反对我们的部落就不会退却，也就不会承认我们的统治权。"

长时间的沉默后，阿卜杜·卡迪尔小声地说了几乎不被理解的话：

"尊敬的父亲，难道不应该最好稍微等待时机成熟吗？我已经和法官、武器商一起协商好需要100支步枪、3000发子弹，他同意满足我的要求。可是现在，一切都完了。"

"判决很明确，这是真主的判决。背叛必须判处死刑。任何的等待，都是质疑我们保卫这片土地的资格。"

"我不知道在这种情况下，我是否可以重复刚才所说的话。真主是宽宏大量的，是仁慈的！我尊敬的父亲，这您最清楚不过了。"

"但真主也有严厉的惩罚。你才刚刚开始你的差事，不应该允许背叛在你的心中滋生。如果你的兄弟背信弃义，我也会亲手把刀架在他的脖子上，就在这里，当着大家的面。你好好想想你的老师伊本·赫勒敦的话——宗派主义可以靠归属感去调和部落间的矛盾。让我问问你，面对基督徒，什么才是重要的，什么才是你们应该做的?"

阿卜杜·卡迪尔察觉到父亲已经终止争论，却仍然站在原地。那些在战场上陪伴他的其他人个个正襟危坐。他稍稍闭上双眼，之前的所有场景都消失了，他的面前只有战争与想象的嘈杂。人们将自己扔进火狱之中。

"战斗异常激烈，许多士兵被截肢。布克尔·扎克里全力反抗，与敌人英勇厮杀。赞美真主，我们在去往城市的沿途挫败了好几拨敌人。各部落也加强封锁，疾病在敌人中间悄然蔓延，给他们带来了极大的恐慌。敌人曾天真地认为战争很简单。"

将领、追随者和一些部落首领怀着极大的热情介绍了战争的最新进展，毛希丁等人听完，谈论最后一场战斗详情的喧闹声也渐渐安静下来:

"你们知道，我们现在只能信任自己。土耳其人低价出卖了奥兰，侯赛因·塔巴赫只求苟活，置四分五裂的民族于不顾。而摩洛哥素丹阿卜杜·拉赫曼阁下也消失得无影无踪，我们无法取得联系。他之前派出了奥兰地区的军队、50名骑士和载有货物的骡子商队，来援助我们，支持真主的信仰，不早也不晚。他派一个儿子指挥5000名骑士和两组大炮，在特来姆森建立了指挥中心。我向他和哈希姆提出请求，同阿卜杜·卡迪尔一起加入到议事会中，向他通报形势的最新进展。而在他撤回马拉喀什前，我们再也没有听到他的消息。我们等待他帮助我们，他就建议我们让奥兰地区归顺高贵的马拉喀什王国。从他的儿子与将领的话中，我嗅到了野心的气息。"

"父亲，这是一场长时间的战斗。"阿卜杜·卡迪尔说道："您需要很大的耐心，我们面前还有更加严酷的考验。我们需要极大的智慧，要深思熟虑。若真主许可，我们才能胜利。"

"平安之地，理应没有侵略者。"

埃米尔退出父亲的书房，附近的哈马姆谷地送来的湿润气息已经弥漫在院子里，让嘴唇和舌头变得干燥的热风也停了下来。太阳慢慢地从伊格里斯平原上落了下去，余晖给平原盖上一层金闪闪的外衣，广阔的平原上起伏的阴影不见了。

阿卜杜·卡迪尔拿起伊本·赫勒敦的著作——那是一本书页上写满注释的手稿，是他从一个瓦拉克商人那里得到的。他在走近帐篷午睡的片刻才第一次读到它。他把手稿放在石头上，重复道："若你不能找到治愈怨恨的方法，那就读读它，它让我的思想得到宽恕。"然后他走了出去，尽管手稿很珍贵，他也并没有把它带走。

阿卜杜·卡迪尔把书翻到他上次看到的地方，小声说：

"难道伊本·赫勒敦愚蠢到这个地步，他的耐心与远见都不见了？我不这么觉得，一定有什么东西，让他有了现在的立场。"

很久以前，穆阿斯凯尔市有很多形状奇特的石灰石建筑物。白色的石头和泥土，在煅烧后被分离，一堆一堆的石头中透出的是绿色的大地和红色的土壤。山脉从北方围住了一望无际的伊格里斯平原，图季曼谷地的河流遍布城市的各个出口，逐渐变弱，最后消失在诸多环绕着城市的花园、农田之中。

为了防备古老的进攻，穆阿斯凯尔在城中建立了古城墙——宽5英尺，高7米，并在城市四周的高地上建了三角柱形的堡垒。装在旧轮车上的三门青铜大炮，因为缺乏使用与维护，已经和地面粘连在一起。大炮下面有很多和石头一个颜色的炮壳。城堡——当地的居民称其为塔，它的一边面对着有三个门的城市广场：东大门配有两门大炮；"阿里之门"沿着通往特莱姆森和奥兰的道路方向而开，配有三门大炮，也是悬挂头颅以示警戒和处决罪犯的所在地；最后是"拯救之门"，它位于图季曼谷地斜坡的尽头，面向城市的西南方向，配有两门大炮。城市的城墙共配有15门大炮。城中的建筑物除少数之外，大多由泥土和石头建成。还有宽敞漂亮的拜莱克宫，是土耳其统治者为自己和家人所建造的，受到奥兰贝伊房屋建造的影响。宫殿底层是专门用来接待的，高耸的大理石柱，近似于摩尔人的风格；房顶也体现着很高的品位，中间画着装饰性的绘画，植物的色彩鲜明使它迥异于类似的绘画。第一层，阿卜杜·卡迪尔清除了其中所有矫饰的东西，使它变得十分朴素，毛希丁谢赫经常在这里接待他的贵客与来访者。城里只有一座清真寺，宣礼塔高高地竖立在拜莱克宫附近的广场上，其他的清真寺都在周边很远的地方，基本上看不到宣礼塔。四座小石桥连接着河岸，河水汩汩流动，一部分水流入了附近的泉眼和水塘。

　　每个星期的周五、周六和周日，人们会忙于在"阿里之门"的市场里穿梭。各色的市场里出售各样的物品。战争中使用的火枪、用来装饰的攀援类植物的种子、可以把牲畜皮毛染成黄色或橙色的石榴皮、缝纫工具还有各色蔬菜水果。河道的另一岸有几家肉店，两家客栈——其中一家专门用于接待特莱姆森和摩洛哥的游客。原本的第三家客栈，在城市落到反抗者手中之后变成了储存马匹和武器的军用仓库。连通广场与"阿里之门"的道路两侧，挤满了摩尔人和犹太人的小商店，为城堡提供粮食的商店，出售羊毛、地毯、麻布和居民日常所穿的白色织布的商店。市场的后面，一些人从事武器方面的活动，他们不制造枪支刀剑，只是改造它们。城中有 10000 人口，其中既有摩尔人也有犹太人，还有侨民。1834 年持续了 18 天的霍乱夺去了 1500 多人的性命。商铺的两边有几家又脏又窄的咖啡馆，只提供五分钱一杯的土耳其咖啡。臭烘烘的气味掩盖了水烟的香气，那是为特殊顾客准备的印度大麻的气味。坐在里边的人们，除非是有人要求，否则不会离开。咖啡馆是让人们摆脱商铺的烦恼和一周的繁重工作而获得休息的地方。游手好闲者常常过来叫醒人们，向他们讲述有关进攻、结婚或是谁被悬挂在城门上执行死刑这样的消息。

　　众多的庭院稍许装饰了城市的苦难和市场的混乱。石灰石采石场坐落在贝伊庭院上方，离城市后面的大门不远。

两个农民喝完清晨的咖啡，其中一个人披上了他的黑色斗篷，盖住了纯白色的线衣，他正在抽大麻的朋友看了看说书人：

"天啊，我们听听他要讲什么吧！据说他不再讲阿里·瓦拉斯·古利先生的故事，这些日子开始讲关于一个男人的神奇故事。这个男人将享誉整个天地，是毫无疑问的男子汉。这个男人就像是马斯哈·本·穆里姆，他并不是基督徒。正如说书人在市场上说的那样，他是时间的掌控者。"

"那我们听一会儿，然后再和大家一道去祈雨。"

尽管这里干燥少雨、动荡不安，但周四的穆阿斯凯尔市场还是人头攒动：远道而来的农民、售卖毛皮和牲畜的小贩、钉马掌的铁匠和修理工、铜匠、鞍匠、裁缝、刺绣工，还有那些在市场中散播有关买卖、婚礼、集会消息的游手好闲者——所有人都等待着开市的日子，好大干一番。每当南风刮起，市场四周变成黄色，说书人就出现了。他们最先到达，最后才离场。游手好闲者是唯一受到允许的可以继续活动的人。自清晨开始，他就在市场上转悠，重复一些基本的消息：祈雨、买卖集会，提醒人们有必要避免与那些潜伏在城市、农场或水域的基督徒打交道。瞎子说书人、他的女儿和猴子，并不在意游手好闲者，因为从嘶哑的声音就能认出他。说书人开始改变他所讲的故事。他不再讲阿里·瓦拉斯·古利先生的故事，而开始讲一个青年的故事：他在父亲、来拉吉先生和诸多希贾兹学者的帮助下最终成为祖国的脊梁。

"他的承诺可以断开海洋、山谷，消除一切阻碍，他那锋利的刀可以劈开山川、岩石。他对中国的兵法有深刻认识。认识他的人或是听说过他的人都说，他运用他的权力，可以当着那些认为所有的门都是开放的基督徒和异教徒的面关上海洋之门，让他们知道中伤阿里先生之宫的事情是异教徒所为。"

"你是说中伤者在那些人之中？"

吸印度大麻的人和他的朋友问瞎子说书人。

"无知的人啊，你发问了！随着骑士的到来，战争必定有流血牺牲。我所顺从的主，用水和土淹没天地，所有的一切都与流血交织在一起。他并没有背叛阿里先生，反而使众多人得救，向真主忏悔。尊敬的先生们，这个青年——愿他安康——就是阿卜杜·卡迪尔·吉拉尼先生，还有那些忠实的拥护者们。他的承诺就像闪电，在被敌人包围时，他的坐骑飞奔向天空，锋利的剑熠熠生辉，闪电都黯然失色。他心怀《古兰经》，右手拿着他那不会落到地上也不会沉睡的剑——永不背叛。他英勇神武，在奥兰一带使用火枪。他一手扶着手杖，一手捧一抔土，用手杖指向敌人打开他的手，削弱曾经接收他的敌人的力量。"

说完，说书人转头面对着他的猴子，开始为它跳舞、唱歌：

"走吧，受到禁锢的人！你那土耳其的祖辈已经为了很少的钱就把我们出卖了。走吧，受到伤害的人！在这片空荡的土地上说话，高声呼喊，不要再满足被压迫的地位。对他们说，天地可以永恒，所以它也会超越他们。走吧，受到禁锢的人，发光吧！让你的心欢愉，释放你的囚犯，说出你的爱！你的头上缠上权力的头巾，你高兴吧！忘记自己，低价出卖自己吧。"

他的女儿又递给他一把三弦琴，他便弹奏起来，猴子也随之跳起舞来，女儿用感人的声音唱起父亲说的话：

"走吧，受到禁锢的人！你的父亲不是阿拉伯人，你的母亲不是罗马人？哦，原来你是我们这里的土耳其人。"

说书人非常憎恨贝伊素丹时代的拉塔尔史军警。他经常仔细地倾听演说家讲的故事，每当听到批评局势的时候，军警就会把说书人赶出市场。说书人只能在与军警再次相遇前把道具放在市场后面，那里有猫有老鼠。军警的习惯直到今日也没有改变。每当说书人的女儿看到他走近的时候，就会通知父亲，说书人就会完全更换他的故事来讨好军警的耳朵：

"尊贵的先生们，阿斯马里人是天上阿里的子孙，他的善举无边，他的福祉照亮天地……军警一离开，他就又开始严厉的批评：阿斯马里人，收复失地，清扫门户，气吞长虹！男子汉无所畏惧，但不要忘记，仇恨就好比火焰，越是朝它吹气，它越是烧得旺……阿斯马里人……我的猴子宰恩，释放你的囚犯，说出你的爱！你的头上缠上权力的头巾，你高兴吧！忘记自己，低价出卖自己吧……"

猴子从头上摘下刺绣的头巾，翻转过来，走到人群中间，收取人们给的赏钱，结束的时候，就把头巾还给主人。它在主人的腿边磨蹭，好让他感受到自己的存在。这时瞎子说书人会在它面前放一个橙子或是一块土耳其糖，让它自己在一边玩耍，等他和女儿整理好道具离开。

军警也有可能会折回来，捻着胡子高傲地说：

"如此，至少你们承认了恩典的给予者。贝伊先生会给予你们财富与安全。"

然后军警会带着他对自己忠诚工作的满足感走开。当下午机会允许的时候，这两个人会在清真寺的门前相遇，彼此无话。说书人的女儿在父亲的耳边小声说：

"军警在这儿，向前看，他正在看你，认出你了。"

说书人用可以听到的声音说道：

"愚蠢的人，他可不承认贝伊和他都是驴子。他处处碰壁，如果可以，劈开他的脑袋易如反掌。唉，就在这里吧，他不会想在清真寺里见到我们。"

礼拜之后，说书人回到自己的位置，直到听众都走光了才收起道具，骑上牲口，转向本地的另外一个市场了。他虽然盲，但完全认得出方向，人们说他能够详详细细地为人指路。

"我的眼睛是活的符咒，我可以看到每个人。白天在真主的庇护下我与符咒结合。我有忠诚朋友的祝福，还有阿卜杜·卡迪尔·吉拉尼先生——每当生活艰苦、出行困难时，他都会接见我。"

晌礼之后，伊玛目站在前方，在秋末罕见的大雨中，发表演讲：

"真主听得到虔诚者的痛苦。赞美真主，好事将降临在我们身上。我告诉你们这个喜讯：真主启示了来拉吉先生和毛希丁先生，告诉他们素丹王将降临，他是不可比拟的骑士，掌握真主的真理，集战士的英勇和先知的荣誉于一身。今天我们将向素丹王宣誓效忠，他会痛击那些侵略祖国、摧毁信仰的入侵大军，还有平原上的异教徒和叛教者，直到把他们赶出奥兰边境。我们都将支持阿卜杜·卡迪尔先生。让他成功吧，真主会让你们胜利！"

"愿主准我所求！"的声音，混杂在一些不知来源也无回答的问题中回荡，山谷里的水缓缓流出，风越来越大。

然后他要求所有做礼拜的人，脱下衣服，变成各色旗帜，所有人都朝着伊格里斯平原走去。农场里的大人小孩也纷纷加入了集会的大军。年老者在队伍最前方，妇女在最后，儿童在中间或是道路两旁。他们祈求仁爱与水源。这场祈雨宣誓大会聚集了十万名支持阿卜杜·卡迪尔·吉拉尼先生的人。

秋末几日，雨下得很大，伊格里斯平原摆脱了干旱而死的困境。哈马姆谷地的水，自清晨开始便离开了庭院，奔涌在干旱的土地上，一些绿色植物也从干硬的土地中破土而出了。

从远处看，穆阿斯凯尔就像一个紧凑的建筑群，不规则的建筑淹没在无边的田野中。这里还有驼队、运转中心和市场，每个星期，蔬菜商、犹太人和穆斯林商人会在这里聚几次，这里于是也逐渐成为城里各方的聚集地。

"多好的一场雨啊，人们正在清真寺里等我们呢。"

毛希丁对他的儿子说道。后者正在城门处埋头端详马蹄和新马掌，抚摸马的双眼和胸脯。

"哈姆彦的承诺并没有欺骗他的朋友。您知道，前提是他得到了美好的宽恕。"

毛希丁谢赫整整一周都沉浸在他的儿子所开始的激动人心的话题中，连今天早上也不例外。过了一会儿，他才不情不愿地转向儿子。

"你还记得巴格达的启示吗？"

"记得。您经常跟我们谈起它。我清晰地记着它。从我们参观巴格达归来（离现在已经很远了），这座城市的形象一直在我的脑海中：清真寺、城市的各个角落和宽阔的广场。"

"我又不禁想起同样的启示。人们呼喊着向我走来，坚持向我施压：为了让阿卜杜·卡迪尔成为西部的素丹，你在等待什么？你犯了过错，违背了你自己，也违背了真主。你应该找到启示的方式方法。"

阿卜杜·卡迪尔摇了摇头。

"我们应该首先听听支持我们的部落的意见。为了抵抗侵略者，我们付出了很大的努力，我不想因为一些不值当的小事情导致人心涣散。重要的不是哈里发职位，而是谁能指挥战斗直至胜利。至今为止，只有您能把意见统一起来。"

"儿子，因为年纪变大，我不能再为这片土地尽义务了。现在你才是众望所归的最优秀的青年战士。"

"真主带来恩泽!"

马群穿过贝伊的庭院，跑向清真寺的这段时间，阿卜杜·卡迪尔一直保持沉默。

阿卜杜·卡迪尔看到了烟雾升到天空之上，抹去一切事物，赶走了两天前袭击整个平原的蝗虫的残兵。只有燃烧杜松产生的烟才能驱赶蝗虫，杀死虫卵——它在湿润的雨中一有合适的机会就会悄悄繁殖，然后成群结队地流动，吞掉海洋和陆地。因为蝗虫，过去的几年发生过一次致命的部落战争，每个部落都控诉其他部落在遭蝗虫大军洗劫后，放弃了自己的田地，而转向敌方的田地。毛希丁谢赫和诸部落智者最终制止了致命的战争。最近几年，人们才明白集体的力量才能解决问题。蝗虫总会造成荒凉，迟早会席卷所有其他的地方。

这天清晨，秋风急。即便如此，祈求启示的穆斯林还是挂起白、红色（而不是泛滥的绿色）彩旗——这些彩旗由格拉巴和希沙姆部落的妇女们亲手刺绣而成，她们在这个过程中找到了极大的乐趣。大广场都已经打扫干净，伊格里斯平原看起来就像是节庆的前奏。宽敞的咖啡馆、小的礼拜堂，关于大集会的讨论，自一个多星期之前开始就没有停过。

毛希丁谢赫盘腿坐在清真寺的广场上——广场上支起用建筑用的粗布做成的棚子，遮挡了雨和阳光，他刚刚追上那些在他之前到广场上来的其他部落的首领，伊格里斯平原的中间人来拉吉先生就走近他：

"毛希丁谢赫，我的兄弟，你好！"

"你好！"毛希丁谢赫立即回答道。

"我做了个梦，梦中好像看到你劈开汉志地区的平原。"

"来拉吉谢赫，您还梦到了什么？"

"我看到，尊贵的阿卜杜·卡迪尔·吉拉尼——真主保佑他，穿着一件宽大的白衣服。他把我带到一个空旷的角落，对我说：'请闭上双眼。'我闭上眼睛，在睁开的时候，他为我找到了一个沙漠中的大宝座。我说：'赞美真主。'然后他把手伸向伊格里斯平原，带来了一个和他同龄的活泼青年，让他坐在宝座上。"

"若真主愿意，今天就完成这一喜事。"

"愿真主在沙漠宝座被放弃之前，快点应允。各部落跟随而来，其中一些仍然认为他们的头头是那些出卖一切的土耳其人，另一部分人不再恐惧地看待基督徒，不再妄自菲薄，认为自己可以冲破侵略者设计的包围。毛希丁谢赫，在错失良机之前，快点行动吧！"

太阳沉沉欲坠，藏在了勾画天空的云彩里。清真寺的广场上人头攒动，他们成圈状地围坐在广场的出口处。

所有的目光都转向那个面对父亲坐着的青年。居民区和市场上都谈论过他，以至于很多演说家把他与阿卜杜·卡迪尔·吉拉尼先生混合为一体。人们在奥兰城的边上，看到他整顿了各部落，与法国人交锋，确定他可以制止局势恶化。他在不断升起的灰尘里、在枪声与女人的欢呼声中行走，他敲击战鼓，让疾行如风的马奔驰。

那天，来拉吉先生和哈希姆部落、本·阿米尔部落、格拉巴部落在困境下，最终同意毛希丁先生拿起手中命令的缰绳，否则就会丧失全部的财产。毛希丁谢赫明智的声音响起，语调平静，几乎听不出他的紧张。所有人都看向了他：

"我明白责任与信任重大。我们为了这片土地虔诚地战斗。布瓦耶①已经撤退了，他并没能使我们屈服，但遗憾的是，另外一只狐狸取代了他，比他更加诡诈。德米歇尔②现在正准备为他复仇，新的流血牺牲将会出现，而我年事已高，无能为力。尽管如此，我将宰赫拉的儿子——阿卜杜·卡迪尔放在你们面前，如果你们愿意，我会委任他担任西部的素丹王，你们可以同意，也可以提议让你们觉得合适的人担此重任。我无力承担了。"

一片沉默中，人们面面相觑。来拉吉先生赶忙披上灰色的粗布斗篷，倚靠着身边的手杖，艰难地从地上站了起来，然后转向毛希丁谢赫并亲吻了他。他倚靠在手杖上，对到场的

---

① Boyer.（原注）
② Desmichels.（原注）

人说：

"保持沉默？你们是对的。毛希丁先生年纪大了，不能再继续担此重任。我在这里看到了与在巴格达看到的一样的启示，所以你们不要强行改变所看到的。天使来到我身边，让我告诉人们，这个青年将带领这片土地走向光明。这些迹象，都指引我们服从这个男人，启示说他将改变传统，大地将在他的马蹄下颤抖。你们不要让这象征消失……不要让这些象征消失……这是我唯一的忠告。"

说完他就离开了，当天再也没有出现。人们都知道来拉吉先生一旦说话，就不会说空话；一旦站起来，就命令人们按照他的建议行动，否则就同他们断绝关系。他会在家中斋戒一个月，只吃一点东西、喝一点东西维持生命。"蝗虫之年"，因为各部落间的敌对，他不吃不喝差点没命。因此他刚刚离开清真寺，欢呼声就爆发出来：

"真主至大！真主至大！阿卜杜·卡迪尔是我们的素丹王！阿卜杜·卡迪尔是我们的素丹王！……"

这天的傍晚，太阳落下伊格里斯平原之前，阿卜杜·卡迪尔宣誓成为众信士的长官和埃米尔。为了避免摩洛哥国王动怒，阿卜杜·卡迪尔仅称自己为埃米尔，以维持契约——尽管它已经开始破裂。他当着三大部落代表们的面，宣读了誓约书。所有出席的人向他宣誓效忠，当天夜里，使者们出发将誓约书送到穆阿斯凯尔、奥兰和特来姆森各地。

毛希丁谢赫站在中间。雨又开始下起来，不断敲打着覆盖在清真寺广场上的棚子。在离开之前，阿卜杜·卡迪尔开始审慎地阅读誓约书，熟悉他的责任：

奉至仁至慈的真主之名，愿真主赐我们最后一位先知穆罕默德福祉与安康。

谢赫们、智者和各部落的人，特别是手持刀剑的骑士，贵族，商人和学者，你们好！

真主保佑你们，使你们的前路平坦，他将你们聚在一起，让你们成功、顺遂。

穆阿斯凯尔和伊格里斯东、西部地区的人们和与之为邻的人们，连同本尼·沙格兰、阿巴斯、布尔基亚、叶阿古比亚、本尼·阿米尔、本尼·木哈吉尔等部落的人，都同意向我——他们的埃米尔——宣誓效忠，与我缔结和约，不论甘苦，服从于我，并为真主的命令付出他们自己、孩子和钱财。我接受了他们的誓言和服从，也接受这个职位——尽管我并不喜欢。希望埃米尔之位可以成为一个途径，收集穆斯林的意见、消除他们中的分歧与敌对、保障正路、禁止违背纯洁的伊斯兰教法的对立行为、保护我们的祖国远离那些以控制我们为目的而袭击我们土地的敌人。我提出的条件是，那些将众信士长官的职责委托给我的人们，必须让他们所有的行为，都服从于神圣的伊斯兰教法的条例和真主的经典，必须忠诚地根据《圣训》确立公正，不论强弱贵贱。他们同意了这个条件。

因此，我号召你们来到我们身边，说出你们的誓言，表示你们的顺从。真主使你们成功，并在今世与来世指导你们。

我最高尚的目标是：依靠真主——我只从真主那里期待幸福安康——实现所有的善举。

此书根据真主的命令写就。

　　　　　　　　　　真主的奴仆、众信士的长官、素丹

　　　　　　　　阿卜杜·卡迪尔·本·毛希丁

　　愿真主使他的光荣永垂不朽，让他取得胜利！

　　伊历 1248 年 7 月 3 日（公历 1832 年 9 月 27 日）

　　突然间，所有可能的争议都消失了。很多部落派使者赶来，想给埃米尔建议和力量。大家证实了毛希丁谢赫退位的消息。人们非常了解毛希丁谢赫的儿子们，他们在阿尔泽、奥兰甚至首都经商，他们出现在战场上也不过是走走过场。最终所有的部落都因毛希丁谢赫的权势和从不会让人失望的来拉吉先生的启示而表示服从了。

　　夜幕降临，清真寺的广场上安静下来。人们在各种耳语中分散开来。有些声音比较清晰，在为埃米尔、毛希丁谢赫、有能力的一方和伊格里斯地区的人及邻近的人欢呼；另外一些带着些许含糊，人们思考着复杂的问题，朝着家或者部落的方向离开。

　　贝伊宫殿的两层房屋修葺一新、重新粉刷石灰以抹去挂在木墙上弹孔的痕迹——这是伊格里斯平原各部落反抗贝伊时留下的痕迹，反抗最终以贝伊逃向奥兰而结束。埃米尔和他的家人定居在拜莱克庭院的这座宫殿里。

　　接下来的几天，除了习惯和规则开始改变，没有什么新的消息。埃米尔禁止进攻阿拉伯部落，对违反法律的人以严厉的惩罚加以警告，随后开始在沉默中深思熟虑、隐居修行。他只接见来自各个团体的军事将领和经过奥兰拜莱克的权贵们。他清楚地知道，局势日渐复杂混乱。德米歇尔在百般努力后，掌控了奥兰拜莱克的大部分地区。身边亲近的人总想动摇他，只谈论他们损失了多少战利品——原本可以通过进攻邻近的部落获取的战利品。在隐居期间，他的兄弟穆斯塔法来到他面前。他看向埃米尔时难掩心中的烦恼，他不断地表现出对于埃米尔的决议——禁止进攻伊格里斯平原上敌对的邻近部落——的强烈不满。

"我们周围所有的财富之门都堵塞了，与我们结盟的部落找不到食物的时候，会吃掉我们所有人的脑袋。我们已经很久没有战利品了，就是因为那禁止进攻部落的决议，我们现在该怎么办?"[①]

他礼拜完站起来，气得满脸通红，目光如炬，眼中也不是平静的蓝色。

"既然如此你还能完成礼拜? 好吧! 每个必然的事物都在发生改变。我们用不合法的手段获取别人钱财的时代已经过去了。这些部落已经成为我们的一分子，我们也是他们中的一部分，我们是同甘共苦的兄弟。"

"其他那些期待圆满答复的人，对这话绝不会感到满意。有意见的人们会蜂拥而来。"

"他们已经向我宣誓效忠，就应该履行誓言的责任。过去那种没有我的命令而随意向别人伸手的事情将被杜绝，他们要为自己的行为承担责任。还有什么需要我讲的?"

突然间，他看到兄弟穆斯塔法胸口刺绣着金色的勋章——他

---

① 按照部落的旧习，各个部落之间经常发生相互掠夺的战争，胜者将败战部落的财产和俘虏据为己有。阿卜杜·卡迪尔担任埃米尔之后禁止各个部落相互劫掠，以营造阿拉伯人自身的团结，好一致对抗法国殖民者，但他的意图没有得到所有人的理解与支持。(译者注)

在开始一周的隐居之前，明确要求家族削减一些表面上的奢华和矜夸。思及此，他毫不犹豫地伸手，愤怒地将他兄弟胸口上的奖章一个个拽下来，并在后者惊讶的目光中，把奖章扔到地上：

"从今天开始，一切都要改变。我们要同敌人斗争，不再需要这些奢华的东西。战胜侵略者十分艰难。我们需要武器、水和食物，岁月必须改变日常行为。我们要考虑如何制造大炮、轻型武器和刀剑，而不只是会改装。如果有必要，还要重新发明步枪，而不再使用部落自制的步枪——那些枪不是哑火就是走火，总是先伤到自己再打到敌人。战争需要平时的准备，否则首领们早就劝我做其他部落做的事①，重新获取战利品了。"

"但是你改变不了祖祖辈辈的习惯，你让我们像其他人一样，可毛希丁谢赫的孩子难道能和其他人一样吗？"

"是什么让我们和其他人不一样？如果我们失去了同他人一样的权利，我们会怎样？你知道人们宣誓效忠的作用是什么吗？你什么都不知道。大穆罕默德的孙子穆斯塔法·本·贝伊·奥斯曼哈只要求西部部落归顺法国人；安卡德的谢赫伽马里试图拉上谢赫先生的子孙和沙漠中的人，依靠本·穆赫非和沙勒夫部落的力量委任另外的素丹王；特莱姆森起义反抗的穆斯塔法·本·伊斯梅尔指控我们背叛、自私自利、窃取了他的权力。法国军队兵临城下，威胁着要毁掉穆阿斯凯尔。我们最大的盟友，格拉贝部落，也在清晨的时候受到德米歇尔一方的痛击，他们夺走了部落的钱财，让部落分崩离析，还俘虏了部

---

① 指其他没有对埃米尔效忠的部落依然在相互劫掠。

落的妇女。奥兰的侵略者第一次品尝到了肉的味道。你们却还在谈论如何获得战利品，看来并没有吸取教训！"

正在这个时候，毛希丁谢赫①走了进来，他听到了埃米尔说话的一部分：

"孩子，镇静！谈政治的时候不要急躁。真主七天里创造了天地，并不禁止考虑战利品的事情，人们习惯了这种规则。"

"父亲，您别让我后悔承担这个我不喜欢的埃米尔职位。穆斯林祖先的战争②没有说服力。我们曾经以为自己是最优秀的，如今才明白别人在我们无意义的吵闹中不断壮大。"

"你说得对。但是真主至慈，真主与我们同在。我们以他的名义和素丹的名义参加战争，即使他将我们遗忘也无妨。真主既然让一个民族优于其他民族，就可以随时改变传统。"

"谢赫，时代变了，处事方法理应随之改变。我们正处在艰难的时代。敌人制造了大炮、火枪和锋利的刀剑，我们却还在原地踏步，每到伊格里斯平原上的新地方，我们都会游玩作乐。赞美真主！您将我置于这个非我选择的可怕位子上，却对我说要少讲真话，甚至对自己也是一样？如今我要告诉你，我看到的真相是，祖国正走向死亡，土地变得越来越少。"

毛希丁明白他的儿子在隐居一周后，坚定地做出选择。他穿上斗篷准备离开，小声说道：

"孩子，你是对的。真主会带来恩惠。"

埃米尔的兄弟穆斯塔法已经离开。

---

① 阿拉伯人对德高望重的长者或宗教长老的尊称，此处指前者。（译者注）

② 指历史上部落之间相互劫掠的战争。

"父亲，我的大谢赫！请告诉我的叔伯们放弃奢华的表象，穿上更适合战场的衣服吧。敌人拥有我们所没有的武器，而我们只有世代流传的计谋，并没有太大的威力，前提还是我们要懂得如何运用这些计谋。整顿国家需要时间，也需要大量的思考，我们现在什么也没有。只有完善管理、制定规则，我们才能起来反抗，解放我们的土地。"

夜深了，埃米尔回到房间埋头思考，没有入睡。他感到任务很重。曾经，他是个骑士，靠勇气来衡量自己的气魄；而如今，他的能力是其他人拼命的赌注。如何整顿社会与各部落——他们只承认部落酋长的权威、只为战利品生活，否则就要吃掉统治者的头颅？他做了礼拜，然后缩回角落，此时已是深夜，他开始翻阅上次看到的前言部分，细看他父亲从汉志、埃及和巴格达带回来的古老的军事著作和地图，在中缝里不停标注。

第一缕阳光照在哈马姆谷地和伊格里斯平原上，充足的光线射在紧凑的建筑物的墙上，抹去了附在上面的泥土颜色。埃米尔站在贝伊宫殿的阳台上，俯瞰农田和花园，深深地呼吸着来自贝伊庭院和伊斯玛仪小路上的植物、花和霸王树的味道。他看到随土耳其统治者逃离而被烧毁的城市四周倒塌的建筑物，看到人们向着市场行走，一批批地走过狭窄的路，随后淹没在繁杂的走廊、海湾和浓密的树林之中。另一边，城市的其余部分，则好像朝着限制城市延伸的平原和山谷的方向逃离，城市跳到平原上方，在相反的方向开始另外的延伸。他只听到鸟儿准备离巢的声音、牛的哞哞声和羊的咩咩声，朝着周围农田的方向传去。然后……视野中什么也没有了，只剩下战火毁灭、抹去每座建筑。

第三节　信任之轨迹

迪皮什主教长久地埋头翻阅记录、报纸和文档，然后抬起头来。往常他总会问我："让，现在几点了？"我用习惯性的玩笑口气回答他："主教大人，和昨天差不多，你该睡了。"他嘀咕了声"嗯"，让我错以为他要去睡了，他却再次埋头于纸卷，浑然忘己，直至凌晨一点。

但这次，他并没有问我什么，只是继续奋笔疾书，终于在那张文字密密麻麻的纸上完成了最后一个句子。

"让，听我念这段，说说你的看法：

1833年或这之后不久，德米歇尔先生与埃米尔签署一份协议，其中正误并非我等所能妄断。在埃米尔不凡的军事生涯中，这是第一份停战协定，是和平的起点。您知道我无权评判这份协议，但至少有权详述这个过程……"

"主教大人，与共和国总统这样对话十分恰当，但您应该说得更详细，这样拿破仑阁下才能更好地理解。"

"让，所有的表达都必须简明扼要。路易·拿破仑并不是一个容易被说服的人。"

迪皮什主教的思路突然停滞，无法续文。给一位国家元首写信，做到晓之以理，动之以情并非易事。主教停下笔，仔细查找刺骨寒风从何吹来，发现一扇小气窗开着，一丝寒气长驱直入，如锥刺般直刺他的背脊。冬寒逼人，特别是在波尔多，这个季节吹起的米斯特拉西北风直刺骨髓。

"主教大人，你需要毯子吗？米斯特拉西北风好像已吹到我们这儿了。"

"是起风的时候了，帮我把那条放在卧室的棉毯拿来吧。"

我把棉毯披在他身上。他把自己裹得像木乃伊一样，只剩脑袋、脸、明亮的双眼还有握住笔和茶杯的手指露在外面。那杯茶是我在他埋头写字时放在他手边的，还冒着热气，薄荷的香味弥漫了整个屋子。迪皮什很喜欢这股来自阿尔及利亚的味道。在那儿生活的 8 年时光即使不是他记忆的全部，但至少是他记忆中难以忘怀的一部分。

"谢谢你，我亲爱的让！如果没有你，我都不知道该怎么办。"

"主教大人，你应该对自己好一点，也让我们心里好受点。"

"这条毯子对我来说非常珍贵。让，你可以想象到这种爱吗？每当我把这条毯子盖在身上时，都能感觉到一种阿尔及利亚独有的温暖从头到脚拥抱了我。似乎我们并没有离开那片土地，而是更深地扎根在那里。所有去过的城市充其量是我们的流亡地，她让我们每每重返那最初之地——那牵动着我们的话语、拉扯着我们的衣衫、浸淫于我们身体气味的土地。"

"主教，你怎么能说出这些美丽的话语？你说得太好了。可是主教大人，你从埃米尔所居住的波城回来后，一直不舒心。放松一下心情吧，只有那样才能积蓄力量。健康最要紧。"

"我想要尽快写完关于与德米歇尔签订协议的这一章。听了埃米尔的话后，我意识到这章更加重要。还有一些看法不甚明了，我会在下次拜访埃米尔的时候询问他。想要宽容而尊敬地与你的敌人交谈并不容易。埃米尔好像是另一种人。"

"所有和他亲近的人都说过同样的话。"

他并没有回应我最后的话，只是转身拿起笔，试图搜肠刮肚地找到可以为继的只言片语。他所讨厌的蛙鸣越来越响，尽管他竭力想把这噪音从脑海中驱逐出去，但没有成功。他停下笔，转而去看堆满长桌的剪报，一份一份细读起来。他翻开《箴言报》和其他几份报纸，试着比较它们之间的区别。

迪皮什主教回想起他上次拜访位于波城的亨利四世王宫的经历，更加确信埃米尔在那里深受压迫和排挤。尽管如此，埃米尔仍然从容不迫。当和埃米尔谈到战争、休战和相关协议条款时，他的脸上并未显现任何焦虑之色。他的言谈和处境之间的距离日渐扩大。迪皮什主教仔细观察了埃米尔的行为举止，让他感到惊奇的是，在交谈时埃米尔目光炯炯，充满活力，没有流露出任何惶恐或想掩饰苦难的真实生活的眼神。

"亲爱的让，当埃米尔跟我们说话时，你注意看他的眼睛了吗？"

每当我们谈起埃米尔，迪皮什主教总是会重复这句话。

我把一杯热花茶放在迪皮什旁边，换下了那杯凉的。他就像沙漠人那样喝了一大口：

"亲爱的让，你知道那些达到忘我最高境界的大人物，他们完全摒弃了自私自利。你见到过埃米尔是如何谈论德米歇尔的吗？"

"当然，他们之间不会再有战争，一切都已结束。"

"不是这样的，让，仇恨只会越烧越旺，特别是在战争分出胜负之后。尽管如此，埃米尔仍能以他的远见卓识审视每件事情。"

"你会将这些话都写在那份寄给路易·拿破仑阁下的信中吗?"

"为什么不? 我们责任重大,但我内心坦荡。我曾对自己许诺要完全坦诚地面对我的良心和上帝,否则这封信就没有任何意义了。"

"主教大人,世事险恶,我怕他无法听到你内心深处的呐喊。"

"我相信他一定会听到我的呐喊,如果他无法听到,那至少我们努力过。总有一天会有人使一切恢复正常。"

接着,迪皮什喝了一口花茶,继续浏览文件。蛙鸣越来越响,就像教堂的老笨钟发出的沉闷、拖沓的声音,猛烈地撞击他的脑袋,但他假装听不见。

德米歇尔那张毫无疤痕的脸在迪皮什面前越显越大,他正热情地试图说服那些军官们接受自己的想法。埃米尔从马上下来,抖去斗篷上的火药和尘土,走向两山交汇处那个隐秘的地区,去说服那些部落,告诉他们自己没有把领土出卖给侵略者,这些侵略者拥有先进的武器,他们承认各部落在自己领土上的主权……但是这两张脸上都显露出极度的惶恐。在所有的战争中,总有人会极力争取和平,寻求保卫尊严、财产和百姓的最好路径;也有人会走向极端。埃米尔的身后是那些习惯了侵略和战利品的部落,而在德米歇尔身后则是隐形的机制,这种机制试图从频繁的战争中获得最大的利益,它没有意识到自己引起了新的仇恨,非但不能停止战争,反而冤冤相报,愈演愈烈。

Pauvres gens! deux nobles don Quichotte sans grandes issues.[①]

迪皮什嘀咕着，戴上了眼镜，又开始翻阅那些他曾逐页审阅过的文件。

1833 年 5 月 7 日。春天并不是总能带来喜讯。弥漫了整个奥兰拜来克区的火药味偷去了春日百花的芬芳。

德米歇尔将军仔细研究完奥兰市周边地形图后，便出去见那些在广场上整装待发的军团。他深知春天是最适合部队发动进攻的季节。他的部队畏惧寒冷，难以攻克奥兰地区艰险的地势，甚至难以跨越奥兰市和凯拉玫县周围的沼泽，大片的沼泽使得城外的任何行动举步维艰。

广场上的士兵们列队整齐划一。骑兵、轻型炮兵和大量的步兵，他们装备精良，全都配备了步枪、子弹和宝剑。德米歇尔将军突然觉得，一个月的时间就足够让他找出攻破这个城市防御的明确方案。这个城市再也无法承受蔓延肆虐的饥饿和疾病。老鼠、猫和狗的数量急剧下降，随之而来的是越来越严重的瘟疫。

行军一个小时之后，德米歇尔将军的军队在穿越凯拉玫县周围的沼泽地和死水区时遇到了极大的困难。蚊虫不停地叮咬着战马和士兵们的脸，留下无数从沼泽中带来的疾病和疟疾的病菌。很多炮兵团只有借助外援才能在夜晚前进。本来一些毗邻奥兰的部落包围了这支法国军队，阻止法军继续前进，但黑夜使部落的反应机制全线瘫痪。其中最强大的部落要属格拉贝

---

① 原文为法语，意为"可怜的人啊！两位高贵的理想主义者是无法找到出路的"。（译者注）

部落，这也是最忠诚于埃米尔和毛希丁家族的部落。

所有的路障都已经清除。布瓦耶①忧虑万分地带着作战计划离开，他不知道下一步该做什么，而素以严肃著称的德米歇尔代替了他的位置。德米歇尔是主战派之一，他支持在敌国的领土上发动战争。他认为进攻是最好的防御手段。

"我们必须在黎明之前到达进攻地点，趁其不备将他们拿下，否则他们会很快适应艰险的地势。"

德米歇尔将军对军营指挥官和卡芬雅克上尉②说道。卡芬雅克上尉正在清点走完山路、盆地和荒野后剩下的战马、骑兵以及炮兵团的数量。恶劣的地理环境使他们损失了不止三匹战马，军队不得不舍弃它们继续前进。当一位骑兵想要开枪给马来个痛快时，军营指挥官拉住了他的手，士兵正感到莫名其妙时，指挥官说道：

"你疯了？敌人就在附近，他们的听觉像狼一样敏锐。我们马上会被子弹和沼泽包围。"

骑兵转头望着他的马：

"可是，长官，它会痛苦地淹死在沼泽中。"

"我不想让其他的战马也淹死在沼泽中。你再去找匹马，赶快跟上队伍。"

骑兵没有再说什么，他没有要新的马匹，而是径直去追赶

---

① Boyer.（原注）

② Le capitaine Cavaignac.（原注）路易－欧仁·卡芬雅克（Louis-Eugène Cavaignac，1802—1857），法国政治家、军事家。生于巴黎，曾任共和国国家元首和政府首脑。1832年被调到阿尔及利亚进行征服战争，围剿阿尔及利亚民族英雄阿卜杜·卡迪尔的部队。他表现突出，1844年升准将，1848年法国二月革命后被任命为阿尔及利亚总督。（译者注）

他的队伍。只剩下那匹不小心踏入沼泽的战马在无望地挣扎，越陷越深。

法军开始安营扎寨，修补装备，所有士兵集合到一起。德米歇尔将军询问卡芬雅克上尉关于损失的情况，后者回答道：

"几乎没有任何损失，只是损失了两匹战马，一匹淹死了，另一匹腿部受伤，我们没有足够的时间救护它们；为了营救陷入沼泽的士兵我们耗费了一些枪支；此外还损失了一些小型活动炮的轮子，不过我们带了其他设备，很快就能将它们修好。"

"士兵们先稍作休整，黎明时我们立刻攻打格拉贝部落。"

话毕，德米歇尔将军带着他的将领们回到一个军帐中，做黎明进攻前最后的安排。不一会儿，先前派去侦查格拉贝部落防御位置的探子们赶回营区。侦查便于确定敌军潜散在周边的非大型防御点，大部分格拉贝的敌军驻扎在高原后方，以掩护部落的帐篷、羊群、驴子和马匹。

不远的前方，格拉贝部落帐篷的火把燃烧着，火光清晰可见。通常火光会一直持续到天亮，它是夜行者最好的向导。

黎明初现，德米歇尔的军队开始匍匐着向预定目标前进。起初军队整体行动，随后分成了狙击队、炮兵队和十个步兵队。扫荡式进攻开始了。首先摧毁的是前方防御点，敌人没有足够的子弹，也没有充足的时间开枪拔剑。其他的狙击队同时攻击那些尚在睡梦中的部落帐篷。人们挣扎、颤抖地四处逃窜，很多人连衣服都没有穿上，火焰吞没了他们赤裸的身体。通红的火舌很快舔舐到帐篷，帐中的人却仍在酣睡。人们不知道发生了什么，他们脆弱的防御根本无法抵抗持续的攻击。在部落重组反击之前，步兵队先一步到达，占领所有的帐篷，他们一把火烧了部落所有的农产品，牵走了羊群。这些羊在送到军营然后运往奥兰市之前，先牵到后方。接着法军俘虏了大批的囚犯、妇女和孩子，方便以后需要时做交易。就如德米歇尔将军和卡芬雅克上尉预料的那样，这并不是场大战役。他们正在等待埃米尔的反击行动，所以迅速将军队撤出这片区域。

当德米歇尔将军带兵到奥兰市郊外时，埃米尔和毛希丁谢赫的军队已经跨过阻碍前进的沼泽地。他们正在部署军队，试图进入奥兰市。天下起了雨，军队行进变得越发困难。

德米歇尔将军决定不进入奥兰市，为减轻军队的负担，他把战利品和俘虏先送往城市。他命令所有的军队都驻扎在奥兰市入口处的圣安德烈城堡①。这座城堡建于奥兰市外的高地上，可以俯瞰城内城外的地形情况。等到德米歇尔需要的援兵赶到之后，他们在 10 个步兵团以及骑兵团和两门山炮的保护下，开始修建防御工事。另一边，卡芬雅克上尉正一刻不停地指挥部队用泥土和石头修防御墙。埃米尔的军队刚开始潜入时，并不知道这座看似废旧的防御工事的土墙有什么用处，所以派出了侦察兵去查探，结果都有去无回。埃米尔此时才意识到这个看起来像高土堆一样的东西的后面竟然隐匿着全副武装的法国军队。

雨越下越大，这样的天气状况使埃米尔的军队根本无法进攻新建防御工事保护下的城堡。地上满是泥浆，任何进攻都变成了毫无保证的冒险。于是埃米尔带兵进入奥兰，他所做的第一件事就是重新封锁整个城市，封闭所有的道路，直到德米歇

---

① Fort Saint-André.（原注）

尔同意他所有的条件。

雨停后，埃米尔竖起了一些白色旗帜，上面画着一只张开的手并在旁边清晰地写着：安拉的胜利就在眼前。凌晨两点，埃米尔的军队发起突袭。军队带着一门近程炮和一门刚刚修好的山炮一起前进。埃米尔军队耗费了极大的努力和许多虚发的炮弹，只有一颗炮弹击中了防御墙。除了一个依稀可见的小洞外，这颗炮弹没有对防御墙造成任何影响。反击非常猛烈，火球如暴雨般从防御墙高处向埃米尔的军队袭来。

清晨太阳升起之时，埃米尔决定将军队撤回穆阿斯凯尔大本营，因为他发现自己军队的武器装备根本无法与法军抗衡。埃米尔仔细看了看小型炮和山炮，经过三次发射，这门山炮炮身已经开裂，他想要把所有的装备都原地丢弃，但很快改变了主意。为了下次还能再用这两门炮，他让巴什·塔布吉准备两匹马将这两门炮都拉到维修中心。他说道：

"这样并不合适，但我们别无选择。旧炮总比没有好，但凭安拉安排吧！希望这次能修得好些，至少得保证我们的安全，别像那门大型山炮一样在我们面前爆炸。"

"大人，我们用的焊接材料质量不好。我们已经向西班牙的犹太人要新材料了，希望能尽快送到。"

"或许我们应该好好想一想，除了修理之外，还有什么更好的办法。"

"买新的大炮？"

"不是。"

埃米尔冷漠地说道，然后快速地追赶步兵的前列。巴什·塔布吉和他的助手们则把绳子拴在马的身上，让它们拖走大炮。

有两点可以肯定，德米歇尔没有足够的实力发动一场全面突围的战斗，也没有能力保护这些冒险突围的战士们。对他而言，他能做的只有加强防卫。而埃米尔知道，必须改变这场战争的方式。时代变了，他正处于时代之交，这个时代即将结束，而下个时代没有人能知道其全貌，但战局已经明朗。

"我们需要更多的时间去领悟，我们虽然来自不同的部落，但都属于同一块土地。我们需要齐心协力、合作互助，而非自相残杀，这样我们才能拥有一个更广阔的未来。"

埃米尔手持念珠，自言自语着。

在去做周五聚礼之前，埃米尔一直等着伊本·杜兰和伊本·阿拉什回来。从昨天起，他就一直在思考该如何对那些无所适从的部落发表演说。

埃米尔发现客厅的天花板显得有些低，天空也不像他原先以为的那么开阔。从黎明开始，他就一直和他的书记官巴尔维拉以及妹夫穆斯塔法·本·塔哈米一起审阅最近几个月送来的公文。他翻来覆去地研究这份将和德米歇尔先生签订的协议上的条文，没有发现任何引发争议的地方。埃米尔想起了他与各部落之间的战争，这些部落都反对他的统治，拒绝缴纳税款。他们要么投靠法国势力，要么投靠当地拥兵自重的总督。他深刻地认识到，要让人们走出他们的部落、部落逻辑和部落语言的圈子，需要时间和丰富的经验。他尚未从部落战争的创伤中痊愈，但他不能让问题悬而不决。任何浪费时间的行为都会损害主战派的利益。尽管如此，埃米尔仍然感到非常幸运。虽然很多部落背叛了他，但有更多部落纷纷要求归顺到他的旗下，从而引起了一些法国军官的担忧。本尼·穆纳德部落、本尼·穆纳绥尔部落、薛纳瓦部落、苏木塔拉部落、穆扎耶部落这些位于奥兰地区之外的部落，尽管协议中并未列入埃米尔统治范围内，但纷纷揭竿而起，想要加入埃米尔麾下，以致苏尔特①参谋长对埃米尔和德米歇尔之间的协议的严肃性产生了怀疑：

Je suis bien décidé à exclure l'Emir de toute participation à nos affaires et à restreindre autant que possible l'influence qu'il pourrait exercer et don't il ne ferait usage que pour lui donner une extension et un caractère de stabilité que nous aurions ensuite à combattre.②

这封由伊本·杜兰发出、伊本·阿拉什送达的信件表明对方的态度并没有改变。而在巴黎，经过多次驳回和商讨，议会上院终于就阿尔及利亚局势问题上达成新的共识。局势调研委员会在完成了阿尔及利亚调研工作后，改称为阿尔及利亚最高委员会，又叫非洲委员会。该委员会得出结论：必须进入下一阶段的工作——定居阿尔及利亚，并指出，为了法国的荣誉和

----

① Soult.（原注）尼古拉斯·让·德迪乌·苏尔特，(Nicolas Jean de Dieu Soult, duc de Dalmatie, 1769—1851)，达尔马提亚公爵，法国军事首领和政治人物，绰号铁手，以作战英勇和政治投机而闻名。1804 年 5 月 19 日晋升法兰西帝国元帅，时年 35 岁。多次在战斗中战胜敌军，为拿破仑立下赫赫战功，后为波旁王朝的官员，又被封为大元帅——法国历史上四个大元帅之一。他还担任过三次法国首相。(译者注)

② 原文为法语，意为："我决定禁止埃米尔参与任何我方事务，尽可能限制他的影响力，埃米尔可能会利用这种影响力拖延时间，保持地区稳定，我们恰恰要尽快打破这种稳定。"(译者注)

利益，委员会一定全力维护非洲北岸地区的法属财产①，并在法国国王的监督管理下任命阿尔及利亚总督。1834 年 7 月 22 日，滑铁卢战役的幸存者埃尔隆②伯爵接受了法国皇室的直接任命。

埃米尔重新翻阅了手中的公文，并特别关注了新总督的文件。他没有读出什么新内容，而这份文件中透露出的深深的怀疑，使他的一片诚意深受打击：

Je ne connais pas le texte du traité passé entre le general Desmichels et Abd-el-kader mais d'ap rès ce qu'on m'en a dit, je ne l'approuverai pas dans toutes dispositions.③

埃米尔收到瓦罗尔④的公文及译本后，就把公文递给他的妹夫和顾问穆斯塔法·本·塔哈米。埃米尔声音略带嘶哑地说道：

"你看看吧，穆斯塔法，瓦罗尔在公文中说了些什么。"

穆斯塔法·本·塔哈米打开文件，他没有看译文先用眼睛扫了一遍原文，然后低声念了起来，好像怕被别人听到似的：

"Ce chef aussi entreprenant qu'ambitieux mérite toute l'attention du gouverneur général qui doit s'en méfier puisqu'il est visible que cet Arabe veut établir sa puissance aux dépens de la nôtre. Les relations qui existent entre le général Desmichels et Ab-

---

① Possessions Africaines.（原注）

② Drouet d'Erlon.（原注）埃尔隆伯爵（1765—1844），原名让－巴蒂斯特·德鲁埃（Jean-Baptiste Drouet, comte d'Erlon），法国元帅。1834 年出任阿尔及利亚总督，为阿尔及利亚第一任总督，任内软弱无能，在几起阴谋面前手足无措，于 1835 年解职。1843 年 4 月晋升法国元帅。（译者注）

③ 原文为法语，意为："我不知道德米歇尔将军和阿卜杜·卡迪尔所签订的协议内容是什么，但根据我现在了解的情况，在所有的计划中我不会批准这份协议"。（译者注）

④ Voirol.（原注）

delkader rendent la position de cet officier français général assez bonne, mais il est à craindre qu'Abdelkader ne l'ait placé dans une fausse sécurité. J'ai déjà parlé de l'ambition de ce chef arabe sur lequel on ne saurait trop avoir les yeux ouverts." ①

"主公，对他们还有什么可期盼的吗？你对他们非常了解，他们对我们几乎没有任何信任，而我们对他们的信任却丝毫不减。他们头脑里想的是别的东西，所以与他们开战是唯一的方法。安拉会支持我们打败敌人的。"

"我们的状况已经发生了改变。你知道，为了执行协议内容，我们陷入了残酷的部落战争，我们也许要为之献身。哈那耶事件只是个开始，我们应该谨慎地考虑下一步行动。想要教化那些习惯于侵略和掠夺并时刻惦记着邻居财物的百姓，可不是一件容易的事。也许我们倒下，后来者一如既往，什么都不会改变。就像伊本·赫勒敦②说的那样，这种模式早已在心中

---

① 原文为法语，意为"总督应该密切注意这位如野心家一般胆大妄为的埃米尔，但千万不可以信任他。因为这个阿拉伯人显然想要利用我们帮他建立自己的政权。德米歇尔将军和阿卜杜·卡迪尔之间的关系保证了德米歇尔的地位，但值得担心的是阿卜杜·卡迪尔可能有意将他置身于这种虚假的和谐之中。我早就说过，这位阿拉伯领袖的野心，是我们的双眼所无法读懂的"。(译者注)

② 伊本·赫勒敦（1332—1406）是中世纪阿拉伯著名哲学家、历史学家、政治活动家。他在学术方面的主要成就，改变了阿拉伯哲学研究的方向，创立了历史哲学和社会哲学的基本理论。他的学说为近世欧洲哲学家、历史学家和社会学家所推崇，称他是"人类历史哲学和社会学的奠基人之一"，阿拉伯学者誉他为"伊斯兰划时代的史学哲人"。代表作《殷鉴书》的《历史绪论》论述历史批评，讲得极其深刻而透彻，使得伊本·赫勒敦被公认为"第一位批判的文化史家"，社会学家认为他是从社会学、经济学等角度思考历史现象、解释历史进程、寻找历史规律的创始人；而在政治学领域，他的著作被认为可以与亚里士多德的《政治学》相映成辉。(译者注)

根深蒂固，如果想要改变就必须摧毁它的基础：野心、贪婪和动荡。"

"如果必须再一次开战，我们该怎么办？"

"我们已经在协议上签字，也将尊重这份协议。重要的是德米歇尔将军仍在遵守诺言。我相信他是法国人里真正的男子汉。听听他说的话吧！尽管他的上司责备他在法国权力方面对阿拉伯人做出了让步，斥责他不应该接受这份附有降低法国地位的条款的协议，我们手中的文件就证明他承认自己的所作所为，这一点就足以让我们信任他。你念出来吧。"

"quant au traité bien qu'il ne soit qu'un acte imparafait, il n'est pas moins constant qu'il a déjà produit des economies pour l'Etat, qu'il a été très profitable au commerce et que, sous cec rapports, c'est je crois, le premier résultat avantageux obtenu dans nos possessions en Afrique… Sa majesté appréciera le résultat inespéré des efforts de la division d'Oran et prévoit dans sa haute sagesse les avantages que la France retirerait de ce premier acheminement de la prospérité future de la colonie." ①

"真正的领袖只在危难之时出现，而和平年代则少有。德米歇尔是一位伟大的领袖。他焚烧了格拉贝部落的粮食，囚禁了部落的百姓。但自从他与我们签订协议时起，没有背弃一个领袖应有的道德。"

---

① 原文为法语，意为"至于这份协议，尽管它并未最终确定，但它确实为国家带来了经济效益，有助于商业贸易的发展。从这些方面来讲，我认为，它是我们所有非洲财富中最为可观的收获……陛下对于分割奥兰后得到的这项意外的收获非常满意，并且他运用他超凡的智慧预见到，法国会从这块殖民地繁荣的未来中获得更多收益"。(译者注)

"如果他们要再次挑起战争呢？"

"穆斯塔法，我们应该时时警惕。很多部落没有接受德米歇尔的倡议，是我们先违反了停战协议，因此我们绝不能让他们有任何反悔的机会。陆军部部长莫尔捷元帅[①]的态度并不比他派到阿尔及利亚的那些代表好。他最近还发了封急信给阿尔及利亚总督，告诉他可以用温和的方式撕毁已经签订的停战协议。"

埃米尔从黎明起就一直愁容满面。伊本·塔哈米翻开手中的公文，他没有看译本，直接用法语开始读给埃米尔听：

"Nous ne pourrions, sans compromettre les interest politiques de la France, laisser prendre un libre cours à l'ambition d'Abdelkader. Nous ne devons pas souffrir qu'il sorte de la. province d'Oran."[②]

埃米尔沉默地听着穆斯塔法的话，他发现本来正丝毫不落地记录着他的要求的机要书记官穆罕默德·巴尔维拉，现在显得有些困惑为难。

"在这样的情况下，真主啊，让我成为被侵略者，而不要成为侵略者"，埃米尔低声说道："说出的话如射出的子弹，一去不回。我会一直遵守我的承诺。没有什么可惊讶的。我非常了解这些。法国的很多新领导人都反对和平协议及其附带的奥兰地区分割条款，他们会竭力摧毁这个地区。"

当太阳摆脱了它沉重的剑鞘升上天空时，埃米尔开始思考

---

① Le Maréchal Mortier.（原注）

② 原文为法语，意为"在不损害法国政治利益的条件下，我们不能放任阿卜杜·卡迪尔的野心。我们绝不允许他的势力超出奥兰省范围"。（译者注）

与重要首领在清真寺会见的事情。此前他已经和这些首领就军队和地盘分配问题做了最新的安排。埃米尔惩戒了那些拒绝缴纳税收的部落之后，就返回穆阿斯凯尔大本营。随后他决定将奥兰省分为两个州，由他的表弟和妹夫——著名学者、演说家、摩洛哥外交事务及国家事务负责人穆斯塔法·本·塔哈米管理穆阿斯凯尔州政府；由来自塔拉拉山区的布哈米迪·瓦勒哈绥管理特莱姆森州政府，他在柏柏尔人部落中有很大影响力，并且像埃米尔一样喜欢战马、书籍和武器。埃米尔在每个州都任命了一批行政官员，由一位"阿迦"①来领导，同时管理一群部落，部落的头领向"阿迦"负责。而"阿迦"又听命于哈里发，战时享有一定的自由、行动和自主处置权。计划构建中的东提塔里省由米利亚纳和麦迪亚这两个城市组成，暂时由来自穆拉比特家族的阿里·赫拉特先生代表埃米尔管理该省，听候行政安排。

"我们害怕协议被撕毁，害怕一切事物提前崩溃。我们没有做好战斗的准备，现在的战争也许和以前的已经大不相同了。我们只有在稍许稳定的环境下才能重建国家。"埃米尔对正在准备会议文件的伊本·塔哈米说道。

接着埃米尔翻开哈姆丹·胡杰的著作《镜子》②，念了起来：

---

① 又译为阿伽或阿哥。奥斯曼土耳其时期对太监、宦官、警官的称谓。这里指后者。（译者注）

② 哈姆丹·胡杰（1773—1845），出身于阿尔及利亚的名门望族，法国殖民统治之前担任阿尔及利亚的行政要职，管理财政预算和户籍、人事等事务。其父是著名的伊斯兰学者和行政长官。《镜子》是哈姆丹留世的重要历史著作，被认为是后人研究奥斯曼帝国晚期、法国殖民阿尔及利亚初期阿尔及利亚社会情况时最重要的历史文献之一。（译者注）

"我们之间的距离该有多么遥远？这个男人生来便是带着尊贵光环的土耳其贵族，听听他在背叛这片土地及其人民时是怎么说的：我常常问自己，为什么我的祖国会遭遇社会基础的动荡并被剥夺了所有的活力，而我在仔细研究过其他邻国的国家局势后发现，它们中没有任何一个国家遭遇了和我们类似的结局。我注意到希腊在摆脱奥斯曼帝国的统治后，受到了各方面的援助从而建立了一个稳定的基础，比利时人民在摆脱荷兰……当我瞥一眼阿尔及利亚的状况时，我只能看到它不幸的人民正处于专制独裁和战争的水深火热之中……"

"哈姆达·胡杰是一个真正的男人。"穆斯塔法·本·塔哈米无意识地说道，接着他又继续去准备和哈里发们以及部分部落酋长开会所需的文件。

埃米尔披上灰色的斗篷，整了整仪容，正襟危坐于客厅角落的坐榻上。这时侍从报告伊本·杜兰和伊本·阿拉什已经到了，正在底层等候他，于是埃米尔下令让侍卫放他们进来。在最近的哈那耶战役中埃米尔不幸受伤，那个差点要了他命的伤口使他至今看起来仍显得疲惫憔悴。埃米尔知道问题的关键不在于签订盟约或协议，而在于如何说服大家遵守协议并上缴税收。当本尼·阿米尔部落向他寻求援助时，他根本没有想到可能对他本人以及德米歇尔协议产生的影响。

穆斯塔法·本·伊斯梅尔太傲慢了，部落再也无法忍受他。在生死一线之时，埃米尔只看到了那把刺向他的剑，这把剑杀了他的第二匹马，接着便要刺向他的脖子，幸好他的堂兄米卢德·本·伯塔里卜为他挡下了这一击，否则他已肝脑涂地。那一刻他扪心自问，当那些尚未摆脱土耳其思维模式，没有摆脱袭击劫掠和部落战争思想的人们接近他时，他真的没有做错吗？很多部落不理解协议的意义，把协议看作是埃米尔的背叛和他维护自身商贸利益的一种手段。

他成功了吗？埃米尔决定将他全部的信任都押在米卢德·本·阿拉什身上。他在穆阿斯凯尔大本营和奥兰的波瓦巴特之间数次奔波周旋后，才使埃米尔和德米歇尔将军定下最终协议内容。

"主公，我相信协议的最终形式一定会附有停战条件。一切都清楚明确，这份协议与您手中原有的那份已经非常相似了。"

米卢德·本·阿拉什说道，试图唤醒正在打盹的埃米尔，同时他偷眼打量那份伊本·阿拉什和穆勒杜赫·欧麦尔签署的最新文件。埃米尔已经仔细审阅过他手中的这份文件，并没有发现任何值得关注的地方，除了那块被大卫之星穿过的大印章、德米歇尔的印章以及字迹工整的日期——1834 年 2 月 25 日。

"很多事情已经开始改变，这份协议就是迈向建设的第一步。我们必须遵守这份协议。我已经说服那些法国人必须用一切手段维护这份协议，我们也理应如此。"

一直保持沉默的伊兰·杜兰望着步履不稳的埃米尔，从埃米尔的双眼和肤色就能看出他有点异样。当埃米尔对某件事不放心时，他的眼神就会暗淡，脸色变得蜡黄。

"这不是件简单的事。很多慷慨的人都以我们已经停止圣战为借口抗议以及拒绝缴纳税收。"埃米尔看了看他，继续说道：

"本尼·阿米尔部落虽然是我们的盟友，但他们也拒绝缴纳人头税，他们认为人头税是为圣战专设的，而抵抗基督徒的圣战已经结束。我曾经威胁过达瓦伊尔和扎马莱地区的'阿迦'穆斯塔法·本·伊斯梅尔，当他们听完主麻日[①]聚礼演说重归正道之后，我就停止了打击他们的行动。但是穆斯塔法就像他的土耳其祖先一样贪婪，习惯于侵犯那些反对他的人，劫掠战利品。当我们帮助处于困境之中的本尼·阿米尔部落时，穆斯塔法只是在一边旁观，而我差点死掉。此公来自于在土耳其时期长期统治谢里夫省大部分地区的阿拉伯家族，其行为真让我瞧不起。就连那个仗着自己年轻的马扎里，他也走了他爷爷穆斯塔法·本·伊斯梅尔的老路。奇怪的是，当我们与基督徒和平相处时，我们自己反而起了内讧。我们需要大量的时间才能使我们在对待自身和他人时不犯错误。"

"你几乎用一生的时间来维护这项协议。他们也应该付出同等的努力。阿尔及利亚国内历来存在着很多冲突和矛盾，但我们坚信和平最终会到来。他们中有些军人拒绝这项协议，因为阿尔及利亚俨然已经成为了他们提升行政级别和部队级别的所在。每一个来到阿尔及利亚的小军官在回法国时都摇身一变当上了上校或将军。"

"伊本·杜兰，你是明智的，你的解释明晰了所有的模糊之处，值得尊敬和赞美。你继承了你犹太家族的商业天赋和智慧。你曾处于我们和侯赛因·戴之间，尽管面临许多艰难险阻，但一直忠诚尽职地完成工作。现在你处于我们和法国人之间，我们从

---

① 即每周的星期五，为穆斯林聚集在一起做礼拜的日子。成年的穆斯林男子一般这一天上午都要去清真寺集体礼拜，礼拜完毕后由阿訇讲解《古兰经》，进行布道。

你的身上看到了希望。这片土地是你的祖国，就像我以及任何一个生活在奥兰的拜来克人一样，你是这片土地的主人。"

"大人，就像你了解的那样，德米歇尔的处境并不比您好。您读读这一段。"伊本·杜兰把手写的公文递到埃米尔手中说道："德米歇尔已经同意停战，但他的上级、阿尔及利亚总督以及一些军官却持不同意见。您听听总督在写给陆军部部长的信中是怎么说的：

Tout ceci me paraît tellement serieux que je me propose d'envoyer sur les lieux le général Trézel, mon chef d'état major, pour vérifier les faits dénoncés et prendre tous les renseignements necessaries… si le general Desmichels continue à rester à Oran, il n'y a pas moyen de lui faire entendre raison au sujet d'Abdelkader." ①

"伊本·杜兰先生，那我们该怎么做？难道我们就这样停滞不前吗？我们每天都损失数十名士兵，我们需要稍事休整以便思考一下国家的局势。法国人并不是像我们想象的那样，而我们单靠信仰根本无法打败法国人。因此，我们应该竭尽全力维护停战协议。"

"为了国家利益和商业利益，我们确实应该竭尽全力维护停战协议。这份协议赋予我们对奥兰拜来克的绝大部分区域的主权以及对阿尔泽港口船只和贸易的监管权。我们的人已经控

①　原文为法文，意为"这一切都告诉我需要极度谨慎敏感。我建议派遣特雷泽尔将军、我军参谋长实地考察，审查所有事实，收集必要信息……若德米歇尔将军一直留在奥兰，那么很难在关于阿卜杜·卡迪尔的这件事上说服他"。（译者注）

制了小麦及其他贸易。我们为奥兰市场提供粮食，若非如此，奥兰城的百姓很快就会饿死。今年 4 月 21 日，我们派了圣母号货轮从阿尔泽出发，运送了整船的小麦给直布罗陀山区的埃米尔萨利赫·艾阿麦尔及其合伙人，接着这艘货轮满载着子弹、火药和 600 袋硫磺返回阿尔泽。我觉得一切都按着我们的愿望发展。”

“同样，他们也开始意识到这份协议对他们不利。”

“他们正在找一切理由反悔。我们曾向总督申请铸造自己的货币，但被拒绝了。迈松·吕斯① 禁止我们用小麦和大麦交换 1000 堪他尔② 的火药、1000 支枪以及 1000 顶埃及布做的帐篷。现在的问题是他们否决的那些协议附加条约，都与我们是否能享有以上权利有关，而这些权利是我们在协商时极力争取来的。”

“面对这样的局面，德米歇尔什么态度？”

“他像那些怯懦的少数派那样为自己辩护，拒绝在委员会面前承认已经与您商定了的那些赋予我们活动贸易自由的条款。德米歇尔在面对攻占阿尔及利亚却意图不明的军事集团面前孤立无援。”

“我理解他的犹豫，但他不能在上级面前否认他曾经做过的事。我们是与一个国家而非个体谈判。否则，国事就成了儿戏。为这个协议，我差点丧命，所以他也应该为他的选择稍作忍耐。我们应该说服那些等在清真寺里的部落酋长，只有在一个和平的世界，我们才会拥有话语权。国家需要税收。”

---

① Maison Luce.（原注）
② 堪他尔：阿拉伯重量单位，1 堪他尔约合 44.928 公斤。（译者注）

雨中交织着丝丝寒气，周五的清晨越发严寒难耐。虽然在签订德米歇尔协议后，人们的心灵更加晦暗不明，但他们仍然到真主面前礼拜祈祷。

从清晨起，滂沱大雨就没有停过。但人们还是成群结队地去穆阿斯凯尔清真寺。伊本·塔哈米、书记官巴尔维拉以及伊木·阿拉什扶着埃米尔站起来，前往清真寺去做主麻日聚礼。埃米尔脸上的疲惫之色尤为明显。很多人劝他推迟出发，但他不能这样，特别是他的部下和将领已经安排好了一切。伊本·杜兰在清真寺的门口向埃米尔辞行，他要去首都。而埃米尔和伊本·阿拉什、伊本·塔哈米以及巴尔维拉一起穿过那些等他的人们，走进了清真寺。

很快这个俯瞰着贝伊庭院的清真寺中就挤满了人。清真寺内一片肃穆，间或有些提问的声音。埃米尔极力在座位上保持坐姿端正，书记官巴尔维拉在一旁扶着他。埃米尔稍稍挺直他的背，他在哈那耶战役中受了伤，虽然伤口开始愈合，但仍然感觉疼痛。

在主麻日的演说中，埃米尔并没带来任何新消息，只是强调这次演说是为了在他放纵内心之前号召大家共同商讨国内局势和百姓情况。他说：

"**真主啊，佑助我吧！战争强加于我，但我没有将战争强加于任何人。真主知道你们所隐讳的，和你们所表白的。（16：19）**①难道不是你们先请求我去从事这项伟业？你们曾经要求

---

① 这2句是《古兰经》经文，16：19是经文的章节号，即第16章第19节。（译者注）

政府遏制腐败堕落，但同样也是你们支持搞垮这个政府的阴谋。一个没有税收的政府怎么维持运作？如果没有互相理解和共同支持，这个政府该怎么坚持下去呢？你们难道认为我之所以征收税款，是因为其中一部分是用来支付我个人或家族的日常费用？我所要求的税收正是先知法律中规定给你们的义务，也是一个虔诚的穆斯林必须上缴的部分，它在我手中代表着神圣的忠诚，目的是支持信仰和真理。"

当埃米尔最后宣布聚礼结束时，他转向了在场所有人，包括首领、士兵、部落酋长等，向大家敞开了辩论的大门：

"希望真主能赐予我们时间来改变这一切。我知道，与我们先辈、祖辈们共同经历的时代将要结束，我们应该告诉自己，这个时代已经过去，会有另一个时代来替代它。他们拥有瞬间致命的武器，而我们的武器则再也无力保卫领土。通过奥兰之战，我们知道了自身的弱点和优势，所以必须停止幻想。德米歇尔不是布瓦耶①。德米歇尔更加聪明，他的谋略更加高超。他打败了格拉贝部落，在奥兰市入口处建造防御工事，以便从城外保卫这座城市。我们通过自己的所作所为使他们对作战计划更加担忧，增加了他们的战争耗费。尽管如此，我们没有打败他们，我们无法阻止卡芬雅克建造防御工事。"

"春季的降雨是我们和法国人之间的屏障。"后方角落里的一位首领说道。

"的确如此，但这降雨也同样阻碍了我们和他们的军事计划。1833 年 5 月 30 日那天，我们向敌军进行炮轰，结果只在

---

① Boyer.（原注）

他们的防御墙上留下了一个小洞。其他的事情你也知道，我们的大炮在战斗中还未攻击敌人就在我方炸膛了。"

"这是因为我们没有最基本的装备。"

"因此我说如果他们愿意和平停战，我们同样接受，如果他们仍要坚持战争，我们也做了充分的准备来抗战。正如你们所见，战争瞬息万变。我们曾经以为能够在一个小时之内就消灭法国人，以为这群胆小鬼拖着他们柔弱无力的身躯，是绝不可能抵挡我们的宝剑的。但是现实每天在告诉我，他们有备而来，而我们曾经颂扬的荣耀早已不复存在。"

"尊敬的埃米尔，我们怎么能相信那些罗马侵略者呢？他们烧了我们的粮食，掠夺我们的钱财，俘虏我们的女人，今天他们想要与我们和谈，但为了这个和平我们损失的远远多于我们所得到的。"一位蒙着黑袍的格拉贝部落的代表说。

"我们要根据行为来判定这个人。显然德米歇尔将军在这次协议中非常有诚意。按照我们的约定，他已经释放了囚犯，并将帕夏清真寺归还给穆斯林。布瓦耶也下令释放了凯比尔港口的囚犯和那些他们夜袭掠走的格拉贝部落居民，还归还了一部分财物和羊群。这些事实不足以证明他是值得信任的吗？"

"但他在阿尔泽城新任法官的帮助下偷袭占领了阿尔泽港口，并加强对该地区警备队的保护。"

"但他并没有禁止我们在这个港口发送货物、接收武器。他有权保护警备队，这符合条约的规定。作为交换，他将特莱姆森城还给我们，我们也摆脱了布努奈。布努奈只承认阿卜杜·拉赫曼毛拉的政权，他后来去马拉喀什投靠他的主子。是克鲁格利·穆舒尔人帮我们消灭了他。我们将特莱姆森城的管理权重新交还给哈马迪·萨高勒城主。虽然穆舒尔部族的大门在他面前关闭，但他最有权管理城内百姓。"

"穆斯塔加奈姆地区就是被他们攻陷的。"

"胜败乃兵家常事。我们不可能在一天内就得到一切。这就是我们还没有意识到的自身弱点之一。难道我们用斧子去挖防御工事？靠这种方法是无法在战争中获胜的。战争是有秩序的，需要认识自身弱点，否则我们将一直用斧子、宝剑和小轮车与一支拥有大炮并配有军车的军队战斗。我们能够抵抗一段时间，但我们绝不会打赢，我们的结局就是短期内投降或坚持一段时间后再投降。法国国王其实也在左右为难。他也不知道怎么处理这笔所谓的非洲财产。国王派出的监督委员会就说明了这点。法国想要挫败阿尔及利亚人民的锐气从而保障本国的贸易，还是想要在这块肥沃土地上长期殖民，只付出一点劳动就能收获一切？"

在埃米尔的旁边，他的书记官巴尔维拉正在黄色的文件上记录埃米尔所有的话语，并努力跟上会议所谈内容。他敏锐地感觉到埃米尔已经率先从根本上改变了自己的生活、环境和管理方式。在过去的一段时间，埃米尔就肯定地告诉身边的人：在一些外国人、土耳其工匠以及犹太人到来之后，很多职位都要发生改变，这些人将会管理火药工厂和皮革工厂，负责战马驯养、武器大炮制造以及物资供应。他正在考虑将武器维修工厂改建为真正的军火工厂，并关闭绿色火药制造厂，这种火药已经落后了。他已经派代表前往阿尔及利亚和直布罗陀地区与专家谈判，请他们到穆阿斯凯尔大本营来负责建设工厂和培训。今天的对峙和攻击都证明了法国人已经做好持久战的准备，他们拥有现代化的武器、火药和运输车辆，而埃米尔却一无所有。

"兄弟们，单靠信仰是不行的，还需要更坚强有力的支持。很多强大的民族，在小小的离间、阴谋以及自私自利之心的攻击之下都分崩离析，土崩瓦解。"

有人对埃米尔的话表示不满：

"我们拥有他们所没有的东西。我们拥有对真主、先知以及对后世的信仰。"

"谁说不是呢？我们的确拥有对这片土地最虔诚的信仰。但是不能忘记我们百分之九十以上的军火都是从国外买来的，若没有真主的庇佑，所有的港口被关闭，那我们最后只能窒息而亡。我们应该将目光放长远。拉什贡港还在我们手中，而英国人对我们非常满意，因为我们正在和曾经侵略过他们的敌人作战。如果我们不建立自己的工厂，就会灭亡，所以我们需要一些时间，这份协议如果真实有效，那它将会使我们拥有足够的时间重建家园。"

一位谢赫站在大厅的中间，用所有人听到的声音大声呼唤，他的声音显得有些嘶哑、干涩：

"你是哈桑和侯赛因 ① 的后裔，我们对你寄予厚望。在真主和圣徒的保佑下，我们必将消灭他们。阿卜杜·卡迪尔大人将使他们变成吃剩的干草一样（105：5），他左手边是火，右手边是和平，任凭他们选择。"

---

① 哈桑和侯赛因是第四任哈里发阿里的儿子。阿里是伊斯兰教的创建者穆罕默德的女婿、堂弟，被什叶派奉为合法的继承人。该派只承认哈希姆家族的阿里及其后裔为合法继承人，并尊奉阿里与其后代为"伊玛目"，认为他们是"受安拉保护，永不犯错误"的贤人。（译者注）

很多声音在大厅中响起：真主至大！真主至大！但埃米尔低下了头，若是没有巴尔维拉在一旁支撑着他，他几乎要因为疲惫而陷入昏迷。疼痛并没有带走他脸上的微笑：

"我尊敬的谢赫，现在我们才是那吃剩的干草。我希望那位基督徒将军能言而有信，不要让我们遭遇再一次的背叛。我厌恶那个叙利亚籍马木鲁克①阿卜杜拉·阿萨布尼，他在离开军队前担任守卫埃米尔的工作，但他回来之后竟成了法国人的说客。那些人在玩弄文字游戏。尽管如此，德米歇尔以及那些支持我的部落都应该知道，我一生追求和平，我愿意用脑袋保证信守承诺。我知道友谊的权利，我将一直背负这项责任。首先表示友好的人总是要比那些落后于他的人领先一步，但如果他们选择了其他方法，那我们也没有办法。真主是战无不胜的。"

经过一番激烈的辩论后，埃米尔望着众人，发表最终讲话，他号召大家要努力赢得这场为了真主和国家的战争。疲劳、寒冷和那场已经停了的大雨使他们的眼神疲惫涣散。

礼拜结束后，所有人都骑上了马，人群分散成了不同的队伍，每一队的前方是他们各自的首领或代表他们的"阿迦"或长官。而军队士兵虽然人数不多，也分成了不同的单位，如侦查团、审判处骑兵团、步兵团和炮兵团等。袭击奥兰市入口处的圣安德烈城堡之战教会他们，打胜仗不能只靠勇敢和计谋，也该用各种各样的手段。埃米尔的军队随后出发，埃米尔走在

---

① 马木鲁克是被释放的奴隶，但并非完全自由之身，而是依然依附于某个主人。在埃及近古时期马木鲁克构成军队的主体力量，形成一种独特的军事奴隶制度。

最前方，后面跟着蚂蚁般的士兵们，他们向伊格里斯平原挺进，以便送别他的家人，为他的父亲祈求圣徒的保佑。他的父亲生前非常希望能收回特莱姆森，并任命阿卜杜·哈米德·萨格勒①为哈里发，接替原先的哈里发布努奈。布努奈在死前逃到了摩洛哥，当时埃米尔正在返回穆阿斯凯尔的路上。当埃米尔从他的一个将领口中听到父亲去世的消息时，正在麦赫拉兹平原打仗，也是这场战役使他获得了"值得赞美的青年"的雅号。他带领 5000 多人的军队讨伐部落，使他们重新上缴税收后，拜谒父亲和先祖们的墓地。他在墓前向所有人宣读了开端章②，然后带着将领们向穆阿斯凯尔城的西面行进。城中的建筑物越来越小直到消失不见，通往鸽子谷的是一条下坡路，鸽子谷横在山的深处，把山分成了两半，中间辟出了一条狭窄的小道，只有埃米尔和他的将领们知道这条路通向何方。

冬末。

军队终于到达了朱卡勒山脉，也有人说是梅拉耶山脉。这条山脉一直延伸到首都阿尔及尔。从这座山上可以看到一切：米利亚纳市、山坡以及掩藏在丛林茂密的山坡和高原之后的通往麦迪亚省的条条道路。

寒气逼人。军队驻扎在米利亚纳城外的高地上，战马由于长途跋涉而疲惫不堪。山脚的冰雪开始融化，但还有一些挂在

---

① 与后面的哈米德·萨格勒是同一个人。(译者注)

② 开端章为《古兰经》的第一章，伊斯兰教在进行许多仪式的时候都要念开端章。该章共分 6 节，内容如下：1. 奉至仁至慈的真主之名；2. 一切赞颂全归真主，众世界的主；3. 至仁至慈的主；4. 报应日的主；5. 我们只崇拜你，只求你襄助；6. 求你引领我们正路；你所襄助者的路，不是受谴怒者的路，也不是迷误者的路。(译者注)

森林中的树木和植物上，从远处看去，就像一面面闪光的镜子，反射出明澈的阳光。米利亚纳城内的房屋、集市和清真寺看起来就像一堆从山顶滚到山脚的白色石头。埃米尔没有带军进城。他考虑派先遣部队查探并带回情报。同时其他的部队留下来，驻扎在米利亚纳城外的高地上，士兵们在山顶上支起了帐篷，开始生火取暖。

伊本·塔哈米感到疑惑，他来到埃米尔跟前询问军队停驻的原因：

"主公，我们现在该怎么办？"

"穆斯塔法，你知道现在情况复杂。虽然我们之前已经声明这次行动是为了维护协议，以及强迫那些拒绝缴税的部落上缴税款，但是敌人仍然对我们这次转移心存疑惑。"

"主公，士兵们疲惫万分，根本无法继续行军。根据协议内容，我们地区内的绝大多数部落已经回归了正路，同意执行税务制度，并补上他们拖欠的那部分税款。"

"所以，我下令让士兵们稍作休整，大家吃些东西披上被子暖暖身子，也让战马休息一下。去麦迪亚省的路还很长。我们不知道前方等着我们的是什么。你先带一小队人和一些骑兵去打探附近的情况。他们知道我们来了，但是没有人知道接下来我们走哪条路。"

"主公，你说得对。"

"如果一切按照我们所希望的发展，那么我们先留在米利亚纳城，然后转移到麦迪亚省去教训那些叛乱者，而后再一起商量怎么处理我的兄弟穆斯塔法，那个和德尔卡维部族同流合污的人。"

两个小时后，当穆斯塔法·本·塔哈米从城里回来时，一切都已准备就绪。他都不敢相信埃米尔会受到如此热情的欢迎与接待，全城的百姓都被动员起来迎接他意外的到来。埃米尔在这个地区已经成为一个神话，在市井有关埃米尔的传说已经超出了逻辑和理智的范围。人们把埃米尔的形象与"隐遁的马赫迪"①形象联系在一起。

　　"主公，他们等待和欢迎您的方式完全与您的地位相称。"

　　"我知道米利亚纳城的百姓善良而又虔诚，是一群坚强的人。"

　　"您知道穆罕默德·巴尔卡尼和穆巴拉克的儿子、去朝觐过的小毛希丁阿迦对我说了什么吗：'为了他的权威，我们将在他身边战斗。他们想让我们解除他的权利，但是我们不接受除了他的旗帜之外的任何旗帜。'"

　　"真主使我们成为他们所希望的那样。"

　　当埃米尔到米利亚纳城外时，城中所有人都在那里迎接埃米尔和他庞大的军队，站在最前方的是穆巴拉克的儿子小毛希丁哈吉②和穆罕默德·巴尔卡尼。前者是一位阿迦，他反对法国人留在阿尔及利亚，在埃米尔旗下的本尼·穆纳德族各部落的帮助下反击法国人，而巴尔卡尼则出自古老的穆拉比特家族，曾经是谢尔谢勒城的首领。起初他与法国人和平相处，但

_____

　　① 马赫迪（Mahdi）：阿拉伯语的中文音译，又译为麦海迪，意为"蒙受真主引导的人"或"被真主引上正道的人"。伊斯兰教经典之一《圣训》曾预言：马赫迪是世界末日来临前一个有宗教领袖性质的人物，是穆斯林的领导者。

　　② 凡是正式去麦加朝觐过的穆斯林都可以获得"哈吉"的称号，受到人们的尊重。

之后不久在本尼·穆纳德部落的支持下对法国人宣战。

当天晚上，有人向埃米尔汇报了当地形势以及穆萨·德尔卡维的事。穆萨·德尔卡维毕业于穆罕默德·阿里军事学院①，曾经统治过米利亚纳城，但之后因为违反了禁止与基督徒交往的法律条例而被驱逐出城。后来他逃到了艾格瓦特城成为宣礼员。他让人们都相信自己是一位毛拉②，要把所有的异教徒都扔进大海深处。而他的跟班也用尽一切办法用这种说法蛊惑大家。

"每当我听到人们被疯狂的思想所控制时，我总会感受到一种对距离的恐惧。正是这种距离隔开了我们和那些被利益和理智所控制的敌人。"

"但是主公啊，改变人们的思想是一件困难的事。您不是说过，被无知迷信所石化的大脑还不如一块花岗岩。"

穆巴拉克的儿子小毛希丁哈吉说：

"那之后发生了什么？"

"主公，之后的事情你都已经知道了。他袭击并占领了麦迪亚城。当时麦迪亚城内只有一门大炮，而且刚要发射就爆炸了，这对于那些反复修理的大炮来说是常有的事。这次，他主要依靠一些叛变的部落，而他最主要的支持者德尔卡维部落则不断地帮他宣传，说他要组建一支足以抵抗异教徒和安拉之敌的军队。"

---

① 穆罕默德·阿里为埃及最高的执政者，在阿拉伯世界首先开始类似中国洋务运动的改革，开设各种学校，其中包括军事学院。穆罕默德·阿里军事学院是阿拉伯国家最早的军事学院。

② 毛拉为伊斯兰教的神职人员。

"我们先休息一段时间。寒冷的天气已经使我们损兵折将，天一回暖我们就发动进攻。"

巴尔卡尼显得有些坐立不安，这引起了埃米尔的注意：

"穆罕默德先生，我知道你正在想什么。你想问穆斯塔法现在的处境如何，他是我的兄弟，是弗里塔部落的酋长，却加入我们的敌人德尔卡维部落。我绝不会插手，法庭对这件事自有判决。背叛大家的人没有借口可言。"

巴尔卡尼低下了头，他担心自己的言行为难了埃米尔。

当寒气退去，阳光透出了它的剑鞘，埃米尔领军向麦迪亚城进发。1835 年 4 月 22 日，埃米尔的军队深入麦迪亚城。埃米尔和毛希丁哈吉站在队伍的最前方。第一轮炮轰消灭了 280 多个德尔卡维的追随者。骑兵队随后发动进攻，一直追击着敌人，直到抓住了德尔卡维的妻子和他的儿子之后才停下来，这是他们的战利品。骑兵团追击德尔卡维人直至贝勒瓦吉亚城。他的追随者说，他为了大家献身了，但很快就会转世，以另一种形式回来消灭他的敌人。

埃米尔胜利凯旋，回到了麦迪亚城。所有的战俘都被带到他的面前，其中走在最前面的就是他的兄弟穆斯塔法。穆斯塔法请求埃米尔的宽恕，试图亲吻埃米尔的手请求原谅，但是埃米尔转身离开，将审判的权力交给审判委员会，由他们去处置。审判委员会最后对那些没有直接伤害百姓或没有阻挡埃米尔道路的囚犯做出了判决，而埃米尔的兄弟也是其中之一。当毛希丁哈吉告诉埃米尔时，他才知道了审判结果：

"你应该感到高兴而不是难过。穆斯塔法被剥夺了弗里塔部落首领的职务。法官警告他不准再追随德尔卡维，应该将德尔卡维视为敌人并揭发之。穆斯塔法表示完全同意，并在一份确认文件上签字。他对《古兰经》起誓，绝不会再去追随德尔卡维。"

埃米尔没有说什么。他一直望着天空，只见天上云层堆积，云层的后面透出一团团深灰色。突然，埃米尔转身望着毛希丁说道：

"哈吉，你知道穆斯塔法在你们当中非常幸运。我当时离开是因为我认为在这样的情况下，他们会杀了他或执行安拉的指令，所以我离开了。如果我是他们，我一定会做出更残酷的判决。我肩负太多性命，他们都是被德尔卡维和他传播迷信的追随者害死的。他们中有很多人的确是追随一种信仰而不是追随某个人，但是却深知自己所造成的危害。"

"穆斯塔法只是被他们所迷惑，他的所作所为都是因为他被德尔卡维所蒙蔽。他现在想要见你，请求你的宽恕。"

"现在绝不可能，等他清醒一些再说。你知道，如果在敌人面前退缩一次，就有可能再退缩无数次。有的人即使他的兄弟在自己眼前被杀死，他也无动于衷，我不想成为这种人的兄弟。"

"他并没有这样做。"

"他所做的事和这个也差不多。没有任何人能回避他过去的所作所为。"

埃米尔在麦迪亚城内停留了20天，他下令清肃城内秩序，让一切回归正轨，建立新的行政机构，并让所有接受任命的官员在清真寺里对来做礼拜的人们宣誓效忠。之后，埃米尔离开了麦迪亚城。

第四节 挫败之路

马车穿过卢瓦尔河上的小桥行进在通往昂布瓦斯城堡的路上，最后停在了与圣于贝尔教堂[①]平行的地方。迪皮什主教每次到昂布瓦斯城堡拜访时，都会习惯性地先经过圣于贝尔教堂，在列奥纳多·达·芬奇的墓前和墙壁斑驳的古老哥特式建筑前稍作停留。达·芬奇就在那里长眠，享受着从五彩斑斓的玻璃窗外射进来的柔和光线，这光线如同瀑布一般铺散开了。迪皮什主教走了几步，翻看手里那叠厚厚的档案。50岁的他身体仍然健康硬朗，但是脸上却布满岁月的沧桑，显得比实际年龄大。他长须及胸，轻薄、斑白的头发垂至手臂。他的衣服像神父的衣服一样宽松肥大，胸前始终挂着一个硕大的十字架，食指上戴着粗糙的戒指，使他看起来比实际年龄老得多。每当他聊天时，他的右手就会玩弄自己浓密的胡须，一松手，胡须便像沙粒一样从指缝中滑落。

主教整夜都试图解开疑团，但无能为力。他在昂布瓦斯城堡门前驻足，仿佛初次造访。城堡的建筑规模庞大，但是空旷寂寥，没有人气。他有很多疑问要向埃米尔请教。他对德米歇尔和埃米尔这两个人的判断从来没有失误过。昨天，他睡得不大安稳，信中的一席话让他难以捉摸。他对外面的世界不大关注，最重要的两个愿望就是：首先，拯救埃米尔；其次，找到一个能够遵照他的想法行事的宽厚之人。第二个愿望要想实现可能还要等上一阵子。

---

① La chapelle de Saint-Hubert. （原注）

守卫看到了主教。他们认识。守卫对主教容貌很是熟悉——虽然他长长的胡须遮住了部分面容，但是守卫依然能看出他红光满面，神采奕奕。

"早上好，主教。这一路劳累吗？如果所有牧师都像您这样，世界就会变得更加美好。"

"人们总是乐此不疲地为了某样东西而奔波，因为他们相信这就是真理。"

"是的。埃米尔正在等您。我去通报一声您已经来了。今天埃米尔已经接见过许多将帅。从他的表情和心情可以看出国家局势十分紧张。但是他的状态良好，没有受到大众舆论和批判的影响。他正在做礼拜。等礼拜一结束我就告诉您。您可以在大厅等候。老样子，来一杯咖啡吗？"

"天气如此寒冷，能喝上一杯咖啡再好不过了。"

主教喝了一口咖啡，感觉咖啡在体内流动，一股热流传遍周身。他向窗外望去，宏伟的宫殿映入眼帘。微光下，柱子、穹顶的轮廓清晰可见，仿佛是并排不动的影子。埃米尔做完礼拜后把礼拜毯放在长椅上，然后走出来，到会客厅接见宾客。他拥抱迪皮什主教，开玩笑地说：

"主教，他们至少还让我们在这里做礼拜，否则，这座城堡就会被虫子蛀掉。我想礼拜不会伤害任何人。做礼拜不是我们和他们间的事，而是我们和真主间的事。"

"尊敬的素丹，我觉得我们还不至于不堪到这种地步。否则我们绝不会再谈论人类这种生物。阁下，人性值得尊重，它不是卑微的遗留物。"

"你说得对。我们只有坚持不懈才能得到应得的东西。宗教里也是这么说的。人度过一生只为证实他的人性，因为他遭遇许多逆境，人应该勇敢、自重才能避免走下坡路。"

埃米尔坐在主教旁边回答道。主教试图安慰埃米尔因幽禁带来的脆弱心理和内心失望。他准确地领会了埃米尔的意思：

"素丹，您在这座城堡里可幸运多了。您在这舒适地生活，身边有最伟大的艺术家列奥纳多·达·芬奇相伴，这也许能稍微缓解您心中的忧伤。"

那可不一样，主教。至少达芬奇可以选择是否要来这里。他应国王之邀带来万人称赞的画作《蒙娜丽莎》。大主教啊，你知道的，压迫会使我们看不到美好的事物，使我们内心恐惧、忧郁、灰暗。每当我站在角落里打开朝向城堡另一侧的窗户时——不过我很少打开那扇窗——我就会看到露台，上面悬挂着卡斯蒂略男爵的新教徒追随者们的首脑——卡斯蒂略皈依了天主教，投靠了国王，但是他并没有向砍下他脑袋的人屈服。当人们站在露台前，他们不会想起统治者的愚蠢，而是享受购买旅行纪念品的乐趣。从本质上讲，这就是人类，他们把自己的生活、子女和亲人抛到身后，离开人世。我没有责备任何人，在历史上还有更恶劣的事。大多数哈里发被后人遗忘、被亲信杀害，伟大的学者被烧死——伊本·穆格法①被活活烧

① 伊本·穆格法（ Ibn Muqaffa，724—759）：阿拉伯古代著名的文学家。原籍波斯。阿拔斯王朝时任巴士拉总督的文书，改奉伊斯兰教。但因作品表露对统治者不满，后在统治阶级的倾轧中受牵连，以"伪信罪"被曼苏尔哈里发处死。以其对宗教的淡薄冷漠和对世相人情的洞察，对人云亦云的不屑而在阿拉伯文坛著称，其著作为《卡里来和笛木乃》，在阿拉伯古代文学中，它被公认为地位仅次于《古兰经》的散文经典名著，对阿拉伯语文学语言的发展贡献极大，同时对世界的文学影响深远。伊本·穆格法也因此书而成为阿拉伯文学的代表人物之一。（译者注）

死；哈拉智 ① 被肢解；若不是侥幸，伊本·鲁世德 ② 差点要和他的书一同被焚烧；还有，伊本·阿拉比 ③ 被无知的人指控为异教徒……大主教啊，宗教也有阴暗面。而我要说，如果人类能以史为鉴，看到这些伤痛和它的影响，那该多好啊！我很少打开这些窗户，因为它们让我想起难以承受的历史之痛。我和我的亲人们最好就呆在这座城堡里等死，这样我们就不会发觉比这城堡更黑暗的外部世界。"

"素丹啊，城墙的故事很复杂，导致灾难连连。血流成河也没能阻止灾难的发生。仿佛只有通过流血牺牲，人类才能在

---

① 哈拉智（al-Husayn ibn Mansur al-Hallaj，857—922）：伊斯兰教苏菲派著名代表人物。生于波斯法尔斯地区巴伊德附近的图尔镇。其父原为祆教徒，后改信伊斯兰教。早年当过梳毛工人，故名"哈拉智"。曾隐居修炼达 6 年之久。为表明其信仰的虔诚与纯正，多次去麦加朝觐。公元 908—909 年在巴格达开始传道，宣扬禁欲主义和人主合一的"入化说"。哈拉智在被捕之前就曾宣称："我就是真主。"因而触犯了正统派的教义，遭到正统宗教学者们的反对，被法官伊本·达乌德判以拘禁。910 年越狱逃跑。913 年被穆尔太齐赖派指控为"骗子"，再次被捕，并被判处 8 年徒刑。后经连续 7 个月的审讯，由各教法学派一致认定，犯有"叛教大罪"，922 年 3 月由阿拔斯王朝最高法庭判决，处以磔刑。死后被苏菲派尊为"殉道者"，其巴格达的陵墓被尊为"圣墓"。（译者注）

② 伊本·鲁世德（Ibn Rushd，1126—1198）：阿拉伯哲学家、教法学家、医学家。又译为"伊本·路世德"，拉丁名阿威罗伊。生于西班牙科尔多瓦的一个伊斯兰教法官世家。早年受过良好的传统教育，在伊斯兰教法、希腊哲学、阿拉伯文学、医学等方面均有较深造诣。曾被聘任为地方教法官和宫廷御医。晚年因其著作被认为具有异端倾向而遭放逐。数年后被恕罪，死于马拉喀什。（译者注）

③ 伊本·阿拉比（Muhyi al-Dīn Ibn al-Arabī，1165—1240）：伊斯兰教苏菲神秘主义者，有"伟大的长老"之称。他认为，人只有认识自身才能认识他的主宰——安拉；一般人的认识只能达到现象世界的多样性，难以达到它本质的统一性，只有"完人"才能从纷繁的多样性中看到本质的统一性。人们不能获得本质的认识，唯有借助于神秘的直觉。（译者注）

半个世纪甚至更久以后意识到自己犯下的错误。自以为真理在握的偏执使人成了瞎子，将他引向毁灭。"

"主教，如果我们面前这条长河能开口说话，那么它一定会高声呐喊。维埃耶维尔元帅①在他的回忆录中详实地讲述了那些事，白瓦素尼·塔伊卜花费了很长时间为我翻译过来。他告诉我，当时鲜血流遍城市的大街小巷。负责砍头和上绞刑的刽子手从四面八方涌来，杀人不眨眼。卢瓦尔河里布满尸体，以致腐烂，迫使国王和扈从离开城堡。从那以后宗教战争持续长达40多年。人们不知道是真主赋予人类神圣不可侵犯的灵性，还有什么事情能与人类的生活和尊严相等同呢？宗教中的极端思想一定会使宗教走向毁灭。"

主教对埃米尔精辟的观点惊诧不已。埃米尔对于阅读的外文书目都精挑细选。伊本·塔哈米和白瓦素尼轮流陪在他左右，白瓦素尼像他家人一样几乎不曾离开。

"您说得太对了，十分精辟！"

"我不仅与法国人抗争，也与一些盲目的地方长官作斗争。他们自以为真理在握，于是叛教，想杀谁就杀谁。战争就是这样。但是我们可以摒弃战争的罪孽和沉沦，最后走向正义，至少找到发动战争的正义之缘。"

"和您聊天总是引人入胜，但是我这次来却让您受累了。我这些天的疑问很多，但是至少是出于捍卫真理的心愿。我们在交换俘虏这一敏感时期相识。我当时没见过您，但是从您的信中我知道在我面前的是一位法国人和阿拉伯人都不了解的伟

---

① Le maréchal Vieilleville.（原注）

大人物。昨天，我整夜都在查找资料，没有找到能证明德米歇尔条约中存在着隐藏文本的理由。我从现有的资料中了解到，法国领导人并没有见过第二份文本。我不知道保卫这个地区的人怎么可以那样做。那些事被否认，德米歇尔的下属指控犹太商人利用这份文件谋求便利，与直布罗陀海峡、英吉利海峡甚至一些法国口岸做武器、步枪和小麦等交易。您知道，犹太人善于经商，很有头脑。"

"我明白你的意思。伊本·杜兰曾为我做事，大事小情全都向我请示。对于这方面的控诉没什么好辩解的，我对发生的一切都负有责任。禁止销售谷类的时期，他以我的名义发布了一份官方文件，允许他在奥兰港口进行贸易活动。这件事传到阿尔及利亚总督那里，事情闹大了，变得更加复杂，尽管我几次写信解释我是出于好意才这么做。最后，参谋长特雷泽尔①取代了德米歇尔。对我来说，问题的根源似乎比这些小事更重要。定居的法国军官和那些寻找海岸的商人之间的矛盾极其尖锐。首先是将军头脑混乱，之后是法国国王：他们要怎么对待这些偶然发现的港口？这不是干旱荒芜的沙漠，而是大海。德米歇尔为了停战做出了政治牺牲。他的确是个善良的人。"

---

① 特雷泽尔曾任法国远征军司令，于1835年6月撕毁了法国与埃米尔阿卜杜·卡迪尔签署的《瓦赫兰条约》（1834年2月26日），再次大举进攻埃米尔的地盘，却连连遭遇大败，是埃米尔的手下败将。法军不得不又一次向埃米尔求和。1837年5月30日，双方签署《塔夫纳条约》，法国被迫承认阿卜杜·卡迪尔对阿尔及利亚大部分地区的统治地位，而法国只保留几个港口。这是埃米尔在抗法斗争中所取得的重大胜利。特雷泽尔尽管在阿尔及利亚屡战屡败，但并不影响他后来升任法国国防部长。（译者注）

“您能这样评价您的对手真是太伟大了。德米歇尔绝没有怀疑您的廉洁，但是他为了保全自己而称这份来自伊本·杜兰的文件是伪造的。”

“事情很清楚，证据很充分。当德·埃尔隆将军① 联系我时，我向他强调了我的诚信。我们和他们都有证人——伊本·杜兰和圣伊波利特上校② 是总督的委托人，确保文件真实可靠。我为德米歇尔将军的事感到遗憾。这是法国的事，我没有权力介入。当我想要违约时，我给总督写了封信：‘我知道法国的规定。我也知道，如果法国人比其他民族强大，那就是因为他们不食言。众所周知法国人品行端正，因此，他们签约之后就不会再轻易违约。’”

迪皮什大主教把手伸进随身携带的皮口袋，拿出几卷文件，然后又转向埃米尔。

“您知道圣伊波利特上校知道您的确讲了实话之后是怎么说的吗？我给您读一读他对您的评价：‘埃米尔不是一般人。我们在欧洲不曾见过像他这样具有良好品质的人。他远离世俗，清修苦行。他的愿望不是达到个人的目的，也不是谋求钱财，而是遵照主的意愿行事，他是主的工具。’”

“谢谢！是的，我只不过是真主手中一个顺从的工具。主教，我们接着说德米歇尔吧。民间有这样一句谚语：墙倒众人推，破鼓万人捶。我就是这种境遇。反对和平的人增多，我们就该与他们对抗。要不是我堂兄本·塔利布出手相救，我肯定

① Le gouverneur general Drouet d'Erlon. （原注）
② Le capitaine de Saint-Hippolyte. （原注）

在哈那耶战役中被杀害了，我骑的两匹马也会死掉。这么做就是为了维护我与自己许下的承诺。实现和平并不是问题，在战争中有许多人向往美好，问题在于实现和平之后该怎么办。今天我跟你重申，只有一份文件，我们所有人都在上面签了字，我一直努力按照文件行事，从来没有背弃协议的规定。我知道德米歇尔将军处境特殊，但是他的情况和我不同。协议已经存档，你可以自己查阅，上面有双方的签字。我敬佩德米歇尔，他是少数主张宁和不战的人。但是在如此残酷的形势下，只有武器法则和死亡。如果德米歇尔取胜了，国内的一切都会改变，我们受苦、流血的日子也会短一些。"

"但是他为什么要说谎？难道您不认为这是懦夫的表现吗？"

"我只是为那些百姓着想，他们的国家被侵略，他们的财富被掠夺。我本该小心谨慎，真不知道人们会这样心怀叵测。我该如何说服不惜一切夺回自己权利的部落呢？德米歇尔高瞻远瞩，论证有力，而特雷泽尔目光短浅，视野有限。特雷泽尔认为应该诉诸武力，但是他却不知道武力对于弱小的对手而言只会起反作用。弱者可能赢不了战争，但却能带来伤害、损失和残酷。一个绝望的弱者会变得盲目，不分青红皂白滥杀无辜。有时候，我觉得德米歇尔与我比较，更像是政治游戏的牺牲品。德米歇尔曾强调，2 月 20 日那天他仔细研读过附件。这些文件此前由叙利亚译员和我的阿尔及利亚代理伊本·杜兰及其两位助手拉贡迪上校[①]、阿莱格罗中尉[②]一同盖章，然后

---

① Lagondie.（原注）
② Le sous-lieutenant allegro.（原注）

全部由本·阿拉什转交给德米歇尔。这份附件已经销毁或者遗失，只有真主知道。"

"但这点很重要，因为以后会因此引发战争，造成伤亡。他们说您违背了签订规则。您越过奥兰地区边境，来到提塔里边境，这超出了协议的规定。总之是您违背了条约。"

"那些主战人士是这么说的。正如谚语所说，如果你想摆脱敌人就把他们当作狗。事情很简单，你们看看法国划分的区域就会知道这片地区的确属于奥兰。我从来没有违约。军方对我的一切活动了如指掌。根据协议，我们有权在阿尔泽港从事贸易活动，我和德米歇尔在那里都有代理人。但是主战人士和扩张人士气焰嚣张。火药都开口了，你又能说什么呢？"

"我想以您的话作为真实的论据说服总统。我知道，凭您的宗教信仰和宝贵的阅历，您一定会坦诚地回答。正因如此，我才会严肃地问您这个问题。"

"主教，你知道，个人的命运在国家形象面前可能显得微不足道。我感到伤心的是，一个自由开放的国家会变成其他人的监狱。我签订条约只是为了在那里建立伊斯兰政权，并无其他目的。我们所处的局势变化很快，超乎想象。我曾经想要将国家从残酷的殖民统治中解放出来，但是现实是残酷的，我无法控制现实。我只能听从真主的安排了。法国政府当时摇摆不定，使得这件事情更加复杂，他们在占领海岸抵御海盗以便利通商和全面占领这两个方案之间犹豫不决。"

埃米尔再次去做小净、礼拜。客厅里一片寂静。大主教品了一口咖啡，看了看我。

"亲爱的让，你看到了吗？这个人是不是专制得令人憎恶？"

"先生，绝对没有。一切都表明他身不由己，觉得自己和家人受到了不公正的待遇。他的经历对您来说可不新鲜了。"

"我早就知道他的这些事。但是自从国王去世之后，拿破仑就一手遮天，我们又该如何说服他呢？他可以下令放了埃米尔。但是埃米尔的境遇依然不会好过。"

"我观察到，埃米尔的眼神中流露出巨大的痛苦。似乎为了不伤害到您，他隐瞒的事情比告诉您的要多得多。有时候我觉得他像那被剪掉了利爪而关进铁笼子里的狮子。"

"无情的岁月教会他像基督徒中的殉道者一样坚忍，为拯救他们爱戴的人而牺牲自己。"

埃米尔做完礼拜回到厅里，坐在紧闭的窗边。主教再次惊奇地问：

"您为什么不打开窗户？外面的空气肯定会带来些许轻松，消除禁足的苦闷。这些美丽的花园是英国式的风格，英国人从大海的那一头被带到这里，因为他们擅长园艺。"

"什么？"

"城堡和花园。您好像没听我说话。"

"我不想看到繁盛之景。这只会伤害我，而不会让我宽心。美丽存在于事物的本质中。只要一闭上眼睛，我就能从粗糙的窗帘和沉重的木头窗后面看到伊格里斯平原的泥淖、雨水和泥土，还有每天奔驰的骏马和一望无际的旷野。大主教啊，除了死亡，谁也不能把这些影像从我的脑海中抹去。你能跟我说，每当你躺在枕头上闭上双眼时看不到阿尔及利亚吗？"

大主教什么也没说，像埃米尔以前那样沉默。从主教的眼睛里我看到阿尔及利亚孤儿的怒火和他双脚上的血，晚上他脱下鞋子时，我看到了他脚上流着血，右脚的一层皮黏在鞋子上。为了那些需要他的人，为了让他们放心，他四处奔波。我们最后一次驶出穆斯塔法海，就像那些逃亡者一样，我们坐在一艘破旧的小艇上，以便登上停在大海中央的轮船。那天，所有事物都失去了颜色：天空黑压压的，像一个无底洞；大海中除了水什么都没有——没有颜色，没有咸度，没有气味。

"阿尔及利亚……"

安托万·迪皮什大主教嘟囔着。那是另一个故事，另一个更复杂的故事，比现在的事更让他困惑……

主教微微低下头，闭上了眼睛。

最前面的马在原地打转很久，坚决不走进杂草、芦苇、马拉曼草和滨枣之类矮小的野生植物丛里。为了训练马儿跨过障碍，萨伊斯把龙头套在第一匹马的头上，于是埃米尔责备道：

"我觉得如果马儿止步不前，一定是碰到了什么自然障碍或者突发情况，而你没看到。"

"马儿跨过草丛、芦苇、马拉曼这样的植物简直毫不费力，但是这是怎么了？主公，你学识渊博，一定知道是怎么回事吧？"

"这说明障碍物和平时不一样。"哈里发马扎里补充道，尽管肩膀受了伤，他还是来支持埃米尔。

马扎里的话还没说完，从树林里走出两位使者。他们身上披着黑色羊毛斗篷，径直朝埃米尔和马扎里走来。埃米尔把二人请到太阳落山前就搭好的帐篷内。

111

"众信士的长官，接替德米歇尔职位的特雷泽尔①铲除异己，焚烧格拉贝部落，糟蹋了农作物。今年，那里的居民将被迫袭击其他部落，或者您出面向他们施以援手。特雷泽尔突然袭击他们，让他们毫无防备。他们说：特雷泽尔牢记教训，深知您那句话'没有我的允许，连鸟儿也不能带进奥兰'的用意。他知道您将会把这座城市保护起来。为此，他什么事情都要抢在我们前面。穆斯塔法·本·伊斯梅尔没有停止军事演习。"

"格拉贝的哈里发瓦来德·哈利法呢？"埃米尔向第二个使者询问道。

"特雷泽尔策反他并没有成功。他说：'我只听从我的主公、众信士的长官阿卜杜·卡迪尔素丹的命令。'特雷泽尔正在撺掇与我们敌对的远方部落。"

"真有意思。他们违反协议，反而指控我们侵略。在总督回来之前我一个字都不会说，我要等总督回来澄清事实。事情会水落石出的。如果我们不得不这么做的话，我会写封信提出抗议。这就意味着宣战。从 6 月 26 日起，他的军队就已在奥兰和穆阿斯凯尔之间的交界处、希格河边安营扎寨。其阴谋诡计昭然若揭。特雷泽尔似乎有长远打算来侵略我们。"

"主公，我们应该用应有的方式回击他。"

第一天黎明，特雷泽尔的军队仍然防卫驻地，为了控制一切，他们还占领了水源。

埃米尔和他的将领们在山顶密切观察着敌军的活动，从山顶可以俯瞰河谷。

---

① Treizel.（原注）

112

"他们的军队井然有序，但是最大的缺点是笨重。也许此地是他们的葬身之地。如果他的军队被击溃，那么一定是因为这个原因。"

"我觉得他们只是想通过大规模阅兵来恐吓我们。"

一个哈里发眼睛一直盯着沿河南岸小分队大炮的活动情况，嘟囔道：

"我觉得不是。特雷泽尔将军一向行动严谨，他在这里就是要击溃我们。根据我们所掌握的有关奥兰的情报，我确定他没有执行埃尔隆将军的指令。他来这里首先就是要执行针对我们的计划，要给我们点教训。我认识的军官们都比这个人聪明。"

埃米尔的话还没说完，负责监视山右侧的"阿迦"已经同他的骑兵队到达了。他迅速溜进埃米尔的帐篷，当时埃米尔正在同两个意大利重型炮击武器专家、几个首领、军官和顾问碰头。"阿迦"坐下来，极力调整自己的呼吸。

"他们的军队具体有多少人？"

"他们共有 3000 多个全副武装的士兵，六十六军团，1 个非洲轻炮兵团，两个外国军团，其中第二军团是非洲骑射兵，还有两架可移动大炮，4 架小型快速移动炮，还有 40 多辆马车。我们觉得特雷泽尔此行并非只是来玩玩，或者只是为了给点教训。"

"的确如此，我们在山顶已经看到了。"

从第一天黎明到傍晚，所有人都在山顶密切注视特雷泽尔军队的动向。特雷泽尔将军选取了驻扎地点，占领希格河沿岸的战略重地，太阳落山之前，那里都会受到阳光的炙烤。

起初，他们在陆军上校伍迪努的指挥下分成几个营：两个狙击营，一个步兵营，两个轻炮兵营和一个意大利军团。两个轻炮兵营位于六十六军团的右侧。后翼得到非洲轻骑兵分队和博福尔上校山炮营的支援。博福尔上校①像狐狸一样对一切动向都明察秋毫，就算是一只兔子或者其他什么受惊的动物，他也不会放过。

七点整，一切部署完毕，特雷泽尔的士兵开始向毛拉·伊斯玛仪森林匍匐前进。那里树木繁茂，植被丛生，生长着许多松树，坡路蜿蜒曲折。由于道路崎岖，部队装备前行困难。第一小分队刚刚进入丛林深处，第一次战役就打响了。

埃米尔的部队有 2000 名步兵和 1200 个来自各个部落的人前来协助抵抗。他们已经占领大树后方的区域，并占据了可以俯瞰特雷泽尔军队的高地。埃米尔下令进攻。大炮在大树和巨石的掩护下射击。同时骑兵分成小组以便作战。森林、缝隙、陡坡都对特雷泽尔将军不利。伍迪努上校试图通过狙击手开辟出一条道路，但是子弹射中了他的额头。他应声倒地，一动不动。伍迪努上校的死引起了众士兵的恐慌。特雷泽尔想要重整旗鼓，此时宣布撤退的号角吹起。特雷泽尔艰难地从密林里溃退，向平原撤兵，在那里安营扎寨。

特雷泽尔将军重整旗鼓，感到形势要比他和将士们想象的复杂得多。俘虏的人数不断上升，他却还不敢发动真正的战争。他曾经想过要通过和谈，与埃米尔交换俘虏，但是这个计划还没考虑成熟。第二天中午，他撤离驻扎地区，开始向来时

---

① Le lieutenant colonel Beaufort.（原注）

114

的方向撤军。由于死伤惨重，特雷泽尔不得不腾出许多装帐篷、粮草的马车去安置伤员。队伍向希格城进发，在希格城附近的岸边搭起常规的四角帐篷。与此同时，埃米尔的驻扎地就在不远处。双方军队开始慢慢联络。多次书信沟通之后，一天夜里，双方终于同意交换信使。阿尔及利亚领事带来一封让埃米尔感到奇怪的信。特雷泽尔要求埃米尔承认达瓦伊尔、扎马拉特、格拉贝和克鲁格利－特来姆森的独立性，同意这些地区归法国所有，不再索要沙勒夫河右侧的领土。否则，等待他们的只有战争，战火会烧毁整个森林和大陆。

埃米尔感到很奇怪，对哈里发马扎里说：

"这个人真是奇怪，战败还能提条件？这个人到底是想打仗还是想和谈？我怀疑他脑子出了问题。"

"我们应该怎么回应他的要求呢？"埃米尔的书记官问道。

"稍安毋躁。这个人是战争贩子，他已经完全违背了协议。他会向他所有的上司对这次侵略作个交代。我会让伊本·杜兰替我给阿尔及利亚总督捎一封信，他头脑清楚，决策正确。现在，特雷泽尔可能会朝阿尔泽进发，冲破我们的包围，我们得设法阻止他。"

埃米尔召集与他并肩作战的军团长官、哈里发、阿迦和将领们，开始部署如何继续进攻。一个对地势了如指掌的哈姆彦哈里发插入一席话，向埃米尔陈述他的许多推断，并认为特雷泽尔可能穿过哈姆彦高原。他说道：

"众信士的长官，特雷泽尔极其固执。固执的人制定行动计划的时候往往很鲁莽。如果我们与他们的部队正面交锋，我们的部队一定损失惨重。但是我们可以设计将其引入岔路口的沼泽，使他们的马车和大炮没法作战。"

"但是这一切都取决于特雷泽尔部队的动向。因此，只有和他们交锋才能将他们引向通往大峡谷的道路，峡谷尽头就是沼泽地，在那里，士兵举步维艰，车马进退两难。"

"特雷泽尔将军不会半途而废的。"埃米尔的一个战俘打断了谈话，他被押上来，全面描述特雷泽尔的军队和他的军官：

"他志在必得，决心粉碎素丹的军队，大获全胜后游说众将领，告诉他们战争的必要性和利益所在。战败意味着他军事上永无翻身之日。"

"这类将军的问题在于，他还经常是对的，或者至少自己觉得是正确的。"

埃米尔的一个波兰助手插话道。这些波兰人皈依了伊斯兰教，寻求埃米尔的庇护。战俘们肯定了特雷泽尔的这种独裁倾向以及镇压素丹的情结。特雷泽尔当务之急，一是击溃埃米尔的部队，二是说服主和派的法国军官。

埃米尔觉得哈姆彦哈里发的话确实有道理，于是派出了几个小分队担任所有战略地域的先锋。埃米尔开始和特雷泽尔部队进行第一次交锋，以便将特雷泽尔的部队引向沼泽。

第一次袭击出其不意、来势汹汹。骑兵像一股热浪闯入特雷泽尔的军营，卷起漫天尘土和枯黄的树叶。只见他们行动迅速，炮火密集，接着，便绝尘消失在人们视野里，只留下人们的呐喊和马匹不断的嘶鸣。骑兵左右两面夹击，再次发起攻击，同样引起了恐慌。骑兵避开了大炮所在区域，而大炮很难向进攻者还击。突然，特雷泽尔的军队分成左右两队，结果使得配有重型装备的前锋陷入沼泽之中。那里看上去只不过是普

116

通的陆地、沙土，还有河流经过留下的蓝色石头。特雷泽尔命令负责重型武器的将领和军事工程师各司其职，掩护部队的核心，部队开始被埃米尔的攻击冲得七零八落。马车在原地打转，妄图阻挡第一轮攻击已是螳臂当车。马车深陷沼泽，越发动弹不得，每当想往前走，车轮就陷得更深。队伍最前面那沉重的马车除了还能用来遮挡枪林弹雨，简直变成了毫无用处的废铁。河岸右边，1000多名埃米尔骑兵对没有逃出泥淖的队伍发起攻击。大炮上只有一些稍微轻巧的零部件还在，其他毫无用处，但是密集的弹药和来自河谷、沼泽、丛林、死水的腐烂味道使得大量马匹挣脱马车，四下逃散。军士富尼耶①不得不用左轮手枪抵着马车夫的右太阳穴说道：

"别逼我打烂你的头！"

"但是，军官，他们都逃跑了……我们要是还留在这里，就是个死！"

"那你觉得我们现在应该怎么办？逃跑就能活命？他们会像宰一头猪一样宰了你。伤员不是还在马车里吗？你的命难道比他们的命还重要？你最好老老实实呆在这儿，把周围的人力、马匹和装备都用上，挽救你的马车！"

说完，富尼耶和剩下的士兵撤了回去，所有人一起努力把马车从沼泽地中拉出来，拯救了马车上的20名伤员。河里满是泥土、枯树、野草和深陷的马匹，许多处在路口和河流间的步兵都不得不跳进河里以避免这场惨烈的灾难，结果淹死在湍急的水流中。特雷泽尔唯一能控制的就是还没有掉入沼泽的重

---

① L'adjudant Fournier.（原注）

型大炮。而其他的大炮，要么被摧毁，要么被埃米尔的军队抢走。特雷泽尔丢下了所有东西——衣服、外套、粮草，甚至是满载伤员的汽车——尽其所能挽救局面。河边充满了骑兵们的吼叫，埃米尔的步兵一心劫掠，砍掉伤员的头颅，掠夺衣物和粮草。而特雷泽尔只能努力聚合兵力，逃出沼泽。许多军官们一边呼喊着要向穆斯塔加奈姆进发——那里更加安全。而特雷泽尔将军最后只能整顿部队，带着剩余的人马从反方向撤出，逃往阿尔泽。吼叫声、炮弹声、马匹嘶鸣声响彻云霄，前面的冲锋队员没有听到撤退的命令，最后发现自己被困在埃米尔的枪林弹雨之中。尽管他们一再努力聚合，但还是被冲散。能够从沼泽的另一端逃出的生还者追上了六十六军团和伯纳德上校①率领的骑兵队。骑兵队尚存几架大炮，阿洛上校和帕斯托雷中尉②就是用这几架大炮掩护从沼泽中逃出的步兵，才使得步兵赶上了大部队。大部队重新整队后向阿尔泽方向撤军。

埃米尔不再追赶，远远观战。马扎里擦掉脸上的汗和泥，按压流血的伤口：

"主公，我们还要继续进攻吗？敌人已经筋疲力尽，将他们全部歼灭易如反掌。"

"对于智者来说，这场教训已经足够了。战争不仅是拼力量，必要时还得比智慧。我想特雷泽尔将军现在应该明白，仅凭力量不足以解决重大问题。真主惩罚他，使他节节败退，之后他的上司也会罢免他的。被我俘虏的军官告诉我，特雷泽

---

① Le capitaine Bernard.（原注）
② Le capitaine Allaud et le lieutenant Pastoret.（原注）

尔最后将不得不回答总督的一连串质问。他已经损失许多大炮，死亡和俘虏的士兵有 1000 多人，这已经足够了，除非他疯了。"

"但是他们在我们射程之内，主公，我们可以将他们全歼。"

"到此为止吧，因为我觉得那些和特雷泽尔将军想法相同的人今天变成了强权者，只有真主知道我们将面临怎样残酷、困苦的境遇，我们是追求真理的人。特雷泽尔不得不走水路进入奥兰。因为他知道，如果他们走陆路，格拉贝部落定会在进入奥兰的地方等候他们，他们就无法保全。我担心德米歇尔条约及其相关内容已经在这片沼泽地中奄奄一息了。"

"那我们现在要做什么？"

"不管他们，我们把帐篷支起来。所有人员各就各位，提高警惕。我们这次的胜利会让他们更仇视我们。我们并没有发动战争，只是自卫而已。"

所有士兵行动有序，前锋、左右两翼和后卫向希格河沿岸进发，然后分成若干小方阵，每个方阵按照自己的路径回到自己的部落。埃米尔回到穆阿斯凯尔，人们打着花舌，唱着赞歌，欢呼雀跃迎接他的凯旋。但是埃米尔下令欢迎仪式从简，做好准备迎接接下来艰苦的日子。

在城门口，使者告诉埃米尔，米利亚纳的哈里发已经率领 5000 骑兵把法国人赶出平原，收复所有耕地，不伤一兵一卒就使哈朱特部落归顺于他。

一听到这些消息，埃米尔有几分喜悦。但同时，他敢肯定德米歇尔的条约已经被终结，战争已露出端倪。他屏退左右和家人，想稍事休息。他的脸上没有像往常那样容光焕发，而是像战败而归一般。从他蓝色的双眸中看不到希波拉河的河水，也看不到贝伊宫周围的平原。事情有些异常。他清楚地意识到，经过与意大利人和德国人艰难和谈之后才创办的军工厂，尚处于起步阶段。

"建立国家需要稳定的局势。部落宗派主义仍旧统领着所有关系，调动人心。每个人都认为自己是自我的主宰。"

穆斯塔法·本·塔哈米向埃米尔请示任务，埃米尔静静地握住他的手，把他带到专门的会客厅就坐。他把陶希迪的著作《神示》拿过来，放在膝盖上，说道：

"穆斯塔法先生，同特雷泽尔的这场战斗撕掉了保持和平的面具。人们只知道战争和战利品。如何弥合分歧，将问题都集中一处呢？"埃米尔在坐席上稍微舒展了一下身体。

"宗教啊，素丹阁下！宗教可以统一人心。"

"宗教可以统一人心，也可以离间人心。和德米歇尔签订条约的那天，我们的同胞极力反对我们，说我们和战争委员会和解。如果你突然发现你睡在一个叫作强权的巨大谎言上面，那么还有哪种和解可言？在暴政面前，我们的方式很可笑。尘世的欲望都不会满足。您还记得埃及的穆罕默德·阿里曾经是多么热情洋溢吧?! 他很早就意识到，首先应该和托普卡帕宫① 断绝联系，思考如何以知识和科学为基础建立起一个国

---

① 托普卡帕宫（土耳其语：Topkapı Sarayı）是位于土耳其伊斯坦布尔的一座皇宫，自 1465—1853 年一直都是奥斯曼帝国素丹在城内的官邸及主要居所。托普卡帕宫是土耳其人昔日举行国家仪式及皇室娱乐的场所，现今则是当地主要的观光胜地。

120

家。我们和他们的区别是拿破仑被赶出了埃及，他的梦想依然悬在空中。而现在的法国国王则执意要留下来，最终占领这片土地。"

"特雷泽尔的溃败也许可以给他们上一课。"

"我不这么认为。这将会成为主战派们的借口，最终撕毁德米歇尔条约，全面占领（我们的）国土。战鼓隆隆，人们不再谈论和平，而只是说说存留在记忆里的过去。特雷泽尔只是危机的表征。"

"他们的武器的确比我们强大，但是我们的威力会越来越强。"

"穆斯塔法先生，威力是什么？你见多识广。如果我们不铸造和他们相当或至少接近的兵器，我们将一直受制于人。尽管我们视死如归地抵抗，但是迟早会失败的。"

"我们该怎么办？"

"我们准备让百姓撤离穆阿斯凯尔及其周边地区，只有真主知道什么时候才能结束。战争已经重新开始了。"

"主公，我认为您太悲观了，就好像我们不是凯旋而归，而是吃了败仗。"

"我们是胜利了，但是他们让我们失去了和平。我感觉好像把一种高贵的事物埋葬在了心里。我心乱如麻，想让你知道我的感受，你可能比我看得更透彻。读读陶希迪的书，心里会好受些。里面有许多内容可以让疲惫的灵魂得到慰藉。"

"我们有必要让百姓做好准备离开这座城市吗？"

埃米尔没有听见穆斯塔法·本·塔哈米的话，他已经朝客厅里面通往卧室的方向走去。他打开《神示》，翻到上次读完后做的标记处——确切地说是两个月以前读到的地方——"孤独者"那一页，之后便潜心阅读，把所有事务放在一边。

1835 年 8 月 1 日。夏日极其湿热，土黄的天空，没有一丝蓝色。狂风猛烈而灼热，城里什么都没有，只有乌鸦不时出现，朝灰蒙蒙的远方飞去。

这些反常的天气时常带来内心的恐惧、担忧和惆怅。当三艘船停在阿尔及利亚港口海面比较平静的地方时，战鼓停息，但真正的战争开始了。海浪汹涌澎湃，拍打着船边，这个季节不会再有什么好天气。大量轮船运载着士兵和物资进入港口，四个兵团包括步兵团、炮兵团和必然要有的骑兵团，以及帐篷和所有必要的工具也运来了，还有新的战地医院。

海边搬运工花了大半天的时间帮助 1200 名士兵下船，随行的 800 匹马是要运到奥兰的。出台了一项决议，是针对总督埃尔隆的，这让他十分不满。他认为这是政治进程。他对港口会客室里坐在身前的雅基诺 ① 说道：

"我希望克洛泽尔 ② 能够走运，不过我们还得走着瞧，看取代我的人是否比我干得好。我现在有充分的理由怀疑事实真的截然相反。埃米尔一直坚守休战决议，我们应该保持同样的路线，不应该强迫他应战。"

"内政部长梯也尔 ③ 是主张全面占领阿尔及利亚的人物之一，是他任命的克洛泽尔。事情很清楚，克洛泽尔在阿尔及利亚的所做所为都令人不满，他得重整旗鼓，像什么都没发生过

---

① Jacquinot.（原注）
② Clausel.（原注）
③ Thiers.（原注）

一样……"

驻扎在阿尔及利亚的欧洲第一先锋队已经在那里盘踞，等待另一个态度更加严厉、思路更加清晰的人物。军队面前是一片农田、可耕种土地以及只等就业机会的廉价劳动力。那片广阔的土地什么都不缺，就是缺耕种和开垦它的人。

克洛泽尔向军队当局和这座城市行过军礼之后，和部分士兵简单交谈，然后接过一杯土耳其咖啡。咖啡的香气弥漫整个港口。克洛泽尔津津有味地品尝咖啡，然后风度翩翩地登上讲台发表演讲，他已经在途中打好腹稿：

"阿尔及利亚的人民：我被任命为法属北非政府的长官，这大大体现了法国国王的好意。无论面临多么复杂的局势，我都坚信，在委员会和阿尔及利亚人民的帮助下我可以带来和平。违反法律的人将得到严惩，无论他们身居何职，也不管他们在哪里被发现。我将致力于发展阿尔及利亚大部分地区的农业和商业，邀请欧洲经验丰富的耕作专家为这片土地服务……"

深夜，掌声在港口上空回荡许久，方才渐渐淡去，留下港口繁重、艰辛的卸船作业。船上装载着装备和轻型、重型武器，新的马车和大炮。当克洛泽尔驾着车被问及一些问题时，他简洁地回答道：

"这次和以往有所不同。我们拥有敌人所没有的优势，比如文明和战斗的必要装备。这是一次决战。"

克洛泽尔来了之后，卷着尘土的热风逐渐消散，乌鸦又回到城郊和海面上。一些人看到这些乌鸦拍打首都东部大门边的水面，那里离码头不远，这不是个好兆头。每当乌鸦突然在上空盘旋，人们就觉得这是凶兆，似乎有什么事情要发生。在杰迪德门，有的人近距离观察这些乌鸦，看着它们灵活转动的眼睛，仿佛是受到饥饿、残酷和疾病的困扰。人们通常都会把乌鸦赶走，不想看它们黄色的眼睛。但是除非它和人类只有一步远，否则它们就像黏在高处一样不离开。

有点常识的人都知道，长着闪亮的黄色眼睛的黑乌鸦不会在繁华城市开阔的空地上飞来飞去。因此，乌鸦代表废弃、恐惧和致命的疾病。人们说，乌鸦会从远方带来疾病。它们曾经飞到感染瘟疫的地方，接近了瘟疫。果真，霍乱开始在人群中迅速蔓延，就像胡同中的热风一般。之后疾病便蔓延到富人区、军营和监狱。虽然军队进行清洁扫除，四处泼洒药液以减轻霍乱的传播，但还是有人被传染。居民区有成千上万人感染霍乱。于是居民区被隔离起来，绝大多数居民都不能进入城区或者靠近军营，也不能进入监狱探视。因此，他们在因疾病折磨而死之前就已经被饿死、渴死。

阿尔及利亚的新总督克洛泽尔努力保护他的士兵避免感染霍乱。他害怕疾病使军队无法继续朝目的地进发。他的目标是将埃米尔的部队扼杀在摇篮中。他用两个多月的时间训练军队，装载去往奥兰的船只——船上有10000多名全副武装的士兵、马车、战斗装备、现代枪支和从未被用于战争的利剑。

初秋，霍乱平息，克洛泽尔在王储奥尔良公爵的陪同下已经率领军队到达了奥兰。军人在良好而又严格的管理下，面色完全好转，并没有病容。克洛泽尔将军脑海中只有一件事，也是唯一的一件事：进入希波拉河谷，尽一切办法横扫埃米尔所在的中心——穆阿斯凯尔。

伊格里斯平原的夜晚来得很早。

最后一个人走进清真寺后大门便关闭了，外面只剩下3个守卫，披着粗糙的斗篷，背着长枪。

这次的雪比往常更大，覆盖了奥兰省的拜来克平原。船只停靠在首都或者奥兰港口，运来的装备均用于作战。这些先进的装备能够冲破所有阻碍马匹和传统作战方式的天然屏障。

法国军队驻扎在山脚下。远远看去他们井然有序，走过希波拉河上的小桥时行军路线笔直。可以确定的是，他们并不像侦察员最初猜测的那样开往穆斯塔加奈姆，而是朝穆阿斯凯尔进发。所有偷偷渡过河口、潜伏在岸边或者藏身于附近丛林深处的眼线和卫兵都坚定地对埃米尔和他们的将领强调，现在法国部队的行军方向完全在预料之中。穆阿斯凯尔将遭灭顶之灾。

虽然天气寒冷，但是密集的人群、狭窄的清真寺和众人的交头接耳都让人身上感到些许温暖，许多人甚至脱掉了粗羊毛斗篷。

埃米尔在与哈希姆族各部落和其他部落的首领们开会期间一句话都没说。他长久的沉默让所有人手足无措。他平时可不是这样，一定是出现了什么危机或者即将发生什么危险。那些了解埃米尔的人意识到，埃米尔的沉默是要告诉大家一个意外的消息。所有人都意识到了这一点，但是没有任何人想听到坏消息。

"我可能让大家紧张了。如果瘤疾已经根治，就不会复发；如果复发，则必死无疑。我还没有想明白的事情，是人心善变。昨天还同你站在一个立场上，今天就轻而易举地成为了你的敌人。马扎里昨天还和我们一同在战场上厮杀，今天就叛变了。人心如此善变，这是多么残酷的命运啊！真是难以相信这些每天都穿着崭新大袍的部落，内心叵测。人与人之间的信任丧失了，取而代之的是蝇头小利，权力蒙蔽了人们的眼睛。"

"马扎里抗敌的信心一开始就不足，尊敬的主公！从一开始我们就不同意任命他为哈里发。这些人拼命厮杀却得不到职务的晋升。欺诈在他们和他们的亲属中根深蒂固。他们经常拥护强者，支持胜利者。主公，您看看他的祖辈，就会找到正确、清楚的答案。"

"我不知道这是否正确。没有任何人能够不热爱这片土地——它饱受蹂躏，我们曾为它而战。我们的行为可能并不正当，至今我们还没说服人们：我们需要一个国家，需要忘记部落。如果我们想要建设某种事物以抵御外寇，那么我们就要以大局为重。我不知道为什么劫掠者的数量不断增加。我们处死了那些公开与同胞兄弟反目成仇的人，但是我们又该如何处置那些重蹈覆辙的哈里发呢？每当我处死一个人，都会觉得是在自己身体上切开了一个永远无法愈合的伤口。正是我们的失误和自私将他们推入别人的怀抱！我们的制度从内部被瓦解了。"

"我们需要更多的时间。"另一个人回答道："但是，主公，今天我们该怎么办呢？几天后我们就要面对我们无法抵御的战斗装备了。我们只能用胸膛、无畏和忠诚的战马同他们拼命。除此之外又能做什么？"

"正是因为时间紧迫我才把大家聚集在清真寺里。许多年前你们曾在这里宣誓，立我为埃米尔，如今我诚恳地宣布，我想辞去埃米尔的职位。我觉得自己不能胜任领导一个民族。每天这个民族的最大部分和我作对，好像我拥有世界上的财富却不分给他们一样。让部落选一个人来继承我的位置，我必听命于他，与你们出生入死，就像一个小兵一样，唯一的目标就是美好和自由。否则，请你们转告管辖行政事务的长官基拉里哈吉，我想和家人一起去摩洛哥。我明白人们的争端和欲望，所以不适合领导这群人了。现在又回到劫掠和争夺战利品的时候了，百姓只会站在强者一边。一旦这方失败了，百姓就会毫不犹豫投靠获胜方。我处在自己不再能够理解的时间边缘。我所强调的原则只能是面临死亡。我开始感觉到另一个世界将要出现，那是我无能掌握的世界。你们找一个能懂的人吧。"

这个消息如同晴天霹雳。人们现在知道为什么埃米尔沉默良久，正因为这些话实在是难于开口。

刹那间，人们脸色发白，舌头打结。就像之前安排好的一样，清真寺内外异口同声地呼喊：

"除了你，我们谁也不选！我们最初跟随您，最后也会和您站在一起。如果我们必须再次向您宣布效忠，我们一定会这么做的，任何人都不能阻止我们！"

穆斯塔法·本·塔哈米机智地插话道：

"众信士的长官啊，宗教规定，危难时期领袖没有权力推脱责任。"

"只有真主能读懂人心。穆斯塔法先生，你见多识广，接下来的日子会极其艰苦，我不希望部落在辗转迁移时埋怨我。"

"但是您已经听到了，各部落首领不会接受除您以外的其他人当领袖的。我们做好了一切准备。我们为何不做好战斗的准备或不听从您的召唤呢？还有什么比抛弃我们的家园更可惜的吗？如果必须那样做，那我们听从真主的安排，将追随您！"

"等待我们的是极大的困难。意志力薄弱的人走不长走不远。主战派人士已经取得了胜利，爱好和平的人民在法国军队中被排挤。我们要么屈辱受死，要么奋起抵抗，别无他法。在接下来的战争中我们可能无法取胜，但至少我们遵照真主的旨意行事，百姓都相信我们。"

穆斯塔法·本·塔哈米环视在场的众人，他们异口同声地喊道：

"众信士的长官，我们和您出生入死！我们和您……"

"如果你们真心诚意，那么就准备战斗吧！这次战斗将比以往更加残酷。克洛泽尔正在朝穆阿斯凯尔进发，他想要占领所有重要的城市，剪断我们的羽翼。因此，我们要罄城所有，烧掉所有工厂，清理所有我们带不走又不利于我们的东西。他们的装备先进，但是我们捍卫尊严和土地的意志极其坚定！"

"我们听说一些犹太商人和安达卢西亚的阿拉伯商人拒绝抛下自己的店铺，他们说他们不愿搬来搬去，宁可死在这片土地上也不会离开。"

"不要强迫任何人。迁徙虽然必须，但并非强制。人们有拒绝的权利。你们向他们解释留下来的危险，每个人在自己和真主面前都要为自己负责，真主只给那些心里有足够容量承担的人分派任务。

第二天黎明，人们分成一个个有序的单位。每个哈里发负责一个区域，指导大家从该区域以最佳的状态撤离，避免发生抢劫行为，也避免增加百姓的恐慌。其他人则负责联系商人，劝说他们走私物品，为此次迁移提供物资。风雪和严寒使迁徙更加困难。在集市上宣布撤离之后几小时，哈里发们进了城，人们开始准备牲口以便撤离。在穆阿斯凯尔和附近的村庄里，人们东奔西跑，像遭遇了地震。从远处看，城里像大市场一样，男人、女人、儿童、牲畜、驴子、骡子、骆驼、产奶的牛羊混作一团。源源不断涌向埃米尔的情报确认说，克洛泽尔去穆斯塔加奈姆只是为了赢得时间，他的所有部队现在正在向穆阿斯凯尔进发，只有整队、补给饮用水和休息时才稍作停留，然后继续前进。穆斯塔加奈姆的情况是胜负的关键。埃米尔知道，打蛇打七寸，首都是最重要的地方。

军队开始有序撤离。在掩护前锋的骑兵团之后，埃米尔的家人——保姆、母亲和妻儿才撤离，然后是哈希姆家族的将领和妇女撤离，最后是其他人。从山顶看，沉睡在山脚下的穆阿斯凯尔人头攒动，一片骚乱。

当太阳从高山后面升起时，猫头鹰占领了这座空城，在城市的废墟上啼叫。远处燃烧着熊熊大火，吞噬了干草、小麦田、木头屋和市场，那里堆放着许多难以搬运的货物和一些犹太商铺，只剩下坚决不离开且希望法国军队不要到来的店铺。许多人已经闻到炮筒射出炮弹后散发出的火药味。炮弹就在穆阿斯凯尔附近。人们迅速集合，有的骑上骆驼或驴子，大多数人只能一路小跑向埃米尔撤离的方向追去。

迁徙车队浩浩荡荡，每当接近埃米尔管辖的部落，队伍就会不断加宽。

队伍在高原上稍事休息，之后埃米尔开始转向通向隐秘山谷的小路深处，他最后朝穆阿斯凯尔望了一眼，火焰熊熊燃烧，烧到火药库时，严冬中的穆阿斯凯尔被火焰照得通亮。

从昨天开始，寒风呼啸不止，树林和野生植物被吹得剧烈摇晃，一会儿头挨着地，一会儿又直立起来，然后又倒下。动物群穿过旷野时都会肩并着肩挨得很近，以此御寒。每当寒风袭来，动物就会互相把头缩进对方的胸口，然后又不得不继续前行。

"多年呕心沥血的建设就这样付诸东流了……"

埃米尔喃喃自语。他感到呼吸困难，于是做了个深呼吸，然后把斗篷在身上紧紧地裹了几下。他用马镫轻轻地夹了下马肚子，让马往前走一点，其他部落首领紧随其后。

-Mon général, vous le savez très bien, l'hivers est rude et décembre est insupportable dans ce pays.[①]

-Il faut qu'on arriveàtemps, le froid est difficile même pour les armées les mieux adaptées àce terrible climat.[②]

克洛泽尔将军回答尚佳尼耶队长[③]。他把自己裹在一件厚大衣里，努力拔出不小心陷入泥泞的脚。

Certains de nos éclaireurs dissent que l'Emir a déjà quitté Mascara et sa dirige vers les monts les plus proches.[④]

Il nous facilitera la tache. Mais je ne pense pas que les commerçants le suivront. De toutes les façons, nous non plus, on n'a

---

① 原文为法语，意为"我可知道，这个国家的冬天和12月份极其寒冷，简直难以忍受"。（译者注）

② 原文为法语，意为"我们得早点到达目的地。如果感冒伤风就麻烦了，再好的武器也适应不了这样可怕的天气"。（译者注）

③ Le capitaine Changarnier.（原注）

④ 原文为法语，意为"据我们的内线说，埃米尔已经离开穆阿斯凯尔，朝最近的山逃去"。（译者注）

pas l'intention d'y rester longtemps. Notre but c'est de detruire le noyau d'une industrie d'armement.[1]

尚佳尼耶队长似乎对克洛泽尔的话并不赞同：

"只摧毁兵工厂是不够的，阁下。因为我们离开之后，他们还会再次回到穆阿斯凯尔。"

"谁告诉你我们要把穆阿斯凯尔留给他们？我想这一次，埃米尔会好好接受教训。当他回来时，只会看到一片焦土。"

"穆阿斯凯尔现在已经是一片焦土。"

"埃米尔，我们走着瞧吧！"

当最后一支步兵队伍和后面的最后一支骑兵队通过河面上狭窄的小桥时，穆阿斯凯尔就在几千米以外了。寒风凛冽夹着小雪。已是深夜，冬季使得夜晚更加漆黑。

步兵接到命令，进入穆阿斯凯尔之前要先将其包围。

On sait jamais, ces Arabes sont pires que les chacals. Laisser agir les zouaves d'abord, ce sont des connaisseurs de ces regions accidentées. Faites les suivre par un bataillon de fantassins.[2]

尚佳尼耶提醒那些负责翻过城墙的军官。城墙上的门要么被烧毁，要么大大敞开。

当克洛泽尔的第一支冲锋队手握宝剑和长枪冲入穆阿斯凯尔时，那里已经空无一人，甚至连猫狗也没有。而过去，它们经常在夏天的中午时分在街头巷尾乱窜，冬天往往缩在角落或

---

① 原文为法语，意为"我们的任务很简单。我觉得商人不会逃走。我们也没打算长期呆在那里，我们的目标是摧毁他们国防的核心"。（译者注）

② 原文为法语，意为"我们永远也不知道这些阿拉伯人有多狡猾，和豺狼相比他们有过之而无不及。先让佐阿夫兵团进去，这里地形多变，他们对这里特别熟悉，然后步兵团跟进"。（译者注）

在空地上游荡。

第一支步兵队占领了一片尚存的民宅，有的民宅屋顶尚存，可以御寒和防雨雪，大雪冷得刺骨。克洛泽尔将军和他的军官们观察了四周的情况后，安顿士兵，等待天明——再过几个小时天就亮了。

黎明时分，尚佳尼耶队长打了一个盹，醒来后走上空荡荡的大街。路面上覆盖着一层晶莹的雨水。他突然发现面前是一座废城，其最重要的建筑——摩尔人的清真寺屹立不倒。他一个排的士兵在这个清真寺里度过了进入空城的第一个夜晚。古老的安达卢西亚①式民宅，因为房子外面有厚厚的外罩覆盖，因而没有被大火烧掉，没有人敢把这些外罩偷走或扯下来。他还发现了被第一批从墓地入城的步兵团毁坏的大理石墓碑，数量庞大，种类多样。让尚佳尼耶队长耿耿于怀的是那斑驳的城墙，依然屹立不倒，保护穆阿斯凯尔免受外来侵犯。尚佳尼耶队长命令士兵将行军配备的大炮对准城墙，然后集中火力全方位轰炸城墙。他发现埃米尔已经把从兵工厂里能带走的武器全部带走，剩下的全部焚烧，因为他不想让敌人受益。兵工厂刚刚起步，只能生产一些绿色火药，这些火药很难燃烧。但是这些成果对埃米尔来说非常重要，因为改善火药需要意大利和德国专家的帮助，这些专家全心全意地为埃米尔工作。

尚佳尼耶队长突然看到一只流浪狗艰难地从烧毁的设备下面爬出来，由于过度饥饿，它无法逃跑。尚佳尼耶队长毫不犹

---

① 安达卢西亚是阿拉伯人对比利牛斯山脉以南的西班牙大部地区和葡萄牙部分地区的统称。从公元 8 世纪至公元 15 世纪期间这一地区受阿拉伯人统治。

豫，果断掏出左轮手枪，冷酷地射死了这只狗。当这只狗看到尚佳尼耶队长他们进入城市时，像磐石一样一动不动，好像事情与它毫无关系。这条狗一直盯着尚佳尼耶队长，眼神中没有任何惶恐，直到中了两枪，它垂下头，倒在地上一动不动，没有一声嚎叫。

"流浪狗会传播疾病。必须杀了它。"

尚佳尼耶一边收起左轮手枪，一边说道。他下令将所有遗存的安达卢西亚式房屋、老清真寺、贝伊宫、大型市场统统烧毁，并和手下在远处一起瞭望。之后，他去了黄金交易市场，只发现几家犹太人和安达卢西亚裔穆斯林。他下令闯进商铺劫掠黄金。马尔杜赫刚刚结婚，身上还穿着穆阿斯凯尔及其周边地区流行的婚礼服。他用叉耙竭力阻止士兵闯入自己家，但是斯打过程中手部受了伤，叉耙掉在了地上，屋子里女人和孩子哭成一片。哈穆让自家女眷和犹太女人从后门逃了出去。除了一位不愿出来的老妪以外，所有人都被赶了出来。这位老妪用尽全力不停地诅咒劫掠者，直到大火开始焚烧一排排整齐的商铺。诅咒声变成了哭喊声，进而变成嚎叫声，最后在烈火噼噼啪啪的声音中消失，大火将一切化为灰烬。马尔杜赫、哈穆以及剩下的男人被带到穆阿斯凯尔城西，那里竖着许多绞刑架。他们戴着手铐，被蒙上双眼。哈穆闻到了一股死亡的味道，低声说道：

"马尔杜赫，我们会被绞死。你不这么觉得吗？"

"如果我已经感觉到了，我又能做什么呢？"

"要是你听我的会这样吗？你的脑袋真是顽固至极，像石头一样听不到声音。马尔杜赫我没和你说过吗？我们应该和孩子们一起跟埃米尔走!"

"你已经 70 岁了，我比你还老一点，我们留下又能怎么样？什么事都不会有。埃米尔不会亏待孩子们的。我已经厌倦搬来搬去了。每次在一个地方住下就会有人把我们赶走。我和你的祖辈们是逃过盘查来到这片土地上。我们还能去哪里？我们走投无路，真主的大地那么狭窄，简直就像一只鞋。我们的结局就是这样，认命吧。一块死，没什么可怕的。"

绳子套在他们脖子上，就像套住只羊。他们没有反抗，伸着头上已花白的脖子。天上又下起了鹅毛大雪。他们无神的眼睛盯着埃米尔和百姓们走过的高原看了一会儿，用眼神和他们告别，远处传来了哭喊声。

在这个寒冷、多风、飘雪的月份，穆阿斯凯尔第二天就已经被洗劫一空。军队像来时一样有序地离开穆阿斯凯尔，这次他们取道穆斯塔加奈姆朝奥兰行进。

"我们在穆阿斯凯尔一进一出，不费一兵一卒，"克洛泽尔将军说道："有的战役轻而易举，有的战役难如登天。但是这场战役索然寡味。"

"阁下，我们现在应该怎么做？"

"至少我们应该给这场战争找个理由。"

"就说我们杀死了狗、犹太人和阿拉伯人。"

"我不知道。除了闻到埃米尔留下的硝烟味道，我什么也没感到。"

士兵的腿很容易陷入雪中，想要拔出来十分困难。马匹想要找到便于前行的路就更难了。许多马匹跪倒在雪地里，但是军队不可能停止前进，于是就像尚佳尼耶命令的那样，马匹就被仁慈地射上一枪，留在原地。而尚佳尼耶这样做也是从他的一位老上级那儿学来的。

这个季节的伊格里斯平原，一如既往地披上洁白的冬装。这冬装很具有欺骗性。它覆盖了所有路标，挡住了通衢大道。每当微风吹起，雪就会被一同卷起，弥漫整个天空，白茫茫一片，遮蔽了所有道路，无法通行。法国战船运载来的新装备十分沉重，使得步兵举步维艰，想要找到西行的路难上加难。

绞刑架还立在那里，上面悬挂着阿拉伯人和犹太人的尸体，远远看过去就像干瘪的葡萄串。周围围了几条黄色的狗，虽然天气寒冷，天下着雪，但是那些狗还是突然从窝里跑出来，垂涎三尺地看着这些尸体。凶猛的野兽一遍遍地跳向尸体，尸体的四肢已经残缺不全。天气极其寒冷，尸体开始僵硬。由于尸体被悬挂得太高，野兽什么都咬不到，于是就有越来越多的狗来撕咬。野狼在树丛和坍圮的墙后面看着这一幕，数量越来越多，狼群越来越密集。

格拉贝部落迎来新的一年，一切都变了。通往奥兰和阿尔泽的所有道路都被堵住了。边境上放置了武器装备，谁要想从那里通过必死无疑。部落引以为傲的庄稼曾运往奥兰，现在大部分已经在盛夏被焚烧。盛夏，那是格拉贝农民收获的季节。大批羊群没有逃到其他部落，而是被军队或卫队拦住运到军营，或者直接运到城里售卖或宰杀。很快，植被生长得茂密杂乱；野狼、狮子竟敢在光天化日之下走来走去，见啥吃啥。守夜人和士兵的数量增多，他们坐在马车或骑在马上，随处可见。他们占领了所有高地，在每个山头修建了侦察站，任何事物都逃不过侦查员的眼睛。除此之外，致命的病魔已夺去了许多格拉贝部落居民的性命。

法国军官突然从笨重的马车上下来检查商队，确保商队没有运载任何东西后就放行了。一群孩子像狗一样一直在远处落魄地盯着他们。

"你们饿了吗?"法国军官问道。

"有一点。"其中最大的孩子害羞地说。

"你们知道为什么饿吗?"

"我们饿极了！我们饿极了！"年龄小点的孩子们不停地叫着，像一支合唱队。

"谁让你们挨饿的?"

"当然是埃米尔。"大孩子答道。

军官沉默了一会儿，盯着小孩们的眼睛说：

"你们说得对！拿着。"他给了年龄最小的孩子一块面包。

小孩本想把手伸向军官，但是他瞥了哥哥一眼，手又缩了回去。军官把小孩拉到一边，小孩的哥哥紧跟其后，离他很近：

"先生，他是我弟弟，我担心他。"

"我知道。我不会吃了他的。我只是想问他，为什么那么需要吃的，却不拿面包呢?我知道你们都很饿。"

"是的，但是我们的宗教禁止我们向你们索要食物。"

"为什么?"

"因为你们不做小净。"

"但是我们不是穆斯林。我要怎么做你的弟弟才能吃面包呢?"

"你得做小净。你要洗手、洗胳膊肘、洗脸、漱口、洗耳朵、洗头和脚。"

军官命人端来水,然后在盆子前弯下腰,开始洗手、胳膊肘、脸、耳朵和头。然后,他脱掉破旧的鞋子和脚上的袜子。

做完小净,军官又问孩子:

"现在可以了吗?"

"可以了。"

军官把面包递给那个小孩。小孩在拿面包之前看了看他哥哥,然后接过半块面包,把它掰成一小块一小块,分给身边像小猫一样眼巴巴地盯着他的同伴们。军官又回头看了一眼那个小孩,他一直专注地看着哥哥吃面包。

"你很勇敢。等你长大了,我们就把你吸纳进部队,你将成为永远都不会挨饿的大将军。你会吃得饱饱的。如果你看到埃米尔或者他的手下或者他的情报员,你会怎么做?"

"我们当然会去告诉你们。作为回报,你得给我们吃的,我们不吃难咬的山羊肉,也不吃野狗或者猫肉。"

"很好。你是个坦诚的孩子。"

军官坐着马车从高山后面离开了,那条路通向防御工事。孩子们又开始追着狗跑。他们习惯了每天不断地被盘问,甚至连提的问题都背住了,但什么也没得到。只有这次得到了一块面包,再就是,军官同意做小净。

这是他们第一次看到黄色的狗。他们跟在狗后面跑,追上以后就停下来稍微休息一会儿,狗也停下来不跑了。接着双方又开始跑,直到孩子们和狗都筋疲力尽。他们停在离狗不远的地方。这条狗总是用长长的鼻子赶走苍蝇,然后用圆圆的眼睛盯着苍蝇看。每当它听到什么声响,它就会把右耳朵转向声音传来的地方，准备防御。每个人都面面相觑。狗是一方，孩子们是另一方。狗知道，孩子们想要阻挡他的去路，但是没有成功。孩子们也知道，如果他们同狗跑的速度相同，那么他们在追上狗之前就已经筋疲力尽。

他们一直努力调整自己的呼吸。突然，一个身材高大、体态瘦削的男子从高高的枣树后面走了出来——这是他们第一次见到这个男子。他背着一个粗布包，上面系着麻绳。他不是格拉贝部落的人，但是说一口格拉贝方言，而且明显口吃。

"别吵了，你们稍微休息一下，等你们长大了就把狗赶走。追着狗跑的人需要技巧和力量。你们还小。"

"先生，小心。这条狗得病了，有半个多小时没张嘴了。所以我们想要把他抓住，赶出格拉贝部落。"

"仅此而已吗？狗肉可是很好吃的。"

"先生，你吃过狗肉？"

"从来没有。和你们一样。"

"那你怎么知道狗肉好吃？"

"我听吃过狗肉的人说的。"

大孩子沉默不语，怕这个面容冷酷、瘦骨嶙峋的外乡人觉得厌烦。他觉得这个男人和他们一样落魄，追捕野狗为生。

"先生，这只狗得了病，你可要小心。"

大孩子说。外乡人没有回答，只是站了一会儿观察那只狗。那只狗的眼睛死死地盯着外乡人。外乡人把沉甸甸的粗布包放在地上，张开双手，活动了下手指，舒活筋骨。孩子们惊讶地看着他。他们猜测，这个人可能来自周围的部落，不然不会冒险闯进这片区域——这里曾经有许多牧场和羊群，但是现在只有死亡和恐惧，大片杂乱丛生的植被堵住了街道。那个外乡人把孩子们赶到远处，把手里那块恶臭的肉穿上钉子，固定在地上，然后接近那条狗。他让孩子们不要乱动，屏住呼吸，假装和他一起撤离。孩子们照做。只见他以迅雷不及掩耳之势突然奔向那条正在啃咬地上那块肉的野狗。野狗一时来不及丢掉嘴里的肉，外乡人已经朝它扑了过来。他从腰间抽出短棒，朝野狗头上猛烈一击，然后弯下腰把它宰杀后扔进粗布包里，用麻绳系上，什么都没说就走了。孩子们瞠目结舌，谁也不敢问那个外乡人是怎么做到的。外乡人走得稍微远了一些，回过头对他们说：

"不用害怕了，从今往后谁也不会受到伤害了。我会把它扔出格拉贝部落的。"

孩子们呆呆地盯着外乡人的脚步渐远，消失在平原和高大的枣树林里。他们还在寻思这个人的来历——他只背着一个大背包，带着一根短棒和一把长刀，像猛虎一样速度极快无比，还没等猎物还击就已经把猎物抓住了。

格拉贝部落所遭受的压迫比其他部落都要沉重，绝大多数人要么追随了埃米尔，要么在法国人入侵后沦为法国人的劳工。饥饿如痼疾一般在部落中蔓延，人们为了猫狗、家畜、老鼠之类最不值当的东西互相厮杀。人们总是追着老鼠跑却很少抓住它们，因为它们躲在洞中，不知道从什么地方跑出来。某人花了整天的工夫守着鼠洞口，以先知的头起誓他看见老鼠钻进了洞，就在咫尺，最后还是把事情交给真主，自己抱着一堆植物的根回家，熬树根汤喝。

埃米尔的部队只吃些用少量水冲泡的面糊、椰枣、无花果或者橄榄。当他们驻扎时会吃到肉，并把剩下的肉带在身上，以便在道路受阻、寒冷、恐惧时充饥。之后，他们又要回到吃面糊、树皮和植物的日子。

第五节　书记官

迪皮什主教这次让我给他拿来从大麻提取的花粉。他腹部、颈部和头部的疼痛加剧了。

"我应该像我平时那样温暖舒适，但是我现在感觉很冷。这场重病侵袭了我的全身。"

"先生，您在怀疑我的能力么？"

"没有，亲爱的让，你是知道的。"

过了一会儿，迪皮什主教在取暖炉里添上早晨在院子里劈好的木柴，点燃炉子。这段时间波尔多非常寒冷。一觉醒来，冷风刺骨，没有任何暖流可以抵抗这股寒意。这一年雪下得比往年早，雪片又大又厚。打开窗户向院子望，院子不一会儿就会被皑皑白雪覆盖，白光耀眼。我站在窗前，看见悬在院子里的油灯周边的积雪迅速融化，化成细细的雨水滴落下来。

迪皮什主教对埃米尔的访问并未持续很长时间，但是搞清楚了一些隐匿已久的事实。当我们进入到埃米尔的房子后，我们发现他正在专心致志地口授，但他一看到迪皮什大主教，马上就放下手头的一切，张开双臂迎接他，重复着像往常一样的对话：

"你的来访给我们带来吉祥！欢迎你，迪皮什大主教！欢迎！"

"你是知道的，我担心你，便来看望你。"

"我希望你的这封信函能够在拿破仑和人们的心中引起反响。"

迪皮什主教坐在埃米尔对面的椅子上，盯着天花板。他感到有点冷，随后把目光转向埃米尔。他看到埃米尔的脸色微微泛黄，但是仍然很沉静。他说话仍然稳重、清晰，语速平缓。他正在向阿里·穆斯塔法·本·塔哈米口授自己的个人传记。大主教问他这么做有什么好处的时候还说：

"像你一样的著名人士，从小到大的生活都有价值。这对那些不了解时代、不了解你的人应该有价值吧？"

"这个问题对我个人无所谓，但是我想穆斯塔法先生曾经对我说的话是真实可靠的。我们撰写自己的生活，不增不减，原原本本的，这总比别人以不好的方式去讲述要好得多。最好是一个人自己向人们讲述他的历史并照亮别人的道路，让他们能够和他一起分享同样的艰难与困苦。其他人需要历史的阐释，而当他们的上司向他们讲述有意贬损的话时，他们是不会去向任何人求证的，我尊贵的阁下。死亡是真实而且必然的，大主教啊，我自己现在觉得如同一具行尸走肉，我想在真主面前、在人们面前为自己辩白。人们给了我以清白，给了我以信心，也给予我巨大的爱。"

"尽管如此，历史是由胜利者书写的。问题是历史的背后是活生生的人和事实。你现在被囚禁，这样的经历中带着你所投身其中的一切梦想与冷酷。"

"但是，谁能保证历史上的胜者被永远地定义为胜者。历史有着自己的模式。我今天想要说出我所经历的事情，也讲述我生长其中的社会，以及让我备尝爱与恨、备尝重复不断的背叛的环境。不管怎么说，我们今天绝对无法解决所有的历史疑问。我知道在历史和人们的行为以外，还有更多你所关心的东西。"

"是的，我不理解的是，你在战胜特雷泽尔之后是否真的想要辞职？还是仅仅想借此提振部队的士气，让他们能够直面正在远处招手的克洛泽尔的危险？我不理解对于一个像你一样的男子汉，从一个大战役——穆格陶阿之战凯旋归来，却还要辞职，到底有何益处？"

"我当时（辞职）是真心实意的。我有时想，局势变化，我没有准备好实力去执行，也许有人比我更能胜任这个角色。当我们感到软弱的时候，最好把职责留给更有资格的人。在发生了所有事情、遭遇了各种阴谋诡计之后，我感到了软弱无力。人们同你一起吞下了不幸、悲惨与苦涩，然后他们突然抛弃了你。要么是你没有理解他们，要么就是他们心怀鬼胎，表里不一。正如您所看到的，问题非常复杂。"

"但是威胁要辞职能解决问题吗？"

"我厌倦了。简单来说，我想去摩洛哥，把一切留给比我更合适的人，去领导这个民族。阿拉伯人除非被利刃刺伤，否则不觉疼痛，因为每一个人都以为事不关己，认为灾难都是留给别人的。"

迪皮什主教将毯子盖在他冰冷的腿上。他不知道寒冷已经灌注他身体的各个器官。打从小时候开始，他就觉得冬季是他最厉害的劲敌，必须要抵抗。

他思索片刻，喝了我拿给他的草药。

"亲爱的让，战争经常是毁灭性的。发起战争的人常常不是终结战争的人。战争既会吞噬被压迫者，也会吞噬掉压迫者。"

尽管埃米尔努力装得很自然，其实他心里很乱，话塞在喉咙里说不出来。他的事情似乎比以往更加困难了。埃米尔蹒跚地走向屋子一角的小床，在炉子里又添了一些柴火，然后躺在床上。就像大主教上一次所看到的一样，看到埃米尔这样的形象，他已经习惯了。埃米尔努力维护自己保卫国土的权利。他极力地控制自己的声调，让自己的声音不显得冰冷，不让人看出一点慌乱的神情。

"大主教啊，如果我侵犯了别人，我会变得残暴。战争形势变化万千，我必须随机应变，而战争的机器已经更新，战争的目标也改变了，已经不是我当初涉入战争时候的样子了。我被抛在现实面前。要么投降，要么保卫自己的权利，而对于这一权利，并不是所有的部落都能和我站在一起。如果你身处我的角度，你就可以看得更清楚一点了。你今天任命了一个哈里发，明天同一个哈里发就会全副武装攻打你，你必须寻找另外一个人来代替他。哈里发马扎里背叛了我，而在他之前穆斯塔法·本·伊斯马仪早已经背叛了我。穆斯塔法本来守卫着麦舒尔的克鲁格利，随后他便在特来姆森的门口迎来了法国人。我们只能摧毁他们的碉堡，然后尝试在塔夫纳阻止达朗热上尉①继续行进，除此之外别无他法。我们也可以重新开始游击战，在我们面前，除了封锁之外，再无其他方法。你知道为什么吗？只有封锁，才能保持士气，并促使各方力量进行谈判。我在西迪·叶阿古卜地区损失了300名骑士，但是我在封锁中获利了。49天的封锁，看上去那些与我谈判的人的时代结束了。"

---

① Le capitaine Darlanges.（原注）

"据说比若是这次谈判代表，他心思缜密。"

"当时并不是这样的。代替谈判的是国防部委派给我们一个难对付的人，一个熟悉土地也熟悉人的农场主。而比若^①有丰富的军事经验，率领三个军团，装备了所有现代化的武器，共有 4500 名士兵。在冲破封锁之后，他向穆斯塔法·本·伊斯马仪的部队求助，于 1836 年 7 月 4 日奔袭我们的另一个港口——拉什沃港。对我们来说，这是一个生龙活虎之地，因此，我们努力在赛卡克的两条河之间进行狙击，战斗打得很顺利，但是我们损失惨重，大炮、我最喜欢的马，还有我的几千名精锐士兵都损失了。你知道，对于一个阿拉伯人而言，损失战马意味着什么吗？1200 名骑兵，700 支长枪，6 面旗帜，还有 130 名战俘转移到了马尔西利亚，并将他们关押在那里。当我们丧失了这个地方之后，我们知道，再也得不到给养了。我们面前的道路，除了撤退到泰克达迈特之外别无选择。"

"穆阿斯凯尔呢？"大主教看起来像一个小孩子一样。

"穆阿斯凯尔仅仅是一个记忆而已，在第一次进攻的时候那里就被摧毁了。不可能再收复那里了，相对之下，我们要建立另一个首都，一个更有保障的地方，远离敌人的射程。这个地方要有历史感。当时，泰克达迈特就是这样一个合适的地方，坐落在麦迪亚和穆阿斯凯尔之间。这座城市由托尔法·阿卜杜·拉赫曼·伊本·鲁斯坦^②在 761 年建成。909 年落入法

_____

① Bugeaud.（原注）

② 鲁斯坦是传说中波斯萨珊王朝最勇敢的骑士，在波斯古代文学和阿拉伯古代文学中对他有很多的描述。

145

特梅王朝①之手，城中种植了许多参天大树，如橡树、橄榄树等，土地坚硬，山峦叠嶂，多次抵挡了外来的进攻。的确，那里的自然条件有些差，从10月份开始天气就变得寒冷难耐，但是它的位置确实无与伦比。我们不是要这样选地方，但是那些让选了这个地方的人，他们知道其中的意义所在。我的梦想是将这座城市变成战争之城，但更要让它成为知识与文化的殿堂，恢复它以前的文化地位。但时不我待，战争没给我们时间对这个城市进行文化建设。我借助一些欧洲学者重建了可以防御外敌入侵的城墙，然后在城内建立了制造步枪的兵工厂。一个不能自己生产武器的城市，只不过是一座死城。这里曾是山区和撒哈拉沙漠之间的商贸中心，是插在叛变的各个部落眼中的荆棘。这座城市的圆形地势，赋予它抵御四面围攻的力量。各个城门给了它最好的演习条件。我们开始铸造铜币，为一个大图书馆奠基。我的梦想就是在其中放置我收集到的所有书籍。在战争之中建立一座城市并不容易，而我最大的希望是有足够的时间去读书、写作、自省。你可以想象一下，一个人在打开书籍的一刻，某个城市的哈里发派来的使者出现在你面前求救，要求给予帮助，这会是什么感觉？"

"当时你们和法国人的关系断绝了吗？"

迪皮什主教仔细打量着埃米尔平静的面孔问道。

"不。理智一直统领着一切。我们并不排斥与法国人的来

---

① 法特梅王朝（al-Sulalah al-Fatimiyyah），公元909年建立，公元1171年灭亡。以伊斯兰先知穆罕默德之女法特梅得名。中世纪伊斯兰教什叶派在北非及中东建立的封建王朝（909—1171）。因其旗帜、服饰尚绿，故中国史书称"绿衣大食"。

往。我们进口火药、硫磺，出口肉和小麦以及其他在我们国内生产的法国人需要的东西。当时伊本·杜兰十分活跃，和法国人的头目过从甚密。他为我们提供法国人的需求清单，比如肉、谷物以及其他东西。我们派遣他通过我们的商路向他们提供这些东西。"

"你不会没想过某一天伊本·杜兰会背叛你吗？你知道在法国人第一次进入阿尔及利亚时人们说他什么吗？"

"我知道他们说过他很多的问题。他控制了达耶所有的金子。但是我对他比较了解，此人值得信任，他是我父亲的故交，他们之间交情甚笃。我们给了他所有的权力。他是我们和法国人之间的纽带。不，我们没有看到他对我们有什么害处。有时我们发现在犹太人和基督徒中有很多人比我们自己的兄弟还好。要是我被马拉喀什的素丹阿卜杜·拉赫曼毛拉抓住的话，我一定会杀了自己，我宁可把自己的命运交到法国司令拉莫里西埃的手里，而将其他的一切留给真主，我的命运只掌握在真主手里。我知道你们的文化禁止杀掉首领，甚至对他的勇敢表示敬重，为了维护最高的典范而对他的拼命精神给予高度评价。"

"有时我自问，如果我不是军人，没有被授权那么做，难道不能避免陷入困境、骑虎难下吗？难道不能以宽容和稳重的态度去商讨许多难题吗？如果从一开始就和比若休战的话，很多牺牲了的人本可以在战争中安然无恙，免于死亡。也许我会和伊本·杜兰会面，也许会建议他开始谈判。在你给他的信中……"

随后埃米尔从那个一直挂在背后的皮囊中拿出一封信。

"你听听你给他寄来的信中的这部分内容：难道我们听从你的命令，就是为了你向我们寄出这些信？我表扬了你的军队。我们提醒你，我们的英雄是勇敢的，一旦需要，就会安心赴死。我认为我们需要另一种政治领域的语言。"

"请原谅，主教大人！你现在只用一只眼睛看。而真主赐予我们一双眼睛，这意味着我们在做出判断之前要仔细看。你没有看到信的另外一部分。比若给我们送来什么？你听听他在信中说什么。我记住每一封重要的信，放在心上。穆斯塔法先生可以给你拿来经过确认的文件：在进入战场或者严酷的战役之前，我对阿拉伯人和对我自己的士兵的人道主义坚定了我的决心，要在战争打响之前向您提出和平的建议。政治就像人道主义一样，迫使我那么做。如果你拒绝我所给予你的和平机会，那么你将承担战争的责任，承受毁灭性的结果。这种威胁永远是无法接受的。而后协议又退回到我们同德米歇尔所达成的内容，法国签署了协议，却又自己撕毁了它。比若在4月15日提出的建议十分软弱，他应该改变自己的观点，固守自己原先发给战争部长并要求迅速批准的七条内容。后来我才知道，他是诚心诚意要达成协议的。"

"比若是高级军事家，但是战争经常遮蔽人们的眼睛。"

"比若的这些话，把一切责任都背负在我身上了，好像是我侵略了法国似的。战争摧毁一切。我由此对比若有了很好的了解。他的脑子里，控制他的农场主思维远胜于军人的思维。他只要达到自己的目的。这不是协议，而是政治。协议是双方的妥协，亦取亦予。他想在战争开始前决定所有的事。他把土地烧毁，不是对土地的热爱，而是对土地和庄稼的占有欲。但是，战斗很快就打响了。我跟随着他的步伐，根据的是同样的逻辑。但是我还是没能跨越这场冲突。有一些在阿尔及利亚和奥兰的法国军官并没有按照比若的政策行事。伊本·杜兰事无巨细都告诉我，他对此心知肚明。相反的，我并不拒绝法国军官们的和平协议，只要这个协议在最低程度上尊重穆斯林的权利。当时给予我的选择余地并不多。他们对此非常清楚。"

"我不是很明白，你可以解释得清楚一些么？"

"一开始我拒绝了比若的强硬态度和他的小农思想，但是伊本·杜兰介入进来，就条约内容提出来 10 条建议，我退让了，并加以接受。我至今记得伊本·杜兰的话，他对我说：法国对你们的法律条件并不是很清楚，你们也不理解法兰西民族荣誉的价值，问题是权力不在一个人的手里，比若是由法国直接派过来的，而另一个有权的人是由总督当勒蒙①任命的，两人之间应该达成一致。前者有一个关于奥兰省的协议，后者有一个关于阿尔及利亚和提塔里两省的协议。"

"比若对这种权力的挑战能满意吗？"

"问题十分简单。比若没能说服他的下属，最终还是不满意。他十分清楚放弃提塔里在军事上和商业方面都是必要的。而我是唯一一个能够保障道路的畅通，保障这片肥沃的土地上开通商业道路与农业道路的人。和平的保障是一切的基础，否则，战争就会成为摧毁一切的机器。比若最终明白了其他人很难理解的东西。"

当天夜里，主教夜不能寐。他回想了埃米尔热诚、平静、

---

① Damrémont.（原注）

庄重地说过的每一个细节。对他所看到的现实和站在他面前的想象，他总是难以释怀。

主教自问如何将这种纯洁的思维和这种客观事实向拿破仑全部说明。

后背的疼痛又开始发作，他直起身待了一会儿，然后继续他的活动。他打量着大桌子上堆积如山的文件，在旁边是有各种条款的合约，他仔细看了这些条约，质问这一条约和其中的15个条款、旁注、签名到底有什么不对劲的。当他在墨水中浸湿笔，开始书写时，他忘记了那一刻不停的刺骨冰冷。迷迷糊糊之中，他恍惚处身一个充满怪诞的世界。

眼睛靠近一份剪报的时候，他嘟囔起来：

"那么，比若和当勒蒙之间有很大差别。"

随后他重新俯身在纸和笔上，忘记了自己徜徉于接连不断的句子和话语之中。

"这种沉默并未让我十分诧异，我不知道他们想要什么？他们想要和平，却拒绝付出代价；他们想要战争，却惧怕战争带来的惩罚。"

比若同手下那位正在塔菲纳河边组织部队的秘书说话的时候，回想起当勒蒙的面孔。当勒蒙越过了他的命令，直接要求战争部特别批准他同埃米尔的谈判。

"先生，您应该警惕，一些卑鄙的人乱嚼舌头说埃米尔贷款给您186000多法郎，用以维修贝里古尔的几条道路，也有的人说这是有息贷款。"

比若什么也没说，好像没有听到秘书说的话。他的视线投向穿过平原中间的河谷，在视线范围内，像蛇一样逶迤蜿蜒。

当骑兵在伊赛尔①河谷右侧集结列队时，比若将军望着天空，昏黄的天空似乎永远都不是好兆头。天气干热，河谷的水位却不断上涨，视野范围内，原野伸展开来，地里的小麦和大麦已经可以收获。他想起了贝里古尔地区，回头看了看骑马站在他旁边的秘书：

"你看到这片土地的力量了吗？就是少了一些支流。但聪明的头脑应该知道如何利用它。劳动者强有力的手是存在的，一些智者和意志力强的人可以服务于这片土地。"

原野从塔菲纳一直延伸到伽扎瓦特、拉什汞、埃姆希尔达地区的边缘，在那后头山脉蜿蜒起伏，一直延伸到法劳欣高原，延伸到海边，向西一直延伸到最远处摩洛哥边界高耸的欧斯福尔山脉，一路上有很多东西。他在琢磨着将它们烧掉，以报复这些隐藏不见的阿拉伯人部落和柏柏尔人部落。但是这次他却什么也没干，他自己也不知道为什么。

"伊本·杜兰是对的。战争只会带来破坏。否则的话，我们何至于此。可能他在寻找商路，但是他拼命向我们报告，以达成协议。"

"伊本·杜兰同土耳其人和埃米尔的家族从很早之前就有交往，从这个立场来看他是受益的。有时一切线索都会断掉，留下一根线重新编织，然后回归正常。这些年我学到了很多。"

"我从他那里知道了埃米尔想要签约，而当勒蒙总督则想抢在我之前拿到这个条约而胜出，他设置了一切障碍来破坏我的军事行动。甚至我跟他要几个营的兵力，他都不给，只给了

---

① Isser.（原注）

我四分之一。埃米尔和他之间有某种交易。因此，我决定必须与埃米尔联系。三天后我到达特来姆森城，释放了哈米德·萨格勒，他是被卡芬雅克俘虏了的哈道尔的首领，我让他带一封含有新建议的信给埃米尔。我还给战争部长写了一封信，在信中将我所处的困境告诉他，要求他允许我绕过总督，直接与埃米尔谈判。在接下来的日子里，我的部队下定决心向塔菲纳前进，在 4 月 23 日到达那里，同埃米尔约定了会见的时间。"

他支起营帐，准备火炮、骑兵、步兵，以防备一切可能发生的事情。

当马匹停止饮水的时候，他看到一名认识的骑士，向他报告。

"哈米德·萨格勒十分准时，这是一个好兆头。"

寒暄之后，哈米德·萨格勒拿出了埃米尔的 12 条建议。比若在他的营帐中仔细审读了很长时间，心里闪过他手下一个个将官的面孔，然后告诉哈米德·萨格勒原则上接受，但要等待战争部长的批准。他在同一天给战争部长送了一封信，试图以埃米尔和平建议的好处说服部长，并且说已经原则上接受。

比若下达命令，就地安营扎寨。逗留的时间比他预计的稍微长了点。骑兵团、步兵团、炮兵团、传令兵和卫兵都松了一口气。尽管还会遭受部落的威胁，他们还是第一次感到了前所未有的放松闲适。每当松懈的时候，这些部落就会不顾埃米尔的命令来袭扰。旅途是艰苦的。军队的大部分扎营在河岸的右侧，也是地势最高的地方，以防范天灾人祸。河水泛滥的时候，会把路上的一切东西都扫荡一空。同埃米尔打交道并不容易。这项工作一直持续了 3 个月，才完成了细节。比若深知其中的好处，因此，他要求拥有决策权，允许他越过奥兰和阿尔及利亚总督的障碍。

当指针转过一点钟的时候，比若大为光火，他正焦急地等待着埃米尔的代表团。在一些骑兵的陪伴下，埃米尔终于出现了。卫兵直接跑进营帐，向比若报告他们来了：

"他们离我们这个地方2英里之外，我们应该做什么?"

"通知大家代表团到了，做好准备，防备一切可能发生的事情。"

"他们人数并不多。"

"那我们等着，但也不能疏忽。"

埃米尔的使者到达后，他们直接将他引到比若跟前。读完埃米尔的信后，他犹豫了一下，随即命令准备马匹和武器，以及一个骑兵团，全体奔向狭窄的山谷入口。这些山口通向瓦勒哈绥各部落。布哈米迪正在那里等候他们。他安抚了他们，让他们放心，然后就把他们引到埃米尔跟前。比若脸上露出了疑惑的神色：

"你们放心，素丹在不远处等着你们。"

布哈米迪信誓旦旦地说着。比若回答说，你过来，脸部显得异常僵硬。

"我不怕任何人，我很了解你们。我了解你们的道德，但我心烦的是你们司令官的迟到，以及他以这样的方式对待我，让我多走这么远的距离，累着我。"

"先生，这段路十分难走，但是埃米尔在等我们。"

就在一群人几乎都走出山谷的缝隙后，埃米尔走了出来，就像从石头缝里蹦出来的一样，他周围是250名骑兵。埃米尔自己则骑在黑马上，身披一件浅咖啡色的斗篷。埃米尔选择了最难走却是最安全的路，因此比约定的时间晚了。埃米尔信心满满，大摇大摆地朝着河谷的方向走来，前面是一个他的黑人卫兵，为他探路，两只眼睛像鹰眼一样探寻着，以防危险的埋伏和陷阱。他招手示意埃米尔往前走，后面紧跟着各营的军官、扛旗的棋手、各部落的首脑和1万名骑士，在看得见法国军营的地方站住。他们扎起了大帐篷，然后是埃米尔的帐篷、其他哈里发的帐篷和军官们的帐篷。

双方之间越来越近，埃米尔和比若都远离了自己的扈从。比若更靠近一点，伸出他的手，等待埃米尔也伸出手。握手之后，埃米尔坐在地上，比若同样坐了下来。由于从特来姆森赶到拉什贡，再到穆阿斯凯尔，然后到泰克达迈特，旅途劳顿，一路上还关注着事情的进展，埃米尔的面容显得疲惫不堪。他们俩互相交谈，不时交换目光，但这种和谐的局面很快就被琐碎的文件内容所打破，翻译们努力把文件细化。

经过长时间的讨论，签字仪式开始了。

埃米尔问比若：

"我希望这份协议会长久持续，希望这份协议的运气不会像以前的很多协议。"

"我在法国国王面前做了担保，保证条约的执行。"

"我的宗教让我尊重约定。在我的命令下，部落都将追随我。"

"不超过三周，国王就会批准。因此，它是有效的。我可以以此之名最终签署这份协议。所以，我要问一下，你会像协议中规定的那样，打开首都和其周边的交通要道吗?"

"你们回到特来姆森的时候就打开了。这是条约的一部分。所有的程序将一步步执行，只要我们发布命令给那些哈里发就可以了，他们已经迫不及待地等着合约的实现了。"

"那么，我们最好能够一步步地将条款细化，盖下印章，然后努力使它得到法国国王方面的批准，让它的所有内容都可以实际执行。"

"一签完字，我就将亲自去提塔里，打开首都的通道，解除对麦提杰的围困。男子汉一诺千金，说出的话和他的生命一样重。"

"你没有让我失望。"

"彼时战，此时和。我对你们的军事素养也有很高的评价。"

"我希望两支军队可以像兄弟一样会合。"

埃米尔没有回复最后的建议，但是他从自己的位置站起身来，望向天空，咕哝着向比若最后一次伸出手。

"太阳快下山了，我不想让你们因为我而感到厌烦。祝你们一路平安!"

他骑上马，同时命令布哈米迪陪同客人通过隘口，好让他们放心回到自己的军营。他不想让他们因任何理由而憎恶他。

当比若策马而行时，有一瞬间他在想：自己怎么敢带头骑马来见这个身边有不止100人的男人？但是他又很高兴，因为每一个法国军官都知道埃米尔，而自己是唯一一个近距离接触、同席并与之交谈的人。

当伊本·杜兰进入比若在麦舒尔的堡垒时，没有一个卫兵找他的麻烦。他同比若拥抱，犹如老朋友多日未见一般。伊本·杜兰像往常一样，坐下来喝茶。喝完茶后，比若问他：

"你知道我为什么要求你来吗？"

"凭我感觉是为了武器的事情。"

"你的嗅觉很灵敏，不会有错的。我们的军队在撤出特来姆森并将它交给埃米尔之前，准备卖掉所有无法运走的或者不再需要的东西。我们不需要火药，但我们可以烧掉它。我知道你很缺这些东西，你也总会有买主的。"

伊本·杜兰明白了比若的目的，毫不犹豫地同他达成了交易。

伊本·杜兰洋洋自得地从麦舒尔出来。他深知这笔交易利润不菲，也谨记着埃米尔的教诲：你应该寻找合适的途径，别让这批火药落入克鲁格利人或者该死的穆斯塔法·本·伊斯马仪之手，以及马扎里·奥斯曼的几个儿子、穆斯塔法·本·穆盖勒什和易卜拉欣·布斯尼、伊斯马仪·沃来德·卡迪。他们带着武器与埃米尔打仗，差点杀死了埃米尔。

随后他把剩余的给养在城里公开拍卖了。

在出售法国粮食的市场上，饶舌者又说起埃米尔的传奇故事。人们相互询问埃米尔将会怎么对付那些为法国人打开通道的人以及同埃米尔打仗的人。大家综合起来，就说这座城市将变成屠宰场，血流成塘，也可能变成灰烬。但是了解埃米尔的人则肯定埃米尔不会以这种方式行事。

那个饶舌男人在吵吵嚷嚷中用粗哑的嗓门说道："你们听着，知道的人是不会忘记所发生的事情……"然后在一个衣衫褴褛的小孩脚边停下来，冲着小孩脸上大喊："小杂种，素丹就在我们这里，好事会广泛铺开。起来，快跑，去祈求素丹的怜悯吧。今天他将去大清真寺。"小孩迅速站起来，连看都不看一下后面，就像箭一样飞跑去大清真寺了。

当日近正午，市场不似平常，突然就空了。人们开始一群一群穿过一条条道路、一条条走廊，奔向大清真寺，去寻找埃米尔，很多人确信看到他穿过老城的街道。

根据近一周前签署的协议，从 7 月 2—17 日，在比若的军事助手鲁弗雷①上尉的领导下，城市的撤离进程在持续着。城中的法国人根据协议撤离。当城里空了的时候，埃米尔从制高点下来，行进到大清真寺，像个大胜利者一样，受到居民们的热烈欢迎。他们唱着歌，高举旗帜，打起了鼓，喷洒着混合特来姆森的茉莉花、橙子、盐和糖的香水，这些东西敌人一眼都没瞧见。埃米尔谦逊地行进在军中，不时地挥手致意，向不停传诵其传奇的人们致意。

做完晌礼②的时候，埃米尔的部队已经出城走向了橄榄谷。时值秋日，树叶已经开始片片凋零。自从 17 世纪以来，橄榄谷的克鲁格利人就定居在这个地方。当黎明的晨曦初现，对他们喊话一结束，针对他们的攻击就开始了。喊话的内容是："克鲁格利人拒绝缴纳我们的宗教所规定的天课③……只要真主与我们同在，我们就把他们送到他们的洞穴里去。战死沙场的人无上光荣，永垂不朽！金钱和财富属于胜利归来的人！"

---

① Rouvray. （原注）

② 伊斯兰教规定每个穆斯林每天要做 5 次礼拜，分别为晨、晌、晡、昏、宵礼。

③ 天课是伊斯兰教规定的一种税，一般为纯收入的 2.5%。收缴上来的税金用于公共事业以及扶危济困。

众人高声齐喊："真主襄佑素丹！真主襄佑素丹！"

鼓声配合着战争的节奏再次响起，随后骑兵、步兵的扫荡式攻击开始，所有一切在有限的几个小时中变成灰烬。18名最主要的囚犯被押过来，向他们宣读了埃米尔的命令：在晡礼之后将他们执行死刑。第一个被绞死的是克洛泽尔方面的首领比鲁姆，接着是他手下两个重要的头目，第四个是一位上了年纪的谢赫，他的儿子们匍匐在埃米尔脚边请求宽恕，就像黏在他斗篷上的毛一样顽固。沉默片刻，埃米尔下令停止死刑，他阐明了自己的立场：

"仅仅用来吓唬人的死亡没有什么好处。我希望其他生存下来的人能借此反省。"

说完就让谢赫和他的儿子一起回家。

风开始变得越来越大。住在橄榄谷的野地、空旷的山坡、绝对不可能攀爬的悬崖峭壁上是不可能的。埃米尔下达命令，拔营举旗，向穆阿斯凯尔城行进，去解决一些分歧。

一小时后，队伍开始进入橄榄谷的通道，去往穆阿斯凯尔的方向，在那儿住一夜，然后去往泰克达麦特，在那里组成了第一批营地，修复一部分重要营地的外墙。

穆阿斯凯尔沸腾了。

传到穆阿斯凯尔的消息并不让人感到舒适：埃米尔与敌人和解，放弃了一大片穆斯林的土地，交给基督徒。这些基督徒杀死了很多人，烧毁了很多城市。

后两天，伊格里斯平原上的雨一直没停。大家的脚都浸泡在水中，失望的情绪也弥漫得很广。埃米尔自从去往泰克达麦特之后，就再也不把穆阿斯凯尔放在心上，只不过把它当作了一个通道，一直到穆阿斯凯尔的大部分居民回来重新定居。

当贝阿清真寺装满了礼拜的人之后，清真寺的伊玛目进来了，在西迪·莎菲伊玛目的陪伴下一直走到清真寺的里头。西迪·莎菲伊玛目一直保持沉默，一句话也没说。

"哈希姆、格拉贝、本尼·阿米尔各部落代表都到场了。今天我们聚到一起，讨论一下在伊斯兰的土地上发生了什么。伊本·毛希丁没能保护这片土地，用一半或四分之一的土地跟人做了交易。我们在一切事情上都追随他，与他同甘共苦，但是这种交易不行。"

各位部落的首领没有接话，但他们始终聚精会神地听着伊玛目的话。在此之后，本尼·哈希姆部族的一个著名人士走上前来，要求向全体礼拜的人讲话：

"伊格里斯的人们，在我们对这个男人进行判决之前，请你们让他去穆阿斯凯尔，听听穆阿斯凯尔（人们）的想法。可能素丹已经看到了老百姓没看到的东西，在战争的环境里常常会发生这样的事情。我们将向他派去一个代表团，和他对话，要把他带到效忠于他的这一块土地。在我们还没有采取任何行动之前，至少听听他是怎么说的。"

西迪·莎菲站起来，抗议道：

"我们把他带来，质问他为何出卖伊斯兰国家？哈里发职位的继承没有经过合法的判定，但从这一刻开始，哈里发的职位应该归于能守护他的民族、能保护他的宗教纯洁性的人。"

伊玛目又从自己的座位上站起来：

"穆斯林的哈里发西迪·莎菲万岁！"

有少数声音对他的意见感到犹豫，主张还是把哈里发职位留在那里，组成一个代表团去质问埃米尔，让他选择是要他那个倒霉的有缺陷的条约，还是要泰克达迈特和穆阿斯凯尔，并撕毁条约，然后再考虑重组队伍，继续进行神圣的战争，继续进行反对侵略者的圣战。

所有的人都散了，有 10 个骑士做好准备去找埃米尔。当时埃米尔已经准备好不通过西格通道和希布拉谷地而进入泰克达迈特，从而避开穆阿斯凯尔。有很多人告诉他穆阿斯凯尔已经开了锅了，如果他在这种情况下进入穆阿斯凯尔，他们就准备要把他挂到绞刑架上，并向其他人效忠。

当他们面对埃米尔的时候，他正在组织军队稍作休整，前面一些日子里士兵们很疲惫。

"我们如何能够制止他们的暴乱？"

"在你们看来，我在做什么？在野外吃粗茶淡饭，居无定所，每天我在这片永不餍足的土地上埋葬数十人，我在玩耍？我和敌人媾和？在这种情况下，我是否应该享受着繁华的生活？在这方面，他们对我并不吝啬，就像他们对那些比我职衔低比我的地盘少的人所做的那样，比如马扎里和穆斯塔法·本·伊斯梅尔。让我在一个地方，而我的孩子们像野狼一样在另外一个地方？要是我接受这样一种直接走向地狱的生活，那我肯定是疯了。"

"但是，主公啊，穆阿斯凯尔还没到这个地步。他们中年纪最大的人说，伊本·毛希丁没有背叛他的血液和他的契约。"

"我多希望结束这种不幸的状况，回到我的故纸堆中。"

"但是这片土地非常需要你。"

"这片土地不再需要任何人。他们不知道这个世界已经变化，我们在世界的边缘。这个世界正在走向通往消亡的道路上，这个世界以粗暴的方式在俯视着。除了理解这个世界，同它的环境协调以外，我们没有别的选择。或者我们自己一直唱着歌，但除了那些总是把失败看成胜利的人，没有一个人倾听我们的声音。我问过非斯的伊玛目们，但是他们的话没能令我信服。尽管如此，我还是很认真地采纳了他们的建议。他们会思考比部落放屁更长远的事情么？哈希姆部族的人和伊格里斯的人，还有格拉贝和阿米尔部落的人会搞明白战争是残酷的，如果圣战不能涵盖最低限度的生存本能，那是没有意义的，圣战不只是一些个人的事情，而属于这整个大地和土壤。今天，在火药、大炮、快马和更加纯正的汽车面前，宝剑都挥不出去。他们都不知道我们打仗还需要计谋、调整、转弯和生存的本能，否则，我们只能停留在敌人的权力统治之下。要是他们知道就好了，但我很清楚他们并不知道。各个高尚的部落，其问题在于依然以为拥有以前的能力就会迎来胜利。我们今天并不拥有法国人的毁灭性机器，但是我们至少还拥有毁坏其部分机器的意志。我们此时需要真正的统一和巨大的信任去进行我们的事业，否则，总有一天一切都完蛋，我们什么也得不到。他们会将我的话视为奇谈，但重要的不在于此。除了谈判，他们还有其他的解决办法吗？如果有，就带他们来见我吧。如果他们的办法能够让我们把侵略者赶出去，我会很高兴去执行。"

然后他看向他的私人书记官巴尔维拉：

"穆罕默德先生，记下你所听到的一切，安拉见证我说的这些话，我说这些话是诚心诚意说的。我厌倦了四处展示我们部落四分五裂的处境，本来不应该是这样的。但我们这个民

161

族，互相蚕食，每一个人都在角落等待着打倒自己的伙伴。你把这封信给代表团，让他们送到哈希姆部族的伊玛目们手里，如果他们那里还有伊玛目的话。附件中是非斯、特来姆森、马拉喀什诸伊玛目的意见和答复。让他们做出真诚的判定吧，至于……"

他望着这些代表伊格里斯平原体面人物的代表团。他们一直沉默着，也相信了埃米尔的话。埃米尔非同往常，毫不犹豫地说出了他深思熟虑的坦率直言：

"至于出卖伊斯兰的国度，请你们安抚西迪·莎菲和他的伊玛目：伊斯兰的国度大于一切，自有真主保护它免遭一切破坏，否则，定有回击的战争，自古以来代代有真主指定的人，将其毁灭。如果西迪·莎菲愿意从他的女人们的怀里出来，同我们一起吃粗茶淡饭，一起跋山涉水，一起在野地露营，和我们一样不能经常探望子女，而最后还活着的话，那么他在我们中间的地位依然如初，我们随时欢迎他。"

"但是，埃米尔阁下，那只是他的个人观点，而不是伊格里斯平原众位头面人物和广大百姓的意见。"

"不。难道有谁能让他在人群面前犯错吗？"

"是啊。"有一个体面人物用几乎听不见的声音说了出来。

"既然事已至此，沉默是最丑的标志，难以令人满意。尽管如此，我不责怪任何人。这就是我的意见。如果他们接受，那非常好。如果他们不满意，那么我是我，他们是他们，大家各行其道。但如果他们践踏了条约，我将第一个持剑反对他们，毫不留情地杀掉他们。"

伊格里斯平原的头面人物在埃米尔的营帐中度过一夜。当军队开始收拾卷起的帐篷，捆在骆驼背上的时候，他们也朝着伊格里斯平原的方向走了。而埃米尔和他的军队则起程前往泰克达迈特。对埃米尔来说，似乎这次比往常更靠近自己的图书馆。在离穆阿斯凯尔越来越远、越来越显小的时候，他的图书馆在恍然之中从断壁残垣中走了出来，而伊格里斯人则似乎是一群群像蚂蚁一样的人，最无聊地相互蚕食，相互对抗。

第二章　智慧之弓

（2）船坞

让·莫贝久久地闭着眼睛，似乎在为大海无穷的变幻而悲哀。他深深地叹口气，像失去了家乡或心爱的人。

雾霭像黎明一样渐渐地继而迅速地退去。他抬起头来，眼前已是一片夏日的湛蓝。时间过得真快，让·莫贝知道，他该回到船坞去换衣服，和挤在皇后大街①边等待送殡队伍的人们一起，准备迎接迪皮什主教的遗体。自他上周抵达这里，就在为这一天准备着，以至于那些熟悉他的人，都在责备他的到来。他一无所有，甚至连自己的私生活都没有。他不停地念叨：

"这是上帝的旨意，是主人的权利。我必须最后一次为他送行。其实，早在最后一次面对他睁大的眼睛时，我就已为失去他而哭泣了。今天我为他高兴，因为他回到了他常祈盼的长

———————————

① L-Avennue de l'Impératrice.（原注）

164

眠的土地。"

小船无声地行驶着。忽然马耳他渔夫停下桨，目瞪口呆地看着一艘巨大的轮船划破平坦的海面，声声汽笛打破了海上的寂静，让·莫贝从沉思中清醒过来。时间已是早上 10 点多了。

"你不是说运送迪皮什主教的轮船是泰晤士号吗?"马耳他渔夫问道。

"是的。"

"先生，请和我一起念吧，就是它，它到了。"

"天啊，它真大。"

让·莫贝揉揉眼睛，逐字念着写在船侧的船名：T-A-M-I-S-E，是它。

船到了，不过他们要几个小时后才会把他抬出来。如我所料，他没有来迟。7 月 24 日主教的遗体运离波尔多，26 日抵达马赛，被安放到早已抵达的泰晤士号（la tamise）轮船上。两天的时间足以走完这段如末日般漫长的海上距离了。这一天期待已久，他终于回到了故土。

"他现在一定是最幸福的人。"马耳他渔夫自言自语道。

让·莫贝注视着驶向港口泊位的轮船，随之将会有许多小船围上去卸货。

雾气消散殆尽，阿尔及尔港、马蒂福城堡以及依山而建的建筑清晰可见。阿尔及尔市的建筑不改依山而建的习惯，向南面的库库山延伸，这山恰似保护城市的马甲。

马耳他渔夫稍稍划了一下小船，然后转向让·莫贝说：

"我们现在可以返回船坞去了，你已完全履行了你的义务，实现了你的承诺，把花环和泥土撒在了你们俩第一次离开的地方。"

"如果你愿意的话。不过，迎接遗体的代表团午后才会出发。帕维主教尽管病着，但也会亲自出席，皇后大街将挤满迎接的人群。"

"我也带我的孩子们到大街上去迎接。如果他们知道我曾经和这座城市最尊贵的人在一起，该多么兴奋啊！可是他来得太迟了。"

"我不是对你说过吗？ Mieux vaut tard que jamais ① 我们执行了他的遗嘱。他临终前几个小时，曾要求我独自去探望他，把心事嘱托给我。"

"他一定饱受疾病的折磨。"

让·莫贝眺望着驶向码头的轮船和海鸥，它们在船和桅杆上方盘旋，形成一道白色的光环。

"对于毕生为大众服务的人而言，生病是不可忍受的事情。1856 年对迪皮什主教来说，并不是一个好的开端，病症已很明显，而他为了不打扰别人，一直忍耐着。在他感到痛苦的时候，我们不清楚他是在祈求、感谢上帝，还是在忍受越来越难以抵御的病痛的折磨。疾病连年累积，他却没有给予重视。无数繁重的工作导致了炎症，损伤了他的脑子，极大地干扰了他。"

"他痛苦时并不孤独，同伴有时会减轻痛苦带来的压力。"

"在他度过的最后那个夏天，他的挚友鲁塞神父 ② 看望了

---

① 原文为法文，意为"迟到总比不到好"。

② L'Abbé Rousset.（原注）

他，他们畅谈感受。他倚着神父，在院子里走了很久，最后一次沐浴阳光。医生禁止他多活动，他却说：'如果上帝想召唤我去，我已准备好；如果上帝派你作为仁慈天使来治愈我，我亦准备好。我的工作就是我生命的注脚。'医生走后，他最后一次要求我不要叫醒他，他急需睡眠，哪怕只有一个小时。我让他睡了。醒来时，他说话已十分吃力，两眼转动，身体蜷缩，浑身发抖。我用凉水擦拭他发烧的脸，他睁开眼睛嘟囔着说：'我亲爱的让，别害怕，我还活着。你靠近点儿，别忘了我的遗嘱，就靠你和了解我愿望的人去实现它了。'"

"你安抚他了吗?"马耳他渔夫问道。

"我说：'好的，先生。'夜里他把我独自叫去，似乎完全清醒地在我耳边一字一句重复着同样的话：'我已经把圣奥古斯丁①的手臂送回希波②了。我死后，要是我的遗骸能够被送回到那片美好的土地、与上帝为我挑选的人们在一起该多好啊！要是我（那时候）能够说话，我将对最后合上我眼睛的人说：Redde ossa mea meis③，哪怕仅仅……'"

"听到如此残酷的话你一定很难受。"

---

① 全名圣奥勒留·奥古斯丁（354—430），罗马帝国末期北非柏柏尔人，早期西方基督教神学家、哲学家，曾任北非城市希波的主教，故史称"希波的奥古斯丁"。他是圣孟尼迦的幼子，出生于罗马帝国北非阿非利加行省塔加斯特城，在罗马受教育，在米兰接受洗礼。他的著作《忏悔录》被称为西方历史上"第一部"自传，至今仍被传诵。

② 希波城为圣奥古斯丁任主教的地方，位于今阿尔及利亚的安纳巴附近。公元前 12 世纪，腓尼基人到此活动。公元 533 年归属拜占庭帝国。7 世纪末阿拉伯人重建。1832 年被法国人占领。1881 年曾兴建圣奥古斯丁王宫和希波博物馆。（译者注）

③ 原文为法语，意为"我们不能掌握命运，但祈盼好运！"（译者注）

"这无关紧要，我只是希望他离去时痛苦能尽量少一些。我好多天彻夜未眠，最后那一夜，他身边的人并不多，只有我、一位帮忙的姊妹和他那不停哭泣的兄弟。主教大人很痛苦，死亡已临近。我彻夜呆在他身边，给他读《圣经》，为他祈求上帝的宽恕。他两次提到他喜爱的圣母玛利亚的名字，还问是否要给他身边的孩子们洗礼。我没有回答他，只轻声说我依旧陪伴在他身边。凌晨 3 点半，死亡的征兆出现在他的脸上，睁大的眼中闪着奇异的光芒。早晨 8 点，我听到他喃喃地说：'我终于要歇一会儿了。'在他写作前曾来回踱步的客厅里，我听到死神的脚步彻夜未停。我合上他的双眼，不知死亡如何迅速地把他从我这里夺走。我明白，他是想悄悄地离开，不想拖累别人。波尔多大主教承担了他的丧葬费用。"

"人在沉思中和亲近上帝时逝去是再好不过了。"

"大主教很受人爱戴，为他举行葬礼的教堂挤满了人，圣弗卢尔①的主教列奥内②大人主持了仪式，波尔多大主教以及来自各地的穷人、孤儿也参加了他的葬礼。他活在所有人的心里。他瘦小的遗体安放在一辆车上，德·塔尔塔斯将军③、波尔多④地区的军事指挥官、省长、市长及宗教人士等围在车旁。走在送葬队伍最前面的，是在艰难时刻始终保护他的兄

---

① Saint-Flour.（原注）圣弗卢尔是法国多姆山省的一个市镇，属于克莱蒙-费朗区（Clermont-Ferrand）圣迪耶多韦尔尼县（Saint-Dier-d'Auvergne）。（译者注）

② Monseigneur Lyonnet.（原注）

③ Le général de Tartas.（原注）

④ 波尔多（Bordeaux），法国西南部城市、港口。位于加龙河下游，距大西洋 98 公里。（译者注）

弟，这位兄弟非常了解他的忘我精神。遗体在波尔多古老的圣安德烈大教堂停歇下来，大主教曾在这里多次接待向他求助的教民，倾听他们的诉求。他多希望还能去说、去倾听啊。"

"他事先知道，人若无意志，便无药能帮助自己。"

让·莫贝端详着阿尔及尔市，它突然从似薄膜一样封住它的雾团中显露出来。什么都阻挡不了那白色雾霭攀援上墙壁和房屋，似教室的层层阶梯，面对讲台般的无垠大海，这里曾演绎过多少复杂的事件。他回眸向泰晤士号望去，它正缓慢驶进阿尔及尔港的深处，浓烟升上天际，渐渐融入蔚蓝色天空中不多的几朵云彩里。马耳他渔夫不停地划着船，小船向佩尼翁①角驶去，他曾多次经过这里，对此地了如指掌。防波堤像锋利的刀片插入海洋深处，把它一分为二，右侧是港口，左侧是船坞。

---

① Penon. （原注）佩尼翁，阿尔及利亚首都阿尔及尔附近的一个要塞。（译者注）

169

第一节 兄弟之痛

"亲爱的让，请原谅我，我拖累你太久了，你所承受的远远超出了你的能力。辗转奔波很危险，两个多月来，你陪我一道走过了艰难的旅程，去为那些焦急等待我们的人们服务。"

"您知道，您的存在以及我同您一起工作对我意味着什么。我没有父母，我的心里只有您。每当我陪您出行，都会感到我的生命有了意义。"

这是迪皮什主教向我道歉时我经常对他说的话，都是发自我的内心，绝非受到什么影响。

那晚主教从塞米纳尔回来时疲惫不堪。他独自走过通往他兄弟家的波尔多城圣苏菲大街，而没有像往常那样要我陪他。他步履沉重地回到家里，从他眼睛里我看到了那种疲惫。过去两天里他一直奔波于圣保罗教堂和圣路易斯教堂，听教民们的忏悔①——他们肩承重担，需要有人倾听；还看了一些寄宿学校②，从意大利都灵③回来后，他就被委托来管理这些学校。他更乐意通过演讲，把美好植入人们的心里。当他熟识的人们问他时，他总毫不犹豫地回答：Messis quidem multa④。他无暇考虑自己从流放地到隐居、再到担惊受怕的境遇。为了慈善事务，他欠下了很多债。那些慈善项目的投资人每天都追着他讨

---

① Confessions.（原注）
② Les pensionnats.（原注）
③ Turin.（原注）
④ 原文为法语，意为"回报是好的"。（译者注）

债，就好像他是个窃贼。他很清楚，如果国家不能介入，为他提供帮助的话，他最终会被监禁。债台高筑，他无力偿还。正是这些债务迫使他离开了他热爱的土地。那些阿尔及利亚的官员们放弃了他们的责任，而他再也不能把这一切都扛在自己的肩上。在远离人们视线的位于穆斯塔法高地的家里，他会见了他的好友维拉尔男爵①，随后离开了他生于斯、葬于斯的那片土地。他觉得自己就像个逃跑的窃贼，乘夜在穆斯塔法海岸登上了小船，离开了即使在最艰难的时刻仍热爱着的阿尔及利亚。陪伴他的只有两位爱戴他的神父蒙特利亚和盖斯特勒②，还有忠实的我。在那个伤心的漆黑夜晚，只有油灯伴我们出行。他对我说：

"亲爱的让，我没有什么建议给你，但如果你至死与我共命运的话，我将十分荣幸。我们的国家太没记性了。"

他对我提起了这片土地如何忘恩负义。是德·布尔蒙③元帅打败了土耳其人、占领了阿尔及利亚，在向克洛泽尔将军移交了管理国家的责任后，像一个窃贼被迫于夜里乘一艘破旧的奥地利轮船离开了这个国家，随身只带了少量行装和一只箱子，里面装着的是他战死的儿子的心脏。

迪皮什主教抓着船上的绳子说："似乎有一种诅咒，凡是

---

① Le baron Vilard.（原注）

② Montréa et Questel.（原注）

③ De Bourmont.（原注）布尔蒙伯爵（Louis-Auguste-Victor, Count de Ghaisnes de Bourmont 1773—1846），波旁王朝复辟时期的法国元帅，全称路易·奥古斯特·维克多·德·布尔蒙。1829 年任陆军部长。次年 4 月出任阿尔及利亚远征军司令，晋升法国元帅，6 月在阿尔及利亚登陆，7 月 6 日迫使阿尔及利亚的侯赛因贝伊签署投降书。（译者注）

踏入或喜爱这片土地的人，都摆脱不了它。如下令消灭阿尔及利亚的查理十世被流放了；协助他的德·于塞男爵①命运也不好；德·布尔蒙元帅被流放；抵抗侵略的侯赛因帕夏被流放；拼死保卫国家的阿卜杜·卡迪尔也被流放了。如今同样的命运降临到我头上，我就像一个被通缉的窃贼趁夜离开了。我为那个国家所做的一切，都成了疯狂和鲁莽。"

他踏上了土伦海岸，在那里他谁也见不到，哪怕是他的亲人。从那里，他将直接去他的流放地——意大利的都灵。他知道在这个世界上到处都有好人。到都灵后，他受到了也曾饱尝流放、冷漠和被忘却之痛苦的弗朗佐尼主教②的款待。大主教不顾风雪和路途遥远，常到城外的监狱去帮助那些孤独的人。对这样的地方，他有一种亲切感。对人的最大伤害莫过于剥夺他的自由。

主教很疲惫，脸色苍白。以往每次去他兄弟家，他都会感到轻松，但是这一次，我觉得似乎有某种东西在从体内吞噬他。他喝完一杯咖啡，我问他："还要别的吗?"

"谢谢，让! 都灵的苦日子、刺骨的寒冷和人们的善良都让人难以忘却。"

"刚才我也正想呢，您好像读懂了我的心思。先生，我还回忆起您的诸多奇迹。"

"什么奇迹啊，那都是上帝的旨意。"

"我想起了那个满脸泪水、快步跑向您的女人，您问她需

---

① Le Baron d'Hussez. （原注）

② Monseigneur Franzoni. （原注）

要什么、为什么痛苦？她说她母亲病得很厉害，令她惶恐，希望您为她母亲施洗礼、为她祈祷并陪伴她。您对她说，时间太迟了。她说，您可以在原地为她祝福，她会听到您的祈祷。先生啊，我看见您双膝跪地，向着她家的方向为她母亲祝福。第二天她痊愈了，像从未生病一样。这个消息传遍了整个地区，可从那以后，您就没有时间休息了。"

"只不过是她听到了祈祷，最舒心的莫过于上帝对我们和对人们的喜爱。让，现在我想要一些黑墨水，原来用的都干了，你知道该怎么做，往里面加一些黑色颜料和热水。尽管我很累，但我还是想写，有时写作也是一种休息。"

"不用担心，我会把一切都准备好的。我知道您给总统的信快写完了，您热心为埃米尔辩护让我很担心。"

"你一直和我在一起，对埃米尔了如指掌，知道他是一位值得我们为他辩护的人。他也曾饱尝痛苦，经历过流放的折磨，他必定站在被欺压者一边。这个国家应该知晓我为它的人民做了什么。那晚，当我同埃米尔谈起关于亲人们的迫害时，他对我说了同样的感受，他的话仍然响在我的耳边：'大主教啊，我也一样没能逃脱亲人们的迫害。那些尊我为首领的人，跟我撕破了脸；那些我看上的人，出卖了我，甚至让我担上不虔信的罪名！他们指控我延误战斗，可他们知道迎着汽车和武器去战斗意味着什么吗？安拉赐予我们头脑，是为了让我们保护自己、保护他人的生命。战斗并不意味着你要拿剑刺向第一个你遇见的人，而是当和平之门在你面前关闭时你再举起宝剑。我们的宗教告诉我们，如果他们倾向和平，你也应如此。你们的武器并没有使我畏惧，使我畏惧的是我们对你们实力的无知。我听到过很多赞美宝剑的诗歌，内心里感到好笑，我的生命就是伴随着宝剑开始的。战斗意味着人要不断地受教育，了解自己的无知。我们曾认为你们愚昧，结果发现愚昧的是我们。在战争时期，人变成杀手并不难，由于法律被破坏，一切皆有可能；但困难的是人要保持他的人道。'"

"'来自亲人的冤枉确是难以承受和残忍的。'我不假思索地回答他。而更难的是我们都在流放，即使是在我们熟悉的地方。严酷的流放就是不明原由地与我们生活的地方彻底隔离。"

"'我多希望是在我习惯的地方度过流放生活啊。'埃米尔对我说。他披上斗篷，摸摸手上的皮肤。'人就像土地，失去水分，或盐水涌入时，就会开裂、衰老。你虽在都灵，但总归是与你所熟悉和熟悉你的人在一起，你与他们共同祈祷，他们分担你的悲伤与思念，你不会感到太孤独。可我呢？……'"

"祖国、土地和大众是我们能够担负的全部。我在都灵从事慈善和宗教活动，一直处于警察的监视下，后来我被他们驱逐，是因为我对他们构成了威胁。谁都不能把我与养育我的阿尔及利亚分开。很多夜晚我都在撰写关于阿尔及利亚基督教的书，仿佛置身于那段由圣奥古斯丁等伟人创造的历史长河中。在那片土地上长大的人将会知道，一个好人、一个伟大的学者曾生活在这里，指引它走向幸福。我不能让圣奥古斯丁重生，但却让曾经造福的手臂回归并安睡在那片土地上。我多么希望有一天，我的骨灰能重返那里，那里有我的心和许多回忆；我多么希望能与她相见，把头倚在那片沃土上。这个要求或许不高，可我们已经习惯了被剥夺，哪怕是很小的愿望。让·莫贝，你牺牲了自己的生活帮助我出书，给我倾诉的机会，这本书的功劳要归于你。和我在一起，你知道了人是如何被迫离开他所热爱的土地的。"

"先生，您看到了吗？众多愿望都汇聚在一起，埃米尔以他的善良和出色给了我答案。您的奋不顾身就是我今后的方向，要是人类的心向着光明再敞开一些，我也希望回到那片土地上去，希望我们俩的坟墓能挨在一起。或许我对您说的只是一个梦，或许我们都需要一个仇恨少一些的时代，不过这的确是我现在的感受。流放时最残酷的就是死在它不属于你、你也不属于它的地方。我已经把我的家人埋在了这里，我多希望在踏上我热爱的土地之前不要死去，至于我的遗骸是否送回到亲人身旁，这无关紧要。当世界还给我们机会，让我们最终返回我们曾热爱的土地时——哪怕是以骨灰的形式回去，流放又有何妨。"

主教看着我，好像在寻找家里缺少的一样东西。我拿着墨水，按照他以往开始写作前的要求，往里面兑了点儿黑色颜料。

"亲爱的让，你看到了吗？墨水就像人，你把它聚在一起，它就会清晰；你对它吝啬，它就会掉色，最终消失殆尽。不公正的不是这个世界，而是人类。埃米尔是个友善的人，今天我们向他伸出援助之手，明天他或许会加倍帮助那些与他不同宗教的需要他的人。宗教就像一棵优良的植物，栽种得好，就会奉献出一个很好的先知，因此我一直坚持着。如果人不能够温柔地去抚慰他人，不让他们受到伤害，他在地球上还有什么用呢？"

"我只是担心您受挫后的坚持得不到他人的理解。"

"为埃米尔奔走，别人都无关紧要，但我肯定总统会理解我，这才是最重要的。上帝的仁慈是博大的。"

"可是……"我想对他说，您的身体呢？但他没有看我，而是重新埋头于写作中。他渴望像干柴一样燃烧，完全不懂是什么使得人类麻木不仁，上帝明明给了他们能力去思念、去渴望，使心灵得到宁静。文字像水滴一样从他手中迅速流出，他在与时间赛跑。

夜快过去时，风停了，树叶也不再沙沙作响，但后背的疼痛已蔓延到脖颈，越来越厉害，使他无法再忍受，他原地站起来，看看我，发现我正默默地、不安地看着他。

"亲爱的让，你该睡一会儿了，我们的事办完了。人一旦得了病，只有到坟墓里去才能舒服。你去歇一会儿吧。"

"我不困，睡意已逃走了。您还在工作，我就留在您身边吧，或许您会需要我。"

主教用柔软的双手搓着脸，他从原地站起来，以减轻后背的疼痛。疼得厉害的时候，他就在屋里踱来踱去，等好一些再回去写。几分钟或几个小时后，疼痛会再次袭来。

"让，你知道吗？我越想越敬重这个人和他的品德。当初我曾希望他是个基督徒，那样我们就可以像兄弟一样为他骄傲，把我们的教义教给他，让他带回到他的百姓那里进行传播。但随着时间的推移，我确信这个在各方面都酷似我们的人，只能是他自己——一个热爱一切，能使人走近爱和上帝的人。"

"他与您有同感。他已成为您事业的核心，只有上帝知道您陷入了怎样的困境。资助者们就在您身后，让您担负您力所不能及的事。他们中有些人甚至要把您交给司法部门，说您只消费不付钱，就好像您做的一切都是为了您自己。"

"这些都没关系，我是为公众利益而工作。至于赔偿，有些机构可以为此担保。我没有为私利而花费分文，他们应该知道这一点。我在找寻那片土地，除了上帝将使我与那片土地融合在一起外，我今天对什么都不感兴趣。如果我迟迟不归，或者没能回去，你要赶在所有人的前面，捧一抔那土地的泥土，在黎明时分洒在那夜我离去的海里，因为在那个黎明，我没能看到那海。如果可以的话，你再带一些小花环，在我被埋在那个别无选择的国家之前，放置在海浪上。埃米尔将会客死他乡，我有预感，而且坚信。我将在那片土地上等待他的归来。他曾对所有询问他的人发誓绝不回去，不是因为怨恨，而是恪守自己的诺言。"

"先生，我还有的活。"

"假如发生什么不测，我已嘱咐你，也嘱咐了我孙侄圣苏兰男爵来监督遗嘱的实施。若我的遗骸有一天能歇息在阿尔及利亚我的后辈教民中间，我将感到幸福和踏实。圣奥古斯丁的遗骸就被送回了希波。我多么希望我的遗骸也能回到那片神圣的土地，安息在上帝让我热爱的人们中间。从现在起我要对最后合上我眼睛的人说：'我们不能掌握命运，但祈盼好运。'"

"为了这一切，您也该休息一会儿。为了完成这封信，您也要爱惜自己的健康。"

"写信已花去我很多时间了，希望它能触动心灵深处，否则写它有什么意义！埃米尔对我期望颇多，我不想让他失望。我的时间已屈指可数，我必须完成这一切。生命留给我们的时

177

间不多，只有我们面临一件想要干完的事情时，才会感到那么需要它，可身体又帮不了我们。"

"需要我做些什么吗?"

"你歇会儿吧，明天我们还有很多事要做。如果后背和头不那么疼的话，我就把手头的事做完，然后去睡。"

一切都安静下来，只有风声、雨声和刺骨的寒冷。

主教注视着天花板和连猫狗都不见的空荡荡的城市，眼前闪现出埃米尔的马队，它踏着泥泞，艰难地向荒野和沙漠行进;抑或在试图阻止法军向康斯坦丁城的推进;又或者埃米尔在思考是摆脱还是继续执行协议。他需要时间把他的势力范围扩展到沙漠地区，奥兰已陷入包围，侵略战争改变了他的所有计划，他必须有足够的时间来加固泰克达迈特城。这是一个融汇了学问与火药、书籍与战马的地方。

我听到主教喃喃地说，不知他是说给自己还是说给我听。我当时睡得很沉，但他的话还是清晰地传到我耳朵里:

"今天我可以说，我了解这个人就像了解每天来到圣保罗和圣路易教堂的男女老少，他们来到这里为他们犯下的错误祈求宽恕。我倾听他们求助的呼唤，给予他们聆听弱者和忏悔者呼唤的上帝的祝福。我每天都告诉他们，我不是圣徒，不能赐予他们宽恕，但上帝总是亲近善良、真诚和挚爱上帝的人。埃米尔就是这样的人，他愿意讲述，也期待我们听他抑郁的陈述。每当我回到这个家，来到这个角落，我脑子里想的都是完成这封信，写出我所看到、听到和感受到的这个人的一切。"

我睡了一会儿，不知有多久，突然我从铺上跳起来，吮着手指嘟囔着"妈妈……，妈妈……"

主教点燃了另一盏灯，摸着我的头轻轻摇了摇：

"让，太阳还没出来，妈妈不在这里，她在天堂与她喜爱的人在一起。没关系，你再歇一会儿吧。"

"妈妈需要什么？对不起，主教，您需要什么？"

"不需要什么。你还处在困扰你的梦境中，再躺会儿吧。"

"主教，刚才我看见了母亲，她很像您，我的先生。"

"再歇会儿，盖好，明天我们还有许多事要做，孤儿们在等待着我们的帮助。"

他给我盖好，然后又去看他的资料。我感叹他的忍耐与坚强。

黑夜即将过去，他沉浸在以往不了解的更详细的资料中，埋头于堆积在桌上的报纸中，那张粗糙的桌子占去了房间的很大一部分。他把油灯靠近一些，忽然他抽出一份黄色的文件，那是几页 1838 年 6 月 12 日的报纸，字符如拥挤的马匹般奔涌到他眼前。

他用笔沾了沾墨水，墨水比原来流畅多了，然后在纸上开始书写。

他关切地转头看看我，发现我睁着眼睛，好像根本没睡。

"让，你没再睡？"

"算了，好像睡意全跑了。"

"我有种特殊的感觉，埃米尔袭击艾因·马迪事件的背后另有其人，他们既不愿意埃米尔好，也不愿意法国好。到底是谁派鲁格瓦特的哈里发赛义德·哈吉·伊萨之子欧莱叶到麦迪亚，劝说埃米尔帮助击败提加尼耶的势力，并告知说他的追随者们正等待着要向他效忠？如果不是预先策划，埃米尔为什么被迫

179

放弃自己的要塞，去摧毁艾因·马迪，而让他自己的军队因围城和寒冷陷于危境？为什么摩洛哥素丹和瓦莱①要援助他能摧毁防御工事的大炮？以往所有的战斗，都不是埃米尔发起的，他一贯是反击入侵的，而这次发生的事则完全相反。以他的智慧，是不会涉入一个于己、于自己人都不利的战争游戏的。"

在他入睡之前，我似乎看到了我的母亲。他弓着背，用优雅的羽毛笔，书写着发自内心深处的话语。

他不是在书写，而是沉浸在比水更温润的情结中。

他是在刺绣，如同他经常谈到的埃米尔那样，每每走近他，都看见他在写作，或在口述他的生平。

"出发吧，你是最敏捷的。把信送给他，别让他感到措手不及，请他尽快答复。"

"素丹，我们会让你满意的，现在是 6 月 12 日，信最迟两天后到达。"

埃米尔伸出手，信使去吻它，但他的嘴唇还未碰到手，埃米尔已习惯性地把手抽回。信使用围巾把脸裹上，策马飞奔而去，留下一片尘雾。他没有往后看，而是加快了马速。

"安拉保佑你！一路平安！"埃米尔说。他注视着扬起的尘土，尘土遮住了奔向艾因·马迪的骑士。天上的云彩瞬间布满了天空，形成一片云海。

艾因·柏拉努斯距离泰克达迈特不过几英里远。埃米尔用马镫轻轻打着马，把目光投向远方。刚才这个地方充满了妇女们的喊叫声。她们坐在驼轿里，欢呼着，喊叫着，还担心这些

---

① Vallet.（原注）

180

训练会变成一场真正的战斗。战马激烈地交缠在一起，只能听见马嘶声和骑手们的喘息声，他们躲避着想象中的攻击。妇女似乎由围住她们的骑手保护着，以避免落入假想敌的手中。突然，一切都平静下来，只有马轻轻地打着响鼻，骑手们的铁质护膝磕碰马鞍。马被勒住，刨着地，在等待行动。埃米尔的黑马微微扬起头，抬起前腿，准备超过身着红色衣服的骑手，冲到最前面。在下令出发前，埃米尔在艾因·柏拉努斯重新审视了他的部队。400 名骑兵，2000 名经过训练的步兵，其中包括由 24 名炮兵组成的克鲁格利大队，他们负责重炮，为首的是炮兵首领穆罕默德·沃来德·库斯库西。有 1500 匹骆驼来运送给养和武器装备，此外还有 300 名各级军官。

埃米尔挥了一下右手，旌旗高举，战马嘶鸣，前锋骑兵开始出发，右路军、左路军和中军携各种武器紧随其后。山峰即将挡住柏拉努斯，埃米尔回头望去，只见泰克达迈特上空浓烟滚滚。浓烟来自熔铅和炼铁的工厂，原料来自米利亚纳的矿石，练出的铁用来造小炮和长枪的枪管，这些枪炮都由意大利工匠和学会制作的本地人制造。

大军路过各个部落，秩序井然，哈里发们和他们的队伍紧随着埃米尔的部队。经过两天艰苦跋涉，埃米尔的大军在阿穆尔山边稍事休息。当接近艾因·马迪城时，布置在高地上的大炮轰击了城墙，对艾因·马迪的第一轮威慑性打击开始了。埃米尔在等待着来自苏非道堂长老穆罕默德·提加尼 [1] 的信息，

---

① 穆罕默德·提加尼（Muhammad al-Tidjani 1737—1815）：伊斯兰教苏非主义提加尼教教团的创始人。生于阿尔及利亚的艾因·马迪。教法上遵循马立克学派。(译者注)

他很可能派人到埃米尔的大营来。

埃米尔的军事会议尚未结束，提加尼耶稣非道堂长老穆罕默德·提加尼的使者就到了。他直接把信交给了埃米尔。埃米尔当着哈里发们、军官们以及其他与会者的面高声朗读：

"告诉你们的埃米尔，我不是他的敌人，也不是起义反对他政权的人，我和艾因·马迪的居民、部落都准备承认他的政权。我是道堂长老，看重的是将我与上天联系起来的关系，而不是注定要消失的这些俗世关系。我的祖先们曾是这些错误的牺牲品，我不愿再重蹈覆辙。我再次强调我们愿意和平，但如果埃米尔执意要与我为敌，那就请先攻破艾因·马迪的城墙，杀死我的门生和侍从。"

一片寂静，没人敢说话。信件是示好的，因为他承认了埃米尔的政权；但又是强硬的，因为他不肯听命于埃米尔，拒绝与埃米尔对话。后来，还是埃米尔自己说道：

"欧麦尔·伊本·鲁什，你怎么看？我们拿这个小暴君怎么办？"

埃米尔的新顾问列昂·鲁什不安地说：

"素丹，我觉得这很无耻，必须受到惩罚。怎么能以这样的语言和一位伟大的素丹说话！"

哈里发伊本·塔哈米没等埃米尔征求他的看法，便接着列昂·鲁什的话说：

"不，欧麦尔，我们到这里的任务很明确也很艰巨。要进城就必须得到他们的极大信任，我们应直接和他对话，我不认为道堂长老会拒绝与我们对话。"

列昂·鲁什激烈地反驳他，伊本·塔哈米觉得他有些夸张。

"但是他以这封信侮辱了我们的素丹。"

"我们要进行的是一场毁灭性的战争,应该懂得如何把损失降到最低,无疑胜利是属于我们的,但我们首先要明确地要求他服从埃米尔的命令。再说,我们也不知道保护他的城墙的厚度和抵御我们打击的能力。"

"问题是我们等不了。"埃米尔说,"我们先派人去打探一下城墙的防御能力。"

"我去。"列昂·鲁什说。"我将给您带来确切的信息。"

"欧麦尔·伊本·鲁什,你会活着,安拉将使你获胜,就像使真理获胜一样。你是个坚强的人,是敢于冒险完成艰巨任务的人,你的心是赤诚的。"埃米尔说。第一次会议结束了。

"我只是在履行我的宗教义务,是良心使然。"

"你带上最好的骑手,打探一下城墙和城里的大概情况,我想知道人们的反应,以及我们炮火的能力。"

列昂·鲁什潜入艾因·马迪城,因害怕被发现,跟随他去的骑手们都留在城边了。他花了一整天,搞清了城墙抵御打击的能力、城里的地形和困扰人们的问题,摸清了道堂长老以及他夫人和家人住所的位置。他确定埃米尔带来的小炮没起什么作用,第一轮威慑性打击只在墙上留下了几个小坑。列昂从近处对城墙进行了勘察,城墙是结实的,埃米尔的炮无法在上面打出进城的缺口,应该另想办法。

夜深了,列昂走近正在等他的埃米尔,明确、坦率地说:

"素丹,我们的打击都是无效的,我们的武器太差了,对付不了这么厚的城墙。我们需要法国人和摩洛哥素丹那儿所拥有的更大口径的炮。经验告诉我，不要白费力气，我们先前的打击都是浪费火药，这座城设防坚固。"

"可我从哪里能搞到这样的炮？如果我们不能在防御工事上打开缺口，就得另想办法去占领城市。一些军官曾说，有台阶的地方是容易登上去的，我们可以从你打探过的防守薄弱的地方进城，你已经发现了艾因·马迪城的秘密。"

"这也行不通。他们是这个地方的主人，比我们更了解这里。再说，守夜人都配有很好的武器，我们的损失会很大。在采取行动之前要深思熟虑。这是我的看法，我的先生。"

"欧麦尔，那这种情况下我们怎么办呢？"

"我们要等待。我们可以加紧包围，让他们吃不上、喝不上，然后再看怎么办。也许那时我们向瓦莱寻求的法国大炮已经运到了，抑或摩洛哥素丹会答应我们的请求。"

一位哈里发走进来，他在与鲁格瓦特哈里发会见时一直默不做声。

"如果我有权插句话，我要说我对鲁格瓦特哈里发不满。很多事情莫名其妙，他的部落为什么要袭击我们的商队？为什么攻击我们的部队？"

"你知道，大多数部落都是鼠目寸光的，我们需要另外的组织来控制它。"

"信士们的长官，即便如此，我对鲁格瓦特哈里发欧莱叶还是绝对不满。我的心告诉我，他目的不纯。至少他本可以帮助我们，站在我们一边。"

"我们不能怀疑一个向我们求助、示好的人，否则，我们谈论建立一个保护百姓的国家还有什么意义呢？对这些问题纠缠不休，国家的实力将会丧失。假如他欺骗我们，我们会知道真相的，必要时我们会教训他。你说的也许不是你心里所想的吧？"

埃米尔看出这位哈里发对他所说的并不信服。

"我不喜欢这场战争。那些将军们总是干涉我们，康斯坦丁陷落了，我们在泰克达迈特的要塞也没完工。我们需要时间来巩固在山区取得的成果，反击背叛我们政权的部落。我觉得我们来艾因·马迪是在犯一个大错。塞卜杜城堡，特莱姆森南边的塞伊达，穆阿斯凯尔①南边的泰克达迈特及该市东南的塔扎，米利亚纳南边的布加尔，阿尔及利亚东南、麦迪亚南边的拜勒凯鲁特，康斯坦丁南边的比斯克拉等要塞，都成了对各种力量开放的作坊，没人能担保它们的未来。"

"我们的努力已初见成效了。"

埃米尔试图回答哈里发的种种疑问。

"毫无疑问我们的力量很大，但我们为了国家的利益与和平，需要储备我们的力量。因此我觉得，他们妨碍了我们应该做的正事。我们为什么要与不反对我们的人打仗呢？这个城市对您领导下的统一国家的前途有那么重要吗？我们是不是最好先保证建设我们想建立的国家，而忘了艾因·马迪呢？"

另一位哈里发反驳说：

"信士们的长官的意见非常正确，何况我们也需要他们的钱来建设国家。他们的钱都被冻结了，无助于任何军事行动。如果人们在城里安心地死去，好像什么都没发生，这于我们又

---

① 又译为马斯卡腊或马斯卡拉。

有什么意义？"

"事情很简单。"哈里发说，"在这种情况下，我们要求他们缴纳天课，如果他们拒绝，我们再像以往对待其他部落那样攻打他们。提加尼的信并没有对我们表示出敌意，只要他准备承认素丹的政权，就可以成为我们在这个地区的盟友。"

"我们如何对不顾黑夜、不顾疲劳等待进攻的 4000 名骑兵交待呢？那些部落又会怎样编排我们呢？说我们败给了一个身材并不高大、只知道道堂和在女人怀里睡觉的人？"

"信士们的长官足以说服所有的人，他掌握着必要时教训他们的武器。"

看到他坚持休战与和平，这位哈里发也不吭声了。埃米尔打破了沉默，对尚未开战就对这次战斗表示犹豫的哈里发说：

"我相信您的话只是表达了我们自己的一种担心。战争并不会妨碍完成我们的计划。如今所有的人都知道，我们的事业已走上正轨。在泰克达迈特我们已开始造币，按命令钱币正面将会印上'这是安拉的旨意'，背面会印上'泰克达迈特铸造'。在城堡上，我们布置了 12 个炮手和 6 门远程炮，城堡很难被攻破。罗马时期的地下室已被用作小工厂来提炼铁、硫磺和铅。米卢德·伊本·阿拉什从法国带来的机器都已开动，欧洲人建在泰克达迈特城内的小工厂也已开始运转。我们在特莱姆森有一位西班牙专家，由他管理着能制造 6 英寸和 12 英寸口径炮筒的工厂。在米利亚纳，法国人德·卡斯①建造了一个生产长枪和火药的小型兵工厂。我们邀请很多欧洲人来我们

———————————

① De Casse. （原注）

186

国家定居和工作，甚至允许他们占有财产。我们要学习他们的经验，把国家建立在正确、稳定的基础上，我们渴望文明能唤醒沉睡在欺骗中的人民。我们还出色地组建了非部落方式的军队。今天我可以说，我们已能够随意行动，因为我们有8000名步兵、2000名随时准备战斗的骑兵、200多名炮兵以及可抵抗很长时间的大量装备。必要时，我们可以支援哈里发们至少1000名步兵、250名骑兵、3门炮和30名炮兵。我们希望学习法国人的经验，建立一支强大的正规军。"

"素丹，这正是我所希望的。这些成果如果不能巩固、我们的军队不能从中获益的话，将是无用的。我们仍处于战火中，假如法国人撕毁协议的话，您想想会有什么结果？"

"各部落应该明白，没有什么权威可以凌驾于埃米尔权威之上。"

列昂·鲁什回应说，他正在埃米尔这里制定攻入各种工事和提加尼耶道堂长老居所的计划。

"除了让他们挨饿和占领周边的井和水源之外，没有其他解决办法。他们不渴是不会出来的。对这位小穆罕默德·提加尼长老的反击不该再受到质疑。他怎么能用这样的语言对素丹说话：'我当素丹时，你还是一个鲁莽的青年，我不明白是什么原因让你到我这里来，也许你在妇女面前是无能为力的，你将看到这座城市的雄狮。'"

埃米尔感到内心深处被刺痛了，他的忠诚和威严受到了侵犯。

"狗娘养的！我们将看看，到底谁是雄狮，谁是小猫！"

埃米尔在列昂·鲁什的陪伴下离开了。讨论已经结束，战争和围困城墙是埃米尔和他部队的最后选择。那些原本反对进攻的人，也接受了最后的决议。

"你让他们的孩子、亲人、狗都饿死、渴死了。"

埃米尔冷冷地说道，他的脸有些泛黄，像一个基督教的神父。

艾因·马迪城被围困起来，严禁出入；城周边的果园被焚毁，低矮的城墙被毁坏；城西北的泉眼被占领，泉水来自阿穆尔山，消失在居住着 400 户家庭的绿洲沙地里，整个艾因·马迪城以及道堂长老的果园、田地和他的随从们，都要靠这个泉眼的水。城周围的一些小水流也被控制了，谁试图接近它，就会受到恐吓或被拘禁。

"去对你主人说，让他给你水喝，他的福气能让老天降下水来！"

伴随着恶言恶语的，是围城部队士兵的哈哈笑声。

夏天烈日炎炎，尸体腐烂得很快。埃米尔队伍中的 80 名死者很快便被掩埋在专为打仗准备的墓地中，伤者被安排到宽敞的帐篷里，那里备有滚开的油、热铁板、草灰和瓦莱送给埃米尔的一些药品。

埃米尔骑在他的黑马上，决心彻底摧毁艾因·马迪的驻防军。他原先请求瓦莱元帅提供的 4 门炮、火药和各种装备都到了；阿卜杜·拉赫曼素丹请法国军官帮助送来了两名炮手。

几天后，发起最后进攻的武器弹药都准备就绪了。

"哈桑中士①，我们挖到哪儿了？我们已经挖了很久了。时

---

① Le sergent Hassan le hongrois. （原注）

188

间过得真快，等到 11 月雨季来临，水会淹没地道，那我们的活儿就白干了。"

"一切就绪。我们现处地下 5、6 米深处，已从地下进入到城里了，确切地说，已到了提加尼的住处下面，我们完成任务了。在城墙下面我们共挖了 8 条通道，并且填上了从瓦莱将军那里得到的速燃火药，一旦爆炸，提加尼和他的家庭什么都留不下。列昂·鲁什先生，你还发烧吗？"

哈桑·尼穆萨维一边说着，一边从坑里往外抽导火索。艾因·马迪后城墙的下面已被放置了炸药。

"好多了，只是觉得很累。"

"你应该留在外面，不必钻到地道里来。"

"我想亲自确认一下情况，好向素丹提交一份关于工程进展的详细报告。"

列昂·鲁什说道，他正试图把黏在一块石头上的导火索弄出来，放进用沸油浸过的草管里，以防受潮。他用力过猛，差点儿把哈桑·尼穆萨维放好的导火索弄断。他把线扯到外面，然后在工人们的帮助下，遮盖石头上的那些洞。之后，列昂·鲁什返回军营，让哈桑·尼穆萨维负责收尾。

"哈桑，你这里是今天工作的重点，它对战斗进程影响很大，而监督工作的各种细节也不简单，责任重大啊！"

"我明白，主上，我将和守卫一起留在这里。你要注意身体，你的脸很红，说明你发高烧了。"

"我要回去向埃米尔报告。"

列昂·鲁什的病加重了，烧得很厉害。距军营两公里的路程，他走得十分艰难，两次从马上摔下来。到营地时，他的斗篷上已沾满了泥浆。他刚一到，埃米尔就在帐篷里迎接了他。

"素丹阁下，我们已经完成了……"

"欧麦尔，我更关心你，我没要求你报告工作，你休息一会儿。哈桑·尼穆萨维和其他人都怎么样？"

"他们都很好，平安无事，他们只希望您满意。"

埃米尔让人给列昂·鲁什拿来干净衣服，并给他端来一杯苦艾水，水太苦了，他好不容易才喝下去。然后埃米尔让他躺下来，把头枕在埃米尔的膝盖上。列昂·鲁什闭上眼睛，埃米尔轻轻地用手遮住他的眼睛，直到他睡去。当他半夜醒来时，病已经完全好了。他觉出自己的头是靠在埃米尔的肩上，他左右晃晃头，似乎刚才是在做梦。他睁开眼，在帐篷中彻夜未熄的油灯光里，看到了埃米尔的脸和他蓝色的眼睛。仆人已经烤好了带皮的石榴，递给他吃了，他听到了越来越响的炮声。

"战斗很激烈。"

"是小冲突，真正的进攻尚未开始。"埃米尔答道。

列昂·鲁什从马嘶声和马蹄声中感到外面的动静越来越大。驻防在伊格里斯平原的西迪·穆罕默德·赛义德在穆斯塔法·伊本·塔哈米的陪同下来了，他是埃米尔的兄弟，率一支军队前来支援埃米尔，同时想劝他避免与提加尼耶道堂长老穆罕默德·提加尼发生流血冲突。外边不时能听到爆炸声和枪弹声，它们像阵阵雷声远远传来。伊本·塔哈米问发生了什么事情。埃米尔说：

"穆斯塔法先生，满足于面包的人，会对协议文本满意的。艾因·马迪的城墙正遭到我们炮火的轰炸，瓦莱元帅遵守了他的诺言，他送的大炮到了。"

穆斯塔法·伊本·塔哈米内心感到一阵绞痛，他欲言又止。他想换个话题，提醒埃米尔什么更重要。

"他们在践踏协议。"

"到目前为止，是我们的部落破坏了一切，法国人总的来说遵守了他们的承诺，责任分明。"

"正如您所知，康斯坦丁落在瓦莱手中，被认为是温和派人士的当勒蒙在对康斯坦丁的进攻中，被子弹射中头部而亡。特雷泽尔、罗海尔、瓦莱、法卢里以及法国国王的次子内穆尔公爵①都参加了远征，反抗法国人的艾哈迈德贝伊始终孤立无援，最后撤往沙漠。你不觉得我们的力量太分散，而协议只是一纸空文吗？"

"穆斯塔法，鉴于我们的利益，我们不会首先进犯、破坏协议，目前的局面不是我选择的，与法国人开战只会毁掉我们所建立的一切。但同小穆罕默德②开战则是另外一回事，我们需要展示我们的力量，否则我们的事业就付之东流了。"埃米尔生气地说。

得到卫兵允许后，炮兵首领穆罕默德·沃来德·库斯库西走过来，他奉命试验新炮。

"穆罕默德，有什么事？"

"瓦莱元帅提供给我们的炮的确在城墙和城堡上打开了缺

---

① Le duc de Nemours, deuxième fils du roi Louis Philippe. （原注）内穆尔公爵全名路易·夏尔·腓力·拉斐尔（Louis Charles Philippe Raphael, duc de Nemours 1814—1896），系法国国王路易·腓力的次子。1848年其父退位后，他曾联合流亡的保皇党人以图恢复君主政权。（译者注）

② 指据守在艾因·马迪城的穆罕默德·提加尼，将其称为小穆罕默德，带有蔑视的意味。（译者注）

口，现在我们可以开始进攻了。艾因·马迪的居民尽管遭到饥饿、干渴和疾病的困扰，但他们已开始修复城墙和城堡了。我们无需同时使用4门炮和摩洛哥国王给我们的炮，也无需使用很强的火力，居民们已经处于完全崩溃和恐惧之中了。"

"我们的骑兵能过去吗?"

"步兵进去没有任何问题，他们会为我们打开大门。城里的人已饿得开始吃猫、老鼠、狗和植物根茎了。有时为了一点点面包，他们甚至相互残杀。他们也停止掩埋死人了。我们应彻底摧毁他们，夺取他们的钱财和女人。"

整个早晨，来自法国和摩洛哥的大炮以及法国炮手们都没有停止炮击。很多人是第一次看到这些由专门的车拖拉的毁灭性武器，他们十分惊讶。炮弹带着烟雾和剧烈的震动从巨大的炮口射出，落在艾因·马迪城的左边，在城墙上炸出很大的缺口。炮声伴随着远处传来的断断续续的喊叫声。

埃米尔同他的主将、客人们一起做了晌礼，他想利用这个机会来谈谈新武器运到后的新形势。

"诸位，从今天起战争将进入关键时刻。这个小暴君将会知道，时代变了。他将彻底明白，在这个国家只有唯一的权威，一个所有部落都已表示效忠的权威。我发誓捍卫伊斯兰教的旗帜，与所有否认我的权威即安拉权威的人战斗。凡帮助我们敌人者，就是我们的敌人，也是其宗教的敌人。对那些在这次进攻中与反叛者战斗而牺牲的人，我要强调，他们在安拉那里的报酬是巨大的;在大地上，他们像与侵略者及异教徒战斗的人一样，将受到尊敬。"

伊本·塔哈米不安地说道:"赞美安拉赐予我们伟大的胜

利。现在敌人已经知道他们自己的斤两，也知道您是真的要打垮他们，因此我希望您给他们考虑的机会。请让我们的队伍休息一下，也让他们好好考虑，如果他们有头脑的话。要是他们拒绝，再让他们来承担责任。"

"穆斯塔法先生，他们是始作俑者，是最不义的。"

"他们与我们信奉同一个宗教，至少给他们一条出路吧。"

"那关注我们这次进攻的部落会怎么说我们呢？对那些死去的人，我们又如何向他们的家人交代呢？阿拉伯人会怎样写我们的历史？写我们在征服道堂长老时败北？写我们谎称能把入侵我们领土的基督教侵略者赶出去？穆斯塔法，狗总是咬伸向它的手。我们之间已经在用火药说话，血已经流了，人头也已落地，我们之间只有死亡和烈火。"

伊本·塔哈米无须多言，他追上了自己的队伍，等待埃米尔的命令。在这种情况下，他心里即便有另外的想法也不会说了。

"遵命，先生。希望我们的估计是错的。"

"这是指挥官的责任。"埃米尔严肃地说。

经过3天炮轰和20天包围，部队开始推进。城市周边的花园、水渠以及小规模的抵抗都被控制住，人、猫、狗、蚂蚱、墙、植物等都荡然无存，只剩一片灰烬。

昏礼①后，伊本·塔哈米又开始叨叨，不过这一次，有他兄弟、驻防在提加尼耶附近伊格里斯平原的赛义德陪着。

---

① 伊斯兰教的信徒每天要进行5次礼拜，分别为晨、晡、晌、昏、宵。昏礼即黄昏时所举行的礼拜活动。(译者注)

"信士们的长官，由于长时间的包围，我们的士兵都很劳顿，很想回家。艾因·马迪的居民使士兵们面临死亡，因为他们除抵抗外，别无他法。毫无疑问我们将战胜他们，但他们会把战争拖得很久。宰牲节①临近了，我们为什么不去争取和平呢？他们派出的信使也都表示愿意和平。我们可以敞开大门让他们平安撤出，倘若他们拒绝，我们再攻入城里，烧毁一切，消灭他们。"

对伊本·塔哈米和他兄弟的话，埃米尔犹豫了一会儿，然后看着赛义德答道：

"你是我大哥，你的意见更明智。像这样的人，我们不该在他们身上浪费时间，要不是考虑到城里的居民，我早就当着他们的面烧毁这座城市了。尽管如此，去做你想做的对他们有益的事吧。"

"好，今天我们就去道堂长老那里，试着说服他，并告诉他抵抗下去的后果。"

"但愿你们能成功地说服他。你带上穆斯塔法先生一起去吧，还有欧麦尔·沃来德·鲁什先生，他对这个地区和艾因·马迪城的人比较了解。去试试吧，也许你能够说服一头只有火药才能打动的粗野牲畜。"

穆斯塔法·伊本·塔哈米艰难地咽了口唾沫，没再说什么。

埃米尔下令后，一切归于平静。部队没有从前沿阵地开

---

① 宰牲节为穆斯林最盛大的节日之一，在我国新疆地区又称为古尔邦节，在伊斯兰历每年 12 月 10 日，举行会礼、宰杀牛羊、聚餐等活动，以纪念先知易卜拉欣父子经受安拉考验、献上儿子作为牺牲的虔诚行为。(译者注)

拔，而是原地休息。伊本·塔哈米、穆罕默德·赛义德和列昂·鲁什来到城墙跟前。他们没有遇到阻拦，在一个专为谈判者开的小洞处，受到恭敬的接待。艾因·马迪的居民以此向埃米尔表明，愿意从当初的傲慢中让步，打开这个小洞就是希望达成某种和解。

晚上，三个人回来了，伊本·塔哈米拿着他和道堂长老小穆罕默德·提加尼签过字的文件，内容有六条：提加尼向埃米尔缴纳一笔钱，钱数相当于因围城和进攻造成的损失；提加尼和他的家人、随从在 40 天内离开该城，埃米尔将为他们提供运输工具；提加尼有权带走他的钱财和夫人；愿意追随长老的艾因·马迪居民有权运走自己的家产；在此期间（40 天内），埃米尔要解除包围，后撤 80 英里；为保证撤退，道堂长老将把自己的儿子和 12 名心腹随从交与埃米尔作为人质，以表诚心。

埃米尔利用这一机会，给一些将领授予军衔，埋葬死人，整顿军队，清洁大炮，给炮上油，并考虑制造瓦莱元帅提供的那种炮，希望用它来开辟沙漠地区。

埃米尔问正在走神的列昂·鲁什为什么沉默不语："欧麦尔先生，沉默不是你的习惯。值瓦莱将军提升为元帅之际，我们要致信给他，看他是否可以再给我们一些炮，并为我们把工厂搬到泰克达迈特提供便利。你觉得呢?"

"主公，您所预见的是正确的。不过我希望您给我们证明的机会，将所有背叛您的人付之一炬。这座城市是亵渎之城、背叛之城，应该毫不怜悯地将其烧毁。当然，明智总是好的，以这种方式解脱可以使我们积蓄力量，部队已经很疲惫了。"

然后埃米尔对他哥哥说："我应该再写一封感谢摩洛哥素丹的信，让他知道，阿尔及利亚人民今天已团结在一面旗帜下，道路已畅通。我们不像诽谤者对他说的那样，我们无意降低他的权威。如果素丹打算派他的一个儿子或孙子或任何一位他所信任的人来管理这个国家，我们欢迎他，并准备与他合作，这样可以减去我不再能承担的重任。我将委托你给他送去这封信以及法国国王路易·菲利普的所有礼物，其中包括两把手枪，作为表示忠诚的信物。我四处奔波，只求真理胜利，只求把这片土地从殖民主义以及愚昧的部落专制中解放出来。"

"我很高兴理智最终获胜。"穆阿斯凯尔哈里发穆斯塔法·伊本·塔哈米掩饰不住内心的喜悦说道。正因为理智，艾因·马迪避免了血流成河。

"我们没再看见鲁格瓦特哈里发。"穆斯塔法·伊本·塔哈米说，"难道他不是该率他的骑兵、步兵跟着我们吗？"

"事情与此相反，他四处流散的部落正在路上阻挡我们的部队。"穆罕默德·赛义德断言，他试图破解埃米尔脸上表现出来的疑惑。

埃米尔没有回应他哥哥的话，他边转动手中的念珠边说：

"但愿明天真主赐福予我们。我想睡一会儿，我的头都快炸了。"

他来到人质们住的帐篷，看看他们是否受到礼遇。他拍着提加尼儿子的肩膀说：

"别担心，孩子，安拉的仁慈是广博的。希望你父亲能遵守协议的条件，使你们尽快回到亲人的身边。愿真主保佑。"

然后埃米尔走向自己的帐篷。他拢了拢左边敞开的斗篷，只有疲劳时他才习惯这么做。

已是五更天了。他祷告后就睡下了，什么书也没读。他本来打开了伊本·赫勒敦的书，但因为过于疲劳，什么都没看进去，只好躺下睡了。

两百多头体格健壮的骆驼被牵到城门处，为艾因·马迪的居民驮运行李和必需品。此前提加尼长老已开始撤离。大大小小的东西都被装上，撤往沙漠深处。驼队静静地向本尼·米扎卜戈壁方向行进，一匹接一匹，一群接一群。除骆驼驮的东西外，道堂长老的夫人和孩子、女人、儿童、男人，每个人都背着东西。骆驼在厚厚的沙漠中艰难地行走着，由于负重不时发出喘息声。

寒冷刺骨，夜间一切都结冰了。快到早晨，霜冻才开始慢慢消退。太阳虽升起来了，却消除不了寒冷。提加尼像新郎一样坐在驮轿上，撤向本尼·米扎卜，身后是他的奴隶和忠实的手下。他们生长在这座城市，看到过很多人从这片绿洲经过。凡进入绿洲的人，都能找到栖身的树阴和饮用的水，古人的故事就是这样描述这里的。

埃米尔原计划在艾因·马迪留下一支常驻守备队作为前方据点，以对付反叛部落或脱离他控制的部落。但在开斋节①祷告结束后，他忽然改变了主意。他觉得不再需要这个城市，它已经浪费了他的时间和精力。

---

① 伊斯兰教三大宗教节日之一，在伊斯兰日的 10 月 1 日。伊斯兰教规定，伊斯兰历每年 9 月为斋月，凡成年健康的穆斯林男女都要把斋，从太阳升起到日落的时间禁止吃、喝、娱乐和房事。封斋第 29 日晚如见新月，次日即为开斋节。（译者注）

"快叫列昂来。"

不一会儿，列昂·鲁什就来到了艾米尔的营帐。

"有什么事？"

"你知道剩下来的事情，你该干什么吗？我一生中从未像厌恶这个该死的巢穴那样厌恶一个城市，烧了它于我们民族没有任何损失。"

列昂·鲁什的脸上泛起了愉快的光芒。

"主人的要求就是命令。"

列昂·鲁什迅速向等待这一刻的哈桑·尼穆萨维下达了命令。一声巨大的轰响，城墙高高地飞上了广阔的天空，提加尼耶大本营只剩下一堆瓦砾。埃米尔和鲁什命令部队烧毁一切，火舌腾起，浓烟遮空，空房子、果园、麦田、草料、帐篷以及地窖，顷刻化为灰烬。

埃米尔凝视着冲天的火焰，两位军事顾问马利尤斯·阿尔桑和诺贝尔·马努西站在他身边。城市里不再有任何生命，就连在城市上空盘旋的鹰隼，也因浓烟和火焰使它们不能接近而迅速消失。埃米尔的兄弟赛义德和穆斯塔法·伊本·塔哈米在开始摧毁城市时，就撤回了营帐。埃米尔呐呐说道：

"暴虐这样开始，也这样在灰烬中结束。"他的目光越过艾因·马迪城投向远方，他似乎看到了另一片燃烧的火焰和灰烬，听到了孩子们的喊叫和几个月后要分娩的孕妇们的呻吟。他骑上马，回到了营地。

他极目远眺，远处一片寂静，只有初冬的雨声。他忽然想起走过的沙漠、谷地，那些酸枣、苦艾、芸香、刺金雀和划破腿的荆棘。

他本想和列昂·鲁什说说话，谈谈他烧掉这座城市的冲动、从6月12日包围城市到12月2日解除包围的这段时间，然后是1839年1月12日烧毁它。但他选择了沉默，一直看着燃烧的大火。列昂·鲁什试着使他摆脱这种困惑。

"小穆罕默德已经像老鼠一样垂头丧气地离开这座城市了。他被打败了。"

"不过我们把他列入我们敌人的名单里了，还有整个提加尼耶，也许还包括庇护他的本尼·米扎卜人。这些部落都会憎恶我们，直到安拉改变这个国家的状况，使它统一起来。随他去吧，我们不能违抗安拉的意旨。"

"战争总是如此，会有人抚平伤口，使水流重回河道——一切回归平常。挡在你路上的这根刺已经被拔掉了，你得到了瓦莱元帅和摩洛哥素丹阿卜杜·拉赫曼的嘉许。"

傍晚，向幸存的士兵们颁发了奖章，因寒冷和重伤死去的人也被埋葬了。乌鸦在废墟上聒噪，夕阳西下，落日的余辉从远处矗立的枣椰树后透出。远处传来人们的喊叫，伴随它的是占领城市每一个角落的士兵们的笑声。

他走向营帐，没和任何人说话。

埃米尔的书记官卡杜尔·伊本·穆罕默德·拜尔维拉把手杖交给了站在帐篷边的管家，清了清嗓子，在得到埃米尔母亲拉莱特·宰赫拉的允许后，掀开帐篷粗糙的门帘走了进去。

"卡杜尔先生，请进！素丹在等你。"

"谢谢，素丹起床了吗？昨天为安排新书的事，我们熬到很晚，我不想打扰他，不过是他要求我早起的。'早起的鸟儿有虫吃'，早起的人们都这么说。"

"阿卜杜·卡迪尔已经向我介绍你了，他要先做小净，祷告。他两小时前就起来了，在晨礼前先看了会儿书。昨天你走后，他又会见了军事将领直到今天凌晨。"

"主公肩上的责任太重大了，他需要休息，特别是这几天，开战的事又被重新提出来。"

"请。昨天你和将领们走后，我和他哥哥穆斯塔法·伊本·塔哈米议论了他打算做的事。他说他很疲惫，想放弃一切。他说的是实话。但他同时感到，他背负着一种债务，必须要偿还。只有安拉才知道他的忧虑何时才能消除。请。"

"拉莱特·宰赫拉，安拉将增加你的功德!"

卡杜尔·伊本·穆罕默德·拜尔维拉坐下，习惯地把两条腿盘在身下，他微微挺胸、前倾，好像只等命令一下，就毫不迟缓地站起来。拉莱特·宰赫拉把放着咖啡壶的炭盆摆在他前面，炭盆边上有一块白大饼。炭盆静静地烧着，不见明火，但却带来温暖。

拉莱特·宰赫拉斟满一杯咖啡，递给卡杜尔·拜尔维拉。他每次进到这个帐篷为埃米尔记录他的想法，都会感慨埃米尔的朴素。拜尔维拉自己是一个简朴的人，但他的财产也比埃米尔的多。

"阿卜杜·卡迪尔这几天一直忙于整顿军队。对提加尼耶的战斗让他看到部队存在很大的弱点，他知道和平是暂时的。法国发生了很多变化，部落对他的反对也绝不会停止。人们总是习惯于向统治者和实力屈服。他需要提醒大家，荆棘并没有冲破。因此他经常谈到要建立一支听命于他的、真正的常备军，就像法国那样。他借鉴法国人的经验，也借鉴其他欧洲人的经验。"

"为此他经常熬夜，考虑部队的建制，但实现这一切都需要稳定。谢天谢地，一切事情都进展顺利，城市在扩大，城堡越来越稳固。如果不出意外，我们将成为山区乃至沙漠地区的主人，因为很多部落都把素丹看作是救星，准备向他效忠。"

"威胁现在来自于鲁瓦麦。法军已突破铁门，占领了康斯坦丁，根据阿卜杜·卡迪尔得到的消息，法军正准备撕毁塔菲纳协议①。真主将回应好人。"

埃米尔做完祷告时，一片大饼正噼啪作响。

"塔菲纳协议?"埃米尔说，"我就不认为它的寿命会长久，倘若它能长久，那就太好了。不过我们看到和感受到的与我们所希望的正相反。"大饼的香味远远传来，真香啊！没有什么比得上米利亚纳的白大饼和穆阿斯凯尔的庄稼。

"主公啊，时间对我们不利，强加于我们的战争来的不是时候，我们要想方设法避免。"

"卡杜尔，事情变得一发而不可收拾，我们将被迫保卫自己。康斯坦丁的德伊被赶往沙漠；代替克洛泽尔的当勒蒙——阿尔及利亚总督，一个好人，也被杀了；取代他的、曾帮助我们击溃提加尼的瓦莱元帅，他的统治也仅维持了 8 个月，如今的康斯坦丁几乎是被占领了。"

"一定要避免这场战争，它会削弱我们，毁掉我们迄今所

---

① 塔菲纳协议（又译为塔夫纳）是 1837 年 5 月 30 日法国军队在败仗之后由波戈将军同阿尔及利亚埃米尔阿卜杜·卡迪尔签署的一份和平停战协议。在协议中，埃米尔承认法国对阿尔及利亚的主权，而法国方面则放弃三分之二的阿尔及利亚土地，建立阿尔及利亚酋长国。但同年 11 月法国国王路易·菲力普一世即单方面撕毁协议，导致双方很快又继续开战。

取得的全部成果。泰克达迈特、穆阿斯凯尔、塔扎等地的工厂即将完工、开始生产。米卢德·伊本·阿拉什的事不过是个大圈套。"

"米卢德·伊本·阿拉什被迫与瓦莱元帅签署了补充条款，以解释协议中含糊的部分。即使我们对他的错误视而不见，部落也已对这些补充条款坐卧不安了，因为它赋予了法国人向康斯坦丁进发的过路权。我不希望进行这场迫在眉睫的战争，但如果必要的话，我将誓死保卫自己。因此，我们要结束休整。好，告诉我，我们写到哪儿了？我们得赶快写完。我咨询了与我们合作的法国人和有战斗经验的穆斯林，获益匪浅。"

"我们已经完成第一部分了，其中提到了素丹军队的建制：步兵也叫穆罕默德军，实行终身兵役制。大队由 1000 人组成，小队由 100 人组成，由肩上有双剑军衔的军官指挥，每个小队分为三个小组，由组长指挥；还有两名文书，以备战争或和平期间的特殊需要。每队都要有独特的服装。然后是骑兵，用来进行快速打击。马是战争的伴侣，也是逃脱的工具和铠甲，必须爱护它。此外还有炮兵，没有它就不能赢得战争，设立炮兵是关乎生死的问题。部队的给养还有储备，有大饼、做麦片粥的麦粉等。每个小队在周一和周四都会得到羊，分给每个组的成员。这大概就是我们昨夜和前段时间谈到的，今天我们要完善它，并交给军事指挥官，让他们贯彻实施。"

"重要的是实施，否则什么都是纸上谈兵，没有任何意义，我不希望如此。"

"愿真主保佑！"

"所有细节都要写进去，比如对于那些提供必要服务的人员，我们应该做些什么，应当明确他们的任务，以免相互干扰，如：钉马掌的人，照看马匹并负责夜间喂马的马夫，负责观察马蹄伤情的兽医，负责织造席子和地毯的人，还有马鞍工匠，他们要负责不使马匹受到伤害，要检查马匹长途行走的准备工作。"

"是否把这些都写进书里？"

"毫无疑问，这些都很重要，为此我们还要写一个附录，对各种职责进行详细的说明。军事审判法是一个基本问题，没有秩序，国家就不能建立。什么是军人的权力和义务？如何来讲述这些？军人应该懂得，在他之上还有法律，他不能随心所欲；他不该受压迫，但也不该压迫他人。人们必须明白，与侵略者和异教徒战斗是取悦自己和安拉的。同样，对那些为真理胜利而努力付出的人也应该嘉奖。我考虑可以做金质或银质的奖章，颁发给他们以及行政人员，还有那些为这个美丽国家提供了真正服务的人。可以别在衣服上或帽檐前，要显眼；大小可视军衔而定，上面写上'宗教支持者'。"

"现在开始记录？"

"如果你喝完咖啡的话。我们仰赖安拉。"

"奉安拉之名，我已经准备好做记录了。"

"你的笔准备好了？笔是笔者的标志。"

"正如主公所见。主公想让我把这也记下来吗？"拜尔维拉抑制住笑意说道，然后伏在桌上，等待记录。埃米尔明白了他的暗示。

"我们难道愿意让游牧民烧毁我们的家吗？没有什么比爱更宝贵了。不过我们在这片土地的变革，都近乎是失败的。我们最好信赖安拉。"

"奉安拉之名。"

埃米尔要求放下营帐入口的帘子,除非发生了突袭、战争这样的例外情况,一律不要打扰他,以保持头脑清醒。

"宰赫拉哈吉,一些小事就由你处理吧。艾因·马迪战斗伤员妇女代表团的事,你去关照一下,也安抚一下囚犯,愿安拉开释他们。其他的事等我口述完了去处理,办公厅还在等着我。我还有 10 个小时来完成这项必须的工作。"

"好的,我的孩子,安拉帮助你,使你战胜敌人。我们知道该怎么做,不会有人进来的。"

拉莱特·宰赫拉边说边放下帐篷入口的帘子。通常当帘子放下来时,除非非常必要的事情,如死亡、突袭、大火等,是不会有人靠近这里的,违者就是违禁,将受到法律的严厉处罚。

帐篷里非常安静,只听见埃米尔的低声口述、纸张沙沙作响以及笔触划在纸上的声音。埃米尔不时拿起手边的纸来审视自己的口述。笔在纸上来回行走,犹如行进在无垠的沙漠上,不知疲倦。每当有了新的想法,埃米尔都会闭上眼睛,沉思片刻,然后再继续口述,像是在读一份放在他跟前的文件。

"你看,卡杜尔,"埃米尔抬起头来说道,"我们的先辈比我们擅长于军事策划,尤其是在伍麦叶朝①和安达卢西亚时期②,我们可以感觉到在他们队伍中罗马式排兵布阵的能力。

---

① 伍麦叶朝(661—750),阿拉伯历史上第一个政教合一的伊斯兰王朝。

② 安达卢西亚时期是公元 711—1492 年阿拉伯人和北非穆斯林(西方称之为摩尔人)统治伊比利亚半岛以南地区即今西班牙大部分地区的时期。

我们对法军的效仿能够形成一种力量。这种效仿不是依附性的，也不是亵渎宗教。部落变得很盲目，愚昧比明敌更危险，愚昧是隐藏在我们队伍中的敌人，会在你绝不期待的时间里爆炸。"

"我们还是回到我们的主题吧，我们说好了的。你曾对我说'如果你发现我跑题了，就把我叫回来'。如果没什么妨碍的话，这就是我要做的。"

"你做得对，卡杜尔，我们继续吧。"

拜尔维拉拿起笔，埃米尔继续口述。沙沙的声音重又响起。

每当11月冬天来了，米利亚纳城像往常一样呈现出一派冰天雪地的景象，到了夜间却又完全不同。刺眼的阳光偶尔会透过浓重的云团显露出白雪般亮白的娇容。冬天为裸露的树木穿上了厚装，树枝难以承受雪的重量，每当风儿吹过扎凯尔山，枝条便微微欠下腰肢，几乎碰触地面。之后又悄无声息地回到自己之前的高度，随时准备着下一次"鞠躬敬礼"。

艾阿里的居民仍然艰难地维持着生计。致富之路难上加难，温饱之路处处坎坷。他们在市场购买劳作工具铲斧，好清除堵住了大门厚重的积雪。牧人穿着长袍和粗布衣，和他们的牛羊一起在深山中穿行。此时树下星星点点的白雪覆盖着大地。

人们开始感受到和平与安稳的益处，言谈之间流露出对战争的恐惧。市场、居民区甚至是在部落和埃米尔的军营里，有关支持谁、反对谁的讨论众说纷纭。和平赐予人们安定。人们拥护埃米尔所管辖的所有地方的国家制度，但是埃米尔禁止一些强大的部落去侵略或侵犯较弱小的部落。在告别沙漠生活后，城市的富人逐渐增多，富裕的人们开始缴纳天课和什一税，这使所有的哈里发从中获益，特别是米利亚纳的哈里发——在这片辽阔的平原上，在这个缺乏精锐之师和装备驻军的年轻国度，他被看作自卫军的主力。

清晨，米利亚纳集市上挤满了买家和商人。很多商人是这两年激增的蔬果店主。他们大多来自临近的高地、平原以及沙拉夫和赛义迪两河流域。自签订盟约以来，许多事情都发生了根本性的变化，附近城市及郊区间贸易活动更加便利、安全。

在百姓集市周围的空地上写着标语，警示人们不要妄想逃脱上缴天课和什一税。而人们闲谈的话题都围绕着即将来临的战争、艾因·马迪的战火、提加尼耶长老被驱逐等，伊萨族人训练各种蛇，在人们面前要弄变魔法，令人眼花缭乱：

你们这些好心人啊，好心人：

向先知穆罕默德祈祷！

失望的老者，燃烧的火焰，

他们给老者戴上冠冕，

说："要么卖了，要么滚蛋！"

他说："我就坐在这里，主就是屏障。"

你们这些好心人啊，好心人：

在冰冷潮湿的年月，

向先知穆罕默德祈祷！

我们的主人阿卜杜·卡迪尔来到这里，

将穷人和可怜人帮助，

打败了所有的异教徒……

高地上哈里发官邸外一早就有不寻常的事情发生，两天前，瓦莱元帅的使者德·萨勒①第二次前来求见埃米尔，希望共同商讨塔菲纳条约的文件，并为其代理人伊本·阿拉什的签字辩白，正是他，问都不问一声埃米尔，便为法国人前往康斯坦丁打开了通道。为了解决这一难题，埃米尔和他在首都的代表伊本·杜兰以及众哈里发们一起在忙着，以便有一个大家都满意的解决方案，并保护国家免遭新一轮战争的诅咒。自一年前本·阿拉什从巴黎回来后，埃米尔只在泰克达迈特见过他一次，在见面中，埃米尔表明了自己的满腹懊恼和愤慨。

讨论在埃米尔的会议室中激烈进行着：

"我重申上个月在泰克达迈特对你说过的话，我感到失望和痛苦。你知道这些话对我意味着什么。虽然签署了条约，但我绝不接受你加了旁注的签约，因为这些附加条件给了法国人前往康斯坦丁的通行权。我拒绝这一通行走廊，因为我们因此需要持续仰仗法国人，而在此之前，他们的前后只有大海和阿特拉斯山。我们这叫自己捆住了手脚。"

"但是，先生，这样给我们留下了控制和建设我们自己各个地区的权利。时间对我们有利，而战争只是欺骗的手段。这条通道不会让我们有什么损失。"米卢德·伊本·阿拉什字斟句酌地回答。

"谁告诉你说他们会给我们时间来建设我们的国家？所有的事情都昭示我们，全面的战争即将爆发。巴黎的种种改变并不意味着和平的降临。让我们来看看究竟可以做些什么！哈里

---

① De Salles.（原注）

207

发们都在场，各个部落所看到的道路，我将走下去。我希望和平，希望保护人民并保卫他们部分重要的土地。否则，死亡是更容易的。当你丧失国土，当你失去体面，或者当你两者都失去的时候，你还剩下什么？"

吵闹的议论声充斥着会议大厅每个角落，持反对意见的部落首领之间的争吵越来越暴力。这时埃米尔突然介入，所有人都安静下来。埃米尔要求伊本·阿拉什把（法国）元帅的使者德·萨勒带过来，允许他进来参加会议，在众人惊讶的目光中，德·萨勒追踪了整个会议。

"我让他知道我们和全体部落是以集体的形式作出决议的，让他知道埃米尔只不过是为他的人民和宗教服务的一部机器。"

使者看到本·阿拉什的脸色惨白、表情扭曲，知道会议进行得并不顺利。埃米尔也意识到增加条约附加条件的难度。

"事情不像预期那样顺利进行吧？"德·萨勒问道。

"绝对不会！你和我们来开会，你自己听听看，以你自己亲眼所见到的真相去履行你自己的责任。"埃米尔要的就是这种效果。事情看起来很不简单，许多人牵涉其中，各种意见相互对立，矛盾重重。他们反对埃米尔签署盟约，宁愿选择刀光剑影的战争。"然而就像你了解的那样，埃米尔更想要和平。"

两个人加入到会议中，当时埃米尔还在同列昂·鲁什进行特别谈话，他习惯了事无巨细都向埃米尔请示。包括使者在内的所有人就坐后，埃米尔说：

"我请求德·萨勒先生向大家说明法国方面的建议，以便我们可以准确了解他们做了什么，我们又需要做些什么。"

德·萨勒稍微准备了一下，然后说道：

"埃米尔阁下，尊敬的各位战争委员会成员，先生们，谢谢你们对我的信任。瓦莱元帅所寻求的是继续缔结条约，绝不希望破裂无果。"

"你还是让它破裂吧！这样事情就完了。"其中一位哈里发说道。

德·萨勒继续发言，装作没有听到，漠视这位哈里发的存在，好像这位哈里发从来没有打断他说话似的，直到埃米尔对他使眼色后，他才结束发言。

"法国人想要的很简单，希望埃米尔最终同意签署使条约更加细致的附件，以避免不同的解释，同时避开无谓的战争。条约和附件文本大家都读了，伊本·阿拉什在上面签了名。埃米尔阁下，如果您允许，我的任务就是将贵方附加的文献带回去，以防止歧义，延续和平。"

埃米尔望向伊本·阿拉什，后者阐明道：

"第一次签订条约时，我就站在门边。我们希望这能惠及所有人。如果主公意见相左，他还可以做别的选择。我做过的事情，是凭着良心和美好的意愿去做的。协议中，只不过明确了之前我们所达成的共识，此外并没有附加其他事项。"

"米卢德先生，地狱之门也铺满了美好的意愿。"其中的一个人发出评论。

伊本·杜兰借此机会为在场的听会者宣读了瓦莱元帅的信，并稍微做了点解释。他们中有人就协议内容中每一处有争议的地方提出断然决绝的建议，甚至还有人要求审判米卢德·伊本·阿拉什。

"你们错了，法国是个强大的国家。你们知道，法国军队训练有素、制度森严，它拥有庞大的毁灭性武器，通过这种强硬的方式，你们将丧失一切。"

听了伊本·杜兰的威胁及其对自己所带信函的辩护，还有试图说服埃米尔接受休战提议的话，埃米尔再也无法控制自己的愤怒：

"我们接受休战，但是什么时候休战？我们要继续承受基督徒的唾骂和挑衅到什么时候？他们提供的所有证据都证明他们对自己走过的时代并不尊重。或许我们可以找到解决的出路，但我们绝不接受任何或明或暗的威胁。如果法国人想要真正的和平，那么就不要违反协议。"

"埃米尔阁下，我理解您的意图。我向你们保证此事不值得贵方大动肝火。法国人无意欺骗你们。给你们带来如此争论的人，简直是火上浇油。（法国）国王的儿子只不过是打猎经过了铁门一次，然后就返回原地，仅此而已，所以，直到现在都不存在违反协议的情况。"

众人纷纷扯着嗓门叫喊起来，一片混乱，尘嚣甚上，这时一个男人从自己的位置站起来，以振聋发聩的声音高声说道：

"法国想要战争，那就如它所愿！我们会与其战斗到底。这次我们不仅要解放首都，而且要收复所有的沿海地带。我们将烧光一切！"

人群之中站起来了另外一个人，一个沙漠居民，开始高声吟诵诗歌，赞扬埃米尔的勇敢和秉性。埃米尔感到有点尴尬，但还是让他完成了颂歌，在群情激昂中结束了受到战争威胁的会议。许多部落都拒绝条约的附加条件：如果法国撕毁了协议，就宣告开战。

埃米尔微微晃了晃脑袋，低声嘀咕，恢复了诗歌的节奏：

"啊，如果诗歌可以解放国家和心灵……"

"盛大的节日即将来临，让我们节后再做最后的决议吧！"

埃米尔并未表明立场，最后的决议被推迟到第二天白天，以便进行更深入的协商。多数人倾向于毁灭性的战争，但埃米尔知道这将付出高昂的代价，接下来的战争绝不像过去的战争，因此一直悬置在那里，以便让大家看清困难所在。但是支持战争的部落和战争委员会的其他人开始倾向于讨论全面宣战的想法，准备收复被占据的麦提杰和沿海地带。

庆祝节日之后，举行了 3 月份的第一次会议，正当巴旦杏的花蕾挂满枝头、和煦的春光融化积雪之时，70 余名全国的体面人物和宗教人士做出了最终的决议。

"你们想要的只有圣战，那就让它来吧！既然这是你们的意愿，我服从集体的决议。我不可以脱离大众，固执己见。但你们必须知道，这种选择非常残酷，你们将遇到巨大的困难，付出惨痛的代价。我倡议你们同我一起在安拉面前以《古兰经》起誓：绝不欺瞒我，绝不放弃圣战。谁放弃，一律视为卡菲尔①。"

所有人异口同声高喊，声音响彻四方：

"真主至上！真主至上！真主支持素丹！真主支持真理！"

德·萨勒从埃米尔的表情知道了结果。埃米尔夹在叶胡达·伊本·杜兰和欧麦尔·列昂·鲁什这两个重要人物中间左右为难。在他头上一片黑暗，颇为奇异，他无法抗拒。他语无

---

① 背叛伊斯兰教的穆斯林被称为卡菲尔。（译者注）

伦次，但吐字清晰、沉着冷静地说：

"所有部落的头面人物和军官都反对签署 7 月 4 日条约的附件。我要和他们一起发出一样的声音。我自始至终都为他们服务，别无其他想法。我看他们所看到的，我走在他们行进的道路上。附加条约将穆斯林置于他人的控制之下，是不公平的，这是我们的习俗和宗教都无法容忍的。"

德·萨勒指挥官的脸色极其难看。他一言不发。远离自己的下属军官们已经有一段时间了，他请求允许他离开，因为在远处等待他的军官们已经迫不及待地想知道答案。

他在一同被派遣来的扈从们的陪伴下，骑上马，离开了这座城市。他们将护送他到离得最近的法国军营，不到一夜工夫的脚程。

当天晚上，伊本·杜兰与埃米尔在一个特别幽静的地方碰面开会。沉默成为会议的主旋律。埃米尔喝着一杯热茶，声音低沉。他表面上不动声色，但实际上却很紧张。因为他知道等待他的是什么，他的支持者只会空喊"安拉至上"、"支持众信士的长官"，但这远远不够。伊本·杜兰就是第一个当时试图拆散大家庭的人。

"主公，我知道你的担忧，但事情仍在我们掌控之下。我宁愿带着签署条约和维系和平的消息进入首都，而不是传达开战的噩耗，战争不会给国家带来一点好处。"

"伊本·杜兰先生，你了解这个国家人民的想法。你自己生在这片土地，和人民血脉相连。我知道法国人想开战，并为之寻找着借口。（法国）王储奥马勒公爵走出来经过铁门一事是明目张胆的挑衅。我本来可以攻打他们，并将王储拘禁。他们当时就在我的火力范围之内，尽管他们自认为是安全的，但我并不想把事情搅浑，破坏这一段时间以来所做的一切。对此，我非常清楚。我当时拒绝给予他们这样的机会。因此我约束了自己的军队，禁止他们攻打王储奥马勒公爵。"

"那就不要给他们提供这样的借口。"

"现在，事情已经超出了我的掌控。一些部落指控我叛教，法国把国内问题转移到我们身上，主和派的人走了，取而代之的是主张全面战争的人。除此之外，他们非常想要的是赢得时间，仅此而已。他们认为我热衷于牟利，莫莱政府① 最近于1月份的 22 日提出辞职，瓦莱元帅两次要求下台，幸亏国王进行了干预，拒绝那样做。国王不鼓励他辞职，因为事情还只是局限在内阁各部的范围，等待着即将到来的暴风雨。因此，接下来的战争绝不会像过去的战争，他们已经了解这片土地，战争将变成全面的殖民战争，我们将遭受双重的打击，我们中的许多人都将因此而丧生。你想要什么？每当我们经常试图逃脱命运的安排，就会发现自己已深陷其中。战火燃烧时，会带来勇气，也会带来背叛和灾难。现在他们所有人都是英雄，但当剑抵在他们的脖子上时，许多事情都必将改变。所以我没什么其他要说的。"

"你可以像往常那样说服他们。你的权势依然稳固，你可以用强力将和平强加给他们，就像他们反抗不从的时候你迫使

---

① Molé.（原注）莫莱伯爵，原名路易·马蒂厄（Louis Mathieu, comte Molé，1781—1855），法国保皇党政治家，曾在拿破仑一世、路易十八和路易-腓力治下任职。莫莱出生在巴黎，1813 年 11 月任司法大臣，1836 年任7 月王朝的首相。

他们应战。"

"伊本·杜兰先生，你认为我是战争的支持者吗？我知道，战争是毁灭性的，我们终将品尝到战争的苦果。哈里发们下定决心要开战，那么所有忤逆他们行为的人都将被称为叛教，或越出了宗教。所有人都在高喊圣战，但我很早就知道，当你在谈论大炮、火药、抽出匕首、拔出手枪的时候，他们中的很多人将会忘记一切的盟约，拒绝为了其他部落而挨饿，拒绝为其他部落而赴死。我知道，战争将像磨盘一样把我们碾为齑粉，会吞噬我们最高贵的子弟和最好的指挥官。尽管如此，我不想被人指责为了明哲保身而舍弃我的人民于不顾，任由他们死去；指责我保全了自己的皮囊，而未抵抗到底。我们仍有顽强的战斗力，去应对那强加到我们身上而我们并不想走进去的厮杀。"

清晨，伊本·杜兰走出来，面容严肃紧张，双眼浮肿，空洞无神，显露出缺乏睡眠的疲态。他最后一次起程前往城垣破碎的首都，带着捎给瓦莱元帅最新的信函。埃米尔的话语在他的头脑中鸣响，就像埃米尔口授给他的私人文书的一样：

"愿遵循真主指引的人平安！两封来信已阅，我们理解了其中的意思。在前几封信中我对您说过，阿拉伯人哪怕要饭都是追求欢乐和热闹的，他们一旦决意投身圣战，我在这个职位上就只能站在向我宣誓效忠的人一边。我曾信守承诺，亲自与你们签下所有盟约，我都遵守，并把所有的变化都告诉你们，由此可见，我是个真诚的人。你们把我在奥兰的领事还给了他的家人，他们已经准备好宣告同你们进行圣战，所以，从现在开始，你们不能指控我欺骗和背叛誓约。我的心是纯洁的，我绝不可能做有违公正的事情。"

当天下午，埃米尔召集手下 3 个主要的哈里发，分配他们前往象征着被占领地区的麦提杰：命令麦提杰的哈里发伊本·阿拉勒从阿尔及尔南部和西部出发，向麦提杰进发，由布尔卡尼的哈里发、阿尔及尔东部柏柏尔部族首领陪同，烧光一切；同时要求哈里发伊本·萨利姆从东侧发起攻击，钳制住法国军队，并切断所有的路线。

战争就这样毫无征兆地开始了。没有人知道结局将走向何方，但每个人都确定这次战争完全不同于过去几年发生过的战争，战争总是交织着野心和绝望。

埃米尔选择本尼·萨利赫高地开战。这场战争是各部落的决定，所有的人都遵从。

当天夜晚，最初的战火在各地燃起，甚至当时居住在穆斯塔法帕夏入口处的阿尔及利亚总督也离开首都的城门，进入到城市的深处，从而强化了在城里各个地方的宣传，说埃米尔在未来几天内将进入阿尔及尔，卡斯巴的阿拉伯人和犹太人都开始秘密加入了庞大的军队。

尽管天气寒冷，雨水横流，人们还是在码头久久等待。自 11 月初进入雨季，阿尔及尔被一团团的白云包裹，雨水冲刷所有的道路和城里各个地点。在海边，只能听到海鸥的鸣叫，它们在觅食，时而轻点水面，时而潜到水里寻找各种鱼，敏锐的眼睛让它们可以将喙伸向海水之中。

1841 年 11 月 22 日，暴雨。

城里的大钟敲响第二下的时候，比若·托马斯·罗伯特从土伦来到了阿尔及利亚。继瓦莱元帅之后，他被任命为阿尔及利亚的新总督。比若的双脚站在老旧笨重的船舷第一级台阶上，由于天气极度潮湿，他感受到刺骨的冰冷和极度窒息。他站在特设的讲台前，话讲得非常清楚：

"为了说服国家就阿尔及利亚做出最后的全民公投，我付出了巨大努力。我需要强大的军队，充分的准备和无尽的牺牲，但是，当时我的声音没有人听得进去。为了使他人信服我的观点，我曾付出过巨大的努力。现在，应该使阿拉伯人屈服，掌控全面战争；应该继续让法国的国旗，也是唯一的国旗，飘扬在非洲各国的上空。今天我们所投身的战争不是最终的目标，却是必要的。如果一场（殖民）运动背后没有定居活动，那就毫无益处。如果我有能力为法国建立点永久的东西，那么，我将成为一名热情的殖民者。"

听众中响起了雷鸣般热烈的掌声，然后比若被引导回到他站立的地方。

当比若的双脚第三次踏上阿尔及利亚的时候，他非常清楚自己应该干什么。他把这片依然和自己鼻息相连的被燃烧的土地当作试验田。他明白等待他的是什么。1840 年 1 月，在议会第一会议厅的主席台上，他非常坦率地发言，要说服议会接受他严苛的计划，不仅要在一些省区举行临时的公投，还要进行全面的定居，并最终摧毁埃米尔的力量。他非常了解阿拉伯人的弱点和致命伤就是土地和农田。盲目镇压和驱逐出境是无用的，但是阻止他们去耕种、收割和放牧，这对于他们来说才是致命一击。他试图说服大家，但当时议会大厅里的人们发现了野蛮的途径。于是，他带着嘲笑的口气回应道："谁想开战，还是让他将音乐排除在外吧，并且可以嘲笑它的毁灭性方法。"

他在会议厅里公然批评法国在阿尔及利亚的政策。这一举动激怒了许多人。

当比若处理他的工作时，采用了严厉的决定，对那些拒不服从法国临时停战法的部落，禁止贸易；同时对交往条件进行了限定，部落只能以团体的方式而不能单独与法军往来，对那些部落首领尤其如此。第三项决议是强制土著居民在胸前佩戴白色铁徽，上面刻有"阿拉伯顺民"（Arabe soumis）字样。

自他到来之日起，运动不止，决议不断。同年春末，比若向米利亚纳进军，米利亚纳相当于埃米尔当时的政治首都。但当时埃米尔的军队由伊本·阿拉什和麦迪亚的哈里发巴拉卡尼率领，他们一直监视着比若及其军队的一举一动，准备迎接大对阵。比若有3个军团的支持，加上祖瓦夫（Les Zouaves）小分队为其开路。他将骑兵作为预备队，留在平原。比若再次嗅到危险的气味，感觉埃米尔做了非同寻常的排兵布阵，于是命令一些小分队佯装撤离，向米利亚纳方向后撤，以诱引埃米尔的军队与他们迎头相撞。军事行动正如比若所设想的一样顺利进行着，他对手下害怕埃米尔诡计仍在犹豫不决的将帅说：

"不要害怕，我们要坚持，直到他们成为我们的靶心。"

"但如果他们识破了我们的把戏怎么办？"

"不会的，我们的退却将诱使他们进入战场的纵深地带。"

突然，埃米尔的军队深陷埋伏。悬崖上，巨石旁，泥沼里，深谷中，到处都是埃米尔的军队，数量庞大，变成了埋伏在巨石、树林和大炮后面的伏兵的标靶，只听发现中了埋伏的指挥官在炮火轰鸣中大喊撤退：

"有诈！是骗局！撤退！撤退！"

但是为时已晚，士兵们四散奔逃。埃米尔的军队发现自己身处斜坡之上，要么滚落山坡，瞬间殒命，要么面对像蝗虫一样的乱枪射击，只有少数人卧倒在巨石后躲避从下方射来的子弹，剩下的一些士兵卧倒在山谷底部，在泥沼、洪水和炮击中化为肉泥。屠杀中，刀光闪闪，乌云滚滚，连清早从山谷各个角落和城里发出的狼嚎都销声匿迹了，慢慢地只能听到依稀隐约的嘶吼和奄奄一息的呻吟，少数幸存者带着恐惧和满身的伤痕及浓重刺鼻的火药味苟延残喘。

　　埃米尔带着残存的军队撤退时，比若下令烧毁一切战利品，砍掉树木，毁掉一切能站立的东西，在女人的尖叫声和一些男人无奈自杀中牵走牛、羊、马匹。这是一场火力不均的极不对称的战争。

　　"我不想在这片土地上看到任何生物。"

　　然后，他回头望着手下的将领说道：

　　"阿拉伯人就是这样，当你触动到他们的利益时，他们会跟随你，跟着对手混吃混喝。"

　　"尽管如此，还有很多人安全逃出去了。"

　　"阿拉伯人骁勇善战，但又容易土崩瓦解，他们得到了很大的教训，但这沉重的一击应该打在埃米尔的心腹之地：泰克达迈特。"

　　"问题并不简单，他们所有的武器都集中在那边。"

　　"我们得到穆斯塔法·本·伊斯梅尔强有力的支持，他比任何人都憎恶埃米尔。他将率领600骑兵在前方开路，我们紧随其后。总之，一切尽在最佳时机，将军！"

　　打开了通向米利亚纳的道路，解除了军队的包围以后，比若回到了首都。

几天后，由一支共有 12000 名步兵组成的装备先进的部队领头，他们乘坐一艘旧船驶向穆斯塔加奈姆，目的在于占领泰克达迈特。那里是埃米尔具有象征意义的首都，他们决定将其彻底摧毁。5 月 8 日，军队从穆斯塔加奈姆出城，将于 6 天后抵达泰克达迈特。抵抗没多久，泰克达迈特便攻陷了，放弃了当地的居民，也放弃了战略要地和一些兵工厂。这些兵工厂是从欧洲各地搬迁来的。

比若下令烧毁一切，并开始使用炸药、地雷以炸平现存的房屋，烧毁所有的庄稼，清理城市周边地带。当天下午，埃米尔的妹夫穆斯塔法·伊本·塔哈米的房子被炸毁，所有的东西都烧了起来，在漆黑的夜晚中蹿起了熊熊燃烧的大火，吞噬了一切。比若的注意力好长时间都集中在这里。

在这之后，比若的军队撤出，转而向穆阿斯凯尔进发。在法国军队到来前，穆阿斯凯尔已经空空荡荡，没有了武器，也没有了居民，只剩下极少数人在第一波攻击后残留下来，那一次攻击已经摧毁了这个城市的大街小巷和许多屋顶。

比若承诺的全面战争已经开始。

埃米尔走近泰克达迈特的残垣断壁，尽是被烧毁的工厂、房屋、清真寺以及收藏了许多埃米尔藏书的图书馆，他试图靠近肆虐的火舌，大火还在烧毁这座城市残留的书籍和树木。埃米尔说道：

"我早就知道我们会有很大的损失，但是各个部落脑筋僵化，一意孤行。我别无他法，只能吞下恶果。"

"素丹啊，我们与您并肩作战直至死亡。这就是战争。比若这次计划要摧毁一切。"

"他就是这样，总试图通过摧毁一切名垂青史。这就是他的战略。这就是他这次来的目的，因此，他拼死恶战。"

"真主保佑，我们会将他们驱除出去。"

"那可能需要很长的时间，而且还必须排除这些人，排除这些内讧的部落军队。许多人高喊着战争的口号，毫不留情，却趴到侵略者的脚下，为他们服务，而我们内部则因为这样的损失就四分五裂。在不到一个春天的时间里，我们就丧失了许多重要据点：舍尔沙勒、麦迪亚、米利亚纳、泰克达迈特、布加尔和塔扎等。现在他们正向穆阿斯凯尔方向前进，最终将占领那里，尽管我们在城市周边部署了小型的防御，但这不是为了保卫城池，只是为了方便人们携带金银逃跑。法国人则将攫取穆阿斯凯尔的小麦、粮食和其他的好东西。"

"我们拿这些俘虏怎么办？我们拖着俘虏从一个地方到另一个地方，很不容易。最好能摆脱他们。"

"不，我们不能让战争和失败的仇恨遮蔽了我们的眼睛。"

"我们供不起这些人。"

"我们还没到穷途末路。我们将会像过去几年所做的那样继续顽强抵抗。但是我们再也安稳不了了，时间对我们也不利。所有的一切都被扼杀在摇篮之中。这么轻而易举地摧毁了数座城池，证明列昂·鲁什出卖了一切。他的信仰如同我们部落中许多首领的伊斯兰信仰一样不坚定。但是他终究难逃安拉命运的安排！"

"鲁什的儿子欧麦尔先生是出卖了点东西，只怕到头来一场空。哈哈……"

埃米尔用讽刺的口吻，咬着下唇小声嘀咕着。

回到高地上的帐篷后，他打开伊本·赫勒敦的书，在书的边缘做了评注，之后上床，辗转反侧。雨下得越来越大。通常雨是送走冬季的标志。他倾听着雨滴答滴答地敲打着亚麻制的帐篷，像孩子们的恶作剧。天快亮了，他还没理解伊本·赫勒敦书中的许多东西，但他内心感到一种温暖，给他一种不同往日的平和。书籍的奥义慢慢从脑海中退去，他渐渐感受到些许的松弛和强烈的睡意，这是几个月来都未曾有过的。

萧瑟的秋风再次强劲来袭，只听见温沙里斯山巅的树叶沙沙作响，犹如呻吟。橡树和哈勒比松树的树枝在风中摇摆，一会儿触到地面，一会儿又弹起，仿佛在与不可避免的死亡抗争。秋日，温沙里斯山顶上的日子异常难熬。比若第一次来温沙里斯爬山的时候都未能登上山顶，之后他干脆放弃登上这寸草不生的光秃秃的山，回到了驻扎在附近平原的军队里。这个地区的人们称之为秃顶山，是因为山顶覆盖白石灰而得名。但是球又踢回到 8000 军汉的身上，他们来自各军团和不同军种，陪伴他们的是奥马勒公爵、尚佳尼耶[1]的助理科尔特上校和哈里发西迪·欧来比。这位哈里发已经站在比若的身边一起作战了。大雨滂沱，狂风肆虐，这恶劣的天气反而帮了埃米尔骑兵的忙，让他们从南边出走，去增援弗里塔部落、沙勒夫的军民和地方部队。温沙里斯的失利必将改变战争的进程。

地势较高的温沙里斯高地，就像塔拉拉高地一样，遮住了奈德鲁麻，是天然的屏障。现在，它就像那些雪山一样，在一

---

① Changarnier et le colonel Corte. （原注）

点一点崩塌。特来姆森的塔拉拉和奈德鲁麻失去了遮挡，温沙里斯也没有了平原和高地的保护，这些地方都全部或者大部分落入了比若之手。

埃米尔和他的骑兵部队陷入了一个圆锥形坑道斜坡的底部，就像古代法老的墓坑一样。为了躲避比若的疯狂进攻，他被迫深入这个山沟裂谷。进入深山后，他和将领稍事休整，便开始筹备去往其他的地方。他一个人的独自存在就足以改变主战派和那些为了保护自己的利益而选择最容易回去途径的人之间的力量平衡。他的追随者则常常传递他还在本地区的消息，只是为了提振低迷的士气。

埃米尔感受到战争局势终于改变了。他不再满足于控制这些地方后就离开，但这是另一种形式的战争。他们占领了穆阿斯凯尔，在那里安营扎寨，又占领了特来姆森，没有迹象表明他们会放弃这座城市。饥饿、疲惫、低迷的士气、众多哈里发的后退，所有这些因素都给埃米尔的信心以沉重的打击。他越发确定这场新的、残酷的战争将使得生灵涂炭。

埃米尔花费了超过两个晚上的时间思考摆脱灾难的行动，所有的活动都变成了动态的局面，僵化不动意味着死亡。整个国家的命运牵系在驼背上，去扎马莱大营①并非目的所在，但是他却别无选择。所有的城堡都已经陷落，或者被摧毁，所有的省会城市都被扫荡，战争方式已经变成闪电式的了，闪电式的指挥中心，闪电式的停留，指挥中心建立一天，然后便转移

----

① 扎马莱是埃米尔阿卜杜·卡迪尔创建的一种制度和组织机构，分为4个圈层，围绕在埃米尔的大营周围。扎马莱在阿拉伯语中意为同事关系，埃米尔借此以表示他手下的所有人都是同事、同伴和兄弟。

到另外一个地方。

"主公，形势越来越困难，（战争）简直就是一个毁灭性机器。"

"所有这一切我早有预料。我们还有扎马莱可以最低限度地保护这个濒临崩溃的国家。这就是战争。胜败乃兵家常事。世界就是这样。"

有一位哈里发追随埃米尔的作战计划，由于法国人占领了沙拉夫河双方对阵的一侧以及河边的弗里塔部落，昨夜一整个晚上都没有睡觉。这些部落失去了自己的羊群和财产，族人都被逼入绝壁和深山中，只有追随本尼·瓦拉格部族首领的穆罕默德·白勒哈吉谢赫的部落在他的 8 个儿子战死 6 个以后向比若投降，交出了战马和武器。这一举动鼓动了另外一些人的效仿，也加入了投降的队伍。

"看看这片土地！"埃米尔说道，凝视着被雨水淹没的土地，"坚硬的土壤中长出了绿色的幼苗，夏天来临的时候，大地干裂，我们甚至会说它完蛋了，变成没有生命的土壤，山上的一切都变成枯黄。当热风吹过，裹挟着沙土和一切东西向我们袭来，带着种子逃向其他的地方。而当大雨降下，洪水遍地的时候，我们又会说，这世界完蛋了，因为它会抹去所有的生命印记。但是当阳光四处照射，一切又都变了，大地敞开胸怀，重新焕发出生命。自从天地之初，世界就是如此。我们微弱的阳光，照亮一切，改变一切。大地再度敞开胸怀拥抱生命，就这样世界出现了。我们只不过是那逃来逃去的种子，或者是给予种子以发芽可能性的生命坚守者。我们在此处困难增加了，在彼处则纾解了困境。我们什么时候会过上安逸、稳定的日子？

我们一致抗战，保护这一片土地。我们现在投身战争，但是只有安拉知道结局如何。只要有哈里发西迪·穆巴拉克及其将领哈朱特各部族的指挥官本·约瑟夫在，我们对这片土地就没什么可担忧的。当尚佳尼耶要求西迪·穆巴拉克投降并为法国人效劳的时候，你知道他说什么吗？比若是个饱经世故的军人，但他对西迪·穆巴拉克这个汉子在信中所表现出来的坚定感到十分惊讶。西迪·穆巴拉克将信抄送了一份给我们。你听听他怎么说的：'从达西拉山到银谷，只有我们的素丹，我竭尽全力而战，会得到素丹的奖赏。我为真主宗教的胜利而战，为我的主公阿卜杜·卡迪尔而战。要是我把自己交给你，你怎么款待我？我能拿回你从我这里偷走的土地吗？还是我用火药和枪弹夺回来？我因为叛变了而将第尔汗①和封号带进坟墓吗？当生活条件变得艰难的时候，还有什么伟大的证明能够永存？这就是最高的理想，除此以外，别无他物。战争，就是我们赢一场输一场？'"

"先生，我并没有谈论投降，我谈的是，面对摩洛哥素丹的沉默、高门大户的卑躬屈膝、英国人的犹豫不决和侵略者的嚣张傲慢，我们该怎么办？"

"相对于英国人而言，我知道他们的弱点，他们不希望阿拉伯有着统一、强大的统治，也不想看到法国人的统治控制所有的一切，他们自认为拥有至高无上的权利，他们在等待法国与阿拉伯两败俱伤，这就是英国人的如意算盘，因此，他们并不想看到我们的温和软弱，也绝对得不到法国的退让。如果他

① 阿拉伯的银币。（译者注）

224

们和我们合作，我本来准备把西部的一些小港口给他们，但是他们的算计落空了：现在战争已经改变了，英国人却还依然按老计划行动。对于高门大户，首先我不依赖他，但我那么做，是顺势而为，是为了让他的弱小、疾病和失败都呈现出来。我是想知道除了这块土地的主人以外没有一个人会来将它解放，可能我们不一定会成功。但是我们的一把骨头将埋在这里，见证一些男子汉从这里经过，做好他们所应该做的，然后像影子一样撤退，把这里留给别人，也许他们会比我们今天所做的更有用。否则，我们的后代子孙会怎么说我们？至于我的恩主摩洛哥素丹阿卜杜·拉赫曼，我对他还没失去希望，他和那些效忠于他的部落会来援救我们的。要是现世的道路都关闭了，那时我们再去投奔他。"

"他在等什么？"

"我们将往他那里去。即便整个世界都迫害我们，还有本尼·伊兹纳辛部族可以是我们命定的归宿。我们会喘过气来，将我们的困难告诉素丹，然后以更顽强的意志回来，以避开危险。对我们也好，对他也好，都必须这么做。我们要走的路是可行的。对此，我们很清楚。"

"主公，我仍然坚持拘禁谢赫穆罕默德·沃莱德·白勒哈吉。"

"要是不带着他一起去扎马莱大营，我决不从这片土地上出走。普通人可以原谅，但领军者不可宽宥。我下令的突袭行动会把他带来。现场残存的少数部队会被我们的将领摧毁，然后他们将会把他像老鼠一样带过来。我们等他来到了再撤退。如果不这样做，就没有人知道我们在策划干了一件大事。"

当第一束阳光出现，埃米尔的部队围住了整座山，稍稍向下移动，但部队绝不会到地势最低的地带，这样可以保证远离攻击和突袭。埃米尔等待着，直到他分散在各处的眼线发现比若和尚佳尼耶的部队撤退了，因为他们已经掠走了羊群和可以运输物资的牲畜。

一支新的骑兵队加入到第一批队伍中，之后全体开始像离弦之箭射向本尼·瓦拉格部族，他们放起火来，奋勇冲杀，在发起攻击之前，他们就控制了一切，然后以压倒性的力量扑向谢赫穆罕默德·沃莱德·白勒哈吉的帐篷，将他擒获，把他像老鼠一样从他的女人们身下抓了出来，他赤裸着身子像刚从娘胎里出来。他就这样弓着腰，脖子被绳索捆着押了出来。他们押着他，在众人吃惊的目光下，围着帐篷及部落主要驻地游行示众。那个牵着绳子的人反复说：

"这就是出卖自己的宗教、出卖阿卜杜·卡迪尔及其荣誉的下场。"

在场的许多人参加过攻打尚佳尼耶的袭击行动，他们向这个叛徒投掷石子直到他消失在雨水和泥沼中，然后他被扔到一匹马背上，最终同埃米尔的军团一起消失在山沟里。埃米尔的部队夜幕降临才离开这里。埃米尔散播即将战败法军的消息，还说法军的将领们纷纷收到请求签署休战协议的信函，同时法国国王派遣王储奥马勒公爵前来签署协议，结束战争，在遭受巨大损失之后，要撤出这个国家。

最后，在走出这个地区前，埃米尔命令将弗里塔及周边的各部落的狗全部杀掉，以保证埃米尔军队行经此处的消息不会走漏风声，正是因为这些狗，埃米尔的许多眼线经过这些地区时才会被杀害。

"我知道狗的重要性，但这种重要性只能在短时间内存在，直到真主将我们从困境中解救出来。"

为获得他更多的怜悯，杀狗小组即刻成立，展开驱逐、追踪、宰杀和掩埋工作。第二天，太阳还没落山，那里的狗和活物就已经都杀完了，从而使得对付饥饿狼群的任务变得容易了，人们代替牧羊犬站在山顶观察饿狼的动向。这些狼饿了，就会下山扑食羊群。

第二节　不同等级的轴心

"亲爱的让，你知道吗？每次我决心去拜访埃米尔的时候，身体都因责任感而更加沉重，心也碎了，因为除了对他说些好话，向他询问许多问题来书写长信，我不能为他分担任何事情。"

"但是，我的先生，您已经做得够多了。您的身体不好，也需要多关心一下自己。"

"这个就交给上帝吧！不去倾听他人生活疾苦，我们的生命又有什么意义呢？其他人常常需要我们的帮助，我们理所应当去帮助他们。做到这些才能称之为人，除此之外，所做的一切都没有意义。"

当迪皮什主教早上醒来之时，感到脖子没那么痛了，不断困扰他的发烧也减退了。他在公园里面漫步了一会儿，然后进屋开始整理所获得的有关文件，主要是关于扎马莱的瓦解，以及埃米尔在最严峻的形势下勇于进行不断的创作。

大主教希望他写给拿破仑的信铿锵有力、具有说服力，如若不然，就没有寄的必要了。他认为此次特意安排对埃米尔的拜访，能够解决关于过渡政府消亡的疑难问题。大主教在拜访埃米尔之前通常都是这样，做好准备面对一切，哪怕是最糟糕的情况，比如埃米尔心理状态不佳，不能很好地解答他提出的疑问。

昨晚，主教没有睡好，尽管他脖子疼痛难忍，体温居高不下，但还是花了很长时间去搜寻他在阿尔及利亚和巴黎之行中所得到的资料和文件。他无法隐藏自己的虚弱，脸色发黄，犹如柠檬的亮黄色，发烧的状况也变得倍加严重，从后脑勺蔓延到脊椎直至尾椎一阵滚烫，然后又从下往上回流，停留在颈椎，使他直至深夜不能动弹。他已经惯于与病魔对抗，微微颔首调整，直到最终能稍微合适、舒服一点，能让他提笔写字。从远处看去，他向右斜着坐，就像脊椎得了不治之症，连走路都习惯这样，他常说：

"病魔如人一般，缺乏耐心，却不乏聪慧与计谋，我们遵循它，找到合适的方法就不会感受到它的存在。我试过所有可能的方法，直到我发现这种方法适合我，可以减少疼痛。"

我正准备收拾他经常在上面书写的书桌上的茶杯、面包盘，主教像发现新事物似的大喊一声：

"我给你看看……我给你看看……"

"怎么了，先生？"我主动问道。

"没什么，但是，你看看……亲爱的让。你看看……"

"让我看吗？"

"那些背信弃义和充满敌意的人试图说服我们相信埃米尔是杀手或是罪人，我能相信他们吗？这不正有力地证明了埃米尔是正直的，是有道德的大斗士吗？"

"先生，我不明白您指的是什么。"我说得有些犹豫，因为我没有掌握当时他手里的材料。

"你仔细看看！这是神父叙谢①的一份重要文件。我派他

---

① L'abbé Suchet.（原注）

229

去与埃米尔商谈法国囚犯一事。埃米尔很顺利地就释放了法国的囚犯，只要求我方以同样的方式对待他们国家的囚犯。你明白这份文件的价值吗？听听他怎么讲的吧。"

我还没来得及看这份文件，他就自己开始读叙谢神父与埃米尔会面之后的报告：

埃米尔当时大约35岁，中等身材，却显得无比威严。他面圆如盘，容貌完美，胡须浓密，显得脸上一片黑色。尽管由于气候酷热，会让人脸色发黑，但他脸上的皮肤白而偏黄。一双蓝色的眼睛隽秀而深邃。他沉默不语，目光常在审视，带有羞涩。但当他谈话时，双眼却充满了力量。每当谈及宗教，双眼闪动上扬，以表虔诚，时而仰天，时而俯地。他简单朴实，对于环绕着他的神圣光芒，他显得不胜其烦。人们很难看到他如普通人一般大笑。友谊是他的心灵需求。他也曾热切期盼见到我。他很早就想认识天主教的修士了，我是他见到的第一个。在传统的欢迎仪式之后，他要我将迪皮什大主教写给他的信件通过翻译读给他听。他在聆听的时候，非常愉快并对我表示出了满意的样子。像我们所有人一样，他高度评价了迪皮什主教的善举。他说道："我知道所有这一切，我也清楚他为阿尔及利亚所做出的努力。我很欣赏他的人格。"

我告诉埃米尔，迪皮什主教对于双方能成功交换俘虏表示很高兴。但我也暗示他只要还有人质在，就很难完全高兴。我向埃米尔强调仍有56名人质被扣押，我来的目的是代表大主教即迪皮什主教请求放人，然后把被关押在穆阿斯凯尔监狱的囚犯名单递给了他。他沉吟了一下，然后告诉我说，只要在法国那边有阿拉伯囚犯，他就不能放人。我提醒道，在他与迪皮什主教和哈里发之间的协议里面没有提及这项条件，而且主教不参与政治问题，他所做的不过是些善事。我坚定地对埃米尔说，已经释放的 8 名囚犯已经在与自己的部落会合的路上了，其中包括伊本·萨利姆要求释放的一名重要军官。埃米尔说道：

"你是在向我保证，大主教会更努力地争取释放 4 名对我举足轻重的阿拉伯囚犯以及一名与被转移到法国的囚犯关在一起的军官吗？"

"关于后者，迪皮什主教已向国王提交文件，请求国王赦免。至于其他人，只要是跟阁下有关系的，您都会在最短的时间内见到他们。"

这时，素丹的口吻变了：

"既然这样，你可以带走你们的囚犯。"

"什么时候？"我半信半疑地问道。

"从今天起，我会命令我的一个军官将他们带到奥兰，到那儿最多需要 12 小时。"

我不知道如何感谢阿卜杜·卡迪尔。我请求他让我跟他们一起去奥兰，以便陪同他们一起回去。他带着他的惯有的微笑说道：

"小心谨慎是必要的。"

他可能是担心我把有关他们军队驻地的信息告诉法国军队。当时我本可以向他保证保守秘密，但是我没有。我那时很高兴，我的努力没有白费。

"出现了一种暧昧的状况，变得有些令人羞愧。否则，他们也不会一直保密这么长时间。"

埃米尔与叙谢神父就基督教的话题一起讨论了很久，后来神父胸前闪着光芒的十字架引起了他的注意，但他什么也没有说。神父拿出法国囚犯的赎金，埃米尔拒绝接受。但叙谢神父反复强调这是我的钱，好意不该被拒绝。埃米尔迟疑了一会，然后说道：

"看在大主教份上我收下这笔钱，因为它是大主教的馈赠，否则我是不会接受的。"

"我的主人还有最后一个请求，可否允许以后派一个牧师来陪伴这些法国囚犯，以帮助他们承受牢狱之苦?"

"这个现在就可以办到。"

"我希望您将这项请求写下来，以便大主教可以看到。"

于是他写下这些话：

您向我提出请求，如果以后法国囚犯数量增倍，是否可以为他们安排牧师减轻他们的牢狱之苦。我现在就告诉您，我很乐意以宽广的胸怀接受您的建议。凭真主的意愿，我们会善待您派来的使者。

迪皮什主教继续读道：

我们相信你们会信守承诺，会尽快释放穆罕默德·巴勒穆赫塔尔以及其他囚犯。他们的家庭和子女陷入极度彷徨与恐惧之中，不停地祈求真主让他们团圆。在奥兰还有 4 名囚犯等待释放，有两点原因让我们把你们往好的方面想：

首先，你们已经如此许诺；其次，这将会是行人道主义善举的大好时机，毕竟你们还在主的保护及庇佑下。

随后迪皮什主教再转向我：

"亲爱的让，你知道我为什么劳形苦心地去爆出真相了吧？"

"您的善举很伟大，先生，上帝会永远记得的。"

"不是我的善举伟大，而是这个男人的宽容与榜样。我们将再一次去他被软禁的地方拜访他，我们需要关注所有细节，以便了解他、帮助他。你是知道的，总统同意释放他，但是议会很复杂，绝对不会允许在埃米尔的事情上取得进展。"

然后他叫我去给他拿他的大袍子、戒指以及他那不离胸口的十字架，帮他整理好文件并放在他的包里。他从坐的地方起身，在屋里踱了一会儿步，然后非常艰难地穿上我给他拿来的衣服，他试图找到一种姿势，能让伤害降低到最小，哪怕只是让脖子、背部少疼一点点。

迪皮什主教稍微弯腰，跨过通往长厅的门槛，长厅正对着客厅。埃米尔通常在客厅歇息、阅读、谈话，或者向穆斯塔法·本·塔哈米讲述自己的生平，而迪皮什主教则常带着许多问题与想念前来拜访。埃米尔本人已经习惯了他的身影，以及他还在远处就散发过来的香味。

"早上好，素丹阁下，今天您的笑容灿烂迷人。"

"早上好，大主教！我看你拿着很多文件啊，看来这次你的问题比过去任何一次都要多。很高兴你来。"

"这比起脑子里的东西，都不算重要。"

"愿主保佑我们找到答案。主教，你知道吗？记忆常常欺骗人，因此人们常犯错。"

两人大笑，一会儿，埃米尔便邀请他的客人坐在自己身旁。那个位置以前通常是穆斯塔法·本·塔哈米坐的地方。现在主教就对着那个位置坐下，听着埃米尔继续讲述他的生平。

"主教，来点薄荷茶，对吗?"

"我已经习惯喝这个了，还教会了让该怎么做。他现在已经很娴熟了。对吧，让?"

我稍稍躬身以示肯定，主教在众多尊贵的人面前提及我的名字，让我受宠若惊。他说的是对的。我当时站在角落，无法掩饰自己的喜悦:

"先生，我对茶不是很在行。铁匠无数，我们只是其中的两位而已!"

埃米尔转向他的客人，看到他已端坐，做好准备要记录些东西或者倾听极为重要的消息。

"大主教啊，要不是您和其他好心人的拜访，我们都会在这个地方绝望了。你的好话让我们能承受这种非公开监禁亦非热情招待的境况。当我们开始失去我们在大地上的爱人，埋葬我们的孩子，我开始相信流亡的岁月变成现实，不再只是流传的话语。刚开始，流放似乎只是个想法，后面便以悲剧收场。原先只是暂时的事情，却变成了永久。这个我们是怎么说来着，主教大人?"

大主教感到他的话语就如同折翼的鸟儿，卡在了喉咙。他的言语已经不足以减轻埃米尔深深的悲伤与苦难，它们每天一点点地吞噬着埃米尔。大主教低声细语，不知道低着头、没有直视他的埃米尔是否听到他的话。每当埃米尔讲到自己时，他总是目光散乱，扫向地面，或是抬头望着屋顶，或是望向只有他才能看见的消失了的天空。

"我只有一颗小小的心，放在你的手心。有时候，我夜不能寐，想像您一样在大厅来回走动，寻找着能解答您忧虑的答案。只要我还活着，我一定将这封信寄给国王，因为我坚信他会听到我们内心的呐喊。"

"我从没怀疑过您的好意，大主教！主使你功德无量。但是你比我更清楚这件事不仅仅取决于国王。好的，我们今天的问题是什么？至少在这方面，我们可以好好倾听，可以努力寻找答案。"

"素丹，一个国家在驼背上迁移，很是奇怪。在我人生中从没见过，在书上也没读到过。我也没有机会实地了解，但是我想借此机会，通过您了解那其中的隐情，只要战争平息了，就再无什么机密了。扎马莱大营在我看来是件很奇怪的事情，尤其是对于像您这种寻求建立稳定国家的人来说。"

伊本·塔哈米的笑容消失了。他刚要回答，立刻又把话收了回去，因为他看到埃米尔准备回答。通常，只有当埃米尔要求他就某一问题发表意见或是叫他记录一些见解的时候他才会说话。他活在埃米尔的影子之下，有着深厚文化涵养、并饱读诗书的他，深深懂得统治的奥秘和素丹的秘密。

埃米尔凝视着屋顶，过会儿，用手擦了擦脸，随后开始回答主教的疑问。

"大主教啊，你知道对国家所承担的责任有多重大吗？简单说来就是时刻保持警惕，不论是你的军队、你的人民，还是你的荣誉。也许因为一个小小的错误就会导致所有的一切功亏一篑。你的国家军队在秘密行动，如被发现则顷刻灭亡。在突围频繁的情况下，谁来保证这点？我不害怕我的敌人，但我更害怕我的同胞们，他们更具杀伤力，因为他们更了解阿拉伯人的事情，更加了解我们的行踪。"

"难道就不能实施其他人力所及的解决方法了吗？我感觉这种情况超出承受能力，也是一场周围都不安全的冒险。就像我之前跟你说的那样，我在历史上都没有看到过类似的情况。"

"大主教，战争烧毁了我所有的城市，我还能有什么选择呢？什么选择都没有。要么早点投降，要么竭尽全力千方百计抗战到底。我也想像你们一样去图书馆看书，或是去到像你们国家那样的城市毫不费力地找到资料，但是我们现在处于战争时期，我们曾依赖的途径都被烧毁，只留下残酷的灰烬。连我在泰克达迈特的图书馆也未能幸免于难，我拼尽全力只抢救出其中一些书。"

"书都被烧毁了吗？"

"泰克达迈特的《古兰经》、《旧约》和《新约》都被烧毁了。烈火如同仇恨，盲目无情。伊本·赫勒敦和伊本·阿拉比的手稿，以及伊本·塔哈米为我翻译的拿破仑传等珍贵的手稿都被烧毁了。我为被烧毁的书伤心痛哭胜过为战争中死去的亲人们落泪。因为，他们进了天堂，而那些书却永远地湮灭了。大主教啊，您能够想象我们的损失有多么惨重吗？在我们的土地上、在我们子孙的土地上，再没有我们的一席之地。我们被夺走了一切，尽管我们没有侵犯任何人，我们却被侵略了。我们要在两条路上做出选择，要么背井离乡、客死他乡，要么就地投降。于是，我们选择了一个可实施的制度即扎马莱大营，以维持国家政权，应对自杀式的混乱局面。你可以试想一下迁徙过程中的艰辛，除此之外，我们还找到了一种制度，能够保

236

证大规模的活动顺利进行。"

"当我们发现穆斯林热衷于钱财和荣誉时，我认为组织建立各机关部门不太可能，我手上的材料里也提到这一点。"

"这是关键所在。我已经花了很长时间去寻找省时有效的替代机构。在几大城市陷落之前我们就想到了这个，因为我们很清楚，我们所投入其中的战争是很残酷的。这是一场首先被时间主宰的战争。把人们通过机构的形式组织起来的目的是尽可能地拉近他们与决策圈的距离。在我们的哲学思想中，距离会产生孤立。我们当时的政权太简单了。我本来想将泰克达迈特作为我们的首都，但在这个地方被摧毁之后，我们直接建立起这种新的制度。那次摧毁是一次沉重的打击。在你看到熊熊大火吞噬多年心血的一瞬间，你会感到愤愤不平，因为你没有任何一样武器去保卫你的图书馆、你的家庭、你的工厂和你的人民，就连你留下来守卫此地的人们，你也早料到他们会牺牲。主教大人，现世就是如此残酷！每当各个部落流离失所，居所和田地惨遭毁坏时，我们的扎马莱大营就愈发壮大。在1843年，扎马莱已经拥有339个小组，70000人口和400名制度内的卫士，由伊本·塔哈米和伊本·阿拉什统领。军事体系方面，则由4个等距离的圈层组成。占据中央地带的是我和我的家族成员，第一圈层由我最直接的助手组成，他们是：伊本·塔哈米、巴尔赫鲁比、米卢德·本·阿拉什和伊本·哈里发；第二圈层主要由西迪·穆巴拉克先生、骑兵队首领、驻奥兰的领事西迪·哈迪·哈比卜·瓦莱德·马哈尔各小组及其核心管理部门组成；第三圈层主要由哈希姆部落成员组成；而最后一个圈层则由战争中受损各部落及南部各流动部落组成。"

"首都也流动不固定吗？"

"是的，那里面什么都有。我们找到一种办法，让我们可以快速演习安营扎寨，每当危险逼近，我们就迅速转移。所有相关的档案都在我这里：兵工厂，每周一次的集市，与我们一起迁徙的犹太人所熟练的冶金产业和战争物资，甚至还有法官。但最重要的还是我辛辛苦苦地建立起来的图书馆，它是泰克达迈特的核心图书馆，但是迫于形势，我们不得不迁徙。令人悲伤的是，就像我之前跟你讲过的，被烧毁的和失落的书籍是无价之宝。最重要的是地点的机密性，有两个条件：一是绝对的机密，二是以不同的水源和地点去迷惑间谍。法国军队知道所有水源的位置，要不是本尼·阿耶德部族的阿迦伊阿马尔·本·法尔哈特告密，约瑟夫上校和奥马勒公爵不会发现塔津泉眼。"

"我手上的一些资料说是偶然因素才发现扎马莱大营的。"

"可能吧。但这些人夜以继日地追踪我的足迹，这排除了偶然的因素。我被法国人和一些自己人驱逐，如果前者错过了，后者也肯定会抓住我。事实上也是这么发生的。"

埃米尔沉默了一会儿，困难地咽了一下唾液，仿佛又看见了弥漫的硝烟，听见了在打盹儿中惊醒的妇女和孩子们的哭喊，在极度的痛苦中也仿佛看见了300个骑士被强行扔进火炉，他们事先已经知道自己会死去，但为了保护扎马莱，让它从突如其来的大火中逃生，从注定的死亡处逃走，他们放弃了自己逃生的机会。

"主公，我们现在做些什么呢？要停止记录吗？"

穆斯塔法·本·塔哈米向埃米尔提醒道。埃米尔已经换了坐姿，盘腿坐在大草席上粗糙的垫子上，他觉得长时间坐在椅子或是粗硬的长椅上很难受。

在此期间，主教一直看着埃米尔的动作。突然埃米尔身体感到一阵让人肝肠寸断的绞痛，像把他劈成很多块，每一块都在哭诉它特别的疼痛。

"土公，我能为你做些什么？"

穆斯塔法·本·塔哈米紧张地重复了一遍同样的话，但埃米尔都没有回应。他合上小本子，在墙上倚靠了一会儿，以便能承受背部的疼痛。这种疼痛不允许他长时间保持同一个姿势。他知道埃米尔如果站太久，就需要一些时间缓和到正常状态，恢复活力。

埃米尔没有回答，起身开了窗户，花园里一片寂静。他听不到从自己内心流露出来的悲伤和哀思，但当他仔细听一会儿，所有的东西都释放了出来。他眼前只有马群的嘶鸣，它们互相厮打，踢断前蹄，他看见刀光剑影和在旷野燃烧的熊熊战火，那战火即将烧到骑士们鲜活的身体和群马的胸脯。听到最后，高高扬起的号角声和撕心裂肺的呼喊声越来越大，在旷野上，在浓雾中，在马蹄下，震耳欲聋。这声音在寻找它的归宿，在平静的溪流中停留下来，那里没有杀戮。刃如秋霜的刀剑切断了临终前哀怨悠长的叹息，死亡是黄土漫天的、充满恐惧的黑暗地带上的主宰，只有忧愁、绝望的眼睛才看得到它。

"约瑟夫哪来的这般仇恨啊？已经发生的事情都是该发生的。"

埃米尔喃喃低语，他试着努力睁开双眼，不去回忆已经变得久远的那一天，但它却常常如同伤口一样贴近：1843 年 5 月 10 日。

春天散发着与众不同的香气。丛林里所有生物都散发着醉人的特殊气味。花朵漫山遍野盛开，金钟柏弥漫着蜗牛的气味，植物和芸香的浆露、柳树、橡树、西洋杉、石榴树、杏树、山涧水流、陆上青蛙，散发出浓烈的味道，无一不让你感受到春天的勃勃生机。一片宁静下，只听见树叶沙沙作响，伴随着昆虫发出的微弱的嗡嗡声，这样潮湿的地带昆虫繁殖旺盛，潺潺流水声由远及近，越来越清晰。

约瑟夫上校在奥马勒公爵的陪伴下，率领着他的骑兵部队，加缪上校统领着三个步兵团，伊本·法拉哈特阿迦统领两个炮兵团和 300 骑兵，此外，还有 800 匹骆驼和骡子组成的供应驼队驮运食物与必需品，以便在荒野和森林深处度过长达整整一个月的搜寻与运动战。

-Heureusement que cette splendide beauté rend la marche supportable sinon on aurait abandonné depuis longtemps. Je ne vois aucun aboutissement à notre périple.

-Votre Altesse, je ne peux pas me tromper. J'ai vérifié, les informations s'avèrent très crédibles. J'ai la ferme conviction qu'on arrivera à notre but.

-Peut être une erreur d'appréciation!

-Votre Altesse, S'il y a une seule chose dont je suis sûr durant toute ma carrière militaire, c'est bien ceci: sous la force et la contrainte, les Arabes ne vont pas par mille chemens, ils se résignent.

-Tu veux dire la torture!

…… …… ①

约瑟夫上校不知道扎马莱大营的确切位置，但是通过审问在袭击布加尔时俘虏的囚犯，他大体了解了埃米尔率领的扎马莱大营的藏身范围，但是他很清楚，埃米尔在不断地转移他的藏身之处，所以要找到他的帐营，定位他的位置，并不容易。

"殿下，我确定扎马莱大营离我们不远。有迹象显示我们在围着扎马莱转，而它就在鼻子跟前。阿拉伯人有股豺狼的味道，我即使在 1 万米以外都闻得到，就像恐惧的味道一样。"

约瑟夫上校向奥马勒公爵和拉莫里西埃再次强调了他的话，他们当时正在用目光捕捉一切风吹草动，用鼻子嗅着隐蔽地带散发出来的气味。一个河谷迎面将他们挡住，马匹很难跨越茂密的灌木丛，也无法穿过湍流，尽管还是在春天，水流还在不断上涨。

"我的嗅觉告诉我，伊本·法尔哈特阿迦的话有一定的道理，他确定扎马莱的位置就在离我们不远的地方。"

"你对他完全信任吗？难道他就不会给我们设个圈套吗？我

---

① 原文为法文。中文意思如下：

"幸亏有这一壮丽美景，才使得行军尚可忍受，否则早就放弃了。我看不到这次出行会有什么结果。"

"殿下，我不会错的。我确认过了，情报很可靠。我坚信我们会达到目的。"

"可能是判断错误。"

"殿下，如果说我整个军旅生涯中唯一一件肯定的事，那就是这个：在强力和约束之下，阿拉伯人不会四处逃散，他们会屈服。"

"你的意思是折磨！"

…… ……

觉得自从我们的行动开始以来，我们的一举一动都受到了监视。"

"我们在许多比现在更艰巨的情况中考验过伊本·法尔哈特阿迦，证明了他是非常忠诚的。我也确定我们被监视了，但是现在还不是时机攻击他们，就让他们一点一点地逐渐暴露自己吧。像在这样的情况下，我们占有埃米尔的泉眼，其他监视者的任务即使不是不可能完成，也是有很大难度的。他们将埃米尔同我们的行动联系起来。"

约瑟夫上校知道得很清楚，每当他们靠近村子的时候，子弹就朝他们打来，那不是徒劳无益的，而是明确的警示，是一种意义明晰的语言。当各军团进入森林，深入高大的树木与低矮的灌木丛里的时候，约瑟夫上校率领一个小组分散开来，与此同时，伊本·法尔哈特阿迦率领同样数量的骑兵向完全相反的方向走去。他们如同老弱的狼群，在山谷的悬崖边上、高大的树丛里追寻着子弹的回声。像钳子一样，一个接一个地袭击那些警示他们的人。当时共抓获 12 个男人，被带到王储以及军团其他人所在的地方。上校和阿迦坐在山谷崖边的一块大石头上面，开始一个个地审讯他们。只听到阿迦威胁着大喊："谁不说实话，就杀掉谁！"审讯结束后，便听到一记干脆的枪响和重物落在水中所带来的巨响。约瑟夫上校一个接一个地审讯完之后，便回到奥马勒公爵跟前，身后拽着一个人。那是个孩子，年龄不到 15 岁。当看到面前的人时，那孩子同一张薄纸一般哆嗦不止，像一棵高大的枣椰树被砍断一样，瘫倒在地，发出隐约的声响，随后便是一片死寂。他的双眼失去了神色，在死亡面前，他已经准备好透露他所知道的关于扎马莱所在地的一切信息。

"殿下，这是他们中最后一个人了。"上校一边擦额头上的汗水，一边说道。

"先生，我走错了路，是他们把我带到了这里。"

"把你所知道的都说出来。"阿迦大声说道。

那孩子望向阿迦，如同一只等待慈悲降临而宽恕他的小狗。阿迦下了马，狠狠地朝孩子的胸口上踢了一脚。他几乎停止了呼吸，脸色同山谷的石头一样渐渐变蓝，嘴里吐出了血。

"小孩子，把你知道的都告诉我们。你最好说实话，否则你知道会有什么后果等着你。不要浪费时间，我们没有时间浪费在诡计上，埃米尔的扎马莱大营去哪里了？"

孩子擦了擦嘴边的血，低声说道：

"他们就在塔津泉眼的不远处。"

"你确定吗？"

"我确定，先生。我亲耳听到他们这么说的，求求您不要杀我，您可以把我带上，验证我的话是否属实。"

"谁告诉你说我们要杀你啊？"王储说道，一边安抚他的恐惧心理，一边让上校、阿迦离他远点。

"殿下，豺狼都一个样儿。"

"放了这个可怜虫吧，我们不需要他了。"

那孩子把头埋进膝盖，一边哭泣一边乞求宽赦，与此同时，军团已经走向森林的更深处。孩子发现自己被留在原处，突然间欣喜万分，便试着离开那里，朝着村子的方向逃跑了。

远处，部队已经到达河谷的对岸，猛然听到一声干脆的枪响和隐约的喊叫声。约瑟夫上校望向一脸惊讶的奥马勒公爵，说道：

"殿下，阿拉伯人战败后是不会自杀的，但他们会毫不犹豫地杀掉背叛他们的人。"

"你觉得他们会杀了那个孩子?"

"不是觉得，是肯定。"

约瑟夫上校十分坚定地说道。

"阿拉伯人什么都可以干，但绝不能背叛埃米尔。"

阿迦用几乎察觉不到的声音嘀咕道:

"除了背叛，什么都可宽恕。一旦背叛，就只有一死。"

他低下了头，约瑟夫看着他说道:

"阿迦，不要在意。我抛弃了土耳其人，因为我发现最好效忠于一个强国，能保证我和子孙的权利。你所了解的我们这代人，已经不能再承受民族的落后了。"

阿迦什么也没说，只是继续沉默地走着。

队伍向南挺进，并没有在古吉尔村驻扎军营。最新获取的情报鼓励着他们，为了争取时间，他们承受了更多的旅途劳顿。当部队到达村庄地势最高的地方时，便在一个小高地上停留了一会儿，俯瞰万树丛中、远离山峰的低洼地带。约瑟夫上校得到的最新情报打断这一切。据情报显示，扎马莱大营重新行动，准备转移到阿莫尔山。约瑟夫上校更加坚信必须马不停蹄地前进。与此同时，公爵将他的军队分成了两个团，一个是骑兵团，一个是炮兵团，而另外一个由步兵组成的集团军则用来护卫物资运输队，由加缪上校统领。

整夜行军，马匹也都疲惫了，唯一还保持着热情的就是约瑟夫上校一个人。他彻夜未眠，两只小眼睛在观察着所有的行动。每当奥马勒公爵意志消沉的时候，也总是他鼓励着公爵继续前行：

　　"我敢肯定，这次比以往任何时候都要肯定，埃米尔会落到我们的掌控之中。"

　　"上校，就算是这样，我们好像确实走错路了。你知道的，在这种情况下，敌人很可能欺骗我们，特别是像埃米尔这种熟知地形的人。我们最好终止行进，它只会浪费时间，增加危险。我从士兵、马匹的眼中感受到他们已经精疲力竭了。"

　　"不，王储殿下，我们离目标已经近在咫尺了，到这时停止行进就前功尽弃了啊，埃米尔和他的同伙正求之不得呢，我们不能给他们这样的机会。"

　　"每次都是这样的。袭击布加尔的时候，我们以为自己离目标很近了，结果呢，只找到埃米尔销毁营帐后留下的灰烬。在穆阿斯凯尔，泰克达迈特，也是同一番景象。我们已经好几天没睡觉了。我问自己，如果我们这一次意外遇到了埃米尔的军队，我们有足够的力量与他们对抗吗？所有人都疲惫了。"

　　"殿下，您的军队仍和出发时一样，充满力量。我们只需要稍微鼓动一下他们就足够了。地上的痕迹说明曾有一个庞大的队伍路过此地。成千上万人和动物的足迹可以证实这一点。您看！我们不能停下来，他们已经在我们的手掌心了。"

　　说完，约瑟夫上校便下马追踪行动的痕迹，用他那从不离手的橄榄枝努力辨识这些痕迹。

　　"您瞧，殿下，这些痕迹刚留下来不久。我们抓获的那些掉队的奴隶，也证实了这一点。所有这些迹象不可能全是错的，如果我们现在不行动，就会错过绝无仅有的良机啊。"

　　奥马勒公爵仔细地看着那些痕迹，发现它果然是新的。他准许约瑟夫上校继续前进，不再停留。他转向将士们说：

"让我们再试一次吧。如果这次还不成功，我们就不要再关注扎马莱大营了，它就像那海市蜃楼——我们听说过却从来没人见过。我的军队被迫承受过重的负担，我不想部队陷入浩劫。人同马匹一样，会饿死、渴死、累死。根据伊本·法尔哈特阿迦和那个被杀死的孩子所讲，既然塔津泉眼是近处的源泉，那我们就去那里吧，我不想走得比那里更远。"

随后他转向伊本·法尔哈特说道：

"走吧，带我们去泉眼吧，我们饮足水、休息好之后，才能做其他重要的事情呢。让我们去瞧瞧这个泉眼为我们藏了些什么吧。"

虽然约瑟夫上校对这个命令并不是很满意，因为他更希望继续向阿莫尔山进军。但还是很高兴王储没有下令停止不前。

奥马勒公爵的军队为了深入挺进塔津泉眼所在地，行军了整整一夜，直到早上才远远地看到那里的第一处茅屋。当时阿迦率领的骑兵，像标枪头一样，在前面开路。

突然，伊本·法尔哈特阿迦的一名将官跑回来，惊讶得都不知道该怎么控制自己了，嘴也都发干了。

"阿迦先生，阿迦先生，扎马莱！扎马莱！扎马莱！"

在伊本·法尔哈特阿迦和他的两个助手欧尤努首领的儿子伊本·伊萨和布·本·哈米德，以及弗勒里上校①和杜·巴拉伊上校②的帮助下，约瑟夫上校爬上了一个小高地，被眼前突

---

① Le colonel Fleury. （原注）
② Le colonel du Barail. （原注）

然呈现出来的景象惊呆了，在诸多高地、山谷和密林之间以及高原上，埋伏着一个漫无边际、有条不紊的军营，就像是一座城市或是一个大村庄，那里的人们每日劳作，秩序井然。男女老少，无拘无束的骆驼、骡子、马匹、羊群，所有的人类活动都永不止息地进行着。

-Mon dieu? on dirait l'arche de Noé.①

约瑟夫上校一边咕哝着，一边努力消除突然敷住双眼的角膜翳。

奥马勒公爵看到这个场景时，简直不敢相信自己的眼睛。他派自己最信任的亲信玛尔古纳上尉②去确认视力所及的散布在各处的帐篷，到底真的是扎马莱呢，还是埃米尔或是他的部下为逃脱公爵的抓捕所营造的骗局？

片刻之后玛尔古纳上尉就回来了，但是奥马勒公爵却觉得时间过了很久。上尉的脸上带着不安和失望的神色：

"公爵大人，我所看到的不值一提，那些破烂的帐篷可能是游牧阿拉伯人的。它的数量确实很多，但这与那些因为战争失去土地和家园，成批成群迁徙的阿拉伯人并没有什么关系。应该小心一些。"

"玛尔古纳上尉，你给我闭嘴！不要再胡说八道了，懦夫才说那样的话。"

约瑟夫上校控制不住他的怒火，更加粗暴起来。

"你眼睛瞎了吧，上尉！你得去看看眼科大夫了。这营地

① 原文为法文，意为"我的上帝！它看起来像是诺亚方舟"。(译者注)
② Le capitaine Marguenat. (原注)

绝对是埃米尔的扎马莱大营。我要亲自再去确认一次，我们不能让这样的大好机会从奥马勒公爵的手中溜走。"

他回来的时候，确信绝对就是扎马莱。

"约瑟夫……"

奥马勒公爵恼怒地喊道，然后整了整衣装，挎上他的宝剑，笔直地坐在马背上，以至于约瑟夫都感到一种恐惧和困惑。

"约瑟夫，我不是那种交战时就退缩的人。我们现在就要像往常打仗一样排兵布阵，快点！不能给他们以任何逃跑的机会。我们要切断他们的道路，封锁他们所有的退路。我们要把扎马莱劈为两半，从内部搞乱它，不给他们组织和防御的机会。"

当时进攻像大扫荡一般突如其来，防御一方仿佛处于自杀的状态。对于埃米尔的部下来说，是否胜利已经不重要，更重要的是让妇女、儿童和埃米尔的家人逃走。能够扛起任何兵器的人，都拼死抵抗，然后在马蹄的激烈攻击下纷纷倒下。约瑟夫朝帐篷狂乱扫射，而他的骑兵所到之处，家具四散，横尸遍地。有的人甚至还在睡梦中，便倒在火枪和刀剑下，成了它们的"美味"。只有后方各营才有机会披挂上马，拼死一搏，但就连他们也不足以抵挡这突如其来的攻击。动物的嘶吼和妇女儿童的惨叫交织在一起，面对约瑟夫百发百中的武器，这些手无寸铁的妇女儿童，毫无还手之力，全都倒下了。鼻子嗅到的全是火药味儿，连同死亡的滋味和恐惧的气息。马匹战栗着，嘶吼着，把马背上的骑士摔个稀巴烂，然后落魂失魄，最后失去了呼吸。

这番场景都未逃出画家贺拉斯·贝内特①的视线，他从高地开始一直追踪各种场景和奥马勒公爵的行动。他在冰冷的尸体、血液和马匹之间找寻出路。人群中，一个蒙面的骑士牵着两匹马，马上坐着埃米尔的母亲拉莱特·宰赫拉和他的一个妻子——她们之前躲藏在一匹倒下的马的下面，他们在殊死奋战到最后一刻的骑士军团的掩护下，逃向了阿莫尔山的深处。扎马莱大营的支柱已经支离破碎，再也不能防御和抵抗了。

加缪上校率领余下部队——炮兵、步兵团，到得有些晚，即便如此，也不需要他们加入到战斗中去了。

当晚，约瑟夫上校难以掩饰心中的欣喜，便开始去清点丰厚的战利品：高档女装、两条黄金腰带、小型武器、一些珍贵的手稿和书籍、军旗和许多铜盘等等。他将它们收好，带着它们走进了奥马勒公爵的帐篷，当作礼物送给了他。公爵细致打量着这些东西，发现这里面有签订塔菲纳协议时他的父亲菲利普国王送给埃米尔的一些武器。

"我们的损失有多少？"公爵向约瑟夫问道。

"殿下，几乎没有损失。"

"那他们的损失呢？"

"300多个脑袋，600多只耳朵。"

约瑟夫特意强调了耳朵的数量，粗犷地哈哈大笑起来。奥马勒公爵很清楚他的用意，说道：

---

① Horace Vernet.（原注）法国著名的军事画家（1789—1863），出身于巴黎的军事画家世家。其作品形式华丽，在法国上层社会享有盛誉。其特色是场面壮观，他的东方题材的作品具有异国情调，有不少阿拉伯题材的画作具有东方主义的特征。（译者注）

"我希望不会听到有人说我们跟他们学，也杀害俘虏。"

"还有 6000 俘虏、40000 头羊，200 个埃米尔的亲属和侍从。我们如何处理他们呢？"

"阿卜杜·卡迪尔和他的贴身侍卫呢？"

"我们搜查了所有的死人和活人，也没找到他、他的妻子们和他的直属军官。据说他的母亲和一个妻子在他一个军官的帮助下逃走了，要不然也就成为我们重要的战利品了。我觉得他离这里不会太远，我们再多花点力气就可以追上他。"

"他总是这样。我们到的时候，他早已逃走好几个小时，远离我们的火力范围了。有这些战利品也够了，我们撤吧。扎马莱大营被摧毁了，哪怕只有这一点也足以成为埃米尔的致命伤。这也会成为接下来几天各大报纸的头版头条。"

在布加尔稍作停留后，公爵便向麦迪亚继续前进了。在此之前，所有迟来的部队历尽千辛万苦，走完了满是危险的河谷、海湾与狭路的 100 公里的行程，追赶上了公爵。

画家贺拉斯·贝内特倚靠在奥马勒公爵营地附近的一个角落，开始为他那有关埃米尔阿卜杜·卡迪尔的扎马莱陷落的巨画做初步模板和基本规划。贺拉斯陷入对突然袭击细节的回忆中。他梦想着用他的色彩、壮观和故事，完成一件惊天动地的巨作。

埃米尔一直盯着地上看，仔细端详着那用橄榄枝勾画的错综复杂的线条，沉默着试图解开其中的细节，破解其中的奥秘。他的下属围在他的周围，紧绷的脸上是显而易见的失落。他转向他们，说道：

"我一直提防着拉莫里西埃和那位心狠手辣的布哈拉瓦，

却突然遇到了法国国王的儿子奥马勒公爵，我本以为他已经回布加尔了。我们的谋划落空了，第一个牺牲的就是我们自己。"

"我们要处死所有疏于防卫的人。"

"那样的话，我会成为第一个被处死的人。问题不在这儿，责任是要由大家共同承担的，因为我们没有选对地方，我们的眼线力量比较弱，或者说有些胆怯。我原本确信我们远离他们的火力。现在让我担心的是你们的绝望情绪会把我们拖向分崩离析。"

"素丹啊，偶然因素有时也是致命的。"

"那也许是对的，但是战事变了，战争的体系也在变，我们的战士太遗憾了，但是我们与他们同在，我们仍在行动，好像这场悲惨的战争现在才刚刚开始，好像我们面前的敌人不足为虑。我们会进行一轮又一轮的袭击，所有这一切都改变不了双方的力量平衡。我们同所有绝望的人一样，很多时候都知道该怎么做，而他们却与我们摇摆不定的意愿完全相反，他们只想要摧毁我们的机器，捣毁我们的工厂，攻陷我们的城堡。现在，他们摧毁了我们的标志（扎马莱）。你知道在我们的观念里，'他们到了你家'意味着什么吗？他们选择了距离最近的牺牲品，决意要把他们驱逐到尼斯城 ① 附近的圣玛格丽特岛 ②。我将怎么向受难家庭交待？"

"主公啊，真主的判决是我们在这样的战役中唯一拥有的。

---

① 地中海沿岸法国南部港口城市，位于今普罗旺斯 - 阿尔卑斯 - 蓝色海岸大区。（译者注）

② Sainte-Marguerite.（原注）今为法国著名旅游城市戛纳外海的一个岛。（译者注）

所有人都把命运交给真主，没有人不服从真主的意愿。他们很清楚你会不遗余力地保护大家。"

"瞧瞧人们的伟大和力量！你知道伊本·阿拉勒那受监禁的家人要求他放下武器，将一切交给真主的时候，他怎么回答的吗？他说：'我没有能力去实施你们所希望的，但是你们应该诵读《古兰经》，耐心地承受灾难与天命。听听我的忠告吧，也许从这一刻起我就再也收不到你们的信了。我已经为你们善良的灵魂做了祷告，是葬礼的祷告，你们也应那么做。'"

"真主赐他忍耐力量，扩大他的心胸。"

"布哈拉瓦当时跟他们一起。他也得到了战利品。穆斯塔法·本·伊斯梅尔加入他们的行列了，他被委派去追击从扎马莱逃出来的人，折磨他们、杀害他们。据说他截住了出逃的残余部队，毁掉了他们所携带的一切东西，甚至还活活烧死了一些人。"

"我主慈悲无边。我们怀着深仇大恨，对这些叛徒绝不要心慈手软。我们的士兵在那里驻扎了一段日子。真主保佑，我们会得到大量的战利品。穆斯塔法·本·伊斯梅尔这个叛徒绝逃不出我们的手掌心。"

说毕，埃米尔继续看着规划图，来回地扫视它的细节和曲折的地方，认真地思考着如何重组扎马莱或是余下的兵力。他清楚地知道，一个不稳定的国家是难以想象的。

但国家稳定的可能性已经失去的时候，埃米尔依然全身心投入到同他的亲信们对国家灭亡的探讨之中。一个年轻的将领走到他的跟前，快乐的神色洋溢在他那由于长期暴晒和驻扎荒野而变得黝黑的脸庞上，丝毫不加掩饰，兴奋地喊道：

"主公，我们把他带来了，把他带来了。"

埃米尔没有起身，好像那个让青年将领欣喜若狂地大喊大叫的大新闻，对他来说不值一提。他平静地问道：

"你们带来的幸运儿是谁啊？"

陪同青年将领进来的一位埃米尔助手说道：

"是穆斯塔法·本·伊斯梅尔。素丹阁下，我们把您的仇敌带来了。"

"他在哪儿？"

"在这个布袋子里，我们给您带来了他的人头和右手。"

他把东西从袋子里倒出，就好像在倒什么无关紧要的东西。他把战利品放在了埃米尔的脚边，先放了人头，接着把那只挂在布袋边上的手扔在了人头旁边。埃米尔看了一下穆斯塔法·本·伊斯梅尔的脸和那双没有合上的眼睛。那双眼冷若冰霜，但从那红色的胡须和脸上的皱纹看不出他已经快 80 岁了。除了他下嘴唇沾了些血迹，看不出他有其他什么变化。埃米尔什么也没说，他一直惊讶于这张在光阴的烧灼下仍旧干净的脸庞。时间催老了所有人，唯独他没有。也许他的内心在灼烧，埃米尔在心里嘀咕着。

"尸体余下部分呢，在哪儿？"

"我们觉得那些都无关紧要，便卖给了法国人，他的侄子马扎里把他运回奥兰，埋在离他的家人和新婚妻子很近的地方。"

"荒野之狼。妒忌蒙蔽了他的双眼，从保护克鲁格利到给法国人卖命，他选了一条最简单但也最艰难的道路。他带领着 600 名骑兵为自己宗教和祖国的敌人效劳。由于他救过克洛泽尔,1836年2月6日克洛泽尔在麦舒尔①广场授予他十字军荣誉勋章。泰克达迈特沦陷的背后也有他的影子,很遗憾,作为我们的同胞,他十分了解我们的秘密。所有人都看到了他那盲目的仇恨:他焚烧书籍,摧毁城堡,捣毁兵工厂,玷污慷慨之士的名誉,还对抱怨者说:'这是你们的素丹阿卜杜·卡迪尔所希望的,你们让祖国从他手中解脱吧,这样你们才能舒心。'可他的下场又是怎样的呢?"

"就如同所有暴君的下场一样,不值得同情。"

"他阴险狡诈,是如何抓到的呢?"

"恶毒会给恶毒者带来更多邪恶,然后便是灾难性的结局。当他同拉莫里西埃、布哈拉瓦围剿完扎马莱大营的剩余力量后,便要求回奥兰,到他年仅20岁的新婚妻子身边。他与他的马队拉着沉重的战利品,行进在去弗伦达②的路上。为了走近路,他取道弗里塔森林,他原以为控制那条道路的人们已经效忠于法国国王。当我们的援军攻打他的马队时,他在队伍的最前面。他试图原路返回去帮助他的士兵,但子弹击中了他的心脏,当场就要了他的命。见到他的人都说,他拼命地抗拒死神,紧紧地贴着马,只见那马还没跑多远,便高高抬起了前蹄,拖着他很长时间,才把他摔掉。他的士兵见状也丢盔弃甲,留下了旗帜和战利品,大声高喊:阿迦死了,阿迦死了!随后,弗里塔的民众来到了尸体边,砍下了他的首级和右手。"

"去赏赐弗里塔的民众吧,告诉他们今后把战利品活捉回

---

① 麦舒尔,历史名词,多使用在摩洛哥地区,形容集王宫、司法、宾馆、素丹花园和居住区为一体的地方。(译者注)
② 位于今阿尔及利亚北部提亚雷特省的一个城市。(译者注)

来会得到更大的奖赏。我多么想问这个男人一个问题，活了80岁了，他在这个世界上还期待着什么呢？我多想听听他的声音，他一直带着刀剑，也带着对抗自己弟兄的勇气，砍掉诸多人头，在每个被砍掉的头颅里，他都看到了我，他不会怜悯任何人。"

"主公，我们怎么处理他的首级和右手呢？"

"为它祈祷，把它埋了，祈求真主宽恕吧！你们记住要为善而亡。这并不能减少失去扎马莱大营之仇。我们损失的一切，用穆斯塔法·本·伊斯梅尔的首级是难以弥补的，哪怕是布哈拉瓦的首级也不能弥补。现世苦短，但真主的慈悲无边。摩洛哥素丹近日压力很大，以至于我们没有收到回音。犹太人那边也没有任何新消息。我们的亲人远在摩洛哥，在这么严峻的形势下，我们期待他们多做点什么，他们也不会抛弃我们。我们需要新生力军去对抗布哈拉瓦、比若、贝都、尚佳尼耶和奥马勒公爵，他们走完了荒野，像游客一样寻找失去的荣耀。"

埃米尔在阿莫尔山脉的高地上度过了些时日，他写了信给摩洛哥素丹、英国国王以及他在各地的哈里发们，告知他们，他的国家所经历的苦难与浩劫，号召他们继续努力，与那些向法国国王投降的部落作斗争。在最后一晚，他召集了他最信任的哈里发穆巴拉克以及其他的哈里发，一起讨论下一步行动。尽管大家在说内心的想法时有些犹豫，但绝大部分人都认为应该抵抗到底，最后是穆巴拉克果断地打破了这种犹豫的氛围：

"素丹，你也看到了，人们都疲惫了，我们的人不多了，只能在山上孤军奋战，几乎所有运送武器的道路都被封锁了。火药越来越少、决心越来越弱，我们的意志力快要崩塌了。城市一个接一个沦陷，部落在我们之间摇摆不定。谁力量强大，他们就投靠谁，谁势单力薄，他们便背弃谁。即便如此，埃米尔啊，武力能统治的时间总是有限的。"

"我不是说过你们会面临巨大挑战，必须要有耐心吗？我们可以接受调解，按照给予我们的建议，专心致力于建立一个大国的第一个核心部门。我们还没有为这片土地倾尽所有，所以现在很难撤退。我发现我们中很多人沉默不语，你们是想要投降吗？如果真的是这样，那我们就扔掉武器，向布哈拉瓦投降吧，他正等着羞辱我们呢。我已经上路了，你们谁要一起走，便要坚持到底。谁想要去投奔艾欧尔或布哈拉瓦，保住自己脑袋和家人性命，那就去吧。这是绝对自由的。"

穆巴拉克·本·阿莱勒先生稍显失措，他顿了顿又继续说道。

"众信士的长官，就算所有人都背弃你，我也不会，即便只剩我一人单独面对敌人凶残的武器。但我在探究大家沉默深思的缘由。如果必须有人牺牲，那只能如此，别无他法。你从死亡边缘奇迹般逃生，当你受到尚佳尼耶、巴尔、圣阿尔诺、奥马勒公爵、拉莫里西埃夹击时，你顶着风霜冰雪、狂风暴雨深入毫无外援的麦提杰平原，甚至还向我、向布尔卡尼伸出了援助之手，您是如此伟大，那些与你作对，弃你而去的人，我一定要割了他们的舌头。"

"伊本·阿莱勒，我们现在处于瓶颈期，必须找到前往本尼·伊兹纳辛部族的路，那儿有我们的亲人、弟兄，我们或许能说服摩洛哥素丹帮助我们，也帮助他和他的国家。法国同样侵略了摩洛哥，我觉得他们之间的战争一触即发，如果摩洛哥不和我们团结在一起，那首先战败的肯定是它。问题是，摩洛哥素丹的儿子阿古纳是个不学无术的人，他如果继承王位，但愿真主保佑摩洛哥和它的政权了。"

从下午至深夜，商议一直持续着，直到远方传来了公鸡的打鸣声。大家一致同意与摩洛哥素丹建立联系。大家决定派穆巴拉克·本·阿莱勒去摩洛哥，其余军队继续战斗、掩护他们渡过边界封锁线，这也保护了剩余的军队，直到本尼·伊兹纳辛以及那些既反对侵略又追随摩洛哥素丹的部落来接替他们。大家都撤离，只有埃米尔和一小部分人马驻守阿莫尔山中的深洼地带。

黎明时分，驼队备好军事物资，牵着马匹与骆驼，赶着羊群，顺着一直延伸到谷底的山坡行进，雨越下越大，所以前进的时候最好绕过山谷。

埃米尔用他矮小浑圆的身躯拥抱穆巴拉克，好像渴求母爱的孩子。埃米尔擦拭着他眼中的泪水，他的双眼在油灯下闪着光亮。

穆巴拉克从骑兵和步兵的庞大队伍中穿过，朝着摩洛哥走去。冬雨磅礴、寒风肆虐，漫山遍野的橡树为这寒风增添了几分声势。

"祝我好运吧，众信士的长官！"

"真主保佑你和你的同伴！但愿有生之年我们能在那里相聚，如果不能，真主会怜悯我们。一定要将一切情况都告知我。"

"兄弟们，一定要记住我们。"

在好似祷告的呢喃声中，穆巴拉克骑着马，走在了队伍最前面。

不到一周的时间，穆巴拉克·本·阿莱勒先生就到达了马里哈河谷附近。一切都静悄悄的，像在这样的地方，显得有些不同寻常。他嗅到了危险的气息，但派出去的人并没带回任何消息能让他改变他的计划行程，他还是会率领大营的剩余军队，前往本尼·伊兹纳辛部族，这是他和埃米尔一致决定的，没有什么可以阻止他走完这次艰苦的旅程。在这段旅程中，他听到的只有到处潜伏着的痛苦和死亡的私语声，胃口大开的狂风打开了一条条通往地狱的道路。

穆巴拉克开始细算起了所有在战争期间的开销花费，连一些细小的东西也绝不忽视，因为这些东西看似微不足道，但1837年7月他接管他的叔叔小毛希丁哈吉的职务以后，一切都改变了。他的叔叔死于那场肆虐于米利亚纳城的黄风瘟疫（霍乱）。穆巴拉克在米利亚纳住了下来，一直到1839年塔菲纳协议作废。他的一只眼曾在一次小事故中受伤后失明，所以他在看向某个人时，只能斜视对方，很难用双眼正视对方。他立场强硬，并没有按照塔菲纳协议的相关条款将古来阿交给法国人。但由于阿卜杜·卡迪尔埃米尔方面的各种压力，他最终投降了。穆巴拉克是埃米尔手下最放心、最真诚的一位将领，他曾在麦提杰平原长期推行软中带硬的怀柔政策，也是他摧毁了将水引向卜利达城的管道。在穆扎亚山隘口，他强有力地抗击了法国军队，但并没有失去人道主义的倾向，因为那是在1841年5月迪皮什主教主导了释放囚犯的谈判之后。穆巴拉克是埃米尔放心将自己的亲眷和贵重财物托付他管理的第一位哈里发。

秋雨冰冷而急骤，寒风瑟瑟地吹着。

穆巴拉克停了一会儿，便下令安营扎寨。士兵、马匹以及大营其他的随军人员都已筋疲力尽。

"真奇怪，这附近似乎很荒凉，不适合驻扎。"

穆巴拉克对他的一位部下说道，同时也感到这些地方太空旷了。

"那您觉得我们继续前进如何？"

"不了，既然我们都累了，就在这歇会儿吧！等这狂风停下、呛人嗓子的盐粒不再漫天飞舞时再走吧，这狂风太难忍受了。"

"先生，您认为素丹为我们指明的路是正确的吗？我总觉得这条路我们走不通。"

"道路众多。只是素丹为我们指明的路或许不适合在雨水中前行。因此，我更想走大道，而不是他说的这条路。"

"但是我们现在走的这条路暴露了我们的行踪，他们正监视着我们的行动，尊敬的阁下。我敢肯定，自从扎马莱大营沦陷之后，他们一直都监视着我们的一举一动。"

"他们绝不敢这么做，我了解他们的军事演习和他们的胆量。一旦他们出击了，他们绝不能安全撤出。我倒是很期待在布哈拉瓦交锋对战的那天，我要将人们从他的残暴统治中拯救出来。"

随后穆巴拉克望着围在他身边的众部下，说道：

"大家都累了，马儿也累了，我们在这儿休息片刻，等天黑后再继续前进。"

这个地方确实适合休息，有泉眼，地势高，唯一的问题就是大雨和泥浆阻碍大家的前进，但这也使他们免受敌人的追击。秋天，这儿常常浓雾迷漫，如果敌人想要追击他们，必须要付出加倍的努力才行。

穆巴拉克·本·阿莱勒先生刚要走进帐篷，欧友奈地区的战马就以风一般的速度赶来了。塔尔塔上校 [①] 的 8 个连队已经先行抵达，并立即向疲惫不堪的穆巴拉克的军队发动进攻。穆巴拉克的军队无法在短时间内列队进攻，所以只能围在一起组成防御圈。但还没等他们从左右两面防卫敌人，塔尔塔上校的军队已经来到了他们的面前。此刻，西迪·穆巴拉克深知，除了残酷地针锋相对，再也没有办法了。

"你们都看到了，此刻我们要么取得战斗的胜利、要么牺牲，没有其他的选择了。我们已被敌方全面包围，我们只有为自己开辟一条道路，我们只能勇敢奋战。"

浓浓的火药味混杂着厮杀声和战马的嘶鸣声，战马奔驰在刀光剑影中，当它们的主人摔下马背后，它向前方跃起，抬起前蹄想要做最后一搏，不料最终还是力不从心，所有的力量也化为乌有。西迪·穆巴拉克已换了三匹战马，当他正准备换第四匹的时候，猛地发现塔尔塔军队致命的刀剑和子弹扑面而来。这些屠夫，他们一个就等同于十个全副武装到耳朵的士兵。当他转过头，只看到在这被包围的军队中士兵一个一个倒下，战马也接连死去。战场上只听得见间或传来的可怕的子弹声或是刀剑互击声，在进入活生生的躯体之前，枪和刀剑发出令人毛骨悚然的声音。穆巴拉克跨过阻挡他前进的众多尸体，

_____

① Le colonel Tartas.（原注）

260

骑上了第四匹战马。突然发现前面有一群士兵挡住了他的路。他鞭打大步前进的战马，高吼了一声，向前方的士兵们冲去，不料却没躲过子弹的袭击。子弹射进了他的身体，他从战马上摔下，一头扎进了僵硬的死尸里。但穆巴拉克依然靠着他的双膝、再靠着双脚顽强不屈地站了起来，他的身体已经大量出血了。他都认得那些为他此刻的处境而震惊的面孔：卡赛尼奥尔中校①，西科元帅②，还有拉博斯准将③。他望了他们一眼，只看到鲜血和迷茫。突然，他的战马最后一次站了起来，带着满身的鲜血。穆巴拉克嘀咕道：心在偷偷地死去，让灵魂就如逃犯般死去吧。他看见所有的大门都已关闭，往昔的画面一幅幅出现在他眼前，被那不断从他头上、脸上滴下的鲜血染成了鲜红色。战马最后一次跃起，歇斯底里地嘶叫着。还没等拉伯斯准将抬头，他已被穆巴拉克一枪击中。西科元帅立刻伸手去拿他的手枪，但穆巴拉克的子弹已经擦过他的太阳穴，射进了他的战马的胸膛。穆巴拉克没能躲过射向他肩膀的那一枪，但他并没有从马上摔下来。他一把抹去双眼里流出的鲜血，他看到西科元帅正试图站起来，于是便用尽全力向其进攻，不料旁边的杰拉尔准将在此刻朝穆巴拉克开了一枪。极度的恐惧使穆巴拉克完全不知所措，子弹打进了他的胸膛，准确地说，是正中他的心脏。穆巴拉克如一块巨石般从马背上摔了下来，落在地上一动也不动。当他们走近他，发现他已经死了，但他的双眼却圆鼓鼓地睁着。

---

① Le capitaine Cassaignolles.（原注）
② Le maréchal Sicot.（原注）
③ Le brigadier labossy.（原注）

杰拉尔准将摘下帽子，向穆巴拉克的遗体微微鞠了一躬，然后便欲远离这战火硝烟，无法自己行走的西科元帅靠在他的右肩上，对他小声说道：

　　"杰拉尔准将，幸好有你，我才能活着，要不然我就处在穆巴拉克的位置了。"

　　随后，塔尔塔军队的士兵们开始搜查死尸，他们一眼就认出了穆巴拉克是米利亚纳的哈里发。于是其中一位士兵便砍下了西迪·穆巴拉克的首级，将其交至派他执行军事任务的拉莫里西埃将军。将军则把它作为礼物送给阿尔及利亚总督。总督下令将穆巴拉克的首级挂在米利亚纳城门上示众3天，以此告诫城民：他们的领袖已经完蛋了。

　　那些被迫聚集在城门前的面孔冷冰冰的，如铁块一般：

　　"你们的领袖已经死了，谁要是敢反抗我们的政权，他的下场绝不会比伊本·阿莱勒好，没有人能逃过我们的子弹和刀剑。"

　　民众沉默地离开，默默将眼泪和极度彷徨的呼喊埋藏在各自心中。他们一整天都在穆巴拉克首级示众悬挂的城门前等待着，直至被允许取下穆巴拉克的首级。他们用他生前骑过的一匹战马将他的首级送回了格里阿，把他埋葬在穆巴拉克家族的陵墓中。然而，比若在与军官们的例行会议上，听了一名拉莫里西埃的信使对整个事件的详细描述后说道：

　　"春季战役结束之后，我本可宣布阿尔及利亚已归顺和投降，但我对现实仍然有所保留。而今日，这场精彩的11月11日战役摧毁了埃米尔的步兵和军营，消灭了他最重要的将领，经过这场战役，我可以告诉你们，这场战争已经结束了。阿卜杜·卡迪尔可以带上他余下的一小批骑士以及他忠实的追随者对边境已归顺我们的阿拉伯人进行进攻和斗争，但他再不会有什么大作为了。"

一群乌鸦在埃米尔的骑兵队上方盘旋着，不一会儿，便成群地朝西边飞走了，随后又飞来了一群秃鹰。埃米尔感觉到了这些生物的存在。他明白，秃鹰一看见尸体或是嗅到尸体腐烂的味道就会马上出现，但他却掩盖住了自己的情绪。

"真主会指明方向的，是他派来的秃鹰吗？"

在穆巴拉克·本·阿莱勒离开之后的两天或是两天半时间里，埃米尔以及剩余的骑兵只是在海湾边上徘徊。他清晰地记得他第一次听到从远处传来的枪弹声，曾认为那是布哈拉瓦与不愿归顺的部落交战的枪弹声。可当枪弹声越靠越近的时候，远处传来的低声细语使他改变了之前的想法。专门负责驯养埃米尔黑马的驯养员穆斯塔法·本·塔哈米一步一步地跟随着埃米尔的步伐，对他说：

"埃米尔，我肯定这声音是本地各个部落为西迪·穆巴拉克开放道路的声音。"

"我不这么认为，那些部落没有那么多的武器用于军事演习，这可能是危险的信号。这声音从西边传来，这不是伊本·阿莱勒计划要走的路。真主会指明方向。我心里有种预感：那些令我们厌恶的东西正在某处等着我们，原本断断续续的射击声现在变得连续不断了。"

"真主的慈爱至大！"

穆斯塔法·本·塔哈米说道，他试图掩藏住心中那不祥的预感，同时也体会到了埃米尔的心情。

"真主会指明方向的，这群乌鸦让人不安。"

"主公，您知道这些乌鸦一嗅到尸体的腐味，便会飞过去，不管是人的尸体还是动物的尸体。"

"在大多时候，当乌鸦和秃鹰聚在一起共同朝着一个目标飞去，那肯定是朝着鲜嫩的人肉飞去的，这是它们的德性。"

当埃米尔的军队靠近马里哈谷地附近，哈里发们请求埃米尔不要停下来，继续朝枪声传来的方向加快步伐。这一次，枪声越发清晰了。愈下愈大的雨对埃米尔随军部队的行进造成了不便，山体滑坡频繁，多盐碱地，这些都不利于军队的前进，也使军队更易遭到法军的攻击。3 名从约瑟夫上校的陷阱中逃脱的伤员都在行军中去世了，第一位在搭建军营后死去，接着是第二位，而第三位则是在行军中死去的。他们被埋在不同的地方。漆黑的夜倒是有利于埋葬工作的进行，四周一片寂静，除了狼嚎声和一些几乎听不见的《古兰经》诵读声。

"穆斯塔法，你听见狼在嚎叫吗?"埃米尔问道，他站在一个深坑的边上。由于大雨以及地面上坚硬的岩石，挖坑工作很艰难，主要是这些岩石，让挖坑工作成为了一件艰难甚至是不可能完成的事情。

"如果大地能站出来作证，她一定会告诉我们，究竟是什么一口一口地吞咽了我们民众的利益。人们都默默地顺从于这来自大地深处的寂静。你听到狼嚎声了吗?它正迈着急促的步伐靠近我们，就和那终将停止的火药声一样。"

"我听见了，也感觉到了，这声音好像正以我们接近它的速度朝着我们走来。"

"穆斯塔法，狼群可是比我们知道得更清楚，它们知道我

264

们带着什么，它们嗅到了死亡的气息，这死亡的气息恐怕只有狼群、秃鹰和乌鸦能够敏锐感觉到了。所以，我们在挖墓坑的时候，要尽可能地深，防止尸体被挖出来，好让死者永久地在地里长眠啊。"

军队停了一会儿，等待着落后队伍许久的信使们的回归。滂沱的大雨、艰辛的旅程、泥泞的烂泥以及老远就听到正滚滚奔流的河谷激流，所有的一切困难，都阻碍了任务的进度。在狼嚎声渐渐消失之后，第一个信使终于归来了，他将密报说完后，直接走到了埃米尔跟前：

"素丹，大部分军队已经被消灭了，随军的人员好多也都战死沙场。布哈拉瓦没有给他们逃脱的机会，我们的军队遭受到了毁灭性的重创。"

"那有人从中逃了出来吗？"

"我不清楚，但是估计逃出来的人并不多，突袭让所有人都散了，我们不知所措，也无力重振队伍。"

"那穆巴拉克·本·阿莱勒哈里发呢？"

"没人知道他怎么了。有很多不同的版本，有人说他被关进监狱了；也有人说他受布哈拉瓦诱骗，走上塔菲纳之路，带领着余下的部队朝着西边去了；更坏的消息是，有人说他在如雄狮般地英勇战斗后被杀了。"

"据我对穆巴拉克的了解，他是宁死都不会向拉莫里西埃或他的同僚投降的。他品格高贵、宁死不屈，在死亡面前也毫不畏惧。哪怕他眼中的世界已变得昏暗不堪，他依然不会像其他人那样屈服。男人与话语，如果话语走了，但人仍在。"

"他们本该多等一夜，然后继续前进，这会为接下来的行程提供更多的便利。"

"我想，他们没有走那条我们很熟悉的道路。但不管怎么说，穆巴拉克是知道路的，他已经不是昨天的孩子了。他曾走过那么多回，他的眼睛就是他的天平。紧急的时候他是知道该怎么做的。"

秋季已悄无声息地溜走了，冬天的迹象越来越明显。天空中满是黑沉沉的乌云，却未下一滴雨，河流在浓密的灰雾下也变得暗淡，流向了赛瓦达①深处。

经过两天半的行程，埃米尔刚到，就被骇人听闻的消息给吓到了。一些死里逃生的士兵向埃米尔讲述了整个事件发生的详细经过，埃米尔无法接受这个事实，他感到全身战栗，血液也都停止了流动，他尝试着让自己勇敢一些，使劲地让自己站直。

秋叶落了一层又一层，厚厚地覆盖在尸体上面，被雨水浸泡着，几乎全被掩盖住了。事发现场，横尸遍地，穆巴拉克的军队大部分都被消灭了，死伤人员数令人堪忧。400 名士兵被杀，300 名被抓，600 支枪支和刀剑被法国人掠去，150 匹战马断了腿脚，死在郊野、寒冷以及洼地之中，而被野狼和秃鹰啃食的骡子更是不计其数。

埃米尔走在死尸之间，一个士兵朝他奔跑而来，口中断断续续地喊着：

"主公，主公，我们已经找到穆巴拉克哈里发的尸体了，但是……"

---

① 河流名称。（译者注）

“没有首级，他们找我们清算，但是，他们不比我们强。真主怜悯他吧。”

“主公，那就是。”

随后，埃米尔跟着这个士兵朝着穆巴拉克尸体走去，一路上死尸遍野，寸步难行。当他站在伊本·阿莱勒[1]的残尸前，他瞬间大哭起来，语无伦次，心中满是仇恨。他久久地紧握着拳头，狠狠地咬紧牙关，甚至能够听到他咬牙切齿的咯咯声响。他有些自责。没有人知道为什么埃米尔独自离开，他掏出纸巾，好似旱漠中孤立的大树一般站在那里一动不动。他在雨中呆了好一会儿，直到雨水湿透了他的衣裳，才回到他那支为数不多的骑兵团中。随军人员继续向西边挺进，一路躲避着各种危险以及与布哈拉瓦军队的正面对峙，布哈拉瓦的军队似乎也感到埃米尔靠近了。在森严的守卫下，埃米尔在郊外做了礼拜，然后埋葬了所有横躺在地面上遭受猛兽和秃鹰啃食、暴雨和激流冲刷的尸体。在这个季节里，洪水频频爆发，寒冷的秋风和冰冷的冬雨也赶在了一块儿。

战马和其他牲畜重新被聚在一起，随后，埃米尔的军队在沉默无形的压力下冒雨前行，冰冷的冬雨如重重的耳光般不断地打在他们的脸上，他们一路向西，朝着摩洛哥边境前行，这一路的旅程考验着军队以及他们所仅有的战斗力。而有一件事在埃米尔的心中徘徊了许久：据那场战争的幸存者们所言，他们砍了穆巴拉克的头做什么呢？为了向他们的首领交差，确定米利亚纳的哈里发确实已经死了？这些幸存者都是当时藏身于

---

① 即前文的穆巴拉克。

大岩石和大树或是乔扮成当地附近的游牧民族与其混居才免于一死的，直到他们听说埃米尔及其军队到来，才敢现身出来。

剩余军队的信念已经所剩不多了，埃米尔深知这一点。看着这支早已疲惫不堪的军队，他心中有种不祥的预感。

无需再去听那饥饿的狼嚎声，埃米尔也已明白狼群离自己并不远了，但他还对此抱着一丝希望。

第三节　狭　路

飞逝的时光像绝症一样正在吞噬着迪皮什主教体内的健康，而他对此却浑然不觉。他在教堂里忙了一整天，听取教民们的忏悔，为孩子们主持洗礼，即使回到住所也难得片刻休息。他把塞满了文件报纸、身份证件的提包放在粗糙的桌子上便向浴室走去，嘴里用几乎听不到的声音嘀咕着：

"谅解我吧，亲爱的让，既然你选择与我共患难，就得容忍我。看来，在我们撒手人寰、与所有我们爱着的、也爱着我们的人们诀别之前，我们是不能休息的了。"

"主教大人，我听您的，不过您不能这样累着自己啊。"

"说得对，你今天就休息休息吧。我看得出今天你的后背比昨天疼得更厉害啦。你要多关心些自己，在教堂我看你站在那里都很吃力了。我亲爱的让，人一旦失去了健康就别想再生活得安闲、幸福。你要保障你身体应得的权利，否则健康将遗弃你，就像现在的我，健康正在离我而去。"

主教已经注意到我走路时弯着腰，俯身拿东西非常痛苦的样子。的确，我时常感到自己的脊椎像是脱了节，出现了中空，疼痛难耐。某些时候却又感觉脊椎似乎完全被冻结，行动时必须小心翼翼，以便最大限度地降低难以承受的痛苦，并使它慢慢消退。

"大人，您的身体不也应享有休息的权利吗？我看您每天都在让它超负荷运转，我很担心您的健康。"

"是的，我尽量吧。我要完成过去两天没有做好的事情，回顾一下今天的工作，还要继续写给拿破仑总统的信，这件事我必须在春天到来之前做好。解决问题已经别无他途，慑于舆论也为了保住地位，他们都开始妥协，他们忘了战争与和平都可能在同一时间发生。今天要做的就是这些啦。"

"不过，大人，对于改善您的经济状况，您有了什么好的办法了吗？近几个月债主们催要得越来越紧了，他们似乎要给您带来伤害！大人，您很清楚，贪婪会使人们迷失心智的！"

我是想提醒他注意日益拮据的个人经济状况。最近讨债威胁接踵而至，有人甚至以坐牢和接受司法调查苦苦相逼，这也使得从不为生活琐事而分心的主教感到不安和忧虑。

"无论如何我目前的状况不会比我在昂布瓦斯① 监狱时更糟。这些人今天或者明天就可能拿到他们想要的。而唯一可以肯定的是，我对于他们没有丝毫的负疚感。我没有为自己谋取任何东西，我所做的一切都是为了别人，为了那些期待我们秉承上帝的意旨为他们谋求利益的人。而实际上我跟他们一样，也是谎言与背信弃义的牺牲品。"

他进了浴室，开始沐浴。我要利用这个时间为他调制一杯花茶。他喜欢不凉不热的，温温的那种。为了拿取教堂里一位姐妹送的精油，我尽量伸展身体，仿佛觉得脊椎离开了它原来的位置，渐渐向右侧偏移。于是我不得不用一块布裹住了上半身使它暖和一些，并趴在那里。突然我感觉到一种从未有过的舒适。

---

① 位于法国卢瓦尔河。(译者注)

我时常有这样的想法，迪皮什主教要不是因为他笃信上帝，要不是因为他不愿意逃离这个没有给他带来什么的世界去自杀的话，那些讨债的还会如此逼迫他吗？他曾向他们承诺，要通过政府或者总统本人来解决这个问题，但是他却一直无暇去处理这些事情，以改变他在司法面前脆弱的处境。当火烧火燎的疼痛从头顶蔓延至最后一节脊椎的时候，我发现主教已经在埃米尔那里觅到了出路，从而不再理会那些为钱而发狂的人们。主教可能在他被严厉地判处流放之时起就打算拯救自己。他离开了阿尔及利亚，抛弃了他在蚊虫孳生的盐碱地上辛勤耕作、亲手培育的果园，亲手酿造的葡萄酒。后来当他再次回到阿尔及利亚时，却连自己的故乡都没有去。从土伦走下货轮的那一刻起，大主教便开始了他艰辛的流放生活。直到今天，我依然能察觉到每次他去参观昂布瓦斯宫之后，他那种要为埃米尔解除桎梏的决心就愈加坚定，埃米尔已经成为让他痛苦的创伤。当背部的疼痛消失后，我的神智回归清醒，遂祈求上帝宽恕自己的妄念，在内心里请求大主教原谅，并试图说服自己：我的这些念头都出自好心，没有半点儿恶意。

　　疼痛导致我失去知觉，当我从疼痛消退后的舒适感中回转过来时已经是半夜了。主教正在院子中，在一盏由阳台垂下的破旧油灯的灯影里踱来踱去，呈现在眼前的忽而是他的身影，忽而是他本人。我想呼喊他，但并未出声，想让他在埋头写作之前多休息片刻。他在那杯已经凉了的花茶中加了很多糖，随后一饮而尽，说道：

　　"糖能化解一切，甚至那些难咽的苦果。"

271

我俩相处经常是我不主动与他说话，任由他干他的事情，看着他冥思苦想搜寻着合适的词句。因为每当我跟他说话时，他就会从座位上跳起来，就像从睡梦中惊醒的小孩子，而小孩子是多么需要睡眠呢！因此，我更愿意不打扰他，直到他有事儿时叫我，或跟我讨论某个问题，或是让我和他一起考虑一下第二天要做的事情。

当背痛再次袭来，我不情愿地闭上眼睛时，我看到他已经像往常一样向前倾着身体坐在那里了。随后我看到的便是白纸上写下的故事，那些他讲给我听的、关于埃米尔的朋友与敌人的故事。

拉莱特·穆格尼亚①陵占地面积不大，坐落在一小片墓地当中，四周松柏环绕。周五甚或是平日里都有人来扫墓，祭奠亡灵，为坟墓培培土，然后离去。常在墓地守护的是一个驼背人，他的工作是清扫、整理墓地，夜间点燃照明的蜡烛，并为扫墓的人们准备茶饮，有时还炮制一些苦艾茶、薄荷茶之类的，以飨来客。

尽管下着雨，拉莫里西埃将军和贝杜将军还是打算先去看望大病初愈的萨丽哈太太。他们本想问路于驼背人，但当得知他没有舌头不能讲话时只得作罢，另找他人问路了。

关于驼背人的故事有各种版本，有人说他是个多话的人，说起来就收不住，为此还伤害了不少人。据说在某个夜晚，埃

---

① 拉莱特·穆格尼亚，一位十分虔诚的女穆斯林，坚持每年跟随朝觐队伍前去朝觐，后来定居于此。她死后，后代将其埋葬于此，并在陵墓的四周繁衍生息，遂逐渐成为一个城市，以她的名字命名，即今穆格尼亚，位于阿尔及利亚西北部特莱姆森省内。（译者注）

米尔和他的臣僚们途经此地并在此过夜，驼背人无意中知道了他们的很多秘密和隐私。第二天早晨，埃米尔用一块布垫着手把他的舌头从嘴里拉出来，以示惩戒。当时舌头上流的血把那块布都染红了。之后，驼背人对当地的警官说，他不能保持沉默，他要把他所听到的关于埃米尔的一切事情告诉前来墓地的人。要封他的口，最好的办法是割下他的舌头。警官没有多问，抄起一把刀，十分冷酷地割下了他的舌头。随后，警官又用烧红的刀尖沾上油脂涂抹在断舌的创面上。遭此酷刑的驼背人险些丧命，要不是他每天清晨取一撮拉莱特·穆格尼亚陵上的土放在断舌上的话，他恐怕早就一命呜呼了。

关于这位守墓人，另外一些人有不同的说法。他们说，早年驼背人想娶一位知名谢赫①的女儿为妻，当这位谢赫得知驼背人很穷，便拒绝把女儿嫁给他。一拖经年，谢赫的女儿青春不再，驼背人还是娶了她。后来守墓人到处宣扬他与谢赫之女的故事，激怒了谢赫家族，便遣家人杀了这位女子，并割掉了驼背人的舌头。从此之后，驼背人便来到这里，除了清扫墓地、捡拾为来访者烧茶的柴禾，他几乎寸步不离。

拉莫里西埃和贝杜两位将军登上拉莱特·穆格尼亚高地，他们居高临下，观察为阻击埃米尔的军队而修建的工事进展情况。他们看到士兵们正在为碉堡搭建顶盖。这些工事俯瞰辽阔的穆格尼亚平原，身居其间可看到平原尽头的欧斯福尔山脉②及摩洛哥的国土。

---

① 谢赫，阿拉伯人对德高望重的或者有地位的人的尊称，也用于对清真寺长老的尊称。（译者注）

② 位于阿尔及利亚西北部，玛格丽亚城的南部。（译者注）

"从这里可以看到整个穆格尼亚。我们要封锁所有通道，让它成为'孤地'，它迟早要落入我们手中。"拉莫里西埃将军对站在山顶瞭望远方的贝杜将军说。

山下的平原上星星点点散落着一些茅屋和帐篷，还有不少大大小小的土丘，塔夫纳河谷①伏卧在土丘之间，远看酷似平原深处的一道伤口。更远处是穆威利哈河②谷，米勒维耶河③在此发源后流向摩洛哥，沿河分布着许多摩洛哥军队的哨位，守卫着边界地区，对经由山口进出的人们进行盘查。

"显而易见摩洛哥素丹的军队正在调动部署，气氛似乎有些紧张，他们一直认为这片平原属于他们。"

"不，这是个毋庸置疑的问题。"拉莫里西埃接着贝杜的话说道：

"现在的边界是土耳其政权划定的，军事部绘制的地图将这一地区划归为非洲王国的一部分。"

"自从我们在米勒维耶河附近的西迪·阿齐兹堡与他们发生了冲突之后，乌季达④的指挥官塔伊布·盖纳威就不断派来使节，试图说服我们，说这片土地属于摩洛哥王国，还要求我们后撤至塔夫纳河谷，并扬言如果我们不应允，后果将是严重的。"

"阿拉伯人就是这样，他们不在乎土地，可是当他们发现有别人重视的时候，便改变了看法，开始看重土地。你不

---

① 阿尔及利亚西北部重要河流，长度为170公里。（译者注）
② 阿尔及利亚与摩洛哥交界处的河流，长度不详。（译者注）
③ 摩洛哥东北部河流，长度为600（也有说是510）公里，注入地中海。（译者注）
④ 摩洛哥东北部城市，靠近阿尔及利亚边界。（译者注）

必担心，一切都会按部就班地进行，我们会知道如何让塔伊布·盖纳威变成我们的朋友，并帮助我们击败共同的敌人——埃米尔。"

"摩洛哥国王应该很清楚他与阿卜杜·卡迪尔的关系，如果他愿意合作，边界问题将很快得到解决。比若已经通过法国驻丹吉尔①领事转交给摩洛哥素丹一封信，希望他派遣一名特使前来会商边界问题。如果事情进展得不顺利，势必会增加我们的麻烦。"

"你不必在意，虚张声势而已，他们会吸取教训的。西迪·穆罕默德·沃西尼事件已经极大地震动了他们，同时也让我们认识到该同素丹或是同塔伊布·盖纳威做一了断了。如果摩洛哥人顽固坚持他们的立场，那么摆在我们面前的就只有真正意义上的战争，而不是目前这样我们能掌控的摩擦和冲突了。埃米尔竭力推动战争，我们通过各种渠道收集的情报都印证了我们的判断是正确的，我们要做的是如何战胜他们。"

"我不知道该怎么办，盖纳威要求我们无条件撤出去，我们则强调他们的固执只能有利于我们共同的敌人，而正是这些敌人给他们的国家带来了骚乱，还使他们失去了柏柏尔部落酋长的继位权利。西迪·穆罕默德·沃西尼事件几乎演变成我们不想要的一场大战。尽管如此，假如不可避免，我们将毫不迟疑地应战，只好让比若的和平努力付之东流。摩洛哥人拒绝将穆格尼亚作为我们的前沿阵地，因为战争与他们无关。而英国

---

① 摩洛哥西北部海港城市，位于直布罗陀海峡南岸。（译者注）

人则保持沉默，基佐已经委托法国驻伦敦大使圣奥莱尔①伯爵转告国王陛下，所发生的事情只不过是在复杂边界地带的局部冲突，绝不是对一个独立国家的入侵。"

"看来我们正在亦步亦趋地走向一场真正的战争，一场针对摩洛哥的战争。摩洛哥国王没搞明白，世界已经变了，英国人只盘算自己的得失，切身利益高于一切。埃米尔也是如此，所以他才肯用出让港口来换取英国人的武器。"

贝杜与拉莫里西埃率领一小队骑兵走下山丘，部队仍然驻守在工事里观察敌情，同时等待由沿海部落护送的、从加扎瓦特②港口运来的军需物资。

这一年的8月毫不吝惜，尽情地释放着它的光和热，蝗虫、苍蝇、疾病、战争也都一股脑纷至沓来，空气中弥漫着的难闻气味挥之不去，而当鼻腔中充满经久不息的火药味时，其他味道就都似乎不存在了。

远方目力可及处出现了比若的军队，他们在平原上有序地行进。经过长途跋涉，这支部队从加扎瓦特港抵达拉莱特·穆格尼亚营地。部队还将跨越几座山谷向伊斯利谷地深处挺进。伊斯利谷地之于比若而言是个转折点，在为逼迫摩洛哥素丹签订边界协议而采取的种种尝试失败之后，比若将在这里展开新的行动。此时，豪情满怀的他正在做着最后的准备，蓄势待发向西迪·穆罕默德王储的军队发起攻击。

- Avec cette force de frappe et cette organisation on cul-

---

① Saint-Aulaire.（原注）
② 阿尔及利亚西北部特莱姆森省的一个城市。

butera même les Anglais s'ilv viennent fourrer leur nez là où il ne fautpas.[①]

比若下马走进军帐，对手下的将领们说道。在这里他将对战斗进行最后的部署，整装待发的属下们正在等待他下达攻击的命令。比若与将领们互致问候，随后在小桌上展开地图，边在地图上做着标记边对属下们说：

- Après demain, mes amis, on écrira une nouvelle de gloire pour notre armée. l'attaque ne se fera que sur mes ordres. Je donne à ma petite armére la forme d'une hure de sanglier. La défense à droite, c'est Lamoricière, la défense à gauche, c'est Bedeau, le museau, c'est Pellissier, et moi, je suis entre les deux oreilles. Qui pourra arreter notre force de pénétration? Ah, mes amis, nous entrerons dans l'armée marocaine comme un couteau dans le beurre.[②]

正在关注着地图的拉莫里西埃、贝杜及佩里谢三位将军听了他们的长官亦庄亦谐的表述后不禁纵声大笑，尽管这位曾经的阿尔及利亚统治者素以对敌对友都同样严厉著称。比若制止了他们，并说道：

"我们不能轻敌，他们占有天时、地利，而我们凭借的是实力、文明和制度。"

---

① 原文为法语，意为"朋友们，后天我们的军队将书写一个胜利的故事。必须按照我的命令进行攻击，我给我小小的军队设计了公猪头阵形。右路攻击由拉莫里西埃担当，左路攻击由贝杜担当，中路由佩里谢负责。而我则站在两个耳朵之间，试问谁能阻挡我们的进攻？嗨！朋友们，我们将像用刀切割奶酪一样击溃摩洛哥军队！"

② 原文为法语，意为"我们的打击将是沉重有力的，连英国佬也不敢来指手画脚，否则的话我们也能把他们打翻"。

"一切就绪，长官，等你一声令下，我们就将按照部署发起进攻。"

"只要我活着，我决心在告老还乡回到我的故乡贝里古尔之前，一定要彻底解决边界问题。我要赢得这场战争，它已经拖得太久了，倘若我们过往的处置更为得当的话，我们原本可以不用等待这么久。阿卜杜·卡迪尔将被限制在一个狭小的地区，当他被钳制住之后，摩洛哥人就会感到战争的残酷了，他们肯定会遗弃、驱逐阿卜杜·卡迪尔，到那时我们就可以像对付一枚干瘪的无花果那样将他摘除。王储奥马勒公爵已经拆除掉丹吉尔的工事，几天后他将进城。摩洛哥素丹会在协定上签字，以便我们无后顾之忧地对付埃米尔。"

将军们再次开心地笑起来，尽管他们要通宵达旦研究战争的各种可能性。他们明白战争不是游戏，他们知道人称阿古纳王子的王储在英国、西班牙的暗中帮助下，已然做好了充分的战争准备，并在8月6日对丹吉尔各港口及周边进行了轰炸。

8月14日凌晨两点，法国军队的骑兵、步兵带着全部装备越过伊斯利山谷，途中未遇到任何抵抗，甚至连天气都很配合，夜间的温湿取代了白昼的炎热，使行军异常顺利。披着第一道晨曦，部队抵达青崖高地。从这里可以清晰地观测到王储的军队和他们的武器装备，其中包括远程火炮以及罩着王室伞盖的西迪·穆罕默德的军帐。

王储命令埃米尔的军队撤出后重新集结了自己的部队。他不允许埃米尔的军队同他一起进城，为的是避免部落的人说，他之所以能取胜原因在于他背后有一个人，一个能给纪律严明的西方军队制造麻烦的人。为此，王储曾派遣部下及依兹纳辛部落的人去说服埃米尔，让他不要介入与己无关的事情，并承诺以一己之力一定能击败真主的敌人。埃米尔也曾请求王储收回成命，但都无功而返。当一位摩洛哥上层人士代表团去埃米尔的营帐拜会埃米尔，他正在与部下们议事，他说：

"我曾经与他们的军队在非洲的土地上交过手，我很了解他们。法国军队非常强悍，不是那么好对付的，我觉得如果素丹要挫其锐气就应该需要我。"

"尊敬的埃米尔，尽管如此，法军还是无法承受炎夏的酷热以及伊斯利山谷中能致人死命的蚊虫的。"

"将军阁下，千万不要搞错，我们的敌人拥有最先进的武器装备，你们务必料想周全。过度自信曾击败过我们，也教会我们不可低估了敌人。"

"先知会赐予我们力量，真主将助我们破敌！我们请求埃米尔殿下，不要让你的军队介入其间，以免伤害彼此的和气，招致先知的怪罪！"

"你们不可以身涉险，不可过于接近敌人阵地，要保全自己，用谋略与敌周旋。不要让过多的炮兵、步兵投入战斗，要采用突袭、穿插的战术分割敌人，削弱他们的战斗力。对付他们的骑兵，你们要采用佯败的战术，把他们诱入埋伏圈而后歼之。不要依仗人多，两军相峙装备优者胜而非勇者胜！"

"埃米尔殿下，所有你说的这些我们都清楚，也已经做好了部署。如果你讲的这些都行之有效的话，那么它首先应该在你身后遗弃的土地上获得成功。"

"我之所以如此说就是不想让你们重蹈我们的覆辙。"

"还是请埃米尔殿下作壁上观吧，不久我们将带着比若的人头以及他手下高官们的四肢再来拜会你。"

"愿真主护佑你们，并帮你们修正错误。"

使者团首脑走出营帐，率领他带来的马队和依兹纳辛部落人离开埃米尔的营地。此时他想的是：所谓的战争其实是骗局。就在使者团离去不久，依兹纳辛部落的马队开始包围埃米尔的军队，防范他们对不计代价、执意孤军对敌的王储实施突袭。

使者团走后，埃米尔还在思忖着阿古纳王储的行为，自言自语的嘀咕着：

"阿古纳，他在用民族的命运做赌注！祈求真主不要让素丹的军队毁在这个疯子的手里吧！"

埃米尔竭力压抑着自己的愤怒，因为他被剥夺了参战的最好时机。通过参战他不仅可以为自己解围，还可以帮助为数不多的盟友们解除围困。而此前他的每一次努力，都在装备精良的对手面前无功而返。他缺兵少将装备低劣，摩洛哥素丹不但拒绝援手，反而要求他偿还债务，撤离素丹治下的地区。

埃米尔感觉很沮丧，素丹开始威胁到他的性命，许多部落已经和他反目，他面前只剩下两条路：倘若再得不到军需补给，部落国家的哈里发迟早要投降；或者是哈里发会认为埃米尔已经在法军最近的攻击中以身殉国，那些他写给盟友们的书信不过是他的母亲代写的，而埃米尔的沉默恰恰印证了哈里发的判断。巴尔卡尼殒命于距米利亚纳不远的塔扎，接踵而至的消息更增添了埃米尔的伤感，他觉得自己在被两堆火灼烤着，一堆来自随时随处准备捕获他的敌人，一堆来自欲趁机置他于死地的兄弟。

原本只是小规模的冲突，霎时演变成一场真正的战争。人数众多的军队增强了埃米尔的信心，也鼓舞着士兵们的斗志，他们整装待发。摩洛哥骑兵第一军迎击比若的先头部队，双方刚一交火，法军便溃败。猛烈的炮火支援也没能让它前进一步，部队溃不成军，没被打死的士兵只得逃命。除此之外，法军防御薄弱的后队也受到突击，致使火炮来不及转换炮位、重新装弹。法军被穿插分割，比若基丁进攻的作战计划已岌岌可危。西迪·穆罕默德的骑兵在法军阵中疾如箭矢、奔袭穿插，勇不可当。西迪·穆罕默德坚信可以打垮入侵者，收复穆格尼亚，然后封闭边界，让一切回归正常。局部战斗仍在继续，中路的攻击仍在有序地进行。战场左翼的贝杜所部掩护着中路的进攻，右侧则有拉莫里西埃的部队在固守着，而负责中路攻击的佩里谢部队正在打通进攻的道路。法军不断增加的损失并未使进攻取得进展，山上的炮火掩护着比若的部队在来自四面八方的反击中苦撑着局面。

为重新掌控战场主动权，比若按照作战计划调整了部署，调兵遣将，命令麾下最优秀的指挥官约瑟夫、塔尔塔、莫里斯等人发起总攻，以期将国王的军队冻结在阵地上，不给他们活动的空间。这次的进攻声势空前，深谙东方文化的约瑟夫倾尽全力一举击垮王储军队的神经中枢，迫使他后撤，率领残兵败将朝着塔扎方向溃退，丢下近千名战死的骑兵，两千名伤员，这些人也难逃素以枪毙战场伤兵为乐的约瑟夫的子弹。战场上倒卧着很多被子弹射杀的军马，散落着还在冒烟的炮弹碎片。

战场上获胜的约瑟夫一般是不会停下来的。他本意想继续攻击，但是比若命令他打扫战场，收殓死难者，救治伤员及受伤的军马。当问及如何处置集中在医疗军帐附近的战俘时，约瑟夫不无揶揄地说：

"很抱歉，我没有捕获任何俘虏，但是我缴获了西迪·穆罕默德的军帐，还有18面军旗、11门火炮以及王储的伞盖，这些都是送给比若先生的礼物，至于伤员嘛……"

他停顿片刻，瞟了莫里斯一眼，接着说道：

"莫里斯比我勇猛得多，他很清楚在这种情况下应该如何处置俘虏。"

"的确，战争是残酷的，不过，约瑟夫，我们还是要顾及起码的道德。"

莫里斯边说边用手在冰凉的前额上抹了一把，使充满倦容、汗津津的面孔的上半部分变成了黑色。

"你说得对，"约瑟夫说道："但是，战争中如果你没有杀死敌人，那就意味着你给了他下次杀死你的机会，阿拉伯人从来都是这么干的。我从土耳其人那里，也从历次的战斗中学会了这些。我绝不能欺骗自己，来到这里就是为的杀人或是被杀，以往的战争教会了我。"

"尽管如此，我还是没有勇气砍下我的俘虏的头，他受伤了，蜷伏在我的脚下，没有武器，甚至动都不能动了。"

"莫里斯，我不懂得这些浪漫！我只是经常问自己：如果换位相处，他们会怎样对待我？基于此，我才会在所有可能的情况下做出同样的处置。我们在作战，我们要取胜，我们不能给人以可趁之机。国王的儿子没来这里同我们一起玩儿，但是他却远在穆格尼亚，在伊斯利山谷策划着打败我们。"

莫里斯不再说话，他向伤兵集中的地方走去，检查他们在专用军帐里的治疗情况，并看望了那些曾在他手下当过兵，因疼痛不住呻吟的摩洛哥伤兵。

就在这一天，有关奥马勒公爵的消息纷至沓来，而且越来越详尽。消息说他和他的军队已经占领了丹吉尔及其周边地区，他派遣一支由 600 名训练有素的士兵组成的敢死队，攻占了莫加多尔①岛。岛上的防御工事已经被海军尽数摧毁，修建这些工事原本是防范西班牙人或是英国人的偷袭，但是来犯的却是不速之客——法国人。

"呵呵！真是个讨伪君子喜欢的蠢材！"埃米尔拍打着手中的信说，"头脑简单，愚不可及！我料想到阿古纳会毁了他的国家，但是事情发展得如此之快却是我始料不及的。一支在本土作战，熟悉每一寸土地的正规军，如此轻而易举地被打败，只能说明阿古纳脑子里的问题远比我想象的要严重得多。"

"这是他自作自受！我们曾经要帮助他，他却不领情！"

埃米尔的幕僚穆斯塔法·本·塔哈米岔然说道。这个人平素少言寡语，但是说起话来却大多是言辞尖刻、斩钉截铁。

不祥的消息抵达之时，正是埃米尔准备前往部落之国驰援伊本·萨利姆之际。此时的萨利姆已经濒临绝境，众多的周边部落反水与他为敌，不断地攻击他，而他却内无粮草，外无救兵。

他感到人们似乎都疲惫不堪了。他们开始丢弃他们的勇气，丢弃他们奋争得来的一切，他们开始变得听天由命。

埃米尔与他的将军、幕僚们团团而坐，他对着手中的那封信沉思良久。这封信提及法国国王与阿卜杜·拉赫曼素丹签订

---

① 位于摩洛哥王国的西部，濒临大西洋。（译者注）

的协议条款，其中包括要求埃米尔离开摩洛哥国土或是投诚的内容。协议含八项条款，均将埃米尔视为"违法之人"。埃米尔认为协议背后一定存有阴谋，他要予以揭穿，让它大白于天下。

"我感觉他们在蒙骗摩洛哥素丹，阿卜杜·拉赫曼国王不会如此愚钝。我要去觐见，我要说服他不要不知不觉地做了骗局的牺牲品。绝不能让国王被欲置他于死地、毁掉他国家的人玩弄于股掌之中，我们必须齐心协力把挑拨离间之人找出来。"

"不过，主公，我们应该清楚比若与摩洛哥素丹的协议已然公诸于世，不再是秘密了。协议中，他们已经把您视为'违法之人'，您要正视现实的东西，而不能只是追求期望中的东西。阿卜杜·拉赫曼国王已经做出了他的选择，您要去见他可能会出现真主不愿看到的局面。"

"我可以肯定国王是个守信之人，他不会如此轻易地出卖我们。我还可以肯定阿古纳一定在国王面前进了谗言，颠倒黑白，就我们未参战一事诋毁我们。殊不知，假如当初他同意我们参战，他就不会遭遇后来的狼狈，不至于几乎光着身子逃回来。他若还是个血性汉子，早就应该在最近的一棵树上自己吊死！"

"主公，事情现在变得很复杂，不仅仅是阿古纳的问题了。与您敌对的一纸协议摆在那里，让我们不无担心，我们不能听任您采取这种自寻死路的行动！"

"可我们没有能力延迟真主的裁决啊！"

布哈米迪试图找到打破僵局的出路，遂再次打断他的话，说道：

"这样吧，您把要说的话告诉我，由我去面见素丹，去了解他们的诚意。眼前的局势不允许您亲自前往，目前我们更需要你，我们现在是腹背受敌，所有的人都想杀掉我们呢！"

"是这样，布哈米迪！勇敢无畏的男子气概是无法比拟的。我意已决，素丹的处境很危险，我们的境遇也让他忧心。他的挫败感不仅只来自于王储在丹吉尔、比若在伊斯利山谷给他带来的失败，事情远要复杂得多。此时，我们要对他施以援手。"

"尽管如此，您也不要亲自前去冒险。让我去吧，我定不辱使命。主公，这里的人需要您和他们在一起，尤其在眼下处境危难的情况下。"

争辩就此结束，埃米尔不再坚持，决定留下来。

次日，布哈米迪怀揣一封埃米尔的亲笔信，带着几名随从，由一队骑兵护送，前往非斯。他的心情很不平静，思忖着针对埃米尔及其部下所设置的种种圈套陷阱。

布哈米迪走后，埃米尔焦虑地等待着来自摩洛哥素丹的回复。他仍然认为，素丹一旦了解了真相，即可与他联起手来，投入真正的战斗——圣战。

驻守在依兹纳辛部落附近的法军不断进行骚扰，并声称如果不履行协议，他们将在摩洛哥的国土上追剿埃米尔。首批抵达的消息使他感到天旋地转，一个多星期卧床不起。他从1845年6月24日的消息报上得知，法军将领佩里谢居然下令把躲在扎希尔山洞中的760名当地百姓全部杀掉了！当时，为了逃避法军四面合围的战火，当地居民聚集在山洞里，并封堵了所有的进出口。这个山洞正是当年他们的祖先为逃避土耳其人的苛捐杂税而栖身的那个山洞。当年他们携带着财物置身洞

285

中，风险过后才敢出去。可是，这一次很不幸，在西迪·阿拉比及其马队的配合下，佩里谢很容易就找到了他们的藏身之处。于是，一个躲藏在山洞里的人出来，同阿拉比说，山洞里的人准备谈判。阿拉比转告了佩里谢，随后开始谈判。经过长达17小时的谈判，佩里谢最终同意保证他们的安全。但是山洞里的人因惧怕法国人，遂提出让阿拉比安排他们出洞后的事宜。佩里谢拒绝了这一要求，并限令他们在15分钟之内走出山洞，否则将放火将他们烧死在洞中。命令下达之后，佩里谢对阿拉比用冷酷并充满嘲讽的口气说：

"他们应该出来，否则我将把他们变成烤鸡！他们现在无条件可讲，你最了解他们，最好能说服他们。"

阿拉比用严厉的口气向洞中派出的代表转达了佩里谢的话以及他的威胁。这位代表似乎从法国将军咄咄逼人的眼神中，已经知晓了他的意思。他说：

"先生，我将尽力而为。愿真主给予你们启示！"

山洞里乱成一团，没人听代表的话，他根本说服不了大家，人们仍然坚持让已经下达纵火令的佩里谢离山洞远点儿。于是，泼洒在洞口处的火油、沥青被点燃，飞腾的火舌吞噬着岩石向洞底蔓延。霎时间，山洞里烈焰翻滚、烟熏火燎、惨不忍睹。火一直烧到第二天清晨才熄灭，打开洞口，里面的尸体贴在岩壁上，看不出男女老幼，在烈火焚烧下统统成了炭黑的一团！

接下来的消息亦使埃米尔如遭雷击。他派出去打探消息的一个部下回来向他报告说，部落之国哈里发伊本·萨利姆，久等不来埃米尔的援军已然绝望，他准备有条件投降。

"这种不战不和的局面不能再继续下去了，每一天都有人绝望伤心而死去！必须挽回颓势！尽管我不知如何去做，但是一定要用行动让失望者重燃希望，让欲背叛者止步不前。"

"那么，我们只能毫无胜算地去冒险了。"

"在过往的战争中，我们冒的风险还少吗？我们当中有谁——为了不看妻子儿女们的双双泪眼，选择清晨或者深夜时离家而去——能保证再次回到亲人们身边呢？穆斯塔法啊，看来人们是太健忘啦！"

"不过，主公，您这次万万不可鲁莽行事啊！"

埃米尔吩咐侍卫备马并命令骑兵整队出发，前往部落之国，使动摇者重回正道，让叛逆者得到应有惩罚。

埃米尔的部队涉过米勒维耶河，穿过埃米希尔达镇，并趁着夜色绕过有重兵把守的特莱姆森、弗伦达①、布加尔等城市，最终抵达布格尼②高地，进入高地森林地带。就在埃米尔及其部下即将与他的岳父伊本·萨利姆会面之前，险些中了埋伏，丢掉性命。当时比若已经得知埃米尔来到杰尔杰拉③的消息，他便率队悄悄地摸上高地。埃米尔将在高地的布格尼塔召开柏柏尔人各部落联席会议。但是比若晚到了几小时，等他抵达时，埃米尔已经躲进森林深处。埃米尔想通过反复的说服，动员山地的居民投入圣战，但是他发现几乎所有的人都明显表露出疲惫和厌倦。于是，埃米尔委派有声望的、来自提兹·拉希

---

① 位于今阿尔及利亚北部提亚雷特省的一个城市。(译者注)
② 位于今阿尔及利亚北部提济乌祖省的一个城市。(译者注)
③ 位于今阿尔及利亚北部提济乌祖省与贝贾亚省、布维拉省之间的山区。(译者注)

287

德①的谢赫侯赛因·本·阿拉布担任地方长官，并要求人们效忠于他。当夜，埃米尔就离开了部落地区，继续向奥兰南部进发。一路之上他对沿途发生动摇的部落进行了训诫，并向他们收缴了大批物资，这些提塔里②地区的部落已经很久不缴纳圣战课税了。

加缪上校是比若下属中唯一了解埃米尔行踪的指挥官。他率部一路跟踪，在城外追上了埃米尔的部队，两军展开激烈的拼杀。战斗中埃米尔损失惨重，70多名骑兵阵亡，另外死了200匹战马，1000头骆驼及大量的羊。担任部队右翼防御的指挥官伊本·凯利海胸部中弹后仍在殊死搏杀，直到鲜血从口中涌出，还在举手向天祈求真主佑护。埃米尔抓住他像冻僵的麻雀一般痉挛的手，说道："伊本·凯利海兄弟，你不会死的，你只是有些冷。"

"哦，主公，"伊本·凯利海断断续续地说道："死亡好像爬行的蛇，毫无声息，只在通过时在地面上留下不明显的痕迹。我已经感觉它来了，正在像子弹一样穿过我的身体！我的家人，我的财产，就都委托您照顾啦！"

埃米尔面朝西方，只看到，战马在奔突在冲撞，直到倒地而亡。骑士们的身影，在硝烟尘土中时隐时现。

天色黑下来了，加缪上校担心埃米尔会实施反击，遂命令部队向军营方向退却。埃米尔也把部队带到纳伊尔人部落，准备休整一两天，受到部落人的热情接待。

---

① 位于今阿尔及利亚北部提济乌祖省的一个城市。（译者注）
② 位于今阿尔及利亚北部麦迪亚省、布维拉省、姆西拉省和杰勒法省之间的山区。（译者注）

布哈米迪把信纸折上之前，又把信的最后一句念了一遍：

布哈米迪务必到纳伊尔部落与我回合。穆斯塔法·本·塔哈米主持大营一切事务。要向被拘禁在本尼·依兹纳辛高地的俘虏提供帮助，他们境况很糟糕。

"我们要增援埃米尔，如果我们不去，纳伊尔人无法保证他的安全，也许会有人把他交给比若。在这样的危难时期，人们是不能轻易信任的。"

塔哈米对布哈米迪说着，重又把埃米尔的信看了一遍，说：

"信上交代得很清楚，没有什么可犹豫的。必须前往纳伊尔部落增援埃米尔，我们不去救他，那他只有死路一条。那一带反叛的部落知道他的行踪，遍布眼线的法国人也会找到他，到处都是危险！命令很清楚！"

"然而，我将如何去帮助那些俘虏们呢?"塔哈米面呈难色，"首先，我要不失时机地去援救埃米尔，而后再去照顾俘虏，重要的是他们不要受到伤害。"

"长官，就连我们长期信任的、勇武善战的布尔卡尼都向摩洛哥素丹投降了，并且带着本尼·阿米尔部落的人去向素丹领取封地。素丹用封赏土地来引诱人们放下武器效忠于他，我们又能如何呢?"布哈米迪不以为然地对塔哈米说："一切都模糊不清，一切都对我们不利！俘虏嘛，全靠他们自己啦，我们怎么去帮助他们? 几天前，埃米尔的母亲拉莱特·宰赫拉把自己吃的东西给他们送去很多，不然的话，他们早就吃上草和树叶啦！"

布哈米迪凝视着日渐萎缩的埃米尔营地，良久没有说话，当他与马队准备出发时，他转向塔哈米说：

"最好释放他们，让他们自己去吧！"

"你这是什么意思？我不明白。"

"趁着比若还没顾及此事，趁他还没回复埃米尔的信之前，把俘虏放掉，你也就解放了嘛！再说，你现在已经没有能力向他们提供保护、提供食品啦。曾几何时，我们曾像爱护自己的眼睛那样善待俘虏，可是现在情况不同了。最好把他们送过米勒维耶河，然后就随他们自己去吧，边界那边会有人比我们待他们更好。不然的话，你就把他们一个个地杀掉，以免落到阿古纳手里，阿古纳会背着我们把他们卖掉而令我们蒙羞。"

"我该如何是好！比若这个蠢货一直没有回复我们，他可能认为摩洛哥素丹会去搭救这些俘虏。可到了今天，他却要消灭我们，以取悦那些让他如此做的人。而我们能做些什么呢？"

"正因为如此，才要放掉他们，以免除你的责任，我们还可落得优待俘虏的好名声。万万不可把机会留给阿古纳，让他博得赞誉。"

"就这样把他们在旷野荒郊中放了？阿古纳会遇上他们，安抚他们，以从他们每一个人的口中获取有利于他的信息。然后，他可能杀掉他们，而把账记在我们头上。"

"除此之外没有别的办法。你好好想想吧，看看有没有更合适的办法。"

"埃米尔没有命令我们这样做。"

"但是他也没有不让我们这么做啊。埃米尔现在处于极度危险之中，他需要有人去帮他摆脱险境。对于我来说，他的生命重于一切。让真主帮帮你吧！"

说罢，布哈米迪头也不回地策马而去，他的马队紧随其后。

伊本·塔哈米独自呆立在那里，对布哈米迪的无耻感到惊愕。他不太喜欢布哈米迪，后者与埃米尔的亲近让他不爽，他才应该成为仅对埃米尔负责的人。摩洛哥素丹的军队正在向本尼·依兹纳辛方向运动，这绝对不是好消息。塔哈米独自呆在军帐里，直到宵礼的宣礼声响起。这期间他的大脑中反复重现着一个念头：摩洛哥素丹要袭击大营，解救俘虏，然后把他们交给比若，以弥补他在丹吉尔和伊斯利山谷战斗中受到的损失。他似乎看到压抑已久的埃米尔，遭到新的挫败后终于愤怒了，他挥动着双臂似火山一样喷发了："你们都瞎了吗？没看到阿古纳已经站到你们面前了吗？他救走了俘虏，抢走了你们的女人！你们统统去死吧！"他还仿佛看到，绝望的埃米尔给自己的武器填满子弹后，单枪匹马，闯入比若阵中去殊死一搏。

伊本·塔哈米一直昏昏欲睡，深陷在幻觉中，直到宵礼的宣礼声响起。

宵礼结束后，俘虏的问题又重现在他的脑际。此时，恰巧部下来报告说，素丹的儿子和孙子已经集结大军，准备攻击埃米尔大营，解救俘虏。此刻，塔哈米的思维在紧缩，视觉在消退。他的脑海中浮现各种想法，但是没有一种能成为决断。他想到了布哈米迪给他的建议，但是他认为那应该是个愚蠢的陷阱，目的在于使他失宠于埃米尔。突然，黑暗中在床上辗转反侧的塔哈米，顿觉脑中灵光闪现，他始悟到这是一场盲目的战争，一场根本打不赢的战争！

塔哈米组建了一支有野战经验的步兵小队。他给士兵们下达的任务非常明确——处置俘虏。为避免他们全部落入敌手，俘虏们被编成若干小组。当士兵们走近他们时，俘虏们的脸上显现出小心翼翼的兴奋。他们感觉这样的安排是要恢复他们的自由，因为埃米尔的母亲拉莱特·宰赫拉曾亲口向他们这样许诺过。俘虏们的衣服已经破烂不堪，果腹的也仅仅是汤汤水水，还有就是充作马料用的粗粮。尽管如此，当蒙面的士兵们把他们一个一个带出去时，俘虏们的眼神里仍闪现着重获生机的兴奋。他们当中有人忐忑地问道：

"长官，请问今天几号了？"

"4 月 24 号。"

"哦！就是说，很快就是 4 月 26 号啦，到那天清晨一切就都结束了！我们现在是去见拉莱特·宰赫拉吗？我们要当面感谢她的善举！"

"我们要等待长官的命令。"士兵不安地回答。

俘虏们被带到山谷边十分隐蔽的一排茅屋处。他们不明白为什么要用粗麻布把他们的嘴堵住，并蒙着眼、绑着手，不明白为什么要采取这些他们想不到的措施。也许是出于保密，防止他们知道埃米尔大营的具体位置？他们中的不少人在与自己性命攸关的谜团中如此猜测着。浓重的夜色中，只见到钢刀在昏暗的油灯下挥舞，只听到一声声的闷哼和垂死挣扎那一刻的呻吟。钢刀向瘦弱的只剩下皮包骨的脖项上砍去，不用很大力气，颈骨已断，人头落地。将尸体抛到茅屋旁的山谷里后，步兵小队撤离。仿佛仍有人的气息和声音自远处传来。170个脖颈被锐利的刀锋斩断，血流遍地。天亮了，似乎什么都未发生，只剩下挥之不去的死亡的味道。

无人谈论这件事情，死人连同他们的秘密一起带走了。然而，任谁也想不到的是，这次屠杀中居然有两个幸存者，不久报纸便将他们讲述的一切公诸于世。

埃米尔从纳伊尔部落脱险后，沙漠是他唯一的去处。一路上他心事重重。一年来，在远离大营、在与部落人和南方居民周旋的过程中，他印证了自己以往的担心。他切实感受到人们的厌倦、苦难及其不愿再进行圣战的情绪，这与原来的他们完全不同。更有甚者，西迪·谢赫部落在宴请他时，居然请求他免除他们的圣战义务，并称圣战跟他们无关。第二天夜间，他便向荒漠中走去，试图找到别的路径。然而，他面前的时光似乎已停滞，他再也找不到他以前所熟悉的那些人了！埃米尔在荒漠中穿行着，他感到他所遭遇到的正如同这荒漠，对谁都一样冷漠无情，铁石心肠。曾经最美好的东西已经荡然无存，记忆中只剩下几张面孔，每每想起他们都能使他顽强地挺立不倒。他有一年多时间见不到他的母亲、他的妻子们了，尤其是他的儿子穆罕默德，一定会时时问起父亲的事情。没关系，总是有人喝不到近在咫尺的甘泉，因为他们的头和胸被子弹射穿，已经无法行动，已经连喝一口泉水之后再死去都做不到了，没关系！

马队在灼热的沙漠上行进步履维艰，人困马乏。埃米尔命令部下停止前进，让人和马都休息一下。

埃米尔把跟他会合后就留在身边的属下布哈米迪叫过来

293

问道：

"布哈米迪先生，你发现更好的路径了吗?"

"我们已经离法基格不远了。"

"我没问你这个，那条路我认识。我要知道的是我们在哪里，我们去向何方?"

布哈米迪没有明白埃米尔的意思，有点儿发蒙：

"摩洛哥素丹背叛了伊斯兰教，他在帮助伊斯兰的敌人，应该被消灭。"

"用什么消灭他们? 我们现在连自己都保护不了，还有能力同别人作战吗? 我们如何自保? 我们现在的处境比塔里格·伊本·齐亚德①当年的处境还要糟，他当时前有敌军后临大海。而我们则应该首先找到一条无人知晓的出路，我们面前的大海被轰击丹吉尔的法国战船控制着，后路也被素丹的军队截断。最新情报显示，素丹已经命令王储、非斯城的长官阿古纳亲自率军奔我们而来，打算要么逼迫我们向他投降，要么把我们赶到法国人那边，被他们消灭。随后，用他的话说，就是被我们压制的所有部落获得解放。我们的出路在哪里? 兄弟，请你告诉我，在哪儿? 我要闭上双眼奔向哪里?!"

布哈米迪没有回答，他发现自己突然间失语。他呆呆地看着沉默下来的埃米尔。此时，埃米尔正在远眺快要落山的太

_____

① 塔里格·本·齐亚德，阿拉伯历史上有着巨大功绩的将军。公元711 年，塔里格·本·齐亚德率军度过直布罗陀海峡，占领伊比利亚半岛大部地区，灭西哥特王国，设首府科尔多瓦。从此伊斯兰教传入，大批阿拉伯人和柏柏尔人迁入，实现了伊斯兰化和阿拉伯化。在阿拉伯人统治西班牙近800 年间，西班牙进入高度文明发展的时期，经济十分繁荣，伊斯兰学术文化高度发展，首都科尔多瓦与巴格达齐名，成为欧洲最富庶的地区。

阳。日落前部队开拔，进入法基格地区，寻找可行的道路。

"为什么我们不再次谋求同素丹合作呢?"

"我经常问自己这个问题，而我现在要对你说的是，你得到的答案我也得到过，伊本·阿拉什也得到过，其他人也都得到过。他们已经决心将我们除掉，我们现在已然变成'违法之人'，就是说，这块土地上或是那块土地上，依然有法律存在。我们的天地变小了，布哈米迪，我们将几乎什么都看不到了!"

"尽管如此，我还是打算去见素丹，跟他当面把事情说清楚。起码我们之间还保留着几分尊重吧。我时常在想，素丹是迫于法国人的压力，才公开与我们作对的。"埃米尔听后说:"我的理智告诉我，你应该去;可我的情感提示我，他们可能加害于你。失败者往往会以最龌龊的手段，在比自己还弱的人身上寻求报复。"

埃米尔从法基格中部穿行而过时，正是天气最炎热的时段。天空晴朗无云，满天星座是辨别方向的唯一依据，一旦走错了方向，将会落到法国人或者摩洛哥素丹军队的手里。

经过漫长的奔波，埃米尔的马队载着战利品，也载着失败后的沮丧，于两周后的一个夜晚回到了扎马莱营地。从远处望去，大营恍如被薄雾笼罩。在与家人团聚之前，埃米尔要求塔哈米及留在大营的幕僚、军官和他一道做宵礼，然后再一起交流一下这段时间彼此的情况。

做完礼拜，埃米尔跟大家讲述了大营当前面临的艰苦处境，分析了尚未找到解决方案的原因，并且指出了下一步为摆脱困境应该努力的方向。埃米尔讲完后，在场的幕僚、军官都沉默不语。这场面令埃米尔感到有些意外，也使他想到应该像以往他所做的那样，在遭遇逆境时，在走投无路时，首先要激发部下的勇气和斗志。于是他对大家说：

"无论如何这不是我们第一次的遭遇了，如同以往，真主会眷顾我们。首先我们要做的是，寻找能最大限度保障大营安全的立足之处。我考虑将我们的营地迁至到艾因·宰海莱，在米勒维耶河谷的左岸，那里周边的土地很肥沃，山区高地的地形很适合防护我们自身的安全。我已经做了最坏的打算，并与部分幕僚和军官就此达成了共识。"

"艾因·宰海莱，"一位幕僚说，"的确是一个宜于居住和防御的好地方，目前我们被摩洛哥素丹围困，禁止部落与我们通商，他们的目的很明显，就是想不用他们动手，就把我们困死、饿死！"

"无论如何"，埃米尔答道："我们手中还有可用的牌，俘虏的牌。我们可以用他们作为交换来允许我们穿过沙漠。我已经再次致信给比若元帅及法国国王，这条路应该走得通，因为法国人对这个问题很敏感，他们不能忍受自己的被俘士兵挨饿受煎熬。"

"可是，主公……"

塔哈米欲言又止，一副仿佛有话而不能说出口的神态。此时，在座的一位军官却原原本本把屠杀俘虏事件的始末由来详尽地讲述了一遍，看似他事先已经有所准备。

听罢军官的讲述，埃米尔垂头丧气，脸色蜡黄像死人一般。

"我们别无选择，信士们的长官，请你处死我们吧。当时我们想的是，不能让摩洛哥素丹把这些俘虏救走，然后要了我们的命。我们要断了他的念头，把俘虏统统杀掉，才好集中力量保护大营，保护我们的家人，捍卫受到威胁的荣誉。"

埃米尔把手放在额头上，沉默良久。他的面容因为饥饿、劳累而显得憔悴，似乎他的心里，他脸上的每一道皱纹中都填满了这样那样的问题。

像往常一样，遭遇重创后的僵局，总是要由他来打破：

"看起来，命运之神们已经联起手来，共同宣布我们的失败。我该如何向这些被杀者的家庭做出交代，我该同他们的孩子们说些什么？这些孩子们知道他们的父亲在我们这里，都在盼着他们能早些回家去！我又该同那些一直以来，都认为我们在对待俘虏方面做出表率的人们说些什么呢？莫非我们又让伊斯兰回到烧杀抢掠的时代了吗①？绝不能让人们给我们贴上这种标签！经过这许多年的战争，我们已经让世人感觉到我们是有人性、有男人气魄的战士，这方面我们是敌人的榜样。然而这一切，已经随着屠刀举起的那一刻，随风而去，荡然无存啦！"

"众信士的长官，你让我做的事情，是我个人能力所不及的呀。"

仿佛失去了一切的塔哈米再也找不到更适当的托词，只得如是说。

"我当初交给你的任务是保护俘虏，不是叫你杀了他们。不该发生的已然发生了，现在让我们想想该如何应对吧！"

"众信士的长官，当时我们的确别无选择。你在很多场合

---

① 伊斯兰教建立之前的阿拉伯半岛上各个部落之间经常发生相互烧杀、劫掠的战争，但在穆罕默德建立伊斯兰教以后，这种状况得到了改变。

不是时常这样说，路径狭窄，视觉就会萎缩嘛！"

"我从来没有说过让你们去滥杀无辜的话，更何况是去屠杀无助的俘虏！"

"可在类似情况下，什么是该做的，什么是不该做的啊?"

"该做的是你应该释放他们！"

"然后让阿古纳把他们卖给法国人?!"

穆斯塔法·本·哈塔米不假思索地辩解着，他一心只想开脱自己。

"把他们卖掉100万次，也胜过要了他们的性命！"

话到此处埃米尔不再想多说什么了。他又归于沉默，转动着从不离手的念珠。随后他闭上双眼，沙漠上的一切全都消失了，饥渴、恐惧、迷失、被焚烧的骆驼，全都不见了。幕僚们、军官们都走了，只有他的卫队留在身边。这一夜，他没有去与家人团聚，而是在议事的地方，将头倚着一个大靠垫睡着了。恍惚间，他看到伊本·阿拉比正朝着伊本·泰米叶①呼喊

---

① 伊本·泰米叶（1268—1328）：伊斯兰教义学家、教法学家、原教旨主义的倡导者。本名艾哈迈德·本·阿卜杜勒·哈利姆。30岁时继其父在大马士革伍麦叶大清真寺讲授圣训、教法，对逊尼派四大法学派的教法学说进行研究，继承和发展了罕百里派的教法学说，享有盛名。1298年，因反对一些学者对《古兰经》中关于真主德性问题的任意解释而被指控。1306年，被叙利亚总督遣送开罗，曾与哈乃斐派、马立克派、沙斐仪派的学者、法官进行辩论。后因沙斐仪派首席法官指控他犯有"把安拉人格化"罪，被监禁18个月。1308年获释后，在开罗萨利赫学校讲学，继续宣传他的教义、教法主张。又因反对伊本·阿拉比派对苏菲圣墓的崇拜而遭软禁。1309年被流放到亚历山大。1313年随马穆鲁克王朝素丹伊本·盖拉温出征，收复被蒙古人占领的叙利亚。后定居大马士革，继续讲学和著述。1320年因对教法中有关休妻律例用类比推理去解释，有悖于逊尼派四大教法学派的主张而被囚禁。次年出狱，仍坚持己见。1326年再度下狱，其著作全部被封禁。1328年9月26日在开罗狱中病逝。（译者注）

着：伊玛目老爷，前方无路可行，眼不能视，你无处可去了。因为你走进了麦加的征途，而你用来开启门户的并非探求之钥，故此，你失去了真主的佑护、众人的爱戴。

第四节 绝 境

迪皮什主教至今还牢记着埃米尔多年前说过的一句话：法律沦丧则鲜血妄流。他从昂布瓦斯宫的大厅中走过，心里还揣摩着埃米尔的这句话。他觉得自己无法摆脱这句话的影响，他已经被蕴含其中的哲理和力量所深深地折服。当初，这句话是写在埃米尔给叙谢神父的一封长信中。

最近一次见到埃米尔时，主教从他的眼神中察觉到些许哀伤，使他不能忘怀。而当问及埃米尔为什么如此时，他的回答有些顾左右而言他：

"大主教啊，这是命运使然，命运安排好了一切，我们无能为力。"

埃米尔独自在客厅里等待着主教和塔哈米的到来，好继续记录他口述的生平，完成他自传的写作。这项工作已经持续了一段时间了。大主教还在思考着他的问题，他很清楚，在屠杀战俘事件发生后，埃米尔的心情一直不好——他迫切需要取得一场胜利来找回自信，来重振对自己寄予厚望的人们的信心。因此，当他那天早上一见到埃米尔时，就直截了当地重复了他的问题，意在唤醒他，不要继续消沉在对往事的追忆中。接下来，他们进行了下列对话：

"主教啊，我觉得你这次特别激动，我敢肯定你今天的问题会很多，我们的话题越深入，问题就越复杂。"

"素丹阁下，我担心我让你太累了。但是，我向主起誓，我做的一切都是为你好，为大家好！"

"主教，世事往往是不能遂人所愿的，因而要通过语言抒发来平衡自己的情绪，没有什么能伤害我们，唯有天命。就我目前的境遇而言，这世界上已经不存在让我畏惧的东西了。当我无话可说时，我会沉默，等待新的话题再次来到心里，来到记忆里。这与你无关。你说你的。"

"在你的鼓励下，我常常会偏离话题。"

"大主教啊，你的话让我感到荣幸，感到我们之间存在着诚挚的友情。我希望这种情感能持续下去，直到它伴随着我们离开这个世界。"

"素丹阁下，还记得上次我问你的问题吧？当时你的回答是：命运使然。迄今我也不能理解，为什么要杀掉被你们捕获的170名俘虏呢？我得不到令人信服的答案。杀掉这些无辜的人，对于你们同占领者的战争来说，究竟有些什么裨益呢？我了解，你们的宗教禁止自相残杀，无论正义与否。你说过的那句名言，一直在我的心里跳动，在我的大脑中萦绕：法律沦丧则鲜血妄流。"

"至今我依然笃信：人道，是最崇高的，我们无权伤害它。无论何人无端伤害到它，都一无例外地要受到惩戒，付出代价。毒杀苏格拉底的人们毁掉了雅典，烧毁罗马的尼禄又在废墟上重建古城，与伊本·赫勒敦为敌的那些人最终首先承认了他生存的合法性，还有其他例证，不胜枚举。即使在你们的基督教里，这种先例也有许多。你是智者，会理解我，会与我有同感。长期以来，我一直在关注这些处境恶劣的俘虏，一个俘虏死去都会让我心痛，这么多人统统被杀掉后，你说我会是怎样一种心情？！"

"那么，我们应该归罪何人呢？"

"毫无疑问这是在犯罪，但是我们要把它同其他犯罪放在一起来分析。比如佩里谢，他在扎西拉山纵火烧死了整整一个部落的人，连同他们的牲畜和粮食一起烧掉。大主教啊，如果我们看不到历史的全貌，就说明我们的观点有问题。当初，比若授予号兵埃斯科菲耶①高级军衔时，是我给他佩戴上去的。当时我把他看作是我军队里的一名士兵。我妈妈非常喜欢这个号兵，对他的关爱甚至多于我。杀戮不是我的本性，战争是战争，而俘虏是丧失了自卫能力的人。那时，我远离摩洛哥，你是知道的，当时我们处在战争状态，我属下的哈里发们做出的战局评估是很不容易的，但并不是错误的。摩洛哥素丹和他的王子们出卖了我们，用我们的项上人头当赌注。而比若元帅落入了他们的圈套，他放弃了那些俘虏，而实际上，倘若他当时略微动些脑子，就可以将他们解救出来。"

"我读过有关此事的一些材料。看起来，比若当时认为这样做会使阿拉伯部落确信，法国人与你正在进行和平谈判。同时他还认为，这种谈判有助你重获部落人们的信任，尤其是在他们开始远离你之后。然而政府方面一如既往地只求自保，而将破坏和谈的责任推给了你。但是尽管如此，仍然无法从根本上解决问题。即使俘虏不被杀，但是找不到途径进行交换，亦无法用来胁迫哪一方，那么继续关押他们又有何意义呢？那些知道你的人，听说过你的人，都认为你应该为这次残忍的屠杀承担全部责任。"

---

① Escoffier.（原注）

"话说起来很容易，因为说话的人可以不负任何责任。当时我远在 600 公里之外，在与意欲背叛我的部落以及追剿我的法国军队全力周旋，如何能顾及俘虏的问题？本尼·阿米尔各部落背弃了我，而与摩洛哥素丹在非斯沆瀣一气，并且接受了素丹的封地及辎重。我原谅了他们，尽管当时我的处境已经饥寒交迫。另外，布哈米迪与穆斯塔法·本·塔哈米之间由来已久的分歧已呈白热化。前者越来越放任，后者仍只服从我的命令。而我因路途坎坷，需要大约一个月时间才能回到大营。随后，事情就发生了。正如你所知，大主教，从 4 月 25 日到 5 月 24 日这一个月期间，我当时正在西南部的大山中，与失去希望的赛义德·谢赫部落的人们在一起，以期说服他们共同御敌。然而，我从他们的眼神中，从他们的伤感中，也从他们的善良与慷慨中，感知到战争已经结束了。当你遇到这样一群向命运屈服的人们之后，你就应该承认世道已经变了，你就应该用另一种眼光看待世事了。我们再来谈谈本尼·阿米尔部落，这个部落的人本来已经决定跟着我走，但是最终被消灭了。事情是这样的，当摩洛哥素丹听说他们正在向我的军营靠拢，便派遣他麾下的一位名字叫易卜拉欣·本·艾哈迈德·莱克哈勒的将领前往拦截。从此人的名字就可以看出他的心是黑的。①当部落的人们被挡住去路时，他们对他说：我们是埃米尔大营的人，出来执行任务，现在要回大营，你们没有理由阻挡我们，既不合理，也不合法。于是，莱克哈勒发起攻击，他们奋起反击。部落人坚持了一整天，但终因实力悬殊，人员被大量

---

① 莱克哈勒中的"克哈勒"在阿拉伯语中的意思为"黛色"、"黛墨"。

303

杀伤，随后被迫退守一座小山上，竭尽全力保护着妇女和儿童。随后，他们向敌人开始了自杀式的攻击。当他们感到逃生无望之后，为了免遭被俘的屈辱，他们先杀了自己的女人、孩子，而后自杀。而他们当中侥幸活下来的，全被素丹的手下带到马拉喀什和非斯的市场上，以非常低廉的价钱卖掉了。"

"很抱歉，又触动了你的痛处！埃米尔阁下，我知道像你们这样的人，即使有人将刀架到脖子上，也绝不会背弃人们的信任。但是我想了解那些不为人知的事实。人有时是冷酷而现实的，往往是两害相权取其轻。我本人的经历就是如此，像你一样，这块美好的土地给我留下的只有思念和痛苦，于是我像个小偷般离开了它。"

"你做了你应做的，我坚信，善良的人们会永远铭记你所做的一切。你未曾看着人们去死而无动于衷，你奋斗了，尽管有时这种奋斗违背了你的初衷。当你和你的教堂求助无门时，你不离不弃，毅然将债务全都背到了自己身上。你收养救助了那么多的孤儿，不分肤色、不分国籍、不分宗教，你一样的呵护他们。你已经做得足够多啦！"

"但是，流放的滋味不好受啊！跟你一样，我不想离开那一片土地，是严酷的现实逼迫我这样做。我只愿我死后能回到那里，因为那儿的某种东西早已融入我的血脉之中。"

我看到埃米尔低下头，沉默少顷，随后说道：

"飞遍世界的鹏鸟终要归巢，以便在那里死去。谁能知道呢，也许有一天，我们能回到因战火、苦难让我们相识的那块土地上去安度余生。也许我们天各一方，但没有什么能阻挡我们相聚。至少死神不会吓退我们，主在我们心中，是善与爱的力量。我非常了解你的哀伤、你的痛苦，来到这个国家时你是骑士，而当你离去时却似小偷一般，这种感觉一般人无法承受。在你工作的 7 年中，你保全了圣奥古斯丁的部分遗骸，是你从他的流放地要回来的。你在首都阿尔及尔组建了讲习所，由圣莱扎尔的 20 多位神父们在管理着；在萨克雷—库尔镇建立了女子学校，以培养青年；建立了改造失足女童的学校，以保护她们不再犯错跌倒；建立了 3 所圣凡颂·德·保尔姐妹之家，以减轻人们的痛苦；还在阿尔及尔、奥兰、吉杰尔、康斯坦丁、萨基吉德、波奈和坦斯等地建立孤儿院。你的足迹遍及阿尔及利亚各地，所到之处你解除了人们的痛苦。大主教啊，你所做的一切，让人们牢记你的善行。”

“我不想丢下这些我辛苦经营起来的地方，不想丢下人们对我的信赖。但是，有些时候，曾经与你最为亲近的人也会背叛你，遭遇到此种情况，我们只得换一种思维方式了。1846年 7 月 22 日，当我在我的朋友德·维拉尔公爵① 的住处躲藏了一段时间后，我最终离开了那片土地。我从穆斯塔法海岸乘一艘小船出海，然后由从未离开过我的好人让·莫贝陪同搭上邮轮，记得我当时只对他说了一句话：有你与我共生死，我是最幸福的人！我离去时比我来时还要穷困潦倒。同你一样，我们在土伦下船。同你一样，我们没去投奔在波尔多的亲友。我去了都灵（Turin）②，去投奔我的一位曾经也饱尝流放之苦的朋

① Le baron de Vialard.（原注）
② 意大利北部重要城市。（译者注）

305

友。人生在世，命运多舛，就连那些名望显赫的人也概莫能外。就拿德·布尔蒙元帅①来说吧，他把在阿尔及利亚的指挥权交给克洛泽尔将军之后，就被迫连夜搭乘奥地利的商船离开了那片土地。元帅走时只带着少量的私人物品和他儿子的悲剧，他扬起手中的手提箱，戏谑地说，看，这就是我能带走的全部家当了。流放地就是他的家。与他境况相似的还有阿尔及利亚总督侯赛因帕夏。人生的某些阶段自己是无法把握的，我们应该听天由命。"

"在人生最苦最难的时候，总是有一种精神与我们如影随形，同我们一道面对孤独、冷酷和恐惧，大主教，这一点你明白吗？好心人让·莫贝一直伴随在你身边，哪怕你轰他走，他也从未离开过你。再说我，塔哈米还有其他人吧，直到这一刻仍留在我身边，尽管许多亲朋好友早已各奔前程。一位心上的朋友胜过百个嘴上的朋友。你非常了解我，大主教！在走投无路时，我千方百计想办法保全我的兄弟们，我曾考虑过投奔摩洛哥素丹，用我的头颅去换取我部下的安全。但是深思熟虑后，我选择了战斗的道路，直到生命的最后一息，为的是不辜负我的人民，不让后来人在谈论我时破口大骂，说我出卖了人民的权利。"

说到此处，埃米尔看了一眼塔哈米。塔哈米挪动了一下身体往茶中加了些薄荷，然后准备好做记录。庆幸的是，主教没再提及杀俘虏的事情。埃米尔讲述时，我注意到他似乎没记录下什么，全神贯注地盯着埃米尔启闭的双唇，聆听着他的讲

---

① Maréchal de Bourmont.（原注）

306

述。埃米尔打趣地说：

"我说，塔哈米先生，我的口述早就开始啦，你怎么还在喝茶呢？"

"不，众信士的长官，我在等着你的指示。我同意大主教的意见，你的经历应该写成书，让人们了解真正的你，而不是去听信别人的谗言。"

"这谗言来自摩洛哥素丹吗？"

"塔哈米是这么想的。但真主知晓一切！我完全可以发动各个部落的人反对他，如果我失去阿尔及利亚，我就会转向他的国土。他不了解我，其实我已经厌倦了这种人生，我的大脑里只想着一件事：摆脱这该死的战争，回归田园，专心读书写作。然而现实不允许我这样做，因为我必须兑现我在生者和死者面前所许下的诺言，哪怕到生命的最后一刻。他开始同我们对话，当自己的民族、国家遭到威胁时，每个人都会这样去做。1847年10月14日，阿古纳亲率15000人的大军从非斯出发，在伊斯利山谷与我们交战。他们的目的很明确：彻底消灭我们，或者把我们驱赶向阿尔及尔，将我们送入拉莫里西埃将军的虎口。拉莫里西埃准备好了致命的武器正等着我们呢。他们把乌季达、利夫一带的居民都武装起来，目的是再不给我们留下任何逃生的机会。一路上，归顺了阿卜杜·拉赫曼素丹的部落里的人不断加入他们，使他们部队的人数成倍增加，越来越多。我的情报工作使我对他们的动向了如指掌，形势对我们极为不利，似乎已别无选择，要么战死，要么被杀死，因为交战双方的实力太悬殊。怎么办？我决定转移。11月9日，我带领扎马莱大营所有人员向距米勒维耶河6

公里的扎尤①转移。这个地区的居民比较同情我们。另外，此地依托卡布达奈高地宜于防守，并且我们的粮食等辎重都藏在这里。不久又有消息来报，本尼·依兹纳辛部落的大部分人已加入素丹的行列。我们已经被钳制在狭小区域内，只有真主知道我们能否逃出生天！北方是大海，欧麦尔·伊本·鲁什曾说要派船来解救我们。西面、西南面驻扎着素丹的精锐部队。东南方面有乌季达人、本尼·依兹纳辛部落的人以及部落联盟的人驻守。部落联盟之所以与我们为敌，是因为我们屡次挫败他们的抢掠和侵扰。"

"局势险恶啊！难道说是身处绝境了吗？"

"真主的慈悲是宏大的！人在身处险境时，往往出现意想不到的机会。我们当时无路可走了，穆罕默德·本·伊萨·布尔卡尼在塔扎被杀，西迪·穆巴拉克·本·阿拉来英勇战死，布迈阿扎向圣阿尔诺投诚，后来被抓到法国，就连伊本·萨利姆也在条件得到满足后投降了比若，随后按他的要求被送到沙姆地区②。我还能指望谁？只有依靠誓死与我在一起的骑兵殊死一搏，杀出重围。"

"后来又发生了什么？"主教问道，他似乎想从埃米尔铁青的脸上找到恐慌，但发现埃米尔依旧淡定、平静。

"随之发生的并没有改变什么，但是却使我们彻底明白了此前不太明了的一些事情。在这场战争中，你是穆斯林还是柏

---

① 位于今摩洛哥西北部的一个城市。（译者注）

② 沙姆地区或沙姆，是阿拉伯世界对于地中海东岸的整个黎凡特地区或大叙利亚地区的称呼，而随着历史的发展，所指亦有所不同。如今阿拉伯人所说的沙姆地区一般包括叙利亚、约旦、黎巴嫩和巴勒斯坦。（译者注）

柏尔人都不重要，但是你要选择，要么去拼杀，要么去投降，那些将军们在等着渡过米勒维耶河呢。在绝望的搏杀中，部落联盟的指挥官穆罕默德·本·阿卜杜·拉赫曼来见我，对我说：你为什么不再尝试一次，去见素丹当面向他说明事实真相，求得他的同情呢？这时，前特来姆森哈里发布哈米迪激动地站起来，像以往每每遭遇困境时那样，要求再次去面见素丹。至今我还仿佛看得到，他出发之前依依惜别的眼泪和他的感伤，仿佛还听得到他最后的话：如果我没有回来，你们大家都要保重！那个傍晚，他走后就没能再回来。他向着大漠走去时头都没回一下，唯恐动摇了自己的决心。我们目送着他和他的随行者，一直到他们的身影完全消失在远方。他一到那边就被监禁了，随后传来的消息说他被杀死在监狱里，但是没有谁了解详情。直到12月初得到的消息证实，布哈米迪被毒杀在监狱里，有人说看到他中毒后，在监房里身体痉挛着，挣扎了很久才咽气。还说他死后尸体被抛出去喂了野狗。在我们最后离别的那个傍晚，我曾把他召唤到我面前，就像我每次召唤我的属下一样，但是他们都在这块土地上最终离开了我！这块土地吞噬了我们太多的年华和生命！"

主教专注地倾听着埃米尔的讲述，从未打断他。他惊叹于埃米尔的传奇经历，以至于忘了他此次来是想探求从报纸上看不到、从人们口中听不到的那些丢失了的事实。直到我们离开，他再也没有提及俘虏事件，他始终沉浸在埃米尔讲述的情境之中。当他回到自己的住处，端坐在书桌前时，仿佛还在面对着埃米尔那张始终淡定的脸，尽管他背负着那么沉重的苦痛。大主教依然深陷在沉思中，于是我把房间的窗帘打开，让光亮伴着寒气一起透进来。

"您应该出去走走，先生。您的活动只局限在教堂与埃米尔之间，这太不够啦！出去活动活动吧，去呼吸呼吸新鲜空气，这有益于您的健康。您又要忙着回复总统的信，还要完成埃米尔的传记，这会要了您的命的！"

"你太夸大其词了，亲爱的让。"

"不是的，先生，您如此与世隔绝是不行的，您如果能亲眼看看您自己的样子，就会明白我的担心是有道理的。您应该多活动，让身体里的血液充分流动起来。您还要适当休息，要多体恤自己的身体啊，先生。"

"让啊，生命掌握在上帝的手中，是他决定人们的生死。我们只是小小的工具，我们所行的一切善事，他全都给我们记着呢！其实，我已经感觉到我的健康开始背叛我，过往颠沛流离的生活经历也开始向我讨债，可是，尽管如此我们又能如何呢？让啊，这就是人生！"

"我去给您泡杯花茶，它最有益于缓解疲劳。"

"谢谢你，让，你依然是名骑士！"

说完，他便开始埋头阅读文件、报纸、新闻稿等一切有关埃米尔的资料。今天他特别关注的是埃米尔在洪水暴涨期间是如何渡过米勒维耶河的。此时他大脑中又回响起埃米尔最后说的那些话，似乎看到奔腾的河水、嘶鸣的战马，仿佛听到妇女、孩子及男人们垂死挣扎时的吼叫声，还仿佛感受到子弹、钢刀穿胸而过，像燃烧着的丝线在脏器间游走的那种感觉。

"亲爱的让，能想象得出吗？一个一无所有，仅凭着上帝的慈悲和绝望了的意志，居然能闯过由正规军、凶悍的部落人构成的包围圈，而那些人却都还在耐心地等着杀掉他呢！在人类深不可测的潜能中，一定有一些我们不知道的，更不知它来自何处的东西！"

"绝处逢生，我的先生，绝望有时能创造奇迹，能逢凶化吉、遇难呈祥！"

"绝对不仅仅是绝望的力量，一定比那更大，而且大得多！"

迪皮什主教口中嘀咕着又埋头案中去了。他要把这一天的所得写出来，尽管他了解到的东西让他心寒，像有冰水在血管中流淌，让他坐卧不安。他不停地变换着坐姿，好使自己感觉舒服一些，但无济于事。于是，他闭上双眼，用力咬着牙，片刻后又俯身开始写作。冰水仍在血管中流动，像一把冰刀，时而穿透他的颈项，时而刺中他的脊椎。

几个小时后会议就要开始了，但是埃米尔还是没有现身。自从决定召开这次重要会议之后，他就从人们的视线中消失了，除去极少数人，大营里谁也不知道他的去向。有消息说，埃米尔亲自去见阿卜杜·拉赫曼素丹了，以求保全扎马莱大营及军队残部。另外一些人则认为，与阿古纳的决战不可避免，要有全体殉难的准备，因为要战胜素丹的大军是不可能的。持第三种意见的人们似乎很冷静，他们说，埃米尔和他的指挥官们将向摩洛哥素丹投诚，条件是赦免扎马莱大营的所有人员，以避免他们落入基督教徒的手中。此外，关于即将召开的会议，也是众说纷纭，尽管谁也不清楚会议将在何处举行，但是大部分人估计可能会在某一处茅草屋中，本尼·依兹纳辛部落的这些茅草屋散落在附近的座座山峰上。

乌云在空中像巨蟒一样翻滚，使天空失去了原来的颜色。

往日高扬在帐篷上空的炊烟也变得有气无力。

原来存放在艾因·宰赫拉周边地区的草料全部运到扎马莱大营来了，存储在地窖里多年的大麦、小麦也都大部分被取出。妇女们忙着碾压粮食，并把碾压好的粮食装入口袋后精心扎好袋口。如果站在卡布达奈高地上俯瞰，此时的埃米尔大营如同用砖红色细线穿在一起的珠串，而这种颜色正是本地土壤的颜色，因而难以分辨首尾。往常炊烟缭绕、人们嬉闹的场景近几天在大营里难得一见了。大家都知道个中缘由，大战在即，难免恐惧。

已经好几天了，都没有见到埃米尔和他的指挥官、军士们一起做礼拜、聊天、讲解《古兰经》了。

那天，阿古纳的一名仆人潜入大营，企图刺杀埃米尔未遂后，埃米尔久久地注视着众人，仰视着苍天，似乎在询问，阿古纳人何以如此急不可耐！同时也在询问，是什么力量阻止了阿古纳派来奴仆杀手，没有将刀刺入他的后心，他当时正在俯身阅读着《古兰经》。当时，彪悍的奴仆已经扬起了臂膀，但瞬间又垂了下去，僵挺着一动不动了。随后，这名杀手跪倒在埃米尔身前，祈求宽恕：

"众人信赖的埃米尔啊，我被派来刺杀你，但是我举不起手中的刀，我不知道这是什么原因。您看到了，刚才就我一个人。但就当我要动手时，突然我眼前出现一道光芒并将我罩住，随后我就什么都看不到了，我觉得这是真主在向我示警!"

埃米尔镇定而严肃地说：

"这是真主的慈悲！把刀扔了吧，你用不着它了。你就在

312

我身边休息一会儿吧。这边，再过来一点，躺在这块拜毯上，我每天都在它上面做礼拜，诵读真主的话，这些话你肯定也知晓。真主的意愿是：你来到这里时是一名杀手，你出去时能成为一位高尚的、有信仰的人。"

年轻的杀手再也忍不住了，他失声痛哭，内心的痛楚唯有他自己知道。然而，挫败后的哀伤，也使他的身心如释重负。

"众信士的长官，他们要杀掉你，他们一定要这么做的。让我帮助你逃命吧，这里的道路我都熟悉。"

"那位阿古纳王储，他知道这件事情吗？"

"这一切都是他设计安排的。他们为了要你的脑袋不惜任何代价。让我帮助你逃走吧，我要将功折罪！"

"我逃走了，大营怎么办？我将何以面对众人！孩子们、母亲们，谁来拯救他们？不要怕，我的孩子，若真主要我活着，谁也取不了我的性命，若真主让我去陪伴他，那么我随时听从召唤。余下的寿命不会比已过去的更多啦，何况我的许多亲人挚友已经先我而去了呢！他们走了，留给我们的是很多未完成的事情，是生命的责任，让我们觉得那些本该做的事情而我们还没有去完成。不要怕，我的孩子，生命在真主之手。我向你保证，你不会有事的。你不能回去了，因为你没有拿到我的人头，他们会杀掉你的。"

年轻人走出了营帐，但不一会儿，卫士们又把他五花大绑地带了进来。此刻，埃米尔仍像刚才那样，跪着，数着手里的念珠。一名卫士说：

"报告埃米尔，这个人说他认识你，是你亲手释放了他。依我们看，他好像是探子，被派来打探我们的动向。"

"放了他！如果他要杀我，那么一个多小时前他就动手啦，当时只有我们两个人。如果他愿意留下，那他就是我们中的一员，如果他要回家，那就给他一匹马，再帮他越过我们设置的路障。"

"可是，这个该死的奴隶，他想杀死你啊！"

"但是他并没有那样去做，因此他应该是自由的。我绝不能杀死一个在死神光顾时，保护我平安无恙的人！有真主的护佑，他的血已经和我们的血流在一起了！"

就寝前，埃米尔突然感觉时间过得太快了，一切均已就绪，他面前的时间不多了。

众人在等待他，等了很久，以致有人怀疑埃米尔不在，穆斯塔法·本·塔哈米和古杜尔·本·阿莱勒等人都不在。最后，埃米尔出现了，他一身戎装，佩戴着长刀和手枪，和他的幕僚们来到了人们面前。埃米尔首先讲话，他强作镇定，但是他转动念珠的手似乎在颤抖。看到他经历了一次未遂的暗杀后，身体仍很强健，大家顿觉轻松了许多。这段日子里，大家彼此交谈的都是这件事情，什么天使突降祥光，迷了杀手的眼睛，使他知难而退。还有的说埃米尔亲自去见了素丹陛下，以拯救大营众生免遭涂炭等等。

"素丹陛下给了我回复，你们理应了解，那就是：要么向他投降，要么被赶进沙漠，要么就开战。大家都看到了，都感觉到了，也都切身体验到了，我们的兄弟们正在赶过来要杀掉我们。合围已经形成，得到的情报也使我们感到不能再犹豫，因为我们马上就要遭到进攻，或许他们正在进行着最后的准备。以我们现有的实力，我们该怎么办？我个人的生死已经无

314

所谓了，可是我们大营的其他人怎么办？我们必须同生死！本尼·阿米尔部落向这一带迁徙，企图寻求素丹的庇护，却被素丹及其盟友的军队消灭掉了。他们还监禁我们的使者，杀死了布哈米迪，并且还同我们的敌人做起了交易。其实，这一切都是在帮助我们，使我们横下一条心，破釜沉舟，并做下了让他们感到恐惧的、我们本不该做的蠢事：对俘虏大开杀戒！"

"众望所归的埃米尔，你下命令吧，你的选择就是我们的选择！"

激情飞扬的古杜尔·本·阿拉勒说道。

"他们的军队有 5 万人，装备精良。现在，他们分成三部分，对我们形成包围夹击之势。一部分由素丹长子穆罕默德·阿古纳毛拉统领，另一部分由素丹次子苏莱曼毛拉指挥，第三部分是由拉菲叶、本尼·依兹纳辛等部落组成的杂牌军，他们现在驻扎在塞勒旺古堡，距离我们只有 3 小时路程。我们目前只有 1200 人的骑兵，不足千人的步兵，却要保护大营 5000 多人的生命，我们必须竭尽全力保护他们！大家说，我们该怎么办？"

"我们相信你，主公，你说怎么办我们就怎么办！但是我们不希望你带着我们向素丹投诚！谁选择了素丹就让他去吧。留下来的都是坚定地跟着你走的！"

"既然如此，那就让我们在这战前的会议上共同做出抉择：要么向国王投降，然后，我们连同我们的孩子一起屈辱而死；要么我们就在今天而不要拖到明天，去冲杀国王的军队，趁着黑夜杀出一条血路，一条逃生之路。如果等到天明再行动，那就无异于无谓的集体自杀。"

众人皆感到惊愕，他们用力地吞咽着口水。

"这是毫无把握的冒险！我们没有充分的准备去进行这样的战斗啊！我们以往的夜战，都是要经过数天的准备呀！主公！"

一位幕僚如此说道。

"我多么希望你们当中能有人提出其他方案，我会闭着眼睛跟他走！如果要等到天亮再行动，那我们将面对的是15000人的军队，这一点毋庸置疑！到那时我们怎么办？我们能击败这样庞大的军队吗？如果硬拼，我们必败，我们的孩子将被杀掉，我们的女人将成为战利品。而夜袭，是我们唯一可行的手段，虽然要冒很大的风险，但仍有成功的可能。"

大家沉默，没有一人出声。埃米尔接下来说道：

"我们信仰在心，生死在天。我本来活不到今天，是真主让我活下来。我何以不用我的残生去拯救大营的众多生灵呢?! 从这里出发，越过米勒维耶河谷，我们就可以摆脱困境了。必须是今夜，不能等到明天。趁着黑夜，有树木、山地的掩护，我们在骆驼身上捆上干草、芦苇，浇上火油，然后点燃并驱赶它们冲向敌军。他们必然会混乱，会用火力集中射击带火的骆驼。战争中的突如其来，可以制约敌方的主动和优势。随后，我们的骑兵发动攻击，冲开一条突围的通道，杀奔米勒维耶河畔，掩护由步兵护卫的大营过河。这就是我与大部分指挥官深思熟虑所得的、也是唯一可行的计划。可能有些置于死地而后生的意味，但是我们还有别的选择吗？假使我们继续待在这里，等待他们的进攻，那我们势必要面对50000人的大军，他们将把我们碾成齑粉！我言尽于此，这就是我们的逃生计划，我们的时间不多啦！"

激战前的准备工作在静静地进行着，没有人知道，扎马莱大营中的孩子、妇女、老人将去向何方。但是，大家都明白，未来数日将险象环生。还有的在猜测，大营将前往非斯或是马拉喀什①，在那里将宣布重新效忠素丹，祈求他的宽恕、谅解，并与他捐弃前嫌、重修旧好。埃米尔在战前的核心军事会议上，已经宣布了自己拟定的对敌实施夜间突袭的计划，而后这个计划便在人们中间传开了，不排除被混入的奸细知晓。埃米尔原本打算保守秘密，以便尽可能迟滞敌人的进攻。

庄严肃穆的宵礼结束后，夜色已然降临。背上绑缚着沥青、松脂及干柴的驼队出发了。紧跟其后的是 1000 名骑兵，这是埃米尔手中仅存的精锐，他们勇猛、敢拼、勇于牺牲，是军中的核心力量。随后，在所有尚能一战的步兵的护卫下，大营开拔，为安全起见与前队保持着一定距离。按照命令，除去一些备用的马匹，其他物品全部遗弃。大营的人们实在难以割舍他们的牲畜、粮食等家用物品，但是人们都明白形势的严峻，也都清楚身上责任的沉重，只得以依依难舍的眼神与他们心爱的一切告别。

队伍在漆黑的夜色中行进，除去风声、雨声，没有其他声响。雨势不断加大，但无法阻止驼队、马队的前行。队伍中时而传出婴儿要吃奶的哭叫声，但即刻被母亲用乳头堵住了嘴，或是用一枚事先准备下的椰枣当作奶嘴放进孩子嘴里，宝宝吸吮着便睡着了。大营的队伍在步兵的护卫下，在黑暗中默默地

---

① 位于今摩洛哥南部的一个城市。（译者注）

蹒跚而行。

雨势渐小，随后停下来。降雨将影响整个突袭计划的实施。部队已经连续行进了两个小时，未遇到任何阻挠。此时，埃米尔下令停止前进，揩干骆驼身体，重新绑缚上干燥的干柴等引火之物；骑兵最后一次检查武器，骑兵的任务是驱赶驼队、开辟通道。敌营灯光勾勒出的营盘布局已清晰可辨。按照突袭计划，第一波的攻击要直捣敌军心脏，一举摧毁素丹军队的反击能力，如有可能，最好能活捉阿古纳，以作为今后必要时的交易筹码。驼队的指挥官带领着他的部下们，静悄悄地抵达敌营入口处。他们开始点燃骆驼身上的引火物，刹那间火光熊熊、照亮夜空。在骑兵的驱赶下，带火的骆驼开始低吼着、嘶叫着，向敌营心脏部位猛冲，摧枯拉朽，锐不可当。一匹骆驼一个火球，且身负火油等易燃之物，滚到之处无不起火，顿时敌军营帐纷纷被点燃，士兵四散而逃，乱成一团。

当素丹的部队搞清真相的时候，埃米尔的第一队骑兵已经如箭镞般插入敌营纵深处，如入无人之境。随后第二队骑兵及时跟进，扩大战果。夜色中别无声响，只闻粗重的喘息声、子弹的尖啸声，只见长刀时时闪现锋芒。此时，闪电划破夜空，预示着暴风骤雨即将来临。求救声从四处传来，但是绝无一人前往施救，看到的只有冰冷的刀锋和子弹的曳光。敌营中一片狼藉，睡梦中的士兵惊醒后，似无头苍蝇乱走乱撞，寻路而逃，以逃离地狱般的军营。当时，护卫在埃米尔左右的只剩下布哈利一人一骑，他拼死保护着埃米尔。当埃米尔的坐骑中弹倒地时，他及时架开敌兵刺向埃米尔的长刀，并把敌兵砍死在地。随后他又挥舞着长刀，把砍向埃米尔脑袋的一把刀奋力隔开，而就在此时，他的左侧露出空挡，被敌军的一名军官趁虚而入，一刀刺入了他的身体。埃米尔将身负重伤的布哈利放置在他的坐骑上，送到骑兵后队并关照要好好照看他。埃米尔为折损又一名爱将而深感痛惜，他亲吻着布哈利的前额低声对他说：

"布哈利兄弟，你是我最敬重的朋友啊！"

"主公，您不要总是冲在最前面呀，求您了！您要防范您的背后，您的周围！您不能倒下，否则一切全完了！"

"不要担心，布哈利兄弟，对我们来说，你的身体最重要！"

埃米尔吩咐把布哈利送回大营为他疗伤。随后，他跨上他的第四匹战马，又奔向了他的骑兵队。"死亡面前人人平等，但是我们之间的友爱是不一样的。"他低声自语着在黑暗中寻路而去。此时，枪声还在呼啸，刀光还在闪烁。

晨曦初露，到处弥漫着硝烟和皮肉烧焦的气味。天色逐渐明朗，呈现在眼前的是恐怖的场面。同以往每次战斗结束时一样，埃米尔首先命令，并身先士卒，收殓、掩埋死难者的遗体。战场上到处倒卧着人、马、骆驼的尸体，还有本尼·依兹纳辛和利叶法部落的士兵们仓皇逃走时遗弃的武器及死尸。随后埃米尔指示，不要忙于收敛战利品，先收集战场上的武器弹药，准备在河水最浅处渡过米勒维耶河。

就在同一个夜晚，埃米尔已安排在河水中放置圆木和树桩，作为浮桥的支柱，然后将动物骨架、粮食口袋、石头及所有能利用的东西，填充在支柱间，阻挡水流，形成可让人通过的浮桥。由于下着雨，工程进行得异常艰苦。埃米尔的骑兵队迅速地重新集结，以应付阿古纳可能在天亮后发动的攻击。此刻，与发动突袭前相比，埃米尔感觉大海和米勒维耶河已成为最近的、最安全的屏障。此外，大营人员没有受到伤害，也使他感到欣慰。

埃米尔督促着搭建浮桥的进度，以便尽快渡过米勒维耶河，向着塔里法大道的方向前进。因为埃米尔知道那里是安全的，而且有人承诺在那里接应他的部队。埃米尔要求加快搭建浮桥的速度，部队必须抢在阿古纳来犯之前渡河。

"塔里格·本·齐亚德，你在哪里？难道只有大海、战争和燃烧船只的火焰？"

埃米尔自言自语道。此时，他看到男人们、女人们已经站立在米勒维耶河水中，在湍急的水流中形成了一座人体通道。

"我们必须加快速度，今后的几天将对我们很不利。阿古纳在准备大举进攻，利叶法和本尼·依兹纳辛部落的人会告诉他这里所发生的一切，阿古纳一定会被气得眼前发黑。我们要不失时机地过河，别无选择，他们不会再给我们新的机会。现在，速度是我们大家逃生的救命符啊！遭此惨败之后，阿古纳是绝对不会放过我们的！"

埃米尔强忍着悲伤和沮丧，此役中，他损失了超过总数五分之一的骑兵，步兵更是死伤惨重，为了把大营护送到安全之处，他们付出了高昂的代价。作战部队扎营在远离大营的地方，以便敌人来袭时，骑兵可以出击拦截，为大营的转移赢得时间。骑兵永远是部队的尖刀。

人们把所有能用的东西，动物尸体、草料袋、树干等等，统统扔进河水中，以加固用人体搭建的浮桥。大营全体已经在河流入海口处集结。埃米尔则希望在彼端看到他所期盼的事情出现。此前，法国驻西班牙领事列昂·鲁什曾许诺要派船前来接应他，不过，据说因为海上风大浪高无法停泊而作罢。事情就是如此，战争中，靠人不如靠己，靠别人就意味着失败。只有凭借自身的实力，并充分、合理地运用它，才能稳操胜券。

埃米尔骑在马上，向入海口方向远眺，他仿佛看到塔里格·本·齐亚德率领的先头部队，正在向他走来。塔里格走在队伍的前面，不断催促着部队加快速度。他还仿佛闻到木头燃烧的焦糊味，仿佛听到刀剑飞舞、互相撞击的声音。

"塔里格，你为什么烧掉你的船？你知道吗？我们现在多么需要船呢！你说，为什么？"

蓦然地，埃米尔感觉到已经时过境迁，他记忆中的那一幕是多年前的往事了。而眼前他无船可烧，唯有竭尽全力保住大营。大营在，他在；大营亡，他亡。

清晨，厚厚的乌云遮住了本该升起的太阳。万物渐渐显现出它们的面貌：环绕四周的群山，不远处咆哮的大海，还有埃米尔军队包围的那块高原上的一草一木，最后是几千名敌军骑兵，他们聚集在一起准备再次向埃米尔军队发动进攻。下方的皇家军队陷入一片混乱。深夜和黎明是最易受到袭击和劫掠的时间。敌人从四面八方涌来，大肆劫掠之后立即躲进附近的深山里。当皇家骑兵的先锋队组织起来准备反击时，那些劫匪早已躲了起来。

埃米尔看着劫掠现场说道：

"如果我们等到早晨，就可以到达被打败的麦赫赞所在的地方。"

"众信士的长官，他们的部队已经开始在对面高地上集结。"

"我们非常需要这个阵地，并且已经占领了它。现在我们需要的是完成通道建设！这是一项艰巨的任务，单是水位的上升就足以让我们前功尽弃。但是我们别无选择，只能竭尽全力。我们先等撒旦① 回来，看看他能做些什么。如果他那边行得通，就可以给我们提供对方的详细位置和剩余士兵数量。"

"步兵团以小组为单位分头行动。一部分负责砍树，一部分负责拖走死掉的牲畜，剩下的搬运石头、沙子和泥土。我们要在一天或一天半的时间内完成所有的工作，这样可以在规定时间推动大营的前锋人员前进。"

"大营是这场战役的唯一弱点。敌人会在傍晚前袭击我们，他们深知夜晚不利于行动，所以我们必须攻破他们的列阵，直接深入到阿古纳所在的第二军团。如果我们能劫持他，就有了和素丹谈条件的筹码。我们在第一次进攻的时候已经失手，这次决不能再放过他。"

"每次进攻都是一场冒险，而冒险往往是不安全的。"

"那我们现在就安全吗？那些败将想要重组军队。我可以肯定他们接下来的目标就是我们，只有复仇才能让他们放下昨日的失败，他们想借此向比若证明自己才是最强者，是未来对

---

① 撒旦，在阿拉伯语中意为恶魔、魔鬼。此处为人名绰号。（译者注）

话中真正的伙伴。"

雨越下越猛，道路尽没。每当雨量增加，米勒维耶河①的水位就会升高，一旦降雨减少，水位又会下降。

黎明时分，平原上迎来了一批来自内陆的皇家骑兵。突然之间，埃米尔从山间缝隙中看到一个骑马者闯入山谷，从马蹄声中埃米尔已然知晓了来者的身份。

"一切赞颂全归于真主，是伊本·叶哈雅·撒旦先生！他不愧被称为魔鬼，因为他总是可以躲过牢狱之灾，从冒险中幸存。魔鬼有七个灵魂。"埃米尔开玩笑地说道，"现在死神还不想收他，于是就收了那些比他更重要的人的命，所以他现在不用费神与死神纠缠。"

埃米尔一边说着，一边准备下马迎接刚到的伊本·叶哈雅。由于大雨阻碍了马的活动，伊本·叶哈雅显得异常疲惫。他来到埃米尔面前向他问好，接着便随埃米尔走入帐篷。

"伊本·叶哈雅先生，你带来了什么？"

"埃米尔，如您所料，他们正在筹备对我们的大举进攻。我不知道怎样才能打败他们，甚至不知道该怎样拖延这场进攻，为大营的转移争取时间。如果我们不能立刻加强防御，那么我们自己以及房屋、子孙都会被他们吞并。"

"不仅如此，拉莫里西埃已经通过乌季达和利叶法的两位

① 米勒维耶河，是非洲的河流，位于摩洛哥境内，河道全长约 520 千米，发源自中阿特拉斯山（位于摩洛哥中北部，海拔约 2500 米），水位经常波动，最终在阿尔及利亚以西注入地中海，河水被用作灌溉农作物。（译者注）

首领送给他们十几头驮着武器和火药的骡子。他们的目的就是将我们重重包围，活活烧死，全部消灭！这是我的看法，也是散布在平原上的所有眼线的看法。"

"如果真主想让我们终结在这片艰险之地，定能如愿。但我们绝不会成为阿古纳的盘中餐，最凶残的敌人就是一无所有的人，我们现在就处于绝境。现在面前有一个可以通行的渡口，我们必须竭尽全力不惜任何代价保卫这里。"

"另一方面呢？在塔里法平原我们该做些什么？主公，如果我们能够渡过这关，该如何来抵御敌人？"

"撒旦，不只是你说了这样的话。格拉贝部落、哈姆彦部落、本尼·本·扎古部族和一些伊兹纳辛的部落都准备好为大营向埃姆希尔达转移提供全程帮助。我非常信任他们。毕竟我们已经没有什么可以再失去的了。现在只有通往沙漠的道路是畅通的，我们很快就会知道怎么通过盖尔布斯通道到达那里。只有受训的秃鹰才能到达盖尔布斯通道。"

晌午时分，皇家军队开始发动进攻。埃米尔深知打胜仗有时要依靠计谋。要在尽可能短的时间内乘其不备袭击敌人。骑兵团排成平行队列向卡布达奈山间的小道进发，后面跟着少量步兵。接着骑兵团分成三队，第一队仍然在山间小道内前进，第二队在后山巡逻，第三队则一直在已经开始行动的摩洛哥军队的视线范围内前进。当麦赫赞骑兵的前锋部队靠近时，第三队放开缰绳策马回到山间的通道。这狭窄的通道看起来就像把山劈成了两半，麦赫赞骑兵迅速追赶第三队防止他们逃跑。当进入通道中的麦赫赞骑兵达到一定数量后，第一队和那些隐藏在岩石后面等待伏击的步兵立刻包围他们，并堵住通道的另一端。经过 5 个小时的激战，埃米尔的军队消灭了皇家军队的主力。埃米尔亲自带领一队人马前往对方军营，由于对方大部分骑兵都出动追击埃米尔的军队，所以军营前门洞开，埃米尔命令部下立刻捣毁对方军营。

敌军完全没有任何准备便遭到突袭。埃米尔右边是骑在马上的伊本·叶哈雅·撒旦先生，他的坐骑是一匹不知疲惫的哈姆彦马。埃米尔左边则是古杜尔·本·阿拉勒，每次战争中他都愿意为埃米尔献出自己的生命。趁穆罕默德王储阁下的军队尚且处在迷茫之中，埃米尔的骑兵毫不犹豫地消灭了所有挡道的人。当伊本·叶哈雅·撒旦看到那顶阿古纳常在其中运筹帷幄的白色帐篷时，他转头望着埃米尔：

"那是阿古纳的帐篷！他现在就像鸟巢中的雏鸟，我们抓他易如反掌。把他从女人的帐篷里揪出来吧，只要他在我们手上，就是我们大营的护身符。"

撒旦谨慎地避开路上的马匹和军营中嘈嘈不绝的步兵。当他进入第二营地时，已经对阿古纳的帐篷了如指掌。他加强对周围敌军的攻击，他的坐骑哈姆彦马虽然强壮，却也抵挡不住那白色绣花帐篷外轮番上阵的守卫。一个不慎，这匹战马被刺穿胸膛，撒旦自己也身受重伤，幸好埃米尔及时从后面扶住了他，将他放在另一匹马上，让其离开战场。随后埃米尔迅速攻破了这顶白色帐篷，但是除了一些等死的奴隶和女人之外什么都没有找到。埃米尔向他们打探王储的下落，结果被告知王储早已带着家人逃跑。埃米尔命人带回了这些女人和奴隶，并在帐内点上火把，然后出帐整编皇家骑兵和在各地行动的骑兵，随后又回到帐内。熊熊烈火阻碍了埃米尔的军队攻入国王的二儿子苏莱曼毛拉所在的第三营地。埃米尔将伤亡人员都安置到大营内。从山顶制高点望去，在两个烈火熊熊的营地里，人们好像蚂蚁一样四处逃窜，进而又陷入了泥泞暴雨和歧路之中。很多人撤退到对面的山中，其他人则向着摩洛哥内陆逃亡。

所有的士兵在敌方军营对面的高地上会合。埃米尔触目尽是燃烧的营帐、散落的尸体，还有伊本·叶哈雅的脸。虽然鲜血不停地从伊本·叶哈雅的嘴和胸膛滴下，但他的神色却越发安详，临终前他说道：

"我已经尽了分内之事，真主赐予我机会让我陪伴在您的身边，并且在生前见证了我们的胜利。我的埃米尔，这次该轮到撒旦走了。我的孩子和亲戚就托付给您和兄弟们了。"

"我以自由起誓，我们会和大营一起到达目的地，如若不然就全部牺牲。在大营没有平安转移之前，我们绝不会离开此地。"

"真主保佑你们可以全部到达目的地。"

"伊本·叶哈雅先生，你别担心。你的伤势很重，就不要操心这些事情了。我们大家都非常需要你和你的智慧。"

"埃米尔啊，我的时间所剩无几。我听到死神的号角正在召唤我。为什么不能再多给我一天的时间呢？他们的心是多么冷酷……"

雨滴丝丝滑落，雨水洗净了伊本·叶哈雅脸上的火药、灰尘、泥土和鲜血，露出了他红色的头发、相连的眉毛和一双大眼睛。埃米尔合上了他望着天空的眼睛，这次真主没有赐予他仁慈。伊本·叶哈雅仿佛在雨中睡着了，又好似在倾听雨点的和声。埃米尔和他的骑兵、步兵们一动不动地围坐在从战场上带回来的烈士尸体周围，数量众多的伤兵则被安置在大营中接受医生治疗。大家为30位在卡布达奈山战役中牺牲的战士举行了葬礼，然后将这些麦赫赞战场上带回的烈士埋葬。

傍晚，埃米尔回到大营。太阳刚刚露头就又被重新埋入苍白破碎的天空中，满天的乌云层层交叠。死亡、不间断的暴雨和连续的工作使大营的人们疲惫不堪。由于水位急剧升高，他们紧急加固了渡口的堤坝。

埃米尔查看了工程进度，为了能按时完成通道建设，所有人都在忘我劳动着。他询问一位正在向意大利人学习的工程师：

"布阿纳尼先生，情况如何？"

"非常艰难，但我敢说我们已经差不多填平这个狭窄的渡口了。虽然雨一直在下，但我们应该能在预定时间内完成任务。我们绝不能失去这些支撑一切的木架构。"

"布阿纳尼先生，时间紧迫，我们剩下的部队已经撑不了太久了。"

"阁下，我们正在完成一件几乎不可能完成的事情。搬运木块、石头和沙袋的劳力、马匹、骡子和奴隶的数量远远不够。尽管如此，我们已经加固了地基和木桩，接下来只剩填埋工作了。这个工作非常简单，至少能够保证我们在紧急情况下通过此地。埃米尔，这个工程不只关系到个人，否则就简单多了。填平渡口不是我们双肩绑上绳子就能解决了的，物资太重，通道必须要能撑上很长一段时间才行。"

"布阿纳尼先生，祝你们好运！真主会保佑你们避开所有的灾难。"

埃米尔随后又去探望了他的母亲和妻子们，他们很久都没有见过面了。随后他快速赶回军营监测素丹①军队的行动。埃米尔发现敌军在远处点燃火把，军中一片混乱。此前雷霆般的袭击让素丹军队怀疑埃米尔的骑兵数量可能比表面要多，所以他们推迟了最后的进攻，希望找到决战的应对之策。

12月20日夜晚，淫雨霏霏，一片漆黑。

天边空无一物，只有无尽的黑暗。每当夜晚到来，黑暗就越发凶残。世界空虚一片，只有无尽的沉默，伴随沉默的是大营的行动，是战马、河水，黑暗不时被闪电、被素丹军队和埃米尔军队对战时的流弹划破。风正细述着火药残酷的气息。所有的目光都集中在米勒维耶河的通道以及渡河的最后准备上。黑暗之中，伸手不见五指，只有那飘着清烟的油灯照亮了米勒维耶河通道的稍许空间。自傍晚停雨之后，水位便恢复到正常水平，这为布阿纳尼先生在埃米尔下达渡河命令之后让第一军团进行渡河的尝试提供了便利。紧随其后渡河的是大营的第一队伤兵，走在队伍最前方的是几个步兵和埃米尔的兄弟穆斯塔法先生。

为了确认渡河工作已经开始，埃米尔离开战场，随后又将最新的消息带回给他的士兵们。

"我们已经进入生命中最艰难的阶段。但是我们的坚持已经生效。大营的部分成员已经踏上回乡路，但愿真主襄佑我们完成一切。我们在战争中损失惨重，太多战友离我们而去，但

---

① 此处的素丹指摩洛哥国王。(译者注)

我们仍要顽强抵抗，绝不能输给阿古纳和他的部下！这样才能保证大营顺利脱险。如果能够到达河对岸的塔里法平原，我们就尊重大家的意见，去沙漠，或者埃姆希尔达，向长期支持我们的部落求援，或者在走投无路时有条件地向法国人投降。但在我们达到对岸之前，大营必须先全员渡河。你们要向我保证绝不会放弃自己的生命，只要挺住就可以拯救大家。从现在开始，我们所有人的命运紧紧相连：骑兵、步兵以及大营。稍有犹豫就会全军覆灭。"

"埃米尔，我们向您承诺，同生共死。真主至大！真主至大！真主至大！真主赐予素丹 ① 胜利！真主赐予素丹胜利！"

军营前方埃米尔帐中少数人开始呼喊口号，声音随后越来越响。

"麦赫赞的军队开始进攻了，这必将是一场恶战，因为我们的胸膛赤裸，身无长物，只剩下勇气和对真理的信仰。一部分步兵同时还需要承担起保护大营的责任，使他们免受伤害。我们会竭尽全力，能否走出困境全凭真主的意愿。任何牺牲者都会受到真主的奖励，而他的子女和责任将由我们中的生还者承担。"

"如果阿古纳今晚发动进攻，我们该怎么办？"

"我很担心这一点。下一轮的进攻必定是彻底扫荡，正如阿古纳想要的那样。他绝不会再承受第三次打击。从战争之初我们就一直尽力维护我们的组织计划。暴雨和黑暗暂时阻挡了阿古纳，但一到黎明，他一定要来打败我们，抹去他数次失败

---

① 此处的素丹指埃米尔阿卜杜·卡迪尔。(译者注)

的污点。"

这时，布阿纳尼先生湿漉漉地走了进来。他的衣服似乎在哭泣，他的脸上满是泥点和灰尘。他为自己的冒昧打扰向埃米尔致歉。埃米尔站了起来，将一件厚斗篷赐给他。

"主公，非常抱歉。"

"把这件斗篷披上，它可以为你挡住 12 月的严寒。只要你想，随时都可以来找我，不用客气。在这样的艰难时刻，没有人会因此责备你。布阿纳尼先生，你有什么事情要说吗？"

"通道的事情有点棘手，不过由步兵和部分大营成员组成的第一梯队已经安全渡河。我们安排了一些步兵和强壮的百姓、奴隶留在通道上，帮助落水的人、牵引那些驮着货物的骆驼和骡子。我们派去的人说，第一批由穆斯塔法先生带领的步兵和 50 位平民已经安全到达，他们铲除了沿途的强盗、窃贼，而本尼·伊兹纳辛部落的人们则为剩余的大营人员保驾护航。"

在场所有人的眼睛都亮了，一种长久以来都不知所踪的幸福感第一次滋长开来。

"赞颂真主！他没有违背诺言。这下我们可以毫无后顾之忧地加强攻势，保卫我们自己，也保卫后方的亲人。布阿纳尼先生，今晚你得全程监督，不惜任何代价保证大营的全体成员成功渡河。现在米勒维耶河的水位情况怎么样？"

"虽然有些降雨，但水位没什么变化。现在的水位情况对我们非常有利，希望能一直保持，直到明天早上。"

埃米尔笑了笑，他突然发现了一件非常有趣的事情。

"布阿纳尼先生，你祈求不要下雨，这样方便大营安全渡河；你也希望米勒维耶河的河水不要泛滥，否则会妨碍你们通过。但我们的所求恰好相反，我们希望真主让雨下得越大越好，这样才能拖住埋伏在对面高地上的阿古纳军队的进攻。看来真主听到了我们所有人的心声，他下了场暴雨却没有使米勒维耶河泛滥，既让大营安全渡河，又拖延了阿古纳军队的行动。"

埃米尔深知他的部队和大营随时都可能受到来自以前的手下败将雷霆般的毁灭性袭击。他收到的所有情报都显示阿古纳的军事演习是在为这一袭击做准备，他要消灭埃米尔的军队，让失去保护伞的大营落入强盗、劫匪手中。然而现在走在前方的骑兵团和大营畅通无阻地渡过了米勒维耶河。埃米尔事先制定了三项防御计划，先安排大部分的大营成员渡河。穆罕默德毛拉、苏莱曼毛拉和(摩洛哥) 素丹孙子的三支军队已经集结，剩余的时间已经不多了，一场大战即将来临。

由于持续的暴雨，以及被埃米尔袭击后引起的军中混乱，阿古纳将下一次进攻推迟到了明天。

12月21日夜晚，月黑风高，寒风刺骨，阴雨连绵。渡河的长队浩浩荡荡地前进，一些部落、平民和埃米尔的家眷也在队伍中。没有人回头，每个人身后都跟着一个手提灯笼的随从，他们沿着这座新桥一字排开，为过河的骆驼和骡子照亮前路，防止他们落水，否则会耽误整个队伍的行动。周围隐约能够听到断断续续的叹息声和由于恐惧而极力掩藏的呼吸声。

第一阵枪声在深夜响起。接着是一轮炮轰，炮弹落到离埃米尔军营相对较远的地方。随着一轮火枪扫射，进攻的速度越来越快，虽然埃米尔已经带军离开军营转移到了另一个地方，但进攻的位置离埃米尔军队还是越来越近。由于骑兵人数有限，埃米尔军队的行动十分轻便。他认为军队人数太多有时反而会产生混乱，特别是在这支军队的主力受损之后。四面八方射出的子弹给人一种数量众多的错觉，这也拖延了阿古纳军队的前进。王储殿下完全不信任里菲耶各部落和本尼·伊兹纳辛部落，这两个部落不仅对他怀有敌意，而且将埃米尔看作是脱离素丹及其爪牙的暴政以获得自由的榜样，这比本次恐怖的遭遇战更令他担心。

俘获到的使者告诉埃米尔，乌季达的首领派他的兄弟将埃米尔的大营和步兵的行动告诉拉莫里西埃，还将埃米尔制定的行动计划给了他们。埃米尔确定必须尽快让大营渡河。

尽管四周一片黑暗，但埃米尔的部分骑兵仍然两次迅速冲击（摩洛哥）素丹的军队中帐，留下一片混乱和惊慌失措的士兵。除了等待大营全员渡河以及黎明的到来，埃米尔别无他法。

一排小灯笼照着正在渡河的人、畜长队，形成一片阴影。援军在四周时刻待命，他们站在石头台子上，一半身子在水中。石头被他们的手摩挲着，也有了温度。如果没有那些路边的油灯，黑暗和暴雨一定会掩盖一切。夜已过半，最后一批大营成员背着火药和剩余的步兵武器渡过了米勒维耶河。这些武器是在第一次攻击阿古纳军队时抢来的，用来保护整个大营。

油灯在暴雨强风之下发出微弱的光芒，在昏暗的灯光下，埃米尔转身望着骑兵团，才发现骑兵只剩寥寥数人，从那次用涂了焦油的骆驼夜袭阿古纳到现在，步兵只剩下原本的五分之一。他们中大部分的人都牺牲了。埃米尔注视着他们，就好像第一次看见他们似的。骑兵们面容沧桑，早已不复当初。

"虽然我们付出了巨大代价，但赞美真主，大营终于全部转移到安全地区。我们现在要紧跟而上，大营正朝着基斯河谷方向前进，其中一部分成员已经越过了本尼·伊兹纳辛部落，接近基斯河谷。这个河谷并不大，所以穿越并非难事，况且雨势已渐渐变小。"

士兵们鸣枪庆贺这次顺利渡河。由于缺少睡眠、恐惧和道路泥泞，他们显得疲惫不堪。经过对阿古纳及其兄弟军营的整夜不间断袭击，骑兵们的军装上早已沾满泥点。

摩洛哥军队出其不意地开始向埃米尔的军营行进，但埃米尔的军营早已人去楼空，并且在各处都铺设了地雷。摩洛哥军队先包围了营地，接着便进攻前方的帐篷。这些帐篷中不仅埋藏着地雷，还堆着大营在转移时未能带走的粮食，大营把粮食留下来拖延素丹的军队，争取逃生时间。摩洛哥军队信心满满地进入了埃米尔的军营。猛然间，所有的地雷接连爆炸，威力巨大，其间还伴随着本尼·伊兹纳辛部落的一阵阵子弹扫射，这个部落自愿在葬身于卡布达奈山或黑暗深处之前保护埃米尔军队渡河。

素丹的第一军团被炸得四处逃窜，但在得到后方步兵团支援后，又重新向着其余的军营方向行军，进而渐渐靠近米勒维耶河通道。

埃米尔的骑兵团全部到达对岸后，他们长久地凝视着米勒维耶河，注视着照明的灯笼排成的直线。骑兵团稍稍退离河岸，当埃米尔最后一次回望米勒维耶河时，布阿纳尼已经点燃他埋在桥柱旁的那些从阿古纳处得来的火药，炸毁了河上通道。埃米尔只看到通道在空中被炸成碎片。一切又重新回到黑暗之中。木桩、袋子、树根、岩石都如流星般四散燃烧。素丹军队不敢靠近米勒维耶河，因为他们认为那里都被铺设了地雷，随时都有可能发生爆炸。

当埃米尔行军到塔里法平原深处后改变了方向，去寻找曾经在渡河过程中帮助过大营的本尼·伊兹纳辛部落的首领，向他们致谢，并了解情况，和他们商讨经由狭窄的盖尔布斯通道穿过沙漠的可能性。而摩洛哥军队正整装准备返回大本营以重振士气，然后返回非斯或马拉喀什，在那里，阿卜杜·拉赫曼毛拉的愤怒就像火山熔岩一般喷涌而出。

黎明的嫣红映照在灰暗的塔里法平原上，天际好像在燃烧一般。那些穿越了黑暗和暴雨，早已失去洁白的鸟儿，正一群群向不远处的海边飞去。埃米尔和骑士们转身向米勒维耶河的方向望去，注视着那即使在远处也依稀可见的熊熊火焰。他们多么希望把昨夜的一切都抛到脑后。剩下的人不多了，他们脸色疲惫而又喜悦。油灯微弱的光亮给他们闪亮的双眼增添了一抹独特的生机。这里有埃米尔，穆斯塔法·本·塔哈米，穆阿斯凯尔的哈里发及其女婿，阿卜杜·卡迪尔·本·卡利赫，泰克达迈特的首领，古杜尔·本·阿拉勒，在一次战役中牺牲的西迪·穆巴拉克的孙子，以及为数不多的骑士。

傍晚，当埃米尔正试图渡过米勒维耶河谷左岸时，他收到新的消息，却不是喜讯。他的兄弟穆斯塔法和50多个追随者，在数次抵抗失败后，向拉莫里西埃投降，并求得盖有印章的赦免书，赦免书中允诺给穆斯塔法等人官位。

埃米尔感到他有责任将这个消息告知众人。

"各位好兄弟！我并不想在你们英勇顽强抵抗素丹军队时

动摇军心。但是大营向布哈拉瓦部族投降了，现在已经归顺并听命于那个部族的毛拉，在命运面前我们已无路可走。"

"主公，我们已经知道这个消息，我们只是不想让更多令人不快的消息增加您的烦恼。"

古杜尔·本·阿拉勒先生回答道。他没有再多说一句，就好像没听到任何事一样。

"重要的是，消息显示大营全员平安无事，无人受伤。他们寻求庇护并得到了赦免，如果事情如他们所愿的话，过不了几天他们可能会正式投降。我知道情况非常艰难，大家观点不同。虽然我有时会为我们的女人、孩子感到悲伤忧虑，但我总是说一切赞美皆归真主，幸好他们没有落在麦赫赞手中，否则一定会遭遇和布哈米迪一样的事情。布哈米迪原本是去谈判的，最后却至死沦为囚徒。明处的敌人总是比背后出卖你的朋友要好得多。今天，我要向你们坦诚一件在我内心挣扎了很久的事情，就在阿卜杜·拉赫曼毛拉签下那份认定我们为拦路抢劫者的文件的那一刻，他将我们廉价出卖了。"

"主公，我们现在该怎么办？"

"古杜尔先生，我非常希望自己能身处你的位置，对于你的问题畅所欲言。我们现在身处岔路口，必须要一起寻求大家都认同的解决方案。我们的亲人、女人、孩子、兄弟和财物等等都落入那些窃国之贼手中；另一方面，盖尔布斯通道已经敞开了大门，我们也可以忘记亲人，进入我们熟悉的部落内部，然后召集南方人重新组建军队。你们自己抉择吧！"

沉默持续了很久，直到黎明前未完全褪去黑暗的天际深处响起几声枪声。埃米尔知道这些子弹来自他们想要穿过的盖尔布斯狭路。直觉告诉他，那个通道已经被占领了。埃米尔深吸一口气，转身望向他的一个哈里发：

"我认为占领盖尔布斯通道的萨巴叶西耶人只是陷阱。一支如此小的军队在没有保护的情况下不可能明目张胆地开火。但可以肯定，他们已经知道我们的位置，正等着我们上钩。"

"您认为他们要伏击我们？"

"我毫不怀疑。真正的部队一定驻扎在盖尔布斯通道后方。他们想用诱饵把我们引向那里，然后派出埋伏的大部队把我们就地剿灭。"

埃米尔派了沙瓦夫去侦察地形并向部落询问最新消息，于是众人一起等候沙瓦夫归来。

"那不是伊兹纳辛的高个子穆哈·塔维勒吗？他回来了！"

他带回的消息更加证实了埃米尔的猜想，之前所发生的一切都是针对他们的一个计谋，最终目的是要消灭他们。

"穆哈·塔维勒先生，他们人多吗？"

"大概有 3000—5000 名全副武装的士兵架着大炮正等着你们呢。至于你们所见到的那些，则是由哈里发伊本·卡尔维耶和易卜拉欣阿迦所领导的萨巴叶西耶人，他们假扮成来帮助你们的阿拉伯骑兵。乌季达首领的兄弟把你们要通过盖尔布斯隘口的消息告诉拉莫里西埃，并向他递交了你们的行动路线图。"

"他们的确切位置是哪里？"

"大部分人都潜伏在高原的后面，离那些萨巴叶西耶人不远。"

"大营现在怎么样？"

"主公，他们曾经抵抗过，但现在投降了。穆斯塔法先生在维护大营完整上起了很大作用，他得到了拉莫里西埃的正式承诺。而法国王储、现任阿尔及利亚总督奥马勒公爵也为大营进行辩护，所以大营没有受到任何伤害。那些大营的卫士在顽强的抵抗中大部分战死，此后，部分大营成员穿过部落和埃姆希尔达山逃走了，剩下的人则受到了庇护。"

埃米尔艰难地咽了一下口水。暴雨再次降临，骑士们围聚在埃米尔身旁，他们深感挫败，却又依稀看到希望。埃米尔抬起头，发现一切都没有改变。雨越下越大，雷声轰鸣，大风劈开了愈加浓重的黑暗。埃米尔转身望向骑兵队、哈里发穆斯塔法·本·塔哈米、哈里发古杜尔·沃来德·西迪·穆巴拉克、布·卡利哈阿迦和所有围坐在他身旁的人：

"你们都是信守诺言之人，兑现了曾对我的许诺。有些穆斯林兄弟指责我违背了曾经立志支持大业的誓言，但我必须履行在你们面前许下的承诺。如果你们认为我们还有实力坚持真理，那就坦诚地说出来，让我们大家一起走向真主安排的命运；如果你们认为一切都结束了，那我希望大家能够谅解我曾经应你们的要求而许下的承诺。我希望听听你们的意见。"

"众信士的长官，为了坚持真理，你已经完成了很多不可能的事，但是我们无法左右命运。敌人拥有强大的武器，而我们现在装备落后。你看看身后，自己来做决断吧！我们可以像那些牺牲者那样，毫无畏惧地走向死亡，但是这样做有什么意义呢？大营落到了他们手中，所有的通道都被关上了。"穆斯塔法·本·塔哈米先生断断续续地说出了以上这段话。

"如果这就是大家的看法，那我们眼前有三条路可走：奋力冲向盖尔布斯通道，踏着那些守卫通道的骑兵尸体走过去，不过你们必须知道，法国人已经做好一切准备来阻止我们；我们也可以走另外一条路，让骑兵翻过这座山，但我们要知道用这种方法的话，女人、孩子、伤兵以及其他一些人是绝对无法顺利通过的，他们将会落到基督徒的手中；我们还可以用投降来换取一定条件，因为我们现在仍是自由的。"

"主公，我愿做你的替身！让他们杀了我们的亲人，烧了我们的粮食吧！只要你还活着就好。"

绝大多数的首领都出声应和这句话。

"真主想要结束这场战争，我们必须接受命运。为了把我们的人民从侵略者手中拯救出来，我们已经战斗15年。今天陷入如此境地又能做什么？在面对那些能够不惜使用一切武器要对我们斩尽杀绝的敌人面前，部落又能做什么？部落处于我们和敌人的刀剑之间，战争折磨得大家疲惫不堪。总有一天局面会改变，会有一群高举胜利和自由旗帜的人们像我们一样行动。"

"但是尊敬的埃米尔，我们清楚地知道基督徒 ① 对这片伊斯兰土地的所作所为，我们真的要向他们投降吗？难道没有别的办法了？"

"我们要么去求得阿卜杜·拉赫曼毛拉的宽恕，要么去找法国人。你们可以选择，我已经做出与我有关的选择，我的职责已经完成。相对于向某些在危难时刻背叛我的穆斯林进献头颅，我更愿意向曾经相互对战的敌人投降，在很多战役中我战胜了对方，并接受了他的失败。我将会要求同家人一起迁到伊

---

① 这里指法国侵略者。

斯兰的领土上，如果谁愿意陪我一起，那就一起来，但是我绝不会强迫任何人。愿意同亲人一起留下来的人，我们会保证他及其家人的人身财产安全。"

"主公，我们怀疑布哈拉瓦家族不能信守诺言，如果他们没有接受我们的条件，那我们该怎么办？"

"主动权在我们手中，我们已经渡过了米勒维耶河，没有任何东西能够阻止我们找寻除盖尔布斯通道外的其他出路。我们所见到的一切都证明他们是信守诺言的。伊本·萨利姆投降后，比若同意了他所有的条件。我们将越过障碍，活下来的人就去南方继续和他的兄弟们一起战斗。如果你们没有异议的话，我们就将这个提议告诉拉莫里西埃，看看他怎么回复。"

"谁有和埃米尔不同的看法吗？"

仆人举着油灯靠近埃米尔。埃米尔试图写完这封信，但雨势太大，无法在不沾湿的情况下写任何东西。连埃米尔避雨的那片树丛也无法完全遮盖他。大风吹起斗篷，一会儿将它抛到了前面，一会儿又让它拍打在肩上、脸上。埃米尔艰难地在信纸上盖了印章，然后选了两个可靠的信使与伊兹纳辛部族的穆哈一起将信件和投降的条件送给不远处的伊本·胡威亚阿迦。

等到伊兹纳辛部族的穆哈和两个使者像荒野中的狼群一般消失在高山深处后，所有的人向支持他们的部落进发，准备告诉部落他们所做的决定。

埃米尔的军队，或者说剩下的人在布提虚什·伊兹纳辛角这个安全的地方过夜，在那里还有300多位被打败的部落首领等着他们。他们等着埃米尔，希望能与他做交易，让他们变成埃米尔在西部的铠甲。这些人就是拒绝向阿卜杜·拉赫曼毛拉缴税的那批人。他们那一双双整夜未合、急切等待最新消息的双眼流露着异常的痛苦。他们中有许多人背着大家偷偷哭泣，却假装是雨水落满了他们的脸庞。

"素丹，希望你暂缓安排，我们会集合军队帮你夺回被夺走的领土。我们绝不会让你孤身一人，我们对你寄予厚望。你不能用这样无望的方式结束这一切。"

"这是真主的安排，我们必须接受它。"

埃米尔努力用合适的言辞跟友好款待他们的哈姆扎·本·塔伊布·本·马希先生对话。

"众信士的长官，希望你不要相信那些法国人。如果你愿意和我们一起，我们会保护你不受摩洛哥素丹的伤害；如果你希望我们追随你一起去沙漠抵抗侵略者，我们也一定照做。但是请你不要向法国人投降，他们一定会幸灾乐祸。"

"我曾与法国人斗争，让他们的生活一片黑暗。在遭遇亲人背叛时，我向摩洛哥素丹求援，他却将我的头颅出卖给敌人。今天，我再也没有东西可以奉献给这片土地了，我已经耗尽了。15年的折磨让我放弃了太多，对于素丹之位，我毫不留恋，我不再是昨日的我。"

"主公，如果你怀疑他们的信用，主动权仍在我们手中。"

"拉莫里西埃就和其他的法国军官一样，如果我们求和，他一定会信守诺言。最有利的情况是我们有了保障，就仍然有可能走出困境。如果他们拒绝我们的要求，我们就从他们中间杀出一条路来。黑暗和熟悉路线都能成为我们的向导。"

"穆斯塔法先生已经投降，和他一起的人们也做了同样的事情。我们收到消息，拉莫里西埃已经宽恕他，并对他实行了当年比若在部落山区对伊本·萨利姆实行的政策。我相信我们也在走向同样的道路。"

"如果能够得到比若的契约，那我闭着眼睛就能同意。他虽然冷酷无情，却言出必行。他的军事品格决定了他不能优柔寡断。但比若已经不在了，在丹吉尔打败素丹军队的奥马勒公爵取代了他的位置。无论如何，我的孩子，一个战士在任何情况下都不能向他的敌人投降以换取有利条件。以你一贯的坚持，你应该意识到有一种隐形的力量正阻止你轻易地投降，即便你现在只是有投降的想法。如果你赤裸地走到他面前，你就成为了一个失败者，而他会让你更加一丝不挂；你也可以为自己穿戴上尊严，绝不接受任何卑微的怜悯。"

一直保持沉默的古杜尔·本·阿拉勒插话道：

"主公，我感到非常悲伤。我很害怕这些基督徒，他们侵略了这片任何寻求宽恕的人们都从未入侵过的土地。我无法相信他们。对于任何反抗或者违背他们的人，他们不是驱逐，就是赶尽杀绝，让他脑袋搬家。"

"你认为你的担忧不是我的疑虑？"

"我懂，但是没有其他办法吗？难道不能逃走或者至少像部落长老提议的那样报仇雪恨？我们抗击了素丹的 5000 麦赫赞军队，并且平安地逃脱，还将大营拯救出来。"

"我们又付出了怎样的代价？从 12 月 11 日那晚至今，我们的骑兵和步兵还剩多少？"

古杜尔·本·阿拉勒没有再说一句话，但他的手还未来得及擦拭，眼泪就不受控制地落了下来，划过他那张稚嫩却又饱经烈日和冰霜的脸庞。埃米尔轻柔地抚摸着他的头：

"古杜尔，我的孩子，时代改变了。宝剑和勇气已经不足以支撑一切，我们需要一些我至今都没有弄明白的东西。或许这种力量已经从我们这里转移到敌人那里，因为他们知道怎么利用它。你看看我们还剩什么？当然，我们可以带着这个由追随者和病弱者组成的队伍一起逃走，我们还有英勇无畏而又足智多谋的骑士们，他们能帮我们逃离敌人的毒手，我非常熟悉去南方大部落的道路。你不认为我们还有很多的小麦和牛奶吧？我能骑着马到达我小时候和已过世的父亲一起朝觐的圣城。但是我的母亲呢？妇女们呢？那些一生忠诚的仆从的孩子们呢？老人们，一直追随我们的伤兵们，还有落在敌人手中的人呢？他们的命运会怎么样？古杜尔，我的孩子，我将这个问题留给你回答，你在年轻人中也算是一个有见识的人。"

　　古杜尔深吸一口气，将脸埋在双手之间，这样他可以暂时忘记自己很快就会落到敌人手中的事实。他坚持与敌人斗争，因为敌人杀害了他的亲人，他们偷走了穆巴拉克·本·阿拉勒先生的头颅，并将之悬挂在米利亚纳城的城门上，恐吓城内的居民，从精神上击溃他们。他痛苦地呻吟着，好像有人用匕首划破他的胸膛，然后将它的灵魂遗弃在黑暗的灾难中：

　　"无能为力，只靠真主！主啊，请赐予我艾优卜①的坚忍，让我在面对自己和他人的真理时不再愚昧无知。"

　　冷酷的冬天造访西部的大地。人们知道冬天来了，因为初

---

　　①　艾优卜：伊斯兰教中的先知，相当于《旧约》中的约伯，是伊斯兰教中坚毅忍耐、百折不挠的信仰坚定的典范。据传，魔鬼对艾优卜虔诚拜主极为仇恨，遂多次施加迫害，使其倾家荡产，儿女夭亡，身长毒疮，备受折磨，试图动摇艾优卜对安拉的信仰，但艾优卜始终坚定不移，赞美安拉，并最终在安拉的神迹中恢复往日的幸福。(译者注)

雨冷若冰霜，带来了刺骨的寒冷。倾盆大雨整晚都不停歇，狂风也越发猛烈，似乎每次刮起来，都要把树木连根拔起。

蒙托邦上校①听到树林里发出不同寻常的沙沙声，好像那里有一个人在尝试从小径穿行而过。他努力坚信自己只和一个守夜人一起，穿过树林。他拨开低矮的灌木丛，确定没有什么东西躲藏在其中，哪怕是一只野兔想要从高大的植物围起来的禁锢之中逃脱。

"啊，如果没有战争，这里的兔子会找到猎人的。"

蒙托邦上校面对他的长官拉莫里西埃说道，后者的双眼正盯着狂风吹动的所有事物。每当军团要在山中前进的时候，这狂风就愈发猛烈。

"上校啊，我们面前有另外一只兔子，更加危险，也更有难度。"

"这一次，它绝不会从我们手中逃脱，所有的通路都已经关闭了。"

麦克马洪上校②回答道。他认为带领步兵们到达渡口——直接通向盖尔布斯，以便于所有的军队都去支援那里的队伍——并没有太大的困难。

拉莫里西埃对这个地区了如指掌，即使是黑暗里也能认得出来。当先锋部队到达制高点的时候，他便凭借敏锐的洞察力和记忆力侦查了这片地方。广阔的平原，在他看来也不过是四周由高地包围的地段，这些高地的尽头是赞德勒山和埃姆希尔

①　-Le colonel Mantauban.（原注）
②　-Le colonel Mac-Mahon.（原注）

343

达海岸的山脉。拉莫里西埃深吸了一口气，在黑暗中极目远眺，感觉似乎埃姆希尔达山脉近在咫尺，不再那么遥远了。

"我们不可能比得过他的。也许对我们来说难以找到出路，高地虽多，但他十分清楚他们的情况，而根据我们掌握的情况，盖尔布斯隘口最后会关闭。乌季达首领的准确任务是从那里经过。我们应该断了他所有可能的通路，以免他再次从我们这里逃跑。"

"他现在也许在伊兹纳辛部落，准备向南方开进。他唯一的困难就是渡过米勒维耶河，摩洛哥素丹的所有计划都失败了。在放弃了大营的一大部分以后，他现在变得越发迅速和敏捷了。"

蒙托邦上校说道，手上拿着橄榄果。他粗糙的鞋子上裹满了泥巴，沉重得快穿不住了。

包围的过程并不是偶然的。塔里法平原、西迪·易卜拉欣平原、埃姆希尔达山、马纳希卜山和基斯河谷是半封闭的状态，而盖尔布斯隘口则完全封闭了。拉莫里西埃这一方的骑兵、步兵和炮兵共 5000 多人占领了所有的地方，以应对可能的突发事件。法国的军队没法跨过它所不熟悉的西部土地。它期待着从乌季达首领那里传来的有关埃米尔的消息，乌季达首领在埃米尔卸去崇高的职务之后，使用了各种各样的方法追踪查找有关他的消息。

拉莫里西埃一直在期待指挥官巴泽①带来的消息，希望他在乌季达首领的陪同下再次来访。

---

① -Le commandant Bazer. （原注）

"阁下，乌季达首领的使者想见您。他之前落到伊兹纳辛部落手里了，但他设法艰难地逃了出来，他确定埃米尔已经渡过了米勒维耶河，现在正向撒哈拉沙漠前进。看来，首领关于埃米尔会取道盖尔布斯的猜测是正确的。"

"那是一定的。"拉莫里西埃说道，"他现在正走向那些对他翘首以盼的拥护者部落，或已经到那里了。这些部落都痛恨素丹对他们的打压。自埃米尔从西方开始行进时，他们就归顺于他、拒绝承认素丹了，甚至有些人已经向埃米尔宣誓服从他的命令。他与他们之间有着复杂的传奇性的部落联系。他们认为他是先知的后代，有神力相助，他们为他的胜利撰写传奇故事。"

埃米尔在西迪·易卜拉欣的最后一场战役中大败法国军队的时候，很多人都说他们看到他赤裸胸膛穿过敌人阵营，血从他的四肢流淌下来，只有西迪·易卜拉欣与他同在。他的四周有一圈让人无法直视的光晕，他向法国基督徒扬起沙尘使其跌倒，他清除了他们的马匹，消灭了他们，树木、岩石告诉他它们的后面也躲藏了一些人，他便将他们关押了。这些故事通过小清真寺、市场、参观和战争，迅速地传播开来。他渡过米勒维耶河的事情，据说也在同一天的晚上。在这之前发生了一件奇怪的事情，太阳从西方升起，启示埃米尔会有令人生厌的事情发生。中午的时候天空开始电闪雷鸣，埃米尔知道有一件大事在等待着他的骑士和军队。他们的人数原本很少却不断增加，而敌人的数目原本不计其数，却变得不值一提。据说，一场大雨落在（摩洛哥）素丹的士兵身上，如狂风般把他们消灭了。据说，埃米尔发现自己被围困于米勒维耶河，真主便派遣了长着翅膀的众天使来救助他与他的大营，使他们远离毁灭。天使让阿古纳王储和他的兄弟苏莱曼看不见东西。也正是天使派出了阿巴比尔火鸟①，在素丹的士兵中点燃了火。很多人只是听说而并没有看到。协助埃米尔征集人力变得十分关键，否则埃米尔会把自己交由基督徒处置，那样的话，众穆斯林将会付出惨痛的代价，正如犹太人将耶稣基督交由罗马人处死时付出的沉重代价。很多部落民众等待着埃米尔的经过，那些开始与素丹、法国人同流合污的部落首领开始退缩了，心中充满了担心与不安。

在监管这个地区的部落人的视线之外，拉莫里西埃的军队有秩序而又秘密地完成分配。大型火炮安置在了易于控制且视野较好的地方，大部分的步兵在低洼地带，俯瞰盖尔布斯。

"我们应该知道，我们正在与埃米尔竞赛。他肯定在离我们不远的地方。又或者，他现在正和伊兹纳辛部落、塔里法部落、埃姆希尔达部落的首领们喝着咖啡。但是我们一点都不能疏忽，否则一切将会化为乌有。"

拉莫里西埃说道，他试图在所有可能的地方继续着他的搜寻。

"我们很难发现埃米尔，因为他知道自己在我们的监控之下而常常在夜间行动。我们最好放弃寻找他，转而守住盖尔布斯隘口，做好周密的守卫。"

---

① 阿拉伯传说中的神鸟，相当于中国传说中的凤凰。因其全身都是火红色的，远远看去就像一团火，故名"火鸟"。传说当太阳照在沉积 600 年的香木上引燃时，火鸟就会投身熊熊烈火中，燃烧自己，并生出小火鸟，象征着复活，故又名"不死鸟"。

"我们向前行进一点，或许我们已经挡住他的去路了，要知道密探散布在各个地方，他是插翅难飞了。"

拉莫里西埃带着一个小分队向摩洛哥边境挺近，试图潜入伊兹纳辛部落的山林。突然听到从不远处传来子弹射击的声音，他知道这是为把埃米尔与其同行者引向陷阱所做的另一次尝试，但是埃米尔并未现身，视野之中什么都没有，以至于拉莫里西埃开始怀疑了。为什么埃米尔没有取道摩洛哥的山路，跑向大南方？这个假设想的有点远，但却是可能的。

时针沉重地走向了凌晨三点钟的位置。寒冷和马嘶声从远处传来，与那此起彼伏的枪声一起淹没在四周的山脉之中。拉莫里西埃仔细地倾听着，让所有部下停下来辨别方位。

他命令蒙托邦上校选取埃米尔大营行军的路线——他们会在渡过基斯河谷之后取道马纳希卜，如此一来，即便是大雨倾盆也不会耽搁他们的前进。同时，派出麦克马洪上校，在第九军团的协助下，守卫住西迪·布吉南的所有井口，以防止埃米尔从那里经过，这是他极有可能路过的重要地点，因为他急需用水。

伊本·胡威亚，这一次他好像带回了不同寻常的消息，因此并没有请求拉莫里西埃的接见。伊本·胡威亚的身边陪着的两个男人，是埃米尔身边最亲近的人。

当他们与拉莫里西埃面对面站着的时候，其中年长的人说道：

"素丹要求你们保证他与随行者的安全，这样他们就会投降。"

在伊本·胡威亚身边年长的人说完，拉莫里西埃的双眼中闪过一道不可名状的锐利的光，所有的疲惫和怀疑都消失了，他很好地隐藏了自己的惊讶。

"埃米尔给了你什么可以让我们相信你的东西吗？"

"我这里有一封埃米尔盖章的信。很遗憾由于狂风暴雨的原因，他没能在短时间内好好写信。"拉莫里西埃觉得埃米尔的日子没有多少天了，他很快就会投降的。只是他的情况并不比埃米尔的情况好多少，因为没有纸张、笔和印章——它们落在军营里了，而雨这么大，不知道什么时候才能停。

"请向他问好。告诉他，我除了武器什么也没有带在身边，我会将我唯一的证明——我的剑交给你们，以此表达我们保证你们安全的决心。"

他勇猛地拔出剑，好像要准备战斗一样，然后对着他的军官巴泽喊道：

"巴泽，把你的印章递给我。"

后者从布制的剑鞘里拿出印章，毫不犹豫地交给了他。拉莫里西埃转身对着站在原处的伊本·胡威亚和埃米尔的使者说道：

"为了更多的安全，请将我的剑转交给他——在他之前我从未将它给过任何人，还有我的助手巴泽的印章，我方保证他及其随行者的安全。"

两个使者在伊本·胡威亚的陪伴下启程回到埃米尔身边。

拉莫里西埃面向他的军营爬上盖尔布斯的上方。他已经非常疲惫却又感到非常高兴，尽管他时不时地为疑惑所困扰。他非常清楚埃米尔如何能够摆脱绝望的境地。时间已经过了早上五点钟。他一直在那里等待回复。

拉莫里西埃刚刚和军官们休息了一会儿，伊本·胡威亚就同两位使者一起回来了，手里除了拉莫里西埃的剑、巴泽的印章以外，还拿着一封信。此时，太阳已经从高高的埃姆希尔达山后升起来了。

拉莫里西埃紧张地打开信，他几乎不相信埃米尔已经落到了如此境地之中——他常常像面团里的头发丝儿一样摆脱死亡之困境，而如今他却要寻求确切的允诺。从信的字迹来看，这封信出于埃米尔手下的哈里发伊本·塔哈米之手。

"他要求贵方写一封信，信中需要表明贵方确切的允诺。"

伊本·胡威亚说道，他很高兴成为长期生命旅程中最后一个环节的中间人，如此便使得传奇失去了它的神秘性，变成人们在民间市场中讲述的简单故事。

拉莫里西埃让人叫来特来姆森的首领哈米德·萨格勒，请他回复埃米尔，让埃米尔放心，并带去拉莫里西埃一字一句口述的保护信：

以我国国王儿子的授权，我允诺你所要求的安全，并允许你从加扎瓦特①清真寺转移到你在信中所要求的亚历山大或是阿卡②，绝不会将你领到你的信中没有提到的其他地方……

随后，他在巴泽的陪同下回到帐篷，要求警卫除非是极为特殊的情况，不要来打扰他。现在他相信埃米尔一定是想投

---

① 阿尔及利亚特来姆森省的一座城市。（译者注）
② 巴勒斯坦西北部的海港城市。（译者注）

降了，剩下的仅仅是时间的问题了。他有好多问题想要问巴泽，想知道他对于现在发生的事情有什么看法。但他更想先致信阿尔及利亚总督、法国王储奥马勒公爵，说明自己已经做的事情：

傍晚时我见到的人告诉了我阿卜杜·卡迪尔所在地的情况，清楚地显现出他的军队在当晚射击事件发生后混乱无序的状态。我掌握了这些矛盾的信息以后，开始起草这封信。这时伊本·胡威亚在埃米尔两位使者的陪同下来到我这里。他带着我的剑和巴泽指挥官的印章，还有埃米尔的女婿穆斯塔法·本·塔哈米所写的信。信后附有此信的译文及我的答复。我要求自己向阿卜杜·卡迪尔做出这样的承诺，我坚信您的崇高地位，相信政府会同意这些承诺，那么埃米尔也会相信我给他的保证。

一片沉默，天空荒芜如同死亡。

没有一个人说话。

这一天，是 9 月 23 日，不同于以往。它让之前的年份都变得无足轻重，充满着通常超越死亡的沉寂、困惑与恐惧。所有的日子都如同人们的悲伤和失望。沉寂围绕着坐落在小高原上的西迪·易卜拉欣的墓地——它的四周满是芦苇和石榴树；飘荡在河谷之上，每当游客们拜访墓地的时候都会在那里沐浴。雨已经停歇了，风依然很大，一丝光线潜入到广场上的树木之间，照在那些历经多次战役而饥饿疲惫的面孔上。

蒙托邦上校带领 500 军马向埃米尔鞠躬致敬，然后命令军队为埃米尔及其将士让出一条路来。埃米尔向他行了军礼，然后走向西迪·易卜拉欣清真寺，如他渴望的那样在那里做了最后的礼拜。他向所有陪同他的人致歉，然后从他的黑马上跳下来——那马歪头长嘶一声，立起前腿便不动了。他把剑交给了身边的人。在低矮的门口弯腰，进入那忠实守护者的墓地。他手下的哈里发穆斯塔法·本·塔哈米和军官古杜尔·本·阿拉勒紧随其后，后者已经熄灭了心中燃烧着的怒火，他在四周的面孔上读到了疼痛。

埃米尔站在众人的最前头，没有回头看，开始做礼拜，屈膝拜了两拜，他稍稍坐了起来，举起双手，暗暗低语。心中又燃起了最后的火焰。感到一股强烈的疼痛爬上了他的腿直到后背。他撩起披风，尽管右腿上缠了一块棉布，可伤口上还在淌血，那是渡过米勒维耶河时留下的。他想要抬头看天空，可是做不到。他闭上了双眼，祈求宽恕，然后站了起来。一群将领紧随其后，一字排开。他们登上长靴，穿上披风，然后骑上战马走在法国军队之间，陪同他们的是带他们去加扎瓦特岩石清真寺的军队，那里离等待与他们见面的法国王储奥马勒公爵的所在地不远了。

他们的头顶上，一群热爱展翅翱翔的鸟儿飞过，它们似乎是在与风竞赛，想要寻找更多温暖而更少悲伤的土地。

埃米尔转向盯着鸟儿看的将领古杜尔·本·阿拉勒说：

"古杜尔，你也看到了，当神圣之门关闭，鸟儿也会迁徙。你的青春与岁月会帮你忘却你的悲伤与烦恼，天地间仍有宽阔之地让你用自己希望的方式为祖国大地做贡献。"

"是的，信士们的长官，我的心里非常痛。可是鸟儿的上面只有天空，下面只有土地，而我们呢……抱歉，我还没有想清楚，我的思绪很乱。失败是多么苦涩。"

埃米尔想说"我们并没有失败"，但没有说出口。他回头看了看四周像蛇一样蜿蜒前行的队伍，其中不乏一些新的面孔。那队伍有些远，却秩序井然、安静地前进着。埃米尔想起了泰克达迈特，而如今那也不过是南柯一梦了。

"孩子，你说得对，没有什么可以同自由相媲美。但有的时候，命运比所有的意愿都强。选择流放而非认输，我们并不是第一个，它会长久地留在我们的记忆中。"

"众信士的长官，牺牲并不是失败，而是给后来者的警戒和教训。"

"牺牲并非我们所愿，它是真主给予的资格，给予那些想要它的人。这一次，不是我们的运气。很多次我们面临死亡之境，却还是努力地活了下来。如此，我们应该感谢真主，感谢他赠予我们新的生命。"

古杜尔·本·阿拉勒不知如何回复埃米尔，只是打量着队伍穿越他们在西迪·易卜拉欣的最后一场战役中走过的山脉与其他地方，心中充满了无限的沮丧。

群山迅速地向后撤去，一个接着一个。

埃米尔打量着群山，目光穿透了尘土、树木和那突然失去温暖的天空。他想起了通过一个又一个坡地的瞬间，那与大家同甘共苦的瞬间。痛楚与无言传到了他的内心深处。他突然感觉到一种强烈的孤独，尽管他的四周满是部队，其中不乏他认识的人：穆阿斯凯尔的前哈里发穆斯塔法·本·塔哈米，泰克达迈特的首领阿卜杜·卡迪尔·本·哈里格，牺牲于盐沼的西迪·穆巴拉克的孙子、率领大营奔向摩洛哥大地的古杜尔·本·阿拉勒，在西迪易卜拉欣迎接他们的前特来姆森首领西迪·艾哈迈德·萨格勒，为艰难的谈判做出贡献的将领本·胡威亚，若没有他以项上人头向诸部落担保不会发生不利于埃米尔的事情，原本就很艰难的协商有可能会因失败而烟消云散，他给出了所有可能的保证，才让埃米尔能够同那些不能忍受埃米尔投降的部落首领们一起磋商，他的那些保证既有书面的，也有口头的：

"生命如同短暂一日，死不足惜。在我们之前经历过人生考验的先辈是这么说的。我向法国人表达了我的立场，他们同意了我们提出的要求。我会向真主请命，请他保佑我们。"

人们对于眼前发生的事情仍然充满疑惑，没有谁能够完全相信眼前发生的事情。所有的面孔都如同死人的面孔一样冰冷，那是在送别最终走向未知的埃米尔。

树木，小鸟，狂风，全都停止了发声，一片静默。

队伍走向了岩石清真寺。同一天的傍晚，奥马勒公爵和拉莫里西埃也抵达了这里，还有翻译鲁索①。他们看望了埃米尔，他正在小小的岩石清真寺里，坐在不停地冒着烟雾的油灯下。微弱的灯光下，他看起来憔悴、发黑，脸上的皱纹变深了，曾经认真修理的胡须也变长了，胡乱地长在脸上，吞噬了他原有的奕奕神采。

埃米尔想要站起来向他们问好，拉莫里西埃摆摆手示意他坐在原处，不要为难自己，然后便同奥马勒公爵一起坐在他

---

① -Rousseau.（原法文注）

旁边。

"欢迎你啊，素丹，"奥马勒公爵说道，他在没话找话，"希望所有的一切都还好，并如你所愿。"

"赞美真主，殿下。您及您的将士所希望发生的事情已经发生了，我们已经没有素丹了，这是真主希望我们做的。"

很长一段时间的沉默之后，奥马勒公爵说：

"拉莫里西埃将军将您同他之间发生的事情已经告诉过我。他给了您保证，您不会关押在我们这里，将被送往亚历山大或者阿卡。我同意这一允诺，也赞赏您的智慧。如上帝所愿，所有事情都按照大家希望的那样进行吧。但您也知道，我们得等国王及他的大臣们同意并实施我们三人之间的协议。这就只是时间问题了。"

"愿真主保佑！"

那天晚上，埃米尔并没有说很多话，只是一直待在小清真寺里诵读《古兰经》，沉默低语。直到马坦普雷①上校带着医生来为他检查受伤的右腿。医生在上面抹了一些粉末和药膏，再用白色的纱布将其包裹，以免其腐烂。二人在向埃米尔表示打扰的歉意之后便离开了。

周围的墙是封闭的，只听到大海的呼啸声和木船靠岸时发出的声音，这些船都停靠在埃米尔被关押处的附近。那天晚上，他在小清真寺里，倚靠着小小的石头，不同以往的是，很早就睡着了。深夜里，唯一的油灯燃尽了油，整个屋子陷入了黑暗。在那个冬日的夜晚，他只听到军队的步伐声、汽车往来

---

① -Martimprey.（原法文注）

的声音不断传到他的耳朵里。海浪冲击着靠近床一侧的墙壁上，好像在毫无怜悯、野蛮地击打着他的头部和身体，就像数只无礼的手一样。

早上，他穿上了原有的衣服，白色的编织衫和咖啡色的披风，然后唤他的侍从把他的黑马牵过来。他抚摸着马儿的后背，转头对他的妹夫本·塔哈米说：

"人类会背叛，但是马永远不会放弃他的主人。它多次从死亡之境中将我救出，而如今我却不得不将它留在这大海边上。"

"如果您想带它去亚历山大或者阿卡，法国人也不会阻止的，这是拉莫里西埃和他们的大人物允诺的。"

"不，穆斯塔法先生，如果我们想忘记深深的伤痛，就必须摆脱所有可能使其复苏的事物。时钟停止的时候，一切就结束了。我们不能延长时间，哪怕是一秒都不行，我们的时钟已经停在了这个海岸。"

稍早之前，翻译鲁索和一批军官就进来了。他告诉埃米尔所有安排已经准备就绪，大家都在港口等他。

"素丹阁下，尊敬的奥马勒公爵和众军事将领已经在等待着向您告别了，他们将正式宣布终止战争，我们即将步入新的纪元——愿它保持长久。"

埃米尔穿过人群，向奥马勒公爵和众军事将领走去，他们站在列队中央向他致意。

他独自一人向那边走去。在他看来，路程似乎很长，好像他正在走过笔直的路，他紧了紧身上的披风，不至于被早上开始变大的风吹动。他的身后，两个侍从牵着他的那匹黑马。他在靠近法国王储的地方停下来，后者领首示意后抬起头，与埃米尔面对着面，他那蓝色的双眼中闪烁着 15 年来的反抗，仿佛只是电闪一瞬间。他那犹如从大海的颜色中攫取的沉静目光中，映出了因风吹而歪斜的树。埃米尔伸出右手，从两个侍从那里拿过马儿的缰绳，转向奥马勒公爵说：

"我将我最珍贵的、也是我的双手最后拥有过的东西送给你。这是我最后骑过的战马，我对它有着特殊的情感。希望它能带你走向平安和幸福。"

"我会接受它，以此作为您在战争中成功的保证，也作为我们忘记过去的象征。"

仪式过后，埃米尔和他的随行者来到预定的地方等待远行。

在埃米尔的命令和法国当局的同意之下，艾哈迈德·萨格勒将骆驼、骡子、马匹和其他一些大营的财物卖给了港口的拥有者。所有的财物并不只是他的，他需要脱手其中一些，以便在临行之时补偿那些以前跟随过他的人。4000 法郎加上拉莫里西埃给的 6000 法郎，正好凑齐了 10000 法郎。而埃米尔给了他最后的几把剑作为礼物，表示对他的尊敬。

下午的时候，所有人都登上了船只，埃米尔及其随从，他的母亲拉莱·扎赫拉和他的妻子们：海拉、爱莎、穆巴拉卡，他的哈里发们和那些留下来的选择同他一起去流放地的将领。奥马勒公爵和拉莫里西埃也同他们一起登上了索隆号①船，带他们去奥兰的大码头，阿斯莫德号正在那里等待他们②。

---

① -Solon.（原法文注）
② -Asmodée.（原法文注）

第三章　道路与死亡

船坞（3）

　　马耳他渔民把手伸向让·莫贝，把他朝船坞方向拉了拉。咖啡馆离他们上岸的地方不远。让穿上衣服。岸边上开始有了动静。

　　"可惜呀，路程太短，还没讲完关于迪皮什大主教的故事就靠岸了。我觉得关于这位好人的种种传闻很多。"

　　"这片土地会永远记住这位大好人的面容。大主教和埃米尔是一枚硬币的两个面，两者的结局都是被流放或离群索居。大主教回到了他喜欢的地方，我也希望埃米尔有一天能在这片土地上找到自己的归宿。这片土地曾经给他以泥土，而他为之献出的则是自己的血肉。在我去教堂参加仪式之前，你想和我一起喝杯咖啡吗？"

　　"我本想请你喝杯咖啡，你却抢了先。"

　　马耳他人把船拴好。让·莫贝给他钱，他不要，却愿意随让到船坞斜坡那里喝杯咖啡。烘烤咖啡的香味夹杂着烤鱼味、霍姆斯豆酱味从远处飘来，从风化残败、充满喧闹的阿尔及尔港口飘来，商人、失业者、掮客、水烟商、贫穷的渔民、专职水手在码头上来来往往，络绎不绝。

马耳他人给自己拉了把椅子，又给让拉了一把。两人在海边不远的地方坐了下来。边上有些渔船。让摸摸头，像忘记什么似的，又摸摸脸，突然他感觉到自己已是满脸胡须，无端增添了一分苍老。他徒劳无益地试图重现迪皮什大主教在债主们的压力下被迫离开阿尔及尔那天的情景。这时，让看见有一家人走向轮船，每一个家庭成员都想在对方离去之前与他多待一会儿，恋恋不舍，因为去者也许一去不归。此时，让才明白其中的原委。这里的人们生活窘迫时便会离开这片土地，绝大部分情况下一去不回，尽管信誓旦旦一定会回来。

让看着马耳他渔民，似被他探查到深藏在自己内心的秘密，便说道：

"你知道吗？尘世有时并不公平。"

"我当然知道，从来就不公平，也无仁慈可言。若没有上帝降赐不期而至的仁慈，尘世简直就是无法忍受的地狱。"

马耳他人毫不犹豫地回答，像是一位深谙世事的长者。

"我们生活的世界并不总是给我们带来想要的东西。迪皮什大主教刚来阿尔及利亚时，曾决心改变它的面貌。"

"他的热情鼓励着他将清真寺改造成教堂或医院。这得罪了一些穆斯林，认为他不称职。但是他们也忘记不了大主教的好：他释放犯人，接济孤儿，帮助穷人。"

"大主教是个热心的人，在热忱中也干了不少对己、对人都不利的事。但自从认识了埃米尔以后，他大大改变了。比如，他东奔西走，为埃米尔及其侍卫寻找做礼拜的地方，让他们住进昂布瓦斯城堡。埃米尔回到阿尔及利亚也是大主教的功劳。他去找埃米尔时，本想让他皈依基督教，甚至想过有必要陪同埃米尔去罗马，把埃米尔介绍给罗马教皇，让罗马教皇为埃米尔施洗礼。但是，当他第二次从埃米尔那里出来时，越来越相信埃米尔做得对。他们俩通过各自的方式以同样的热情和意志在为人们服务，为上帝服务。"

马耳他人又回到了最初的话题上，询问让道：

"你不是要告诉我大主教出走阿尔及利亚的原委吧?"

"是的，由于他极度热情，又迟迟还不上债款，债主们强令他还债。显而易见，连他最愚钝的敌人都不可否认：他所做的一切都是为了孤儿、穷人，为了修缮阿尔及利亚的教堂。他突然发现自己运作的 16 家医院和 23 家疾病与饥饿救济所急需他去走访。另外，还有一些监狱、孤儿院、接纳无家可归者的教堂也在等待着他。拨给他的钱大大少于他的实际开支。在无人可任用的情况下，他得求许多牧师帮忙，最终发现自己陷入无法支付工资的尴尬境地。他开办了宗教和非宗教的学堂，却无力运作。他的梦想大大超过了他的能力。许多答应给他的款项都用在了战争中，甚至连布道机构①本来答应给阿尔及利亚教堂和牧师的专款都停止拨付。"

"奇怪，我无法理解，他们明明知道他急需这笔钱却还这么干。"

"更过分的是，1844 年马兹加兰地区民众集资建设礼拜堂

---

① L'oeuvre de la propagation de la foi. (原注)

时，迪皮什主教穷得只能捐马来筹资。项目没搞成，马也没还给他，而且还要求他上缴 600 法郎作为对受损方的赔偿。回应他请求的只有一句话：Fait accomapli！ ① 他发现自己陷入了一个牢笼。贪婪的债主不给他任何解决问题的机会。当政府拨给他一块 12000 平方米的土地时，他还琢磨着留一部分给艾卜亚尔企业，剩下的土地卖了去还巨债。但是他受到了政府的一些规章制度的限制。与买方签字的那天，国家物权部门的负责人来了，不许他进行土地买卖。在这种压力下，1845 年12 月 9 日他向罗马方面递交了辞呈，然后便独居塞塔维利苦修院 ②，希望悄悄地在离群索居中了此一生。如若没有多奈大主教 ③ 的介入，迪皮什大主教已经锒铛入狱了。多奈大主教请求所有他认识的宗教界人士和基金部部长站在迪皮什大主教一边，为他筹资，减少他的经济压力。当蒙特雷阿神父 ④ 访问巴黎受到路易·菲利普国王 ⑤ 接见时，神父向国王说明了迪皮什主教的境遇，国王答应帮助主教。可是国王写给迪皮什主教的信上说，很遗憾，教堂无法帮助迪皮什主教，倒是应该认真想想，去解决阿尔及利亚的乌舒菲什问题，因为这需要花去国库许多钱。就连蒙特雷阿神父也亲自去罗马总部劝说，仍然无济

---

① Fait accomapli！（原注）意为"事情已经过去了！"（译者注）

② Trappe.（原注）

③ 费迪南德·弗朗索瓦·奥古斯特·多奈（1795—1882），是出生在18 世纪的最后一位幸存的红衣主教。（译者注）

④ L'abbé Montréa.（原注）

⑤ 路易·菲利普，法国国王（Louis-Philippe of France，1773 年 10 月6 日—1850 年 8 月 26 日），1830—1848 在位。1830 年七月革命后，被资产阶级自由派等拥上王位。1848 年二月革命中，在无产阶级和中产阶级起义的压力下于 2 月 24 日逊位，后逃往英国。隐居和老死于英格兰。（译者注）

于事。最后，迪皮什大主教只好去找他的朋友德·维拉尔男爵 (Le Baron de Vilard)，在他那儿住了一段时间。迪皮什决意丢下所有事情离开阿尔及利亚。那天黎明，寒冷，多雾，走之前他留下了这么一句话，我至今记忆犹新：'我选择了我信任的亲朋好友们所建议的那条路，这是一条最痛苦的道路，即经过7个半月的犹豫和煎熬后离开阿尔及利亚本土。对于未竟的事业，我深表遗憾和痛心。我曾许诺过我的债主，一定会偿还欠他们的债务，哪怕是用尽最后一分钱。上帝佑助我吧！'接着，大主教说了这样一句话：'Mon cher Jean, je ne vous fais aucune proposition; mais je serais heureux si vous vouliez partager mon sort jusqu 'à la mart.'" [①]

"这是他在这片美丽而又苦难的土地上留下的最后一句话，离开的时候他两袖清风，将自己所有的一切都奉献给了这片土地。我能做的只有追随他辗转迁移，流亡他乡，直至死去。走的时候，他没有回头。也是在这样一个季节的清晨，那是1846年7月22日清晨，寒冷如夜，我们乘一叶小舟渡海来到穆斯塔法海边，搭上停泊在那里的轮船。当时陪同我们的是迪皮什大主教的两个挚友：蒙特雷阿神父和吉斯提勒神父 [②]。"

"命运真是奇巧！他出走了，而又在同一个月的几乎同一天回到这片土地。你选择他出走日的清晨将他的骨灰撒向大海。穆斯林们称他为穆拉比特（大隐士） [③]。因为，他们记住了

---

① 原文为法语，意为"我亲爱的让，我不向你提任何建议，如果你到死时都一直与我共命运的话，我便深感欣慰"。（译者注）

② Il s'agit des deux prêtres, deux aims dévoués de Monseigneur Dupuch: Montréa et Questel . （原注）

③ 伊斯兰教对那些苦行隐修、品德高尚、行善积德之人的称谓。

主教为他们所做的一切善事。"

"他的恩德超越宗教。"

让·莫贝喝完咖啡，向海边走去。海浪涌动，拍打着他俩坐着的海滩。泰晤士号游轮抛下了它的巨锚，停泊在岸边，开始迎接向它驶来的大小船只，准备装卸货物。

"明天同一时间，如果没有什么意外的话，我们将起航驶向马赛港①或土伦港②。只有上帝知道以后的事。至少，面对曾经救过我命的迪皮什大主教我问心无愧了。我已经履行了我的职责"。

"你为什么不留在这儿？这也是你的土地。"

"不，自从离开后，我不再认识它了。当我们在艰苦的环境下离开一块土地时，要么思念它，要么就从心底里厌恶它。我绝不会再回来，即便是波尔多。我想去的地方是我的农庄，那里有我的眷恋。年岁渐长，死之将至，鸟儿归巢，我的巢穴在那里。"

马耳他渔民点点头，什么也没说。他将目光投向大海远处。大海清澈如镜，海面上晨风轻拂，像精灵一般轻盈。此时，让·莫贝再次沉浸在迪皮什大主教慈祥的面容上，这张脸庞在水面上反射出的银光照耀下，更加光彩熠熠。强烈的光线使他闭上了眼睛。他让自己渐渐沉浸于自我的内心世界里，在颓丧和伤感的同时感到些许幸福的滋味。

---

① 马赛是法国第二大城市，位于地中海沿岸，是法国最大的商业港口，也是地中海最大的商业港口。(译者注)

② 土伦港是法国南部的一个重要港口，是一个良好的海军基地。(译者注)

第一节　奋斗的素丹

　　当主教迈着步伐，穿过宫殿高高的拱门走进客厅的时候，时针指向了早晨九点。他像往常一样低着头，看起来像个虔诚的佛教徒，十字架挂在胸前。当他抬起头时，看到了一幅自己的画像，画像被略微放大，镶在一个镀金的木制相框里。画像中的他髯须飘逸，十字架赫然挂在脖子上。当他正要询问的时候，埃米尔丢下等待他的客人，先开口道：

　　"欢迎我亲爱的兄弟，欢迎大隐士。"

　　"伟大的素丹啊，在您心中我如此尊贵吗？"

　　"你那张宽容的面庞已深深印刻在我们心里，绝不会被抹去。我们会因它的存在而深感欣慰。"

　　"我很高兴你们有如此美好的感受，希望我没有打扰你。"

　　"你知道我正在等你。"

　　埃米尔这次迎接的是一群特殊人物。他们中大部分人都是上流社会的女人。她们远道而来就是为了目睹这位男子汉。在残酷战争的岁月里，是他将她们的丈夫和家人从死亡线上拯救出来。迪皮什主教转身朝向我。我感觉他要责备我，因为我没有像往常一样，在他穿过大厅之前告知他，埃米尔正在忙着。还没等我给他解释，埃米尔便解释道：

　　"大主教，你不要担心，我跟让说过了我不忙。我不想让你等我，我和宾客们已经忙完了，稍等片刻我就与你交谈。"

　　"我不想打扰你和你的客人们。我可以先回去，然后再来找你。"

363

"没有打扰。你昨晚在这个大殿里睡得好吗?"

"埃米尔阁下,你是知道的,这个大殿中的任何一个小角落对我来说都足够了。有时我们就是在这样一个角落里搏斗,我们只需要一寸栖身之地。生活有时是残酷的,但是它值得我们给予它该有的重视。"

"主教,你说得很对。请吧,我们不讨论这些生活的奥秘了。"

"我担心耽误你会客了。"

"哪里,你的到来使我们深感荣幸。这儿的人对你并不陌生,你在他们心目中德高望重。请吧! 这些天,你是我们的客人,不要客气。你和让来了就是主人。你来之前我们正在探讨很多事情,比如,无与伦比的自由,失去土地引起的创伤。这些你是知道的。"

"善良的素丹啊,我知道,当一个人离开故土时,就好比他身上的皮被活生生地剥下来。我也曾有过你今日的经历。也许原因不同,但是悲痛却是一样的。另一方面,这些痛苦以及总在流血的伤口,一定会塑造我们,使我们变得坚强,以便面对苦难生活中的不公。"

"请坐。"

主教坐了下来,向来宾点头致意后,仔细倾听埃米尔讲话:

"Mesdames, Messieurs!"①

埃米尔转向一个之前与他交谈的妇女,说道:

---

① 原文为法语,意为"女士们,小姐们!"(译者注)

"我听着，你继续谈吧。"

"素丹，别让我的那个问题再打扰您了。您还是去接待您尊贵的客人吧，我不想再耽误您更多的时间。"

"没有打扰，我正洗耳恭听呢。"

"我认为您的婚姻出了大乱子。"

"请你说得清楚些，我不太明白。有人指控我在人际关系、婚姻关系方面过分拘谨，不像我的长辈们。"

此时埃米尔掩饰不住嘴角上流露出的羞怯笑容。

"那好，我就不拐弯抹角了。您为何要娶那么多女人呢？并非如我们文化中所规定的那样只娶一个。"

埃米尔再一次羞愧地笑了。他伸出手捋捋胡须，自信地回答那位女士的发问，脸上并未流露出她所想象的尴尬之情：

"你有关我们文化的说法表明，确实存在着风俗习惯、传统文化和民族特色。每个宗教因地域和教民的不同而独具特点。主教也同意我的观点，我和他就此问题已经讨论了很久，我很了解他的看法。任何宗教都蕴含着教民们的思想，深化着他们对追求完美的思渴。"

主教点点头表示同意，但并没有插话。此时，埃米尔继续回应那位女士的问话，她的问话与其说是为了满足自己的好奇心，不如说是为了让埃米尔感到尴尬。埃米尔继续说道：

"我善良的女士，我们公开地做你们私密里做的事情。男女之间有着一种特殊的令人心醉的魔力，无法抵挡。男人爱上女人可能因为她的明眸，或因为她的芳唇，或因为她的胴体，或因为她渊博的知识、奇特的想法和敞开的心扉。当我们找到

365

像你一样集所有这些优点于一身的佳丽时，就会只娶她为妻而绝不另觅他人，我们宁愿死在她的怀里。真主为男女创造了美，你们的宗教和我们的宗教都致力于教化人们处理好关系，而不是彼此疏远。还要我再多说吗？"

"谢谢您，先生，今天就讨论到这吧。你的话很好，令人信服。"

然后，她安静了下来，目光闪烁。她来找埃米尔就是为了提些使他尴尬的问题，现在已无话可说，双唇间悄悄浮现出一丝灿然的微笑。

当辩论结束时，她和边上的人站了起来，准备进入女宾厅。这位女宾是埃米尔的母亲拉莱·扎赫拉的客人。她经常招待很多前来想与埃米尔讨论各种问题的女性。大至政治，小至更加私密的问题！向埃米尔提问题的那位女士出去的时候，穆斯塔法·本·塔哈米走了进来，在他常坐的位置上坐了下来，靠近埃米尔以便准备记录整理。迪皮什主教坐在对面，眼里充满疑惑。

"主教，你在写给执政者的信中又添了新内容吗？"
埃米尔像往常那样问道。

"我准备今晚在宫里把信写完，但愿明天就将它寄出。这个信是封长篇辩词，等我完全收笔后会念给你听，也许你会添点新东西。我快要写完了，只是常常会辛苦我亲密的朋友让，他为我准备好一切休息和工作的条件，像照顾小孩一样照顾我。"

"先生，除了更多地尽责，我没有做什么。"
我嘟囔了一句，不再言语。

"主赐予你吉祥，主教。"

埃米尔继续说道：

"我想该说的我们都已经说了，你誓死捍卫我的事业，只有真主能奖赏你。我给你添了这么多辛劳和难题，你为我早起晚睡，你的恩德我无以回报。"

"我所做的一切只是出于人类良知。尽管如此，阁下，直到今天我也无法理解，法国人在履行自己许下的承诺时却犹犹豫豫；我也不明白，为什么我们在一个最能证明男子汉气概的地方——战场上——许下诺言，然后抛诸脑后。誓言很难，守信更难。责任摆在上帝和人们面前。一言既出，应该掷地有声。"

"我们说，说出的话像是发出的子弹，发出的子弹就不可能再回到枪膛。人和人不同，他们害怕我回去拿起武器。在战场上，我们不害怕自愿放下武器的人，却害怕因暴虐把武器当作权力和象征的人。我们不能面对这种情形。对于法国人，如果想要在那儿待下去，就应该摧毁这一标志，应该秉公执政。因为一个时代即将来临，每个人都知道这个时代的面貌，这个时代比我们已生活的时代更加激进，更加残酷，唯有安拉知道。选择一个让我们拿起武器为她付出生命的国家，不是一件容易的事。胜利可以用武力取得，但最强大、最凶猛的武器在不朽的精神面前无用武之地。"

"你起码可以给他们写封信，立个誓约，让他们放心。"

"我已经写好了，不知道这样写好不好。我告诉他们，我没有其他证据能证明我的好意。我若不是想投诚而是想继续战斗，今天我就不会来到这里。这个地方在今天看来与其说是宫殿，倒不如说更像监狱。我找他们纯粹出于自愿，这就是证明我出于善意的最好依据。你知道临时政府战争部长阿拉果①先生的答复吗？他说：'共和国没有看到自己与阿卜杜·卡迪尔缔结任何盟约，由此，我们按照他以前的身份——囚徒——来对待他。'你通晓这个国家经历的每个时代，法国人在非洲一贯认为自己的话就是真理的依据、荣耀的宪章。我感到奇怪的是，法国今天的所作所为简直就是在玩火，后果非常危险，以后再没有人相信它了。"

"真让人无地自容，说这种话的人最应该闭嘴。不该说这种羞辱自己也侮辱国家的蠢话。"

"我就不明白，确切地说我没法明白，难道这么大的国家竟然忘记自己的历史和它曾许下的诺言？难道他们没有法庭来倾听冤屈者的投诉？如果有，那么就请来他们所有的大学者，我愿前往赴会，凭借我的理由和权力与他们对簿公堂！先生啊，他们真是远远比不上那位失聪的穆斯林素丹，当人们问这位素丹为什么哭泣时，他说'我流泪是因为我再不能听见冤屈者的申诉。'"

"这让我想起拿破仑的故事。你知道他的事吧？他有过两次残酷的经历，残忍得让人内心流血，感到失望和悲伤。"

"我已经和好心的布瓦松内队长②交谈了很久。当我开

---

① Arago.（原注）多米尼克·弗朗索瓦·让·阿拉果，法国物理学家、天文学家、政治家。精于光学和电磁学实验。1786 年 2 月 26 日生于埃斯塔热勒，1853 年 10 月 2 日卒于巴黎。1830 年进入议会，1848 年二月革命后任临时政府海军和陆军部长，执委会主席。曾在阿尔及利亚居住 6 个月时间。（译者注）

② Capitaine Boissonnet.（原注）

始抵抗时，拿破仑的胆识和勇敢浮现在我脑海。我觉得英国人许诺给他优厚待遇后，暴虐已经降临在他头上。他给凯斯勋爵①发了一封抗议信，信中说：'我向苍天疾呼，向人们疾呼，我抗议对我实施的暴力，抗议对最神圣权利的侵犯。他们用武力囚禁我，剥夺我的自由。我自愿登上柏勒罗丰号舰艇（Bellérophon）②，我不是囚犯，是英国人的客人。我怀着良好的意愿登上舰艇，愿得到英国法律的庇护。我一登上舰艇，就走进了英国人民的家。英国政府如果命令舰长以这种方式迎接我和我的随从，那么它自己便陷入了进退维谷的境地。舰长践踏了荣耀，玷污了舰艇。'你看到了吗？拉莫里西埃将军不让人教我法语和法国史的决定没有用。我已从中收益颇多。任何人无论怎样使用武力，都无法遮盖光芒。"

迪皮什主教微笑着听完埃米尔的最后一句话，他不得不佩服埃米尔掌握如此详细的有关自己的信息。尽管遭受了多年流放之苦，但埃米尔看到了自己没有看见的事物。

"像拉莫里西埃将军这样的大人物不会以这句话为荣的。拿破仑上当了，直到死也没有停止疾呼：只有历史会告诉人们，有一个人，他完全出于自觉自愿，在孤绝的情况下，与英国人抗争了 20 年，要求受到英国法律的庇护。还有比这更确凿的证据证明他对英国的尊重和信任吗？这种大度换来的是什么结局？自首的时候被囚禁于礼宾处，像任何一个被抓的人一

---

① Lord Keith.（原注）

② 该舰艇以古希腊神话中的人物柏勒罗丰命名。柏勒罗丰是古希腊神话中的英雄，曾在雅典娜的帮助下驯服过飞马帕加索斯并立下许多功勋。（译者注）

样投入牢狱。埃米尔不是讲过:'一个人离开自己的土地,就像活活地忍受皮肤的灼烧?'"

"很明显,历史之于人类,无所作为。当人类亲近历史时,便生活于其中,感受于其中;当人类忘记了历史,犯着同样愚蠢的错误时,人与历史的裂痕就会加大,历史就像不曾发生过一样。执政者忘却历史便是暴君最大的弊病。"

"你的处境一目了然。一开始他们同意你所有的请求,他们绝没有理由不履行自己许下的诺言。"

"天平很快逆转,我们无法操控。现在,他们对我们疑窦重生,正确与否以后才能知晓。当我乘埃斯穆迪号离开卡比尔港口时,狂风大作,巨浪拍打着轮船的甲板。我悲伤、彷徨,满脑子都是无解的难题。绝望的那一刻,我本能地渴望真主把我带进天国,心中唯一放不下的事就是对不确定的未来深感忧虑,我必须说服自己一切都会好起来的。尽管一切事情在一开始就很明了,然而其用心不善,昭示着欺骗。否则,如何解释我们到达土伦港后的遭遇?我们直接到了拉马尔格城堡(Lamalgue),那是迎接我和我88个随从的最佳场所。他们把我团团围住,就像我是小偷或是人质。假若我在鏖战中受伤落马、举枪缴械,尚有战士伸手援助,待我以礼。他们说服我让我等待,直到和接受国达成协议。假若没有懂阿拉伯文的驻穆阿斯凯尔前领事杜马上校和布瓦松内队长(真主保佑他们)的陪伴,我已彻底绝望,周围的人也同我一起大失所望。我只能在空虚的时刻做礼拜,与母亲促膝长谈,教育我的儿子穆罕默德和毛希丁爱戴真主、积德从善,号召我的随从们更具耐心。尽管国王向我表明,会通过奥马勒公爵的军事助理博福特中校①来监督他儿子履行承诺，但是我没有收到令人兴奋的指示。国王的离开非但没有使事态发生任何转机，反而火上浇油。我的三个兄弟在我之前自首，当他们赶上我时，法军也羞辱了他们。当他们到达土伦港时，他们带着家眷徒步朝着拉马尔格城堡走了好长一段路程。你想象一下他们的情形：他们走过宪兵和夜间巡逻队之间的莱维斯桥时，后面紧追着一群谩骂、侮辱他们的好事者。他们加入我的队伍，就是为了同我一起到一个和平的国度，那里既没有针对我也没有针对他们的骗局。他们为什么要为了我的选择付出如此沉重的代价呢？有一天他们不再拿起武器，唯一的武器就是《古兰经》和念珠，没人倾听我们在说什么。再到了有一天，我们开始想着集体自杀，尽管那样做非真主所愿。我们没有想逃跑，但会集体死亡，我们的鲜血会淹没法国的荣耀，在它的额头上留下一个污点。你尝到了在流亡地的暴虐之苦，你也知道人们内心深处的隐痛。在如此残酷的情况下，我们仿佛处于一种失明状态，面前只有一团白雾，很像是一团巨大的棉团，越往里钻，越是白得令人失明。我们自问，那遥远的土地留给了我们什么呢？活人的面孔还是死人的面孔？最终他们都是一样的。因为在我们心里，他们虽死犹生。对他们的回忆刺痛着我们，使我们感到每每回忆起他们时，大家好像又汇聚一堂。你会对我说：这是'美丽的幻象'。就让它成为幻象吧，当我们走投无路时，依靠这个幻象还能有什么？我从这里出走本身已然成为幻象，一个我们需要借此来抵抗摆在面前的自杀念头的幻象。"

---

① Le lieutenant colonel Beaufort. （原注）

"自杀是残酷的，宗教本身不主张自杀。作为囚犯，你们能怎么做？难道自杀不是件轻而易举的事吗?"

"是的，很简单，我们想过，扑过去与看守们就地拼了，不是为了逃跑，因为我们没有足够的力气，只是想要一死了之。死只是在希望和失望间的一念之差而已。之后我们被带到了亨利四世宫，接下来的情况你已知道。我们在那里待了数日，开始习惯了那个地方，他们却把我们转移了，我不知道确切的原因。"

"他们说是为了重新修葺宫殿。"

"主教啊，你是明白人。这个理由难以置信。我的家眷每挪移一个地方，都感到越来越受侮辱。"

"我可以证明他们夸大其词，甚至强词夺理。12 月 1 日、2 日的会议纪要与我所见的完全相反。对此我不想再多说，我有许多令人伤心的细节要说。祝愿那些离开我们、今天没能回到这片土地的人们平安吧！"

"祝他们平安！我们来自于真主也将回归于真主！"

埃米尔的心中飘过一朵乌云。他记起了所有死去的亲人的面孔，从拉马尔格城堡到亨利四世宫再到昂布瓦斯城堡，都是因为疏忽、流亡的欺骗以及失去土地。他沉默了片刻，然后用力拥抱了沉默不语的迪皮什主教，后者一直陷在不知名状的内心空荡里。

站在门口，主教感到极度沮丧，因为他和他的随从就要离开此地，撇下冰冷而空旷的宫殿。埃米尔看着他说：

"你看到了吗？没有你，宫殿阴冷，毫无生机。"

"我们保持联系吧，互通书信。我希望你不要放弃，尽力而为。我听您的指挥。修女们和你们在一起，直到上帝化解你们的悲伤。"

"那么，你将要离开我们，时间过得飞快，和你在一起的时间总是短暂。快点回到我们身边吧，我还没与你待够呢。每一天我们都在倾听一个朋友的脚步友善地穿过大厅。你知道今天我们已在这片土地上埋葬了第25位死者。"

"你不是常说主的大地广阔无边吗？"

"它是很宽广，但是挤满了人，变得如同针眼那么小。"

主教走了出去，当他回头看时，已看不见埃米尔了，只看到他的影子消失在宫殿令人恐惧的空旷中。

我走在主教前面去牵上午就准备好的马车，主教坐上马车就命令出发。我们深更半夜时才回到家，他很疲惫。主教坐在他常坐的位置上，在写给拿破仑信的最后一行处添加了关于埃米尔的最新情况。他唯一想做的就是，写完信尽快将它发给法兰西共和国总统。一年多来，他感到身体越来越沉，他清楚地知道病魔已开始悄无声息、确定无疑地吞噬着他的肌体，如火一样灼烧着它。

"先生，您该休息了，"我对主教说，"以便明天更有精神。您日理万机，在埃米尔处居住的日子占用了您很多时间，耽误了不少工作，您需要休息片刻，才能应对明天一大早就要开始的工作。"

"我亲爱的让，你把我看老了，我依然能够背负重任。的确，我容易受寒，需要保暖，但我能够把信写完。这是我对上帝和埃米尔应尽的责任。"

主教的房子异常寒冷，如同坟墓。他在一些角落看到死神

373

像乌鸦般的眼睛正四处巡视着他。我把一些松枝和干燥的葡萄藤放进壁炉里，它很快烧了起来，屋子有了暖意，主教的身体也暖和起来。火焰在他杏仁般的眼睛中熠熠闪烁，他的双眼渐渐有了生气。他没有像往常一样要我给他拿杯花茶，但我却主动地递了上去。我把茶杯放在他边上时，他没有看我，他完全沉浸在埃米尔的叙述、一封封信件、许多报纸里所报道的种种细节中。他整理着那些充斥在他心里和记忆中以及从埃米尔沉痛的叙述中采集到的最新信息，以便从中整理出头绪。

"结局总是残酷而难以忍受的，你们坚持住·12月的严寒并等待诺言的落空吧。"

主教自言自语地说着，写下了自己对埃米尔此行接下来将经受考验的看法。

12月25日。

初冬的寒风吹动着大地，从昨晚开始就没有停过。寒风肆虐，带走了一个苦难、充满绝望的秋天残存的一切，洗涮了陆地、海洋中所有污秽。天空中阴云密布，像蛇一样扭曲着，继而降下倾盆大雨，落在遭受了夏日的酷暑和秋日的荡涤而疲惫不堪的大地上。甚至连乡村小小的欢愉都不给留下。

今天早上，寒风更猛了，它刮得埃斯穆迪号汽轮剧烈地摇晃。轮船打开舱门，船体勉强可以维持平衡。乘客们排起了笔直的长队等待着上船，船舱里装满了小麦、家禽、马匹，水手们也开始将后方仓库大铁门关闭。我们犹如置身于一个集市。

在完成了装载任务后，埃米尔的家人及随从、随从的家眷们被允许登船。他们是埃米尔家族的45位成员以及自愿选择陪伴埃米尔去流放地的 57 位随从。跟在他们后面的是奥马勒公爵的军事助理博福特中校① 和非洲军队的翻译罗素。他们登船后，轮船的所有大门和通道全部关闭了。

　　游轮看起来更像一座漂浮在海上的监狱。埃斯穆迪号上没有任何东西可以让人感到些许温存，就连船的汽笛声也犹如狼嚎，只能让埃米尔觉得狼群在紧紧追赶他们的足迹，就等人们躺倒在地，狼群就会像猛禽一般扑食尸体。埃米尔似乎看见狼的眼睛闪着磷光，从远处盯着他们的步履，有时人们从狼的嘴里争夺肉体。埃米尔听见游轮第三次鸣笛，发动机已经开足了马力，晃动得像台大磨盘。船起锚了，沉重的铁锚链条声清晰地撞击着他敏锐的听觉，铁锚从水中渐渐升起，最后放到了船中央，狠狠地砸在最底层的甲板上。

　　埃米尔坐在一个舱内的小隔间里。他望着大海，大海和水鸟向后退去，渐渐退出了视线。古杜尔·本·阿莱勒问他是否愿意起身走走，向奥兰告别。极目望去，可以看见奥兰的平原、海滩、西班牙式建筑，圣克鲁斯大楼从远处看去就像一只展翅欲飞的鸟儿。可是埃米尔表示他想休息一会儿，因为他不想看到奥兰消失在他的眼前，不想让这次航行成为他与奥兰的诀别。

　　"主公，那就随您吧。我不想给您带来负担，您是否需要其他的帮助？"

　　"不了，古杜尔先生。我们要有五天的路程。我感到这个世界就像个狗窝，世事艰难。我经常想起祖海尔·本·艾

────────────

① Le colonel Beaufort.（原注）

比·苏勒玛①的话，他说得对。活在世上的人真是可怜啊！我感到此行不会轻松。把我们和他们直接送到业历山大去不是更好吗？何必绕这个弯子？"

"他们说必须这样。别管了，事情总会有始有终。正如您说的那样，世界很大，总会有人出来集结离散的部落，缝合溃烂的伤口。"

"我们需要很长时间才能忘记这一切，我们的伤口才能愈合，才能相信发生的这一切。有时我很害怕面对一个问题，那就是流血有什么用？假若今天我们的亲人回来了，那么他们会毫不留情地用这样简单的问题清算我们：'你们对我们做了什么？'战友越来越少，数量不足10000人，后来更少了，七零八落地分散在埃姆希尔达山区、本尼·伊兹纳辛山区、塔里法盆地、赞德勒和西迪·布杰汗之间，最后只剩下这么一小部分了，没人愿意接受他们，他们走投无路。我的朋友啊，树就像鸟儿一样，站着死去。"

"众信士的长官，我们已竭尽全力。你不是也这么说吗？但是对手的实力太过强大了。真主是仁慈的。我们此刻应该要学着如何接受所处的现实。"

"真主让我们停止这一切，如果我们继续那么干，那等同于自杀。再说，领导一场连你的亲属都与你为敌的战争有什么意义？也许只是对武力的热衷引导他们进行了这次叛乱。面对

---

① 祖海尔·本·艾比·苏勒玛（502—609）：阿拉伯贾希利叶时期诗人。祖海尔的创作态度十分严谨，诗句都经过反复修改，长诗往往一年才完成，有"诗奴"之称。其代表作《悬诗》描写海利姆和哈里斯以3000匹骆驼结束一场旷日持久的战争的故事，表达了和平主义的理想，诗中一些格言、警句流传广泛。(译者注)

无望成功的突围，只能继续罹受苦难的人们，我们能做什么？看起来他们的绝望也传染了我们。"

"主公，其实我内心曾经责备过您。但是渐渐的，我感觉到了您的英明。我们无权违背真主的意愿。"

"你不需要说这种话，从我们接受失败的第一天起我就从你的眼神中读懂了这些。但是，我把它看作是你的尊严和奔放的青春。"

"主公，您这样说我很惭愧。在我们失望的时候，您宽慰我们，而我甚至在绝望的时候还那样狂妄自大。"

"别在意，不知什么时候真主就会赐福于人们。现在，我们应该计划一下在接下来一段时间里如何生活。似乎诸事都不太好办，与接受国取得联系需要很长一段时间。"

"主公，您可以跟他们商榷。"

"以后再说吧，现在我先休息一会儿。"

埃米尔向窗外望去，看着天空和大海。汹涌的海水拍打在船舷上。他再也看不见初登埃斯穆迪号扶梯时看见的那一群群海鸟了，它们飞翔着，消失在黑魆魆的地平线上；也再听不见他穿过船舱进入自己小隔间时听到的宣礼声了，只有层层浪花击打着船舷。

埃米尔后背倚靠着，打开了那本从不离手的书——《神示》①，当读到"孤独者"一节时，他停了下来：

---

① 《神示》是阿拉伯中世纪著名苏非哲学家、文学家艾布·哈彦·陶希迪（922—1023）的作品。该作品是作者写给一位无名氏的60封信，表达个人的诉苦和祈求，实际上是作者作为一名苏非信徒的精神私语，充满了内心的挣扎及对人性的思辨。（译者注）

你这个人啊……你在哪里？你这个身处家乡却长久感到落寞、无缘见到亲人的孤独者。你在哪里？你这个无家可归、居无定所的孤独者。静下来时，面容苍白，忧愁伤感，像是一个旧皮囊；开口时，害羞惭愧，结结巴巴；沉默时，彷徨无助，战战兢兢；靠近人们时，唯唯诺诺；远离人们时，谦和恭顺；在人们面前，卑微屈从；在人们背后，病病快快；要做事情时，颓废气馁；不做事情时，如临灾难；白日，因杂念丛生而面容憔悴；夜晚，因隐秘揭穿而郁郁寡欢；讲话时，恐惧害怕；闭口时，丧气无望；孤独者倦怠无力，萎靡不振，形容枯槁……有人说孤独者是受爱人冷落之人，而我说，孤独者是身处寂寞之人，是无根无系之人，是无权无利之人。如果此话不错，就让我们一起为这种过失和疏离而哭泣吧。

埃米尔打了一个盹，仿佛看到艾布·哈彦·陶希迪在剧痛中将其所有的书籍付之一炬，大火熊熊燃烧，艾布·哈彦·陶希迪坐在火堆前，如佛祖一般。他凝视着越烧越高的火苗，窜向浓烟遮蔽的天空。埃米尔再次转向舱内小窗子，它时不时因浪花汹涌而雾气弥漫。他想写些什么，但却什么也写不出来。埃米尔又打了一个盹，这次他看到陶希迪拿着一桶冷水倒在自己的头上来浇灭燃烧在内心的火焰，绝望的火焰。埃米尔在小睡中看见了梦中人看见的景象，一个阿拉伯人为了躲避太阳的炙烤在找寻一处藏身之地，骄阳灼烧着大地上的一切，驱散了他对奇妙和幽冥的思渴。

埃米尔闭上了眼睛，喃喃自语：为什么悲伤？难道不正是他自己选择了这条道路吗？他本可以自私地选择死亡，并带着

378

许多人同他一起在绝望的战争中赴死。这种战争若在阿拉伯骑士时代，他仍可以颂扬，而在新世纪到来的时候，骑士时代已然成为过去。战争成了他无法掌握的另一种语言。他原本可以拿起剑去搏击长空，与那些今天效忠于他、明天将背叛他的失败者拼杀。为什么悲伤？麦加①的大门已经敞开，它永恒的光芒照耀着一切，包括那颗破碎的心。他知道走什么样的路，当父亲引领他走上一条漫长旅途时，他已经踏上了这条路。

埃米尔仿佛看见了自己与父亲在一起的青春岁月，他正走在20年前父亲走过的道路上。他任凭风浪吹拂着自己，带着自己驶向亚历山大港，然后再驶向希贾兹。

埃米尔从睡梦中清醒，端坐起来，叫人把他的两个儿子毛希丁和穆罕默德唤来。埃米尔让他俩坐在自己的膝上。他想起了哈里发阿里的悲剧②及其亲属的受骗，仿佛看见被残忍的利剑砍倒在地的阿里，看到使许多头颅落地的叛乱，看到了死于非命的哈桑和侯赛因③。埃米尔无意识地喃喃自语道：

"今后会十分残酷，我们会越走越远，我们和他们之间的距离会越来越大，他们走了，我们年轻的翅膀被折断了。"

---

① 麦加是伊斯兰教的圣地，位于今沙特境内。每年的伊斯兰历9月，都有大量的穆斯林到麦加朝觐。（译者注）

② 全名为阿里·本·艾比·塔利布（约600年或602年—661年），伊斯兰教历史上的第四任哈里发（656—661年在位）。他是逊尼派所承认的最后一位"纯洁的哈里发"，也是什叶派唯一承认为合法的哈里发。他是伊斯兰教创立者穆罕默德的堂弟，也是他的女婿。在阿里执政后不久，爆发内战。在一次去清真寺礼拜的途中，阿里遭遇暗杀身亡。死后被葬在纳杰夫，后成为什叶派的圣地。（译者注）

③ 哈桑和侯赛因是阿里的两个儿子，均被叛乱势力残杀。后被什叶派奉为殉难者。每年的阿舒拉节上，各地的什叶派教徒都要重演他们受难的历程，以资纪念。（译者注）

在两个儿子的脑袋中间，埃米尔低下自己的头，试图不去看自己不愿意看到的一切，然而这是徒劳的。他本想无声地逃离这个封闭的、夺去他自由的地方，但是这个世界残酷得连他这个卑微的愿望都无法满足。

　　埃米尔感到两眼皮在打架，滑进了睡梦中。善良的女佣努拉进了屋，把两个孩子轻轻地从父亲胳膊中拉开来，像往常一样把《神示》放在皮书套里，就像保存黄金使其不受损一样。努拉对半醒半睡的穆罕默德说道：

　　"先生不喜欢把书裸放着，防止风尘对它的侵蚀。"

　　努拉踮着脚尖向边上的小隔间走去。她只有在紧急状况时才走进埃米尔的屋子，像个影子似的，谁也觉察不到她的存在。她像天使般做好她的事情，然后悄然走开。

　　大海上的夜幕早早地降临到了埃米尔的小隔间。埃米尔只看见物体斑驳的影子投射在灯光微弱的走廊上。

　　当大家再次被狼嚎般的汽笛声惊醒时，头脑中的疑惑越发强烈了。布瓦松内来到埃米尔的房间，告诉他，他和同伴们得准备一下，过一会儿埃斯穆迪号游轮就要靠岸抛锚了。凛冽的北风稍稍减弱了些，下船总好过令人疲惫的旅行。大家面色泛黄，有很多人无法忍受海上航行的劳顿，一路上呕吐不止。他们头脑中都盘旋着各种各样的疑问，但没有一个人能直面它。接下来的旅行会是怎样的？没人知道。尽管两位翻译人很好，但他们除了等待命令之外，也不知该做些什么。

　　"先生，希望你们这一路没有太辛苦。"

　　翻译罗素念叨着。

　　"没关系，没关系的。"

埃米尔对自己刚才的回答并不满意，对于身边发生的非常状况，他无法掩饰内心的困惑。于是又问道：

"我们要在土伦港待很久么？"

"先生，这我并不清楚，但是所有安排都是为了在那里迎接你们。法国国王和奥斯曼政府正在进行联系，事情一定会圆满结束，至少我们是这样希望的。"

"布瓦松内先生，这些安排要花多少时间？你对这些事务很熟悉，我不是你陪同的第一位客人吧？"

布瓦松内感到一些尴尬，他负责解答埃米尔的疑惑，至少他是这样认为的。于是，他答道：

"这是我第一次执行这样的任务，先生，我发誓，其实我对此也一无所知。我们也无能为力，我也不想含糊其辞。他们都知道自己该做什么。国王要求我们把你们带到土伦港，在那里，你将与接受国进行商谈，以此来正式解决问题，然后你会感到很自豪、很有尊严地离开那里。"

"你说的对，你只是听命于人。我并不想烦扰你，问你太多问题。"

埃米尔整理了一下衣服，又坐了下来，等待接下来将要发生的事情。他闻到一股烟味。这味道来自土伦港上停泊的船只，味道又浓又呛。此时，他很累，但是仍然不失体面地端坐着。海面显得宽阔而深远。他突然发现他们并没有在往常下船的那个码头，而是还待在渡船上，仿佛老旧的家具一般堆砌在船里。他们被带到一个像孤岛的地方。曾经，在这里发现过患"波斯热"的病人。这种病会侵蚀病人的关节和脸部，患者会被染上癫痫病或其他的传染病。

埃米尔定了定神，想看个究竟。他往好处想了想，也许那只是例行公事。但是大事不妙，令人悲哀沮丧。他看着这突如其来、令人眩晕的场景，喃喃自语道：

"一位旅行家对北方大地的描述没错：这里的人民见不到太阳，他们的国家虽然很美，但是缺少阳光。"

港口的停船多起来，埃米尔希望其中的一艘能开往亚历山大、阿卡或任何什么地方，可以让他稍事休息。到那里他可以继续读书，重新整理思路。埃米尔一边在这突降眼前的困厄中寻找出路，一边自问道：

"这是偶然吗？他们为什么选择这样一个繁忙、拥挤的港口，而不选马赛港？他们从这个港口进入我们的土地，也是从这里赶走我们。赞美真主啊，这是为什么啊？1793年保皇派把港口交给英国人，以此来打压共和派，后来，拿破仑收回港口。这一切都是偶然的吗？"

当罗洛中校①走进来时，埃米尔站起身来，像迎接贵宾一样迎接了他。中校的热情款待让埃米尔那张因满脑疑惑而憔悴的脸上焕发出一丝光芒。中校说道：

"法国国王和人民欢迎你们的到来，对你们在停止战火、避免死亡中表现出的巨大勇气和高风亮节表示称赞。"

"先生，我很感激，感谢您的盛情款待。"

埃米尔说此话时带着沮丧，面目严肃，毫无表情，甚至都没有抬头看对方一眼。

欧仁·杜马上校和布瓦松内队长一路一直陪伴着埃米尔，

---

① Le lieutenant colonel L'Heureux.（原注）

试着通过翻译让埃米尔了解法国的习俗和待客之道，尤其是杜马上校。埃米尔想问问自旅途开始就疑惑不解的问题，但是他没有开口，因为在欢迎他的中校面前提出这样的问题似乎并不合适。看到埃米尔满腹疑惑，罗洛中校找了一些话题，免得冷场：

"我们做好了与接受国交往的各项正式程序，接下来的事就好办了，只等着帕夏和奥斯曼政府的同意。"

接着，罗洛中校让埃米尔和他的家人们下船。众人被一群宪兵和夹道想亲眼目睹埃米尔的人们包围住。人们充满了好奇心。他们从报纸上读到过这个人物，媒体有时说他是大罪犯，有时又说他是勇于承认敌人强大、热爱和平的英雄。88 个人分别乘上几辆马车，开往拉马尔格城堡。由于路面不平，起伏颠簸，马车晃动得厉害，埃米尔的母亲、女佣和孩子们有些吃不消。很多人在经历了海路跋涉、呕吐得死去活来的折磨后终于安睡了。

马车在人群中开了一段后，驶上了通往拉马尔格城堡的崎岖山路，很多事物随即蒸发了。车上没有人讲话。每个人都愁眉紧锁，他们不知道这些载满人的马车将开往哪里。看见特雷泽尔摇身一变成了国防部长，这让埃米尔更加疑惑，但稍加思索后就消除了这个顾虑。他知道法国军官在政界常有人事变动，个人嗜好不会对他们的承诺产生大的影响，而他们在战场上与和平环境里的行事是有所不同的。

一切都结束了。

埃米尔想问陪伴的军官们许多有关他们未来处境的问题，诸如他在等什么，他们什么时候离开这个国家，法国人是否会遵守他们的承诺。他决心不再迟疑，自言自语道：

"我们听从真主的安排，只有真主才能洞悉我们的命运。我们已经许下了美好的诺言，成事在天了。没有人知道答案，即使是那些陪伴我们的人，直到现在，我所认识的人都遵守了他们的诺言，并通宵达旦地在实现诺言。"

"直到现在我都不清楚我们是客人还是囚犯?"

古杜尔·本·阿莱勒漠然地问道。

"我们暂且算是客人吧，看看未来几天会发生什么。"

"主公，我不放心。"

"不仅是你的心，还有你的热血和你那拒绝不自由生活的青春。现在抛开这些疑虑吧，紧紧抓住真主的绳索，此时此刻，让我们彻底地放松一下。"

埃米尔侧脸而睡，数着一串排列缜密的念珠，好像念珠里隐藏着一个巨大秘密，等着他去发现。珠子在手指间滑动，如同晶莹的水珠或未被践踏的金黄色沙粒。埃米尔继续自言自语，并且语速越来越快。此时，拉马尔格城堡潮湿的大门和亨利四世①宫的大门洞开，犹如法老古墓的入口。

当欧仁·杜马上校穿过院子走进亨利四世宫的客厅时，他感到了刺骨的寒冷。他本应跑起来，以便减轻这如锥刺般寒冷引起的全身战栗。他看到埃米尔衣着单薄，全神贯注地在做昏礼，身边的火炉没有点起来，四周的墙面如全部打开的墓穴。这时，敲击声从宫殿深处传来，干扰了上校。上校走近正在用粗糙的锤子敲打窗子的工人，他正忙着在窗户外面安装铁栏杆。

---

① Henri Ⅳ. (原注)

384

杜马上校再也按捺不住烦躁和气愤，质问道：

"你们在城堡里做什么？"

"难道您认为是我想这么做吗？上校先生，我们只是普通工人。是兵部让我们锁住这些窗子别让埃米尔和他的家人们逃跑了。我们跟你们一样，只是听命行事罢了。"

"是，没错，但又有谁能从这坟墓中逃离呢？"

"你说的也是。"

离开工人们，上校走过院子回到了客厅。埃米尔常在这里会客，或与那些和他一起被流放的官员们见面。上校待在客厅的后边，等着埃米尔做完祷告。终于，埃米尔完成了祈祷，回过头看到了欧仁·杜马。埃米尔的脸毫无血色，像个死人，他说道：

"别烦了，上校，这种敲击声持续好几天了，吵得我们无法入眠。他们嚷嚷着说是维修宫殿，但后来我们知道了，他们用铁栏杆把一切封闭起来，生怕我们逃跑，我们像还能行动的样子吗？"

杜马上校一言不发。在军营的时候他作为法国领事曾和埃米尔共事过，那时他便了解埃米尔的脾性。他十分清楚，比起那些说谎者和隐瞒事实者，埃米尔是更能包容沉默和爱思考的人。

"但愿我没有打扰你做礼拜。"

"没有。礼拜对我们来说比一切都重要，甚至重于生命。在战场上，许多人在做礼拜时被杀，他们不会为了自卫而停止礼拜。礼拜就像旅行，一旦启程，无论遇到什么变故，都应走到终点。"

"法国没有改变你多少，她曾希望把你变成法国人。议会正犹豫着是否接受拉莫里西埃将军对你的承诺，国王希望他能够按他儿子推荐的来执行，但是一切都是徒劳。在这种情况下，国王希望你能接受这个国家，把你的家人和亲属都接过来与你在一起，条件是你公开放弃那个承诺。只是国王本人也一命呜呼了。"

杜马上校开玩笑地说。他发现自己的话并没有引起埃米尔的兴趣。埃米尔系了系斗篷，试图让自己暖和一点，他说道：

"家人倒是全带来了，他们把我的兄弟们、女儿和圣玛格丽特集中营的囚徒们带到了这阴湿的地方。人一旦到这儿，就别想活着出去。你非常清楚我是不会接受这个提议的。让他们自己去收拾局面吧，他们是位尊者和决策者。只要我还活着，就绝不会放弃履行承诺。令我奇怪的是，起初我觉得自己是你们的客人，结果却成了你们的阶下囚，你们开始列数我为捍卫我的家人、我的国家、我的宗教而做的种种事情。"

"所有这些我都知道。也许您会考虑去巴黎考察我们的文明和军队，就像埃及赫迪威①时期的易卜拉欣帕夏那样，以便改变眼前这种绝望的心情和阴湿的环境。"

"不必了。在易卜拉欣帕夏眼中，巴黎和法国其他城市就是他享受的乐园。而对我而言，法国则是囚禁我和家人的牢狱，在我眼里，巴黎和这座宫殿没有区别。"

说完，埃米尔把头埋进了衣服里，连续不断地打着喷嚏。杜马上校注意到了屋里的温度，便说：

---

① 赫迪威，是奥斯曼土耳其帝国时期伊斯坦布尔当局赋予埃及最高统治者的称号，相当于总督。（译者注）

"屋里太冷了，火炉也没像平时那样点燃，你很难忍受这种冬天的严寒，再说你身体也欠佳。"

"这两天都是这样，这种阴冷潮湿似乎无处不在。再说，朋友，除了屈就于现状，我们还能怎么样？柴禾、煤，什么都用尽了，我们只能等着他们接济。我也不愿麻烦伙伴。"

"这一点你真不像你的先辈们，他们当权的时候欺压百姓，骄奢淫逸，搜刮民脂民膏。"

"你以为，我这样对待他们，他们就会追随我吗？如你所见，在这个历史悠久的文明国度里，我们被如此对待，连囚犯都不如，尽管我承诺过临时政府的主任专员奥利维耶先生 ①，在他没有放心之前，我绝不会回阿尔及利亚。从放下武器之日起，我就已经死了。在我心死之后，只剩下言语能证明我的诚意。奥利维耶先生问我是否准备好以《古兰经》发誓并签署这份承诺，我说，如果我的手还不够的话，那就用眼睛来签署。他承诺我，如果我写封信证明我的诚意，他就会在临时政府会议上保护我。我这样做了，但结果你都看到了。寒冷、黑暗、野蛮不说，现在他们居然要堵住宫殿里这一小部分，甚至挡住仁慈的真主赐予的空气和阳光。你能想象吗？他们居然找借口说，我会准备逃往西班牙！西班牙？难道真主的天地已经狭窄到我只能逃到一个第二天就会把我交给刽子手的国家吗？"

"我不明白这些日子都发生了些什么。国家陷入混乱，临时政府还不太清楚该做什么。推翻政权容易，可想要稳定后续的形势却举步维艰。我们还需些时日才能让一切走上正轨。"

---

① M. Olivier, commissaire général du gouvernement provisoir. （原注）

"没错，我身处这一混乱中，处境能怎样呢？"

杜马上校低下了头，不知道该对埃米尔说些什么。他今天来的目的就是为了和埃米尔谈谈以前的话题，关于伊斯兰妇女和阿拉伯马匹。他发现埃米尔对这些话题很在行，有精辟的见解。埃米尔继续说道：

"情况一天比一天糟。昨天我的妹夫向我抱怨，他的妻子也就是我的妹妹不愿和他在一起，想回到穆阿斯凯尔。我的女儿扎哈拉神志不清，因为在圣玛格丽特集中营里受了惊吓，晚上看见的都是死亡，耳边听见的都是踏过房顶的马蹄声，以及为抗拒死亡、绑架和强奸的妇女、儿童们发出的嘶喊声。还有一些家人想要集体自杀，自杀的方式便是扑向卫兵，就地等着被杀。"

"但这些行为在你们的宗教里是不允许的，和我们宗教里规定的一样，都是犯了大罪。"

杜马上校抑制不住自己的激动，回应道。

"毫无疑问。生命对真主来说神圣无比，非为真理不能抢夺。但在有些情况下，当穆斯林被迫放弃他的宗教时，真主会宽恕犯这种罪行的穆斯林。"①

"先生，今天我们还没有到这个地步。"

"今天没有到这个地步，但是没人可以保证明天不发生。在我们饱受欺凌折磨、失望已经开始转化为一种病态的情况下，你如何指望我们能一直保持常态？亲人们的失望已经达到难以

---

① 伊斯兰教禁止自杀行为，但如果被逼走投无路，那就是另外一回事了。伊斯兰教有些规定很严格，但也有很多灵活的处理方式。如伊斯兰教禁止吃猪肉，但如果在某种情况下，一切食物都找不到，只剩下猪肉时，为了维持生命，这时吃猪肉也是许可的。

承受的程度。我觉得对不起大家，如果不是我，他们现在就不会遭这份罪。无论怎样，真主会赐予我们好报的。让我们回到关于马的话题上吧，它更有益，让我们觉得自己仍能做点事。"

"的确如此。"

当一个士兵站在客厅门口时，杜马已经和埃米尔谈起了关于马料和养马的话题。士兵被允许进来后，将一封信放在上校手中，然后低头准备退下。上校问道：

"信什么时候到的？"

士兵转过身，站直身子回答道：

"先生，晚上到的，它是个急件，我们不能把它留过夜。"

"谢谢。"杜马说。

士兵退下了。急件标记促使杜马上校快速拆开信，他原以为信的内容会关涉国家正经历着的乱局，但是信的内容和里面所写的令人心惊肉跳的话语让他呆住了。当读完只有三句话的信后，他沉默不语。当他试图说点什么时，竟言不由衷地说道：

"这种糟糕的局面像心肌梗塞般将我们一一杀死。"

"情况坏到了这种程度吗？又政变了吗？"

"更糟了。"

"我不太明白。"

杜马上校没有再说什么，脸色蜡黄。这副面容只有上校在穆阿斯凯尔从埃米尔那里接受重任时，埃米尔才看见过。上校犹犹豫豫，想拐弯抹角地把坏消息说出来，担心埃米尔受不了。后者感觉那些过去的时光向他靠近了，好像世界没有什么变化。

"可能这封信和我有关。上校，你别在意。在这座深宫变成用铁栏杆围成的监狱后，没有什么事情能刺激我了。"

在埃米尔强调此信定与他有关后，杜马上校更沉默了。上校鼓足勇气想说出那封没有预示吉兆的来信内容。此时，埃米尔说道：

"消息似乎比我想象的更糟。"

"情况都是暂时的，先生，不要在意。我本希望来信能告知你被释放的消息，看来我们不得不再等等。他们将把你送到昂布瓦斯城堡，这就是我负责转达给你的消息。他们说他们想修缮宫殿。我不认为这是真实原因，只是命令罢了。"

"他们应该别枉费心机，做无用功。几天来他们把窗子、第二道门用沥青封死，这么做有什么用呢？"

"本来我想给您减轻痛苦，但是我无能为力。我将努力给您和您家人提供舒适的交通工具。我能做的也只有这些了。"

"你的离开比让我换地方更让我难过。我只希望你能常来。医生能治愈病人身体的病痛，而你却能用你的善语仁心来治愈心灵的伤痛。"

"我们之间的关系还是很好的，会有一个你认识的好人来接替我的位置。布瓦松内队长心胸宽广，谙熟地方习俗，很有教养，是个地道的'阿拉伯通'，甚至能用阿拉伯语著书立说。他写了《伊斯兰教法》一书，还精通柏柏尔语。他还是第一个知道古提弗纳①字母的人。这是图瓦雷克人②使用的书面

---

① 又译为提非纳（Tifinagh），是柏柏尔人使用的一种文字，源自古代腓尼基语。（译者注）

② 图瓦雷克人（Tuareg 或 Touareg）是一支主要分布于非洲撒哈拉沙漠周边地带的游牧民族，是散布在非洲北部广大地区的柏柏尔部族中的一支。当今的图瓦雷克人主要分布在马里、尼日尔、阿尔及利亚、利比亚与布基纳法索等国。（译者注）

语言。"

埃米尔沉默了很久,然后痛苦地说道:

"人们的选择。他是一个应该得到好报的人。甚至直到现在我还以为临时政府将最终解决一些问题,但是我错了。关于我的问题,共和派和保皇派的立场都是一致的,恐怕这是唯一一处两派没有分歧的地方。"

杜马上校站在往常走出客厅、通往院子的门口,向埃米尔望去,第一次看到埃米尔那双眼睛充满了颓丧,眸子里了无生气。上校说道:

"尽管如此,我们不该气馁,我们只需要时间。正如你所见,法国现在处于一片混乱,看起来它仍在寻找出路,而时局一天比一天困难复杂。呵,波市(Pau)市长贝格先生①准备了一个小型聚会为你饯行,我希望你能应邀参加。你都看到了,他对你很友好,曾带着他的同人们来看你。我们应该相信时间。"

"时间……时间经常……"

埃米尔喃喃自语。他追上杜马上校,送他走到卫兵把守处,门口不止5个人在看守。送别了上校,埃米尔回到床上睡了一会儿,突然感到一阵难以抵抗的疲惫伴随着绝望直抵内心。

那天深夜,埃米尔跟谁也不说话,甚至连他女儿扎哈拉向他求助,他都没言语。女儿在隔壁一直嘶喊,用头撞墙,害怕那些自从进攻扎马莱大营以来无处不在的法国骑兵会把她带

————————

① Bégué, maire de la ville de Pau.(原注)

走。后来她平静下来，在她母亲的怀抱里睡着了。埃米尔打起了呼噜，睡梦中只有一片空白和想要失去记忆的渴望。

1849 年 1 月 16 日，埃米尔看完了当天的《信用报》[①]。在此之前两天，路易·拿破仑倡议组成特别委员会专门讨论埃米尔的处境。掌权后的第 26 天，比若元帅和尚佳尼耶将军被邀请去讨论有关事宜。埃米尔做完晨礼后，在客厅和通往院子的长廊里做着运动。对方的来信刺伤了他的心，他昨晚以同样冷酷的口吻写完回信后才入睡。

埃米尔在等待布瓦松内队长回来，之前后者被紧急召见，到现在迟迟不归，这非同寻常。埃米尔把信件在手中翻转了很久，然后将它铺展在桌子上，开始仔细阅读信的内容。他读不太懂，只有通过翻译才能明白细节。他知道自己面临着重重困难。原定比若将军的来访也被取消了，因为法国现在形势不好，比若被派去执行一项紧急的军事任务，于是他便写了一封信来安抚埃米尔等待中的焦虑心情，并告诉他一些自己想说的话。

当布瓦松内队长进来时，埃米尔已经疲惫不堪。布瓦松内坐了一会儿，他知道埃米尔不会像往常一样谈论文化、思想、理性和文学了。埃米尔蜡黄的脸色使他更显憔悴。

"你看起来像是听到了一些不愉快的消息。"布瓦松内说。

"我忧心忡忡，非常痛苦。"

"是因为比若元帅没有来吧，军队形势让他分身乏术。军部需要他来控制巴黎爆发的动乱。"

---

① Le Crédit.（原注）

"与担心他的情况相比，我更担心他信里所说的内容。他之前答应我在 29 日跟我会面，然后一起讨论我的情况。我已渐渐明白法国所处的特殊情况，在此情况下他不得已必须待在里昂，只能写信给我。但是他信中的内容却深深刺伤了我。他本来不应该写这封信的，这只会激起我在这片土地上的孤独感。我给他回了一封同样冷酷的信，希望你可以将这封信原原本本翻译给他看。"

"我觉得你最好再等等，先把其中的原因弄清楚吧。"

"布瓦松内，我亲爱的伙伴，没有什么原因，之前我所有的幻想和念头都是错误的。现在我只会拼尽全力来自卫。"

"好吧，我会翻译你的信，但是最好让我重新看一下比若的信，我已经忘了内容了。"

埃米尔立即将信递给了他。布瓦松内队长看了很久，桌上为他准备的那杯茶凉了他都没有碰一碰。然后抬起头，没有表现出一丝惊惶，他说道：

"或许比若元帅从利益的角度考虑问题。由于战争部长路希埃尔①的阻挠，他们找不到解决办法，也不知道怎么实现拿破仑的愿望，比若只能找到这个较为合理的解决方法。他说：已被罢黜的国王之前向我保证过会释放你，并为你去麦加提供便利，但是继任的政府迫于舆论的压力，不得不放弃了承诺。作为你真正的朋友，我认为应该坦诚地说出我的想法，还得经历很长的时间他才会允许你去麦加。坦诚总比美丽的谎言要好，你最好做出符合你眼下形势的决定，这都是天意啊。我希

---

① Le général Rulhière , ministre de la guerre . （原注）

望你作出决定入法国国籍，然后要求政府给你和你的家人一块富饶的土地，那样你就可以过上跟所有体面的法国人一样的生活。我知道像这样的建议或许对你不具吸引力，但是请为你的子女和部下们想想吧。你看看，他们每天都有可能在疲劳和痛苦中死去。"

埃米尔从座位上跳起，想都没想就回应道：

"以真主的名义起誓，就算把世间所有的宝藏放入我的斗篷，以此作为换取我自由的条件，我也会选择自由。我不要同情也不要对我大发善心，我只要求他们兑现对我的承诺。我曾要求在法国得到安全保障，一个法国将军便毫无条件地答应了，而他是被另一位将军——国王的儿子推荐的。我不会像你说的那样做，假如我想选择你说的那种生活，那么，从一开始就那样做了。多年以前我就得到过这样的建议，我拒绝了，今天怎么会接受呢？"

"因为随着法国局势的变化，情况变得复杂了。"

"我亲爱的布瓦松内，我们不可以用这种方式与一个自愿投降的人交谈。"

埃米尔说此话时溅出了唾沫星子，像是在提出抗议。从一个多月前开始他就一直在等待比若的来访，但是却遭遇了难以抗拒的深深的绝望。他完全找不到言辞来表达自己此时的悲伤和痛苦。

布瓦松内此时也无言以对。

"看到了吗？这些人肯定已经疯了，我一直在等待着从困境中走出去。与其说这种困境不利于我，不如说它更加不利于法国。但是我却发现自己深陷囹圄。这样的话是说给我这种人的吗？真是不可思议。"

"或许比若自己不能做主？现在法国就像火山一样，变数太多了，我们都不知道明天谁会统治我们。你就是所有这些变数的牺牲品。"

每当看到埃米尔处于崩溃和悲伤时，布瓦松内队长就会像这样用充满善意和关爱的语气对他说：

"不管怎样，请在你的回信中写下所有你想说的话，我会尽快将它寄出去。这是我毫不犹豫能为你做的。"

"就这样吧，我已经说得够多。事已如此，只能随它去了。"

晚上，当昂布瓦斯宫殿大厅里亮起灯光、火炉里生起火来的时候，埃米尔的心里更加敞亮了。他已经从如鲠在喉的信件压抑中解脱出来了。他洗了把脸，做了礼拜，然后准备迎接布瓦松内队长。后者习惯在这个时间来拜访埃米尔，为了一起完成《为疏忽大意者敲响警钟》的写作。

当布瓦松内队长在通往宫殿大厅高高的拱形门廊处遇到埃米尔时，发现了他脸上的变化。

"我们继续吧。"

布瓦松内边说边翻找着他的笔。

"继续。"

"我们在第一章已经谈论了有关科学和愚昧的问题。我们知道，智者应该思考话语本身而不应考虑是谁说的。如果他说的话是真理，那就接受它，不管说话的人是以真理出名还是以虚妄出名。所以智者是通过真理来了解一个人，而不是通过一个人来了解真理。我们定义理性的观点是，理性是科学的源泉、基础和开端。理性的力量是衡量一个完人的四大力量之一。这四种力量分别是理性的力量、勇气的力量、贞节的力量和正义的力量。这就是第一章的结语。"

布瓦松内惊讶于埃米尔缜密而清晰的思维能力。与此同时，伊本·塔哈米正在专心致志地一字一句地记录下他所听到的话语。

"我们开始第二章吧。"

"这一章纯粹谈论宗教在印证科学合法性中的作用。世上有许多我们无法理解的真理，我们只有相信先知及其追随者并服从他们。我的意思是，先知的学问凌驾于理性科学之上。你们不要根据理性来评判一个人是否完美，因为在理性完美之上还会有更高层次的完美。"

谈话进行了很久，让埃米尔忘记了自己的悲伤和忧愁。在整个辩论过程中，他一直精神饱满，但是布瓦松内的眼睛却像犯困的孩子的双眼一样，渐渐打起架来，但他又不好意思打断埃米尔的讲话，只好一直硬撑着。

"布瓦松内队长，你已经很累了，那我们就到这吧。你最好今晚回去休息一下，我们明天再继续谈。等有时间一起谈谈写作的好处。写作是民族生活中非常重要的一个要素。它比指示和词语更高尚，更有效。因为即使笔不能出声，它可以倾听东西方人民的心声。我们只能通过写作才能获得科学、智慧、先人的历史和降示的天经。若没有写作，那么宗教不兴，尘世不立。"

"是的。我最好让你休息一下，明天再谈关于写作的话题。写作在我们的文化里有其独特性。过去，在我们从悲惨中觉醒、从愚昧中觉悟之前，曾扼杀过许多次写作运动。先生，写作有其魔力，非深入其中之人不能领略其魅力。"

"这是我缺少的吗?"

布瓦松内没能像往常一样应答埃米尔的问话，便起身，回到自己的卧室。他没有叫醒熟睡中的妻子。那天晚上埃米尔的母亲拉莱·扎赫拉在陪着她。

第二节　消失的骚乱

一连几夜都没有好消息。

当我挥着埃米尔的来信进屋时，迪皮什大主教正陷入一种奇异的、如同死亡一般的沉静。霍乱已经吞噬了世间的一切，无论青葱枯黄，也无论贫穷富贵，无一幸免。祈祷声不绝于耳。这些都让他心生哀伤。大主教知道，埃米尔也将为此大悲大恸。他们已经失去了比若这位固执的对手和共担战火的挚友。这一整晚，大主教都闷闷不乐，他明白，已经发生的可能会改变现有的秩序。四处传来的消息纷繁且互相矛盾。这并不是一个好兆头。

大主教依旧沉默着，一语不发。

我担心他也病了，有些惊惶地询问他为何事烦忧。

"先生，您困惑的样子让我很担心。您还好吗?"

"亲爱的让，怎么可能好呢? 这频繁的政变对于一个需要稳定的国家而言绝非幸事，正在发生的事情可能使人们忘记埃米尔的处境。"

我忽然感到大主教陷入了沉思，似乎在思考一些我不曾知晓的细节。大主教目光空洞，只有他自己才知道那目光投向何方。大主教想起了埃米尔最后一次来访时他们之间的对话，当时，埃米尔的言语中充满了失意与绝望:

"我的命运全凭真主掌控，他想要为我解忧，便能做到。"

"但局势已经变化了，你的境遇也大不同前，只能说略有改善。"

"大主教，你是明白人，没有什么能同自由相比。如果让我在受困王宫与食不果腹的自由日子之间选择，我宁愿做一个在饥饿中痛苦挣扎的自由人。"

当我将埃米尔的来信交给大主教时，他才意识到我的存在，我说：

"先生，我看您情绪很低落，您的朋友阿卜杜·卡迪尔的来信似乎并没有使您宽心。"

"不，亲爱的让，我很欣慰。埃米尔在信中提到，在这个突然向他关闭的世界里，在这艰难的境况下，仍有一群爱戴、拥立他的人。对人心最大的折磨莫过于那种突然被孤立于世的痛苦感觉。而当我们所爱的人一去不返的时候，这种孤独便会疯长，我们多年来积蓄于内心的强大意志也会轰然倒塌。"

"看来我们对这世上的不公无能为力。"

"不公与压迫从人类起源便已存在。你看，他们都是历史的缔造者而非选择者。如果拥有选择权，他们也会像朋友一样汇聚一堂，将吞噬一切的残酷战争搁置身后。让啊，我多么希望能重回那片土地，闭上眼睛，在那里永久地睡去，远离这些烦琐与债务。这些事务终日缠身，不依不饶，剥夺了我们内心的安宁。"

"债务问题已经快解决了。"

"我们还在等待答复。我对此一无所知。我所有的财产都被用在了慈善事业上，用在教堂、修道院里。不这样做，我们为何活在世上？我很有可能要去奥尔良 ① 接替迪庞

---

① Orléans . （原注）

卢①大主教的教职。他是奥尔良教区的主教，患有眼疾，视力很弱，曾经考虑让我接替他的教职。我可能明年 4 月就要赴任了。不过，我们还有些时日对此行进行权衡，但我已经基本同意了，现在算是在等最后的安排。我希望埃米尔能找到一条通往自由的路。在完成这个使命之前我不会离开这里。我要将这封信呈递给法国执政者，对埃米尔之事引起高度重视。应该让所有人知道，法国——这个大国——背弃了它的誓约，应当修正当前与其传统格格不入的行为。"

大主教觉得有些背疼，于是就向有灯光的角落走去，那里可以俯瞰花园。主教裹着旧毛毯躺了一会儿。在看新寄来的信件前，他拆开埃米尔被拘押在波城时寄给他的第一封信，又看了一遍。他试着用疲惫的双眼辨别埃米尔这些歪歪斜斜的字迹，并试着通过后附的译文理解这字迹的含义：

……在新年到来之际，愿主向所有爱我们、想念我们的人降以恩泽。我们希望你能回到我们当中来，不要推迟。如你所知，你的到来将为我们带来喜悦与宽慰。如若你不能前来，那也是主的意志，我们会赞美他的恩泽。但我们依旧希望你能尽快到访，并希望你这次能与我们共度更长的时间……我们很想

---

① Dupanloup.（原注）迪庞卢（Félix-Antoine-Philibert Dupanloup 1802—1878）又译为杜庞卢，法国天主教司铎，曾任奥尔良的大主教，积极推广教友及妇女在一般人生观及信仰上的培育，致力于将教会信仰思想与社会沟通。在梵蒂冈第一届大公会议期间，反对教宗不可错误性。著有六卷本《为一般人解释基督宗教》（Le christianisme présenté aux hommes du monde I-VI, 1836—1837）等。（译者注）

念你，希望你不要推迟来访，尽早前来……

阿卜杜·卡迪尔·本·毛希丁

1265 年 2 月 24 日 ①

他略微动了动，直起了身子，将背靠在毛毯上。他抹了一把脸，好像要拂去往事的幻影，然后便展开了我刚刚带来的那封信。这封信和往常一样，也附有布瓦松内的译文。那些字母就好像堆积紧凑的小石块，随意散落着，他试着将它们拆解开来：

饱受流离与孤苦的人们将赞美归于主，请他赐福于我们大家爱戴的朋友——阿尔及利亚前任主教迪皮什大主教。唯有主知晓人们心中深沉的痛苦、人们遭受的剥夺和人们的需索。唯有主知晓如何减轻这些伤痛。愿他佑福你。我们已经收到了你的吉言，知道了你坚持在阿尔及利亚印发基督教书籍一事。这个消息令我们快慰，愿主保佑这本供信徒参阅的小册子……

跟我们说说那些你指派给我们参与善行的修女们的事吧。我们需要她们的帮助，因为我们正经历磨难。

自被拘禁以来，我们应该听到公正与坦诚的声音。然而，野心往往蒙蔽人心，并多行不义。当局阻止人看清真相、相信他人，歪曲他们眼中的一切。

知道了你的任期即将结束，我很欣慰。请宽恕我，把你带入了与我共受折磨的境地，你需要静养。你提及的病情和体温

---

① 此处为伊斯兰历法时间，等同于公元 1849 年 1 月 19 日。（译者注）

异常让我为你担心。我有时会因为听见闭锁的宫门外你的声音而从梦中惊醒。希望你能把与我通信当作一种倾诉，通过信件倾听你热情的诉说和痛苦的呻吟。

而我，尊贵的朋友，我已听天由命，除了渴望流亡以及最终得以摆脱孤独、选择在自己喜爱的土地上死亡以外，我对生活别无他求。

迪皮什大主教感到剧痛。我感觉他脸上的皱纹间和眼睛深处流露出来的悲伤。

他直了直身子，在椅子上坐正，打算读完信中剩下的为数不多的内容。他更加坚信，尽管局势愈发复杂和困窘，法国执政者仍将给予这封信足够的重视。

"我们今天就应该把这封信写完，亲爱的让，是今天，而不是明天。眼下可能是让执政者听听埃米尔呼声的最好时机了。"

"您应该先休息，这样才能想出保全您朋友的计策。"

"最后几句有时是最难写的。"

大主教踟蹰良久，终于找到一个适合书写的姿势。

"大主教，恕我直言。您的困扰每天都在增加。您好像不是在写信，更像是在写长篇辩词。"

"你知道的，亲爱的让，如果不能使埃米尔获释，我的努力便毫无意义。疾病每天都在侵蚀着我，终有一天会将我吞噬。尽管如此，我仍然会抗争到底。我将顺从自己的内心，赶在行政部向我讨债之前，做好这些事情。他们无休止地讨债，就好像我欠了他们什么。"

"您今晚能写完这封信吗?"

"今天,3 月 14 日和 15 日的夜晚,我将完成这封寄给法兰西共和国执政者路易·拿破仑·波拿巴 ① 的信。"

"先生,希望您不会失望。这封信送达执政者那里非常困难。这里的局势也不可能好转。您也眼见了这急转直下的变故。"

"不屈服于尘世的困苦方为有志之人。"

大主教第一次意识到这些文字的力量。他仿佛看见了执政者的双眼正逐字端详着这封信,试图寻找其中隐含的深意,同时通过这信中的描述,勾勒出一副遭到背弃却依旧在事故频发的险恶岁月中坚不可摧的男人形象。

迪皮什大主教将最后几页纸放在手边,开始收尾。他已经十分疲惫,感到写这封信花去了很长时间,不想再写入任何失实的内容。他停下了手中的笔,边逐字逐句看信,边对我说:

"除非你学会如何诉说真相,哪怕它不利于你,否则最好别说。不甄别谎言却散布谎言的文章毫无意义。"

"希望您写完这封信能够心情舒畅些。"

这天晚上,他如愿以偿。子夜 12 点过几分的时候,他把我叫到身边。那时,我已经备好了第四杯花茶。

"过来一下,让,辛苦你陪我熬夜了。"

"先生,我始终在您身边。"

"听听这个结尾:

阿卜杜·卡迪尔,他像拿破仑一样虔信、镇定、衣冠朴

---

① 这里指的是拿破仑三世,即拿破仑一世的侄子。(译者注)

素。他充满活力，英勇自持，信守承诺，欺骗和诽谤都不足以使他丢弃正直。像拿破仑一样，他忠于家庭，对身边的人具有吸引力。他的慷慨为人称颂。与拿破仑相似的另一点是，他慈悲为怀，笃孝母亲。如果继续罗列他的优秀品质的话，我担心自己也会被他的魅力所吸引而不能做出客观评判，尽管从三周时间与他的接触中我相信自己的感受……

那些读完了这封信的人难道不同我一起这样呼喊：如今，阿卜杜·卡迪尔成为了人质，他的处境同当年伟大的斗士拿破仑并无二致？但我坚信，这种处境不会持续太久，原因很简单，他不是英国的囚徒，又岂会对当今我们伟大的执政者路易·拿破仑俯首称臣？"

这一夜我一言未发，只是静静倾听。大主教全然沉浸在喜悦之中，但我却隐隐感到不安。我担心这信落入恶人之手，无法送达它该被送达的地方，即送达到拿破仑的亲信手中。

第二天，大主教便让我将信寄了出去，并付了足够的邮资，以便信件能够以最快的速度送到法国执政者路易·拿破仑手中。这封信像本书一样厚重。这是为埃米尔而作的辩护，它耗费了大主教一部分休息时间和生命。

1851 年 12 月 2 日的政变过去没多久，应埃米尔在来信中的多次邀请，大主教尽管身感不适，还是最后一次前往拜访了身陷流放困境的埃米尔。

那个冬天的早晨，寒风凛冽，就像夜晚提前到来了一样。天气极为恶劣，冬雨中卷夹着厚厚的尘土与无数无解的难题。

大主教进门的时候，埃米尔正以一种近乎神经质的姿势机械地翻动着手中的书页。他并没有在阅读，却在看向一些其他的东西。时间一点点过去，他变得越来越敏感不安。他已经无法忍受寒冷、阴沉的天气和这将湛蓝的天空变为一片无尽的昏黑的苍穹。这一切将他带回到那个他想要从记忆中抹去的日子。那天，没有亲朋相伴，他独自站在一棵落光了叶子的大树下，那树干就像一副巨硕的骨架。他开始写信，风雨扰乱了他的笔迹，好似在向他预言将要发生的一切。过了很久，无人问津，前来造访的只有一些朋友和一些想要结识这位新闻人物的好事之徒。他感觉自己有时像新生的耶稣；有时又像令人憎恶的魔鬼，唯有饱饮鲜血才能感到舒畅。他感觉自己有时像天使，在病患者的心头盘旋，医治了他们的心病；而有时又像凶手，在那个夜里掣剑出鞘，让100多颗等不到援兵的人头落了地。

看见大主教后，埃米尔像个孩子一样向他跑去，任由自己扑进大主教的怀抱。此时，在埃米尔医生陪同之下的大主教竟一时不知说什么好。

"大主教？你知道你的尊贵吗？很久没来了，这段时间你是怎么做到宽心的？"

"素丹殿下，你了解世态炎凉。有时候，我们会手无寸铁地面对生活。我们的一切都被窃夺了，也许不久之后，我们就不得不连呼吸都要交税了。"

"你知道吗？有位主教也说过这样的话。他说，人世间的疾苦莫不是接连不断的考验，用来测试我们的忍耐力。他曾教会我们如何在尘世的困苦中生存。"

"我所指的并不是这个。有一些事件，我们在它们面前束手无策。它们超出了我们的意志，但我们仍然要抵抗它。我在

405

你身边，这就是抵抗的一个成果。"

"跟我来，给我解释解释吧，你的话为我打开了闭锁的大门。"

埃米尔长久地握着大主教的手，将他引向屋角。埃米尔常坐在这个角落里会见他的客人们。前来拜访的都是与他亲善且为他分忧解难的朋友。

"事情一桩接着一桩，我担心这场政变会对我不利，或者说，甚至会对这个国家不利。我听到的一些重大事件使我万分担忧。每当有事发生，便需要一些恢复平静的时间，我们便会在接连发生的事件中暂时被人们遗忘，我们的事也就得不到应有的重视了。"

"我不这么看。《箴言报》谈到了选举委员会解散的事情。我想这件事将对你有利。这样一来，在关于你的问题上，便没有什么可以妨碍亲王殿下的最终决定了。困扰你的并不是亲王殿下，而是那些选举委员会的成员，他们一直反对将你释放。而如今，亲王殿下已经有能力控制局面，可以任意而为了。"

接着，大主教转向埃米尔的医生，开玩笑道：

"埃米尔近来如何？还算是个年轻人吧？"

"埃米尔仍然像从前一样年轻，但不管我如何坚持，他都不愿意去花园里呼吸新鲜空气。他不听我的，大主教，或许您有办法说服他。"

埃米尔立即插话为自己辩白：

"大主教，你知道的，对于一个被困高墙之间、丧失自由的人而言，这种类似花园的空间只能增加他的焦虑与悲哀。健康最大的敌人便是失去自由，而如今，我身陷此地，丧失自由，便只能让自己习惯于忍耐，而不是相信一个精心编织的谎言，而后再次陷入囹圄。我只需要一点点自由而已。"

他边说边把手放在布瓦松内的膝盖上。布瓦松内像平常一样在他身边为他翻译。通常，在大部分时候，每当社会上有头有脸的人物前来拜访时，布瓦松内都会为他翻译。

"无论如何，真主的慈悲是博人的，真主会关照大主教。我很想念你，但大多数时候，真主爱莫能助。"

"我应该向你道歉，如你所知，我这段时间一直待在西班牙。我无法解决债务问题，便只能离开阿尔及利亚。跟我说说你最近做了什么吧？我想听听。"

"除了读书、写作，别无其他，布瓦松内帮助我了解你们的文化和知识，使我更接近你们。他是个好老师，承担着这个年迈学生的重负，并引领着他一步步向前走去。"

"不，不是这样的。"布瓦松内开玩笑地插话道："埃米尔很认真，如果我们还有另外三年时间，他的法语会比很多法国人说得还好。"

"不，亲爱的布瓦松内，岁月不饶人啊。你的陪伴不仅使我燃起了对生活的渴望，还点燃了我对知识的渴求。我从前对希腊哲学知之甚少，苏格拉底、柏拉图，特别是亚里士多德，我们最伟大的思想家之一伊本·鲁世德曾经把亚里士多德的著作翻译保存下来，当时欧洲内部还处于极不宽容的、腐朽的黑暗时期。对笛卡尔的研究拉近了我与这片土地的距离。卢梭的理论广受欢迎，因为他在关于自由的问题上阐述了真理。我也为伽利略感到悲伤，他若能坚持己见，不在教廷面前有所退却，本可以掌握真理。大主教，跟我说说你的情况吧。"

"我一直记挂着你。"

"你善意的信函总能使我们感到宽慰,后来我们知道你遇到了麻烦,而后,书信传递的工作就成了让·莫贝的大事情。"

埃米尔的称赞使我不好意思起来。

"谢谢!"

我小声说道。但我相信没有人听到我这句低语,因为它并未脱口而出。

"你的信同样给我们带来了巨大宽慰。每一封信我们都会读上数遍,它们总能宽解我们的忧愁。从西班牙回来后,我就直接去了韦尔德莱圣母院(Notre Dame de Verdelais)①。这段时间我便一直住在那里,我很信任这个地方。在这段略显清静的日子里,我以祷告度日。此前,我一直住在西班牙与法国交界的伊伦(Irun),以便离法国近一些。那时莫贝一直为我取送你寄来的信件。他穿过山谷将你的信放在邮局,我也将我的信放在那里,顺便取走他留下的你的来信。也正是通过这种方式,我给让·德索韦泰尔先生(A M. Jean de Sauveterre)去了信,以便避免跟踪。"

埃米尔感到了迪皮什大主教双眼中流露出的悲伤。每当他谈及自己的境遇时,目光便不复往日的平静,他目光散碎,就如同他那些长须无法掩盖脸部的皱褶。

"是冤屈难熬还是忘恩负义更让人痛苦?"

"你想呢? 1851 年 8 月 13 日,我像个小偷一样离开了自

---

① 韦尔德莱(Verdelais)的圣母大教堂(basilique Notre-Dame)收藏有令人印象深刻的谢恩奉献物。里面神奇的圣母玛利亚雕像已有长达 10 个世纪之久的历史。(译者注)

己的家。第一次受到侮辱时，我在波尔多。有人告诉我，我的客户们要求我在 24 小时之内偿还他们的债务，否则将拘捕我。事实上，我当时本已做好了入狱的打算，决定听天由命了。只有上帝才能读懂我的心意。但有一些我信赖的人劝我不要这么做，于是，我同亲朋们一道做了祷告，而后前往了西班牙。路上，我为一个垂死的女人做了弥撒，我在她大海般深邃的双眸中看到了强烈的求生欲，但在这种境况下，我拥有的能力并不比一个普通的宗教人士多一分一毫。随后，我离开了波尔多，越过了比达索阿河（Bidassoa），前往圣塞瓦斯蒂安。你想想，前往一个语言不通且前路不明的国度，难道不算是一场灾难吗？"

埃米尔不难想象大主教当时的困境。他很清楚，人一旦语言不通，便和哑巴没什么两样，只能通过别人的耳朵才能了解世界。埃米尔以前经常这么说。

"大主教，我很理解你的困境，也明白突然变成哑巴的滋味。"

"我在那儿待了一个半月就搬到了靠近法国边境的伊伦（Irun）。伊伦挨着比达索阿河。让每天都会过河来取我的信分发或寄走，再把别人寄给我的信带给我。伊伦离海不远，土壤肥沃，农田广袤，作物遍野。"

"这样啊，那么那些债务呢？你怎么解决这个问题的？大量的经费都被用在了服务于主的事业上，那些有地位的人物只消稍稍想想，就不会这么对待你了。当让带来你的来信时，我十分开心，因为在我无法前往探望你的这段时间里，你没有病倒。但同时，我也感到悲伤，因为我对你的窘境无能为力。我们这些居住在昂布瓦斯城堡里的人为你募集了一些象征性的物什，这些人包括杜马将军、布瓦松内以及前来拜访的好心人和这里之前关押的女囚犯。这些东西不值什么钱，但它们表达了人们对你和你的善行的信任。的确，这些东西对解决你的债务难题微不足道，但至少可以减轻你眼下的困境。我们很清楚，这点东西与你为宗教和慈善事业做出的巨大贡献无法相提并论，但我们也知道，神职人员也是需要吃住的。或许在等待最终解决的日子里，这点钱可以帮你补贴生活。这至少是我们的一片心意。"

埃米尔转向一直侍立在侧的伊本·塔哈米，他递给埃米尔一个小口袋，埃米尔随后将那口袋放进了大主教的怀里。大主教犹豫着要不要接受，他转向冰冷空旷的墙壁试图掩饰眼中的泪水。继而，他热烈地拥抱了埃米尔。

"这些钱恐怕解决不了你的窘困，但感到身边还有援助之手总能宽解你的忧伤。你一直真心对待我们并常常施以恩惠，我们亏欠你太多了。"

"我只是顺从心灵和教义行事罢了。"

"我们能做到的也只有这些了，因此，希望你接受这一点点心意。但请告诉我，你回来是否意味着你的难题解决了?"

"世上总还是有好人的。一位好心人向债权人支付了10000法郎担保我回到这里，捍卫我在这片土地上生活的权利。流放并不仅仅意味着失落，还意味着屈辱、轻视和慢慢走向死亡。"

埃米尔沉默片刻，似乎触碰到了自己长久以来竭力掩饰的伤口，他想要躲过周边许多人的目光，但往往徒劳无益。

"流放？慢慢走向死亡……不仅仅是这样……是消失在这个世界上。"

"但它也意味着抵抗，以便在流亡面前不崩溃。我即将前往巴黎为我的问题寻求了结。我获准在 1852 年 2 月 2 日将能够证明我清白的卷宗呈递给亲王殿下——执政者路易·波拿巴，我应该很快就能摆脱这种处境。在西班牙的日子摧毁了我的健康，为了帮助那些身患霍乱、热病和疟疾的人，我必须待在同一个地方，身体也变得不中用了。如果能见到路易·波拿巴，我将重提我在那封关于你的信中提到的问题，那信他已经收到并拆阅了。我相信事情很快就能得到解决，我希望你一切安好，走出这座高墙深院。"

"主会听到你的话的。"

"我每天都在为你祷告，即便是我深陷危机之后也从未中止。"

大主教嗅着茶香，很久之后才小啜了一口：

"这是拉莱·扎赫拉泡的茶，她的手很有魔力。"

"虽然她上了年纪，但有时显得比我更有耐力。尽管如此，岁月不饶人。她也开始因封闭带来的压抑和灰暗的天空而感到疲惫了。"

大主教最后一次从这里离开后，布瓦松内也离开了屋子，去了自己的办公室。穆斯塔法·本·塔哈米去了另一间屋子。医生则回到了自己位于地下室的办公室，宫殿顿时人走楼空了。这个地方变得空无一物，只剩下宽阔的长廊和高悬的穹顶，人在这空旷中显得极为渺小。

埃米尔重新翻开了手边的书，漫无目的地读了起来。

1852 年 10 月 16 日，秋天来了。它停驻于房屋中、花园里，占据了人们的心灵。宫殿外，嘶吼的风声就像饿狼的嗥叫。大树的叶子四处飞落，满眼斑驳的枯黄。黄叶静静地翻飞滚落在地上、卢瓦尔河①的岸边及其向城市各个方向和昂布瓦斯宫周边流淌的水面上。

宫殿里所有的大门都敞开了，这是很长时间以来的头一次，似乎已经准备好迎接一件突降的不同寻常的事件。宫殿的守卫们惴惴不安，他们谁也不知道发生了什么，每个人只是听命行事，对于心中的疑问不敢多言。

昂布瓦斯宫的总管布瓦松内中校已获悉，执政的亲王殿下将前来造访埃米尔，准备工作正在秘密而紧张地进行着。但他受命不能泄密，亲王殿下正在布卢瓦和波尔多巡视工作，此行结束后，他将亲自把突然来访的消息告知埃米尔。

布瓦松内带着一小队人马在昂布瓦斯的驿站恭候亲王殿下——路易·拿破仑的秘密来访。自 1851 年 12 月 2 日政变后，拿破仑解散选举委员会开始独立执政以来，埃米尔便一直被幽禁于此。他已经开始考虑为埃米尔翻案，履行法兰西共和国的诺言，还埃米尔以自由。圣阿尔诺②曾向他谏言，提醒他释放

---

① 卢瓦尔河（Loire River），是法国最长河流。源出塞文山脉南麓，西北流至奥尔良，折向西流，在南特形成长而宽的河口湾，于布列塔尼半岛南面注入大西洋。全长 1020 公里。两岸风光秀丽，多葡萄园。历史上经济十分繁荣，为水上运输的大动脉。（译者注）

② 阿尔芒·雅克·勒鲁瓦·德·圣阿尔诺（1798—1854），克里米亚战争中的法国远征军司令，陆军元帅。生于巴黎，1837—1851 年在阿尔及利亚服役。1851 年任君士坦丁堡省军区司令。同年任法国陆军部长。1851 年政变中，协助路易·拿破仑·波拿巴攫取了政权，1852 年被拿破仑三世任命为法国元帅。（译者注）

埃米尔可能造成的后果，但他不以为然。那时，他已经做出了最后的决定。

路易·拿破仑殿下下火车的时候，布瓦松内在总统车厢的第一层台阶旁迎接了他。随后下车的还有随行的圣阿尔诺将军 ①、卢克将军 ②、弗勒里上校 ③ 和其他一些军官。

亲王殿下同布瓦松内长谈了一番，随后两人一起上了总统车辆，向宫殿的方向驶去。彼时，拿破仑志得意满，心情十分愉悦。他问道：

"阿卜杜·卡迪尔近况如何？"

"他很焦虑，但我相信，您的来访必会使他成为最幸福的人。"

"他吃了不少苦头，现在是时候还他权利了。给我一支笔，我想写点儿能让他高兴的话。我来此并不仅仅是为了造访，我还要还他自由。从今天起他就是一个自由人了，他被幽禁狱中对法兰西这样的大国来说确实是个耻辱。"

"先生，只有铅笔。"

"没关系。"

在车上，他写下了在访问波尔多、布卢瓦前就已经打好的腹稿：

Je suis venu vous annoncer votre mise en liberté. Vous serez conduit à Brousse, dans les Etats du Sultan, dès que les préparatifs nécessaires seront faites, et vous y recevrez du gouvernement fran-

---

① Le général Saint-Arnault. （原注）

② Le général Roquet. （原注）

③ Le colonel Fleury. （原注）

çais un traitement digne de votre ancien rang .[①]

Depuis longtemps, vous le savez, votre captivité me causait une peine véritable, car cela me rappelait sans cesse que le gouvernement qui m'a précédé n'avait pas tenu les engagements pris envers un ennemi malheureux; et rien à mes yeux de plus humiliant, pour le gouvernement d'une grande nation, que de méconnaitre sa force au point de manquer à sa promesse. La générosité est toujours la meilleure conseillére, et je suis convaincu que votre séjour en Turquie ne nuira pas à la tranquilité de nos possessions d'Afrique.[②]

虽然一路颠簸，但直到车停在宫殿前的庭院中他才停笔，文字飞快地在纸上铺陈开来，他写得又快又流畅，就好像他已经演练多遍，只消默写一般。他写完后，将笔还给布瓦松内，难抑双眼中的愉悦。

所有人都下了车，跟随着亲王殿下和布瓦松内向宫殿的大厅走去。在那里，侍卫向埃米尔通报贵客到访。

此时，埃米尔正像往常一样坐在角落里阅读或回复每日的来信。埃米尔并没有在意这改变了宫内秩序的稍许变化，虽然他隐隐觉得有什么事情将要发生。他并没想到执政者会亲自前来造访，反倒以为自己又要被转移到其他地方。

---

① 原文为法语，意为"我特此前来宣布你重获自由。你将被送往土耳其素丹国的布尔萨。当必要的准备就绪后，你将受到来自法国政府的与你的地位相称的尊贵待遇"。（译者注）

② 原文为法语，意为"你的处境一直使我辗转难眠，因为它总提示我，有些已经决定履行的责任尚未被执行。对于一个大国政府而言，没有什么比食言更耻辱了……你曾是法国顽固的敌人，但这并不妨碍我承认你在你的人生悲剧中表现出的勇气、力量与谦卑。因此，我很荣幸能够履行义务结束对你的拘禁，并对你的言论给予绝对的信任"。（译者注）

当听到一连串不同寻常的密集的脚步声后，他意识到这声响非同寻常，应该来了很多人。突然闯入的人员打破了他的宁静。他们看起来像是排列有序的典礼官。可这次，他们并没有像往常一样先约而至。埃米尔从位置上站了起来，试图弄清楚这混乱背后的原因。他已经嗅到了非同一般的空气，空气中透露着庄重和欢快，不请自来地潜入了宫中。

正当他准备起身时，布瓦松内先走了进来，并告诉他有人前来造访，如果允许，来人想看看他。当时，布瓦松内的夫人正陪在埃米尔的母亲和妻眷身旁。

"亲爱的布瓦松内，你双眼中满含喜悦，我从未见过你如此开心。"

"有位尊贵的朋友随我一同前来，想见见你，埃米尔先生。"

"你不必问我的意见了，他既然跟你进了宫殿的门就是自己人，快迎他进来吧，容我把这些信收起来，收拾收拾这乱糟糟的场面。"

"没关系的，先生，这不重要，他就在这儿。"

埃米尔从座位上起身，感觉布瓦松内的口气不同寻常。接着，他朝隔着桌子的布瓦松内走去。此时布瓦松内面向亲王殿下，为他开道，走向埃米尔。

"亲王殿下——路易·拿破仑总统前来拜访你了。"

埃米尔轻轻点了点头，睁大眼睛，试图确定自己并不是在做梦，确定眼前发生的并不是经常爱开玩笑的布瓦松内的又一个玩笑。他站起来。路易·拿破仑朝着他的方向走来，随后在布瓦松内的右边站定，向埃米尔伸出手问好。埃米尔也伸出了手，并微微屈身对亲王殿下的费心造访表示敬意，竟一时语塞。

"Je suis venu vous annoncer votre Liberté." [①]

亲王殿下特地加重了最后一个单词。埃米尔只听明白了"自由"这一个词，这个词在整个句子里很凸显。

埃米尔点着头，眼睛里流露出难抑的喜悦，双眼长久地颤动着，继而流露出困惑，最后目光比先前更加平静而深邃。他微微控制了一下自己，调整好呼吸，说道：

"尊贵的阁下，或许幽禁已经降低了我对事物的敏感度，但我不可能听错'自由'这个词。我很熟悉这个词在你们语言中的发音。"

亲王殿下将那张他在车里写下的手谕交给布瓦松内，吩咐他先用法语宣读纸上的内容，再为埃米尔翻译。

布瓦松内调整了站姿，以军姿立定，而后开始宣读手谕，结束后又为埃米尔逐字翻译如下：

我特此前来宣布你重获自由。你将被送往土耳其素丹国的布尔萨，当必要的准备就绪后，你将受到来自法国政府的与你的地位相称的尊贵待遇。你的处境一直使我辗转难眠，因为它总提示我，有些已经决定履行的责任尚未被执行。对于一个大国政府而言，没有什么比食言更耻辱了……你曾是法国顽固的敌人，但这并不妨碍我承认你在你的人生悲剧中表现出的勇气、力量与谦卑。因此，我很荣幸能够履行义务结束对你的拘

___

[①] 原文为法语，意为"我在此宣布你获得自由"。（译者注）

禁，并对你的言论给予绝对的信任。

埃米尔此时感觉有话涌上喉头，它似清泉般甘甜。便对亲王殿下说道：

"阁下，我向你承诺不会做任何对法国不利的事。毕竟我也很久没有参与过那些事了。我可以为你立下书面保证。"

"阿卜杜·卡迪尔，有你这句话就够了。"

"如果只需口头保证，那么我愿用灵魂担保。非常感谢您，我甚至不知道如何表达才能配得上您高贵的身份，表示我的谢意。阁下，如果允许，我将传唤出所有侍从，让他们对您为他们所做的这些表达感激。"

亲王殿下向布瓦松内使眼色，布瓦松内总管点头表示同意。埃米尔于是传唤了所有的随从人员，让他们在恩人面前屈身，埃米尔的母亲也在其中。但亲王殿下向她伸出手，让她抬起头。这些人中还包括骑兵统帅卡拉·本·穆罕默德、古杜尔·本·阿莱勒等人。伊本·塔哈米站在后面，也向路易·拿破仑表达感激。

埃米尔内心惶恐，呆呆地像块石头一样站立着，直到布瓦松内下令他和随从们坐下。宫里的女眷和拉莱·扎赫拉用瘦削的双手端上库斯库撒①。众人分食后，路易·波拿巴方才离开。执政者和他的随从们向埃米尔辞了行，急着赶路，从昂布

———

① 库斯库撒，是一种阿拉伯食品，小麦食物又译为库斯库斯，最先源于北非，与炖肉或者炖蔬菜一起食用，后来成为西非、法国、西班牙和西西里半岛等地的主要食物之一。（译者注）

瓦斯宫到巴黎还有很长一段路程。众人向执政者屈身，对他向他们迈出的一大步致以敬意。随后，宫殿中爆发出一阵阵欢呼声。这是整个宫殿头一次也是最后一次充斥着欢呼声，这叫声很像压抑过久以后好不容易发出的狼嗥声，继而是一片哀嚎恸哭声。

埃米尔对还不敢相信眼前发生的一切的随从们说道：

"赞美真主，感谢主的恩泽。其他人只能毒害我的生活，而只有他可以俘获我的心灵，震撼我的内心深处。"

接着，埃米尔跟跄着向窗边跑去，将窗户彻底打开。这是他自进入这高墙深院被囚禁之后第一次这么做：第一次呼吸这混杂着花香与树木气息的空气，第一次将目光投向这座宽敞的英式花园；第一次以不同的心境欣赏这设计精巧的花园和园中成荫的树木，也是第一次聆听卢瓦尔河的潺潺水声——水面上的浮标将水隔开；第一次听到往来行人以及火车发出的声响；第一次，在这宫殿中，他欣赏着从加尔索内①传来的美妙声音；第一次，他嗅到了伊斯坦布尔、布尔萨和大马士革街区熟悉的气息。接着，他将那张布瓦松内递给他的留有亲王殿下手迹的小纸片折了起来，紧紧握在手心里，生怕它会从手中溜走。

临窗眺望着英式花园，他回想起了很多人，渐渐地，一张张面孔全部被迪皮什大主教的面容取代了。他闭上了双眼，片刻后，睁开双眼时，他已经写好了寄给身在巴黎的迪皮什大主教信的第一句话：

---

① La tour Garçonnet.（原注）

418

我的福星，今天我终于可以告诉您，您的善行有了成效，主可以让您免于奔波了，您播下的种子已经破土而出……

　　看到光亮的那一刻，埃米尔感到自己充满了力量。

　　自打来到这座城市，埃米尔便没有出过门。他这次出门是为了拜访宫殿四周的穆斯林墓地。他感觉这两年来去世的人成倍增加，墓地的范围也在不断扩大。他为亡灵们诵读了《古兰经》的"开端章"，又向远方眺望了一番，才和随从们一道向昂布瓦斯火车站走去。

　　埃米尔乘坐两点四十的火车抵达了巴黎。布瓦松内掀开车厢帘子的那一刻，他看见了欢呼的人群。他们正用最大的嗓门为他的平安归来而欢呼。成列的人群夹道而立，争先恐后地想要一睹埃米尔的风采。他们听说过埃米尔的许多传闻，在日报上看见过他的照片。他时而被描述成英勇抵抗、如天使般为道义而战的斗士，时而被描述成反叛而血腥的刽子手，痛饮敌人的鲜血而后快，就像他从波城被转移到昂布瓦斯那段时间里曾经发生过的一样，还没出手就让对手饱尝一切磨难。

　　受到如此重视，埃米尔感到有些突然。他调整了一下思绪，随后下了火车，朝着用锦缎装饰的马车走去。一队骑兵已在等候迎接他。他们将带着他和他的随从们向宫殿驶去。

　　埃米尔感到眼前的欢迎场面声势浩大，令人诧异。他明白了为什么自己会在最后一次战役中失利。世界早已发生了深刻而迅猛的变化。徒有利剑与勇气已经远远不够了。大炮、快捷的工具、可以穿越深谷和大海的游船和舰艇，能运送数千名旅客和整装待发的将士。这一切改变了既有的平衡。人们在与时俱进。

埃米尔对古杜尔·本·阿莱勒和站在他右侧的卡拉·本·穆罕默德说道：

"1852 年 10 月 28 日，周四，这一天应当被铭记。"

"是的，先生，这是不寻常的一天。"

"古杜尔，你已经看见了，命运是如何扭转的。尘世并不总是黑暗的。真主的仁慈是广博的，狭隘的是我们的内心。在见到执政者拿破仑后，我只有一个念头，那就是像傻子一样跑到大街上去询问迪皮什大主教的下落，感谢他为我们所做的一切。他很伟大，我相信他的信在执政者和其他人那里起到了作用。"

"他是一位高尚的先生，只要他住在巴黎，我们就必定会找到他。对于他这样的人物，我们稍后将要会见的那些人一定会知道他的下落。我们到时向他们询问大主教的情况，他们将会带我们去他的住处。"

"你们不必费心。我将把这件事交付给前来拜访我们的人。这完全不是问题。重要的是我们得先见到路易·拿破仑。这是一次正式拜访，需要在良好的氛围中进行，并留下积极的影响。我不希望这次会面只是一次程式化的会面。"

布瓦松内如是向埃米尔提示拜访的目的。

"那么，这任务就交给你了。大主教值得一切福报！"

埃米尔一边应着一边将目光投向巴黎高耸的建筑、穿梭于整洁街道的车辆和井然有序地走在城市周边公园中的人群。世界正在飞速变化中。他机械地晃了晃脑袋，不禁嘟囔道："他们用这些打败了我们。"没等再开口，他便意识到有什么东西正以不同寻常的速度前进，而人类固守原地不动。他看见那些自打入狱后便再也没有驾驭过的骏马正在一片混乱中艰难地跨越深沟与山谷，马上就要登上山峰；看见他闪着寒光的利剑已经不足以抵御时间的进袭，英勇气概与鼓舞人心的诗句大显神威的时代已经一去不返。在后街上哒哒的马蹄声中，他闭上了双眼，试图将所有这些令人忧虑的图景从脑海中抹去。

车队向里沃利街（Rivoli）50 号的露台酒店驶去，那里专腾出一排屋子供埃米尔的人马下榻休息。

稍事休息后，埃米尔让布瓦松内带他去马德莱娜教堂（La Madeleine）参观。当回到住处时，他被教堂高耸的建筑、众多的祷告室和巨大的容量深深震撼了。随后，他再次看向布瓦松内，委婉地提醒他曾做出的承诺：

"我听说大主教最近还在巴黎。"

"我明白，先生，我已经想尽办法联系他了，不会出任何问题的。如果他不方便前来，那么您便去拜访他好了。"

"我多么想念他啊，多么希望自己可以帮助他走出那降临在他身上将他摧毁的灾难。一个人在自己身陷窘境之际，还不忘念及他人，这是一种多么伟大的行为。"

"你应该休息休息，多为自己考虑。随着执政者拿破仑亲王殿下的介入，大主教的一切问题都将迎刃而解，他只需要完成一些形式上的安排就可以回到波尔多了。"

"如有可能，我想见他。"

"没问题，明天会有人带我们去拜访他。"

巴黎的街头，华灯初上。在埃米尔迈上通往休息室的第一个台阶、准备欣赏窗外夜景之前，迪皮什大主教正在助手们的陪同下站在埃米尔下榻地的门外，用手拂去宽松外套上的尘土。相见的刹那，两人同时陷入了沉默，久久地拥抱在一起。埃米尔甚至找不到合适的词汇来请大主教坐下，便用手示意让他坐在自己身边。大主教首先打破了沉默：

"好久不见了。看见你，我便安心了，看到你重获自由我很开心。我为你做了很多祷告，亲吻并祝福那双解除你束缚的手。"

"你是第一个理解我的法国人，你的祈祷传到了主那里，让他宽解了我的忧思，也触碰到了亲王殿下的内心，让他解除了对我的幽禁。我无法用言语表达对你的感激。"

"很高兴看到你有这样的结局。现在你可以放松些了，翻翻那些你很久看不到的书。上帝的心胸是广博而慈悲的，人是渺小的，他们往往堵住通途。"

"感谢赞美真主，你的财务问题解决了，或者说快解决了。"

"你们给了我很大的帮助。"

"哪里，我们为你做的远不及你为我们所做的。"

"我一回到波尔多就去昂布瓦斯宫拜访你。那里如今已不再是监牢，你可以呼吸新鲜空气，赏赏鸟，欣赏一下英式花园了。"

"当宫门打开后，我便迫不及待地想要去巴黎城看看，直到晚上才回去。"

"如今，你可以随心所欲，你已经是自己的主人了。过不了多久，你就能回到你日思夜想的那片土地了。"

晚上七点的时候，战争部长派来的军事助理亨利中校走了进来。当时，埃米尔还沉浸在同大主教的交谈中。行过军礼并站定后，亨利交给埃米尔一封出席罗西尼①创作的歌剧《摩西》的请柬。军事助理亨利言毕，布瓦松内问道：

"埃米尔先生，你是想休息还是想黄昏的时候去剧院？听听歌剧或许能让你更了解我们的文化。"

布瓦松内的提醒让埃米尔找到了一个婉拒出席歌剧而同他的客人迪皮什大主教多待一会儿的理由，便说道：

"你说得对，我今天有些累了，最好能稍事休息。"

布瓦松内没有再坚持，但在出门送走军事助理亨利之前，他礼貌地提醒埃米尔道：

"真遗憾，这是个机会。亲王殿下执政者路易·拿破仑今天也会出席，他非常迷恋歌剧。"

埃米尔很清楚布瓦松内的言下之意，他困惑地犹豫了片刻，然后改了主意：

"既然执政者要去，那么我也去吧。"

他望着迪皮什大主教，似乎在祈求他说点儿什么，而大主教始终用友善的目光打量着他，向他表示歉意并辞了行，还表示将在波尔多等他回来或前来拜访，主教说道：

"我该回去了，还有很多事等着我处理呢。或许可以借这个机会同亲王殿下谈谈你的困扰。他是个好人，总能耐心倾听一切抱怨。能跟他共度一个歌剧之夜很不错，希望你能喜欢。"

埃米尔盛情难却，没有再坚持，他在大主教出去之前起身

①　焦阿基诺·安东尼奥·罗西尼（1792—1868），意大利作曲家，他生前创作了 39 部歌剧以及宗教音乐和室内乐。

热烈地拥抱了他。为了不让埃米尔感到尴尬，大主教悄悄离开了。当埃米尔想送送大主教做最后一次告别时，后者已出了门，迅速消失在灯火阑珊的里沃利大街中。埃米尔在翻译官和随从们的陪同下去了剧院。

路易·拿破仑正坐在剧院后方的包厢里。布瓦松内把埃米尔引了过去。拿破仑看见他后，从座位上起身热烈地拥抱他，并邀他入座。埃米尔于是在全场一片掌声中入了座，人们惊讶地看着埃米尔，此前，他们只在报纸上看过他的事迹。

随后，当演出开始时，埃米尔便明白了为何大主教不愿看《摩西》这部歌剧。他为看到一幕幕赤身裸体的男女在舞台上表演的场景感到羞愧。但他并未多做评论，直到回到住处时，回顾方才看见的一幕幕，他祈求真主的宽恕。

次日，埃米尔受邀前往亲王殿下的官邸圣克卢宫，参加一场与他身份相称的正式活动。彼时，布瓦松内正在专心致志地为埃米尔起草活动上的致辞。埃米尔却突然找到他，拿来一份自己亲自写好的讲稿请他翻译：

"先生，我不明白。"

读完埃米尔写的讲稿后，布瓦松内说：

"你已经为这次活动准备好另外一套说辞了吗?"

"让我来给你解释我的目的吧。我谈到，执政者前往昂布瓦斯宫拜访我的时候，我曾向他做出决不危害法国利益的书面保证。这么做是错误的。于他于己，我都不能那么做。于他，那样做将会削弱他的高贵与伟大，因为他并没有向我提出任何要求；于己，因为我不愿意像贪婪的犹太人那样，用一纸契约换取自己的自由。今天，我将在巴黎将书面保证交付于他，并当着大家的面说明，这全部出于自愿，没有任何人强迫我这么做。"

"你不怕就像你说的那样，这么做会给亲王殿下带来伤害吗？"

"不会，只要我可以自由行事。我断定这会让他高兴的，并使他确信我的善意。"

"这张纸没有任何实际意义，除非它发自于你的内心，亲王殿下自会感知你的诚意。"

"这确是我想做的，我无疑将对执政者做出积极的回应。"

于是，布瓦松内在埃米尔旁边的桌子上专注地翻译起埃米尔亲笔书写的讲稿来。他发现了一些极为敏感的措辞，于是，不时询问埃米尔的意见，逐字斟酌起来。

随同埃米尔前往的有卡拉·穆罕默德、骑兵统帅古杜尔·本·阿莱勒和法军仪仗队。欧仁·杜马将军① 负责将埃米尔引至亲王殿下身边。欢迎仪式结束后，埃米尔被要求致辞。埃米尔于是从座位上起身，微微调整了身子。他看见了对面的亲王殿下。剧院中的强光打在他脸上，微微挡住了他的神情。埃米尔于是开始用欢快的语调读了起来，除了翻译打断了他几处外，他一气完成了发言：

"殿下，我尚不熟知你们的礼节，或许我做的这件事有些愚蠢，对此，我先行致歉。但是，我想向您以及您周围的高官们致以诚挚的谢意。有些人往往轻诺寡信，而您则言出必行。得益于您的宽宏大量，我得以重回伊斯兰的土地安度余生。言

---

① Le général Eugène Daumas. （原注）

语终将随风逝去，但文字将长久留存。我将这份文书交付于您，它是我的承诺，这些内容字字发自肺腑，并无任何人强迫我书写它。"

"赞颂仅归真主。致亲王殿下——执政者路易·拿破仑，愿真主保佑他，眷顾他，并匡正他的过失。写信人：阿卜杜·卡迪尔·本·毛希丁。我来到您这里，是为了对您施予我的善行表达感谢。您的出席使我万分欣喜。您的作为使您成为我最珍贵的朋友，任何语言都不足以对您所做的一切表达感激。愿真主助您成功……今天，我来这里是为了在真主、先知和哈里发们面前向您立定誓约，我不会做任何动摇您对我的信任的事，我将信守誓言，不再回到阿尔及利亚。当真主助我拿起武器、弹药之时，我竭尽全力做到极致，但当他决意让我停止战斗时，我也依从他的旨意，放弃政权，交出自己。今天，我的信仰和荣誉要求我尊重誓言、谴责背叛。我是一个有尊严的人，没有人能指责我玩花样。"

埃米尔话毕，亲王殿下——执政者拿破仑回应道：

"埃米尔啊，我非常相信你，从未怀疑。我不需要你的书面保证，你是知道的，也绝不会要求你做出这样的保证。尽管如此，我收下你的文书，这是你发自肺腑的情感表达，它说明我给予你无限信任是对的。"

在宫中的花园里转了一大圈后，埃米尔在亲王殿下的陪同下参观了宫殿和宫殿内存放的宝藏。随后，来到了马厩，观赏皇家专用的御马。在一匹白马前埃米尔站住了。这匹马身姿极为敏捷矫健，让埃米尔和同行的杜马将军非常惊讶。亲王殿下见此情景一边用手梳理着它的鬃毛一边插话道：

"阿卜杜·卡迪尔，从现在起，这匹马就归你了，这是我送你的礼物。希望它能让你忘却那些遗失的岁月。如果你明天想要和我一起参加在我的庄园里特地为你准备的骑兵训练并试试这匹马的话，我将非常高兴。"

"我很乐意，亲王殿下。我非常乐意。"

第二天，埃米尔骑上了这匹马，他感到脚下生风。他真想丢掉身上一切形式化的约束，让马在这片绿色的原野上不停地跑向视线的尽头，驰骋于被山脉分隔的平原上。但身份和地位要求他必须同执政者并驾齐驱，而执政者正骑着马缓缓前行。

"它脾性如何？"

路易·拿破仑问道。

"是匹骏马，只是有点调皮，卡拉·穆罕默德的儿子看过并摸过它之后就观察到了这一点。马就像人一样，一旦习惯了舒适的生活就会变得懒惰。但它动作敏捷，血统纯正。"

"希望你喜欢你的新坐骑，希望它能缓解你的乡愁。令堂情况如何？她上了年纪，感到思乡之苦吗？"

"在被拘禁的日子里，家母一直借助拐棍走路。但自从我们承蒙您的眷顾重获自由后，她丢下了多年的重担，走路都不需要拐杖了，就像年轻人一样。"

路易·拿破仑笑了起来，认为埃米尔在讽刺自己，便说：

"你说得有点过了吧？"

"不，先生，我说的绝非戏言。她丢掉了所有的借力物，走路也不用拐杖了。我说的句句属实，赞美真主，自由对人起了怎样的作用啊！"

埃米尔来到礼宾处，许多从前被关押的军官利用埃米尔在巴黎的机会前来拜访，对埃米尔为他们所做的一切表示感谢。他们中领头的是库尔贝·德库诺尔中校①——一名西迪·易卜拉欣战役中的战俘，他现在已经升任将军。如果当初不是埃米尔的母亲拉莱·扎赫拉出手相助，库尔贝必死无疑。

当库尔贝中校第一次走到埃米尔面前，埃米尔热情地问候了他，随后久久地握住了他的手。埃米尔从难以抑制的激动中平静下来后对他说道：

"库尔贝中校，或许场合不合适，但只要你在我面前，我便要向你抗议那些妄加在我身上的罪名。自从我来到这里后，听到的都是有关西迪·易卜拉欣战俘的传闻。人们说我幕后操纵了法国囚犯大屠杀事件，但这场灾难发生时我全不知情。如你所知，我当时不在那个地区，离摩洛哥的土地很远。库尔贝中校，你为何在这损害我们关系的真相面前保持沉默？"

"先生，我为发生在你身上的一切感到遗憾。战势往往是残酷的，从来不受我们的控制。该发生的发生了，历史终究要翻页。我们也不应该一直做往事的奴仆，为那些事负责。只是，在你的敌人清算你之前，你的朋友先清算了你，他们会责问你：为何不惩罚大屠杀事件的罪魁祸首？你在深知他们的情况下，却把他们窝藏了起来？"

"你当时能那样做吗？你当时就能了解事情的复杂性吗？当时，在摩洛哥扎马莱大营的局势以及我后继者们之间的分歧已恶化到极点，尤其是布哈米迪和穆斯塔法两人之间有了分歧。而饥馑、疾病和绝望则吞食着一个个士兵。所以，不要对

---

① Le général Courbet de Cognord.（原注）

428

我求全责备。我除了自责别无他求。但我很清楚地知道，但凡我当时身在现场，一定会找到一个解决办法。"

"难道不能远程指挥，下令遣散那些俘虏吗？"

"烧死了赤手空拳的扎希拉山民的比利希将军被遣散了吗？库尔贝中校，就像你刚刚所说的那样，这是战争的悲剧。我当时被四面围困，死路一条。假如已故的比若元帅能够克服自己的军事利己主义，考虑得更周到一些，他们就不会死。比若当时认为，摩洛哥素丹能够像以往一样，在不交换人质的情况下拯救他们。真遗憾，战争有它自身的权力场，有时坚不可摧，但在更多的时候是残酷而愚蠢的。"

库尔贝中校低下了头，不再辩驳，只是小声嘟哝了几句，话中的深意除了他自己和埃米尔无人知晓：

"你说得对，阿卜杜·卡迪尔先生，你说得对。战争有它自身的权力场。是的……战争有它的权力场，有它的错误，也有它的愚蠢。"

在亲王殿下前去狩猎的两天中，埃米尔趁机参观了巴黎重要的名胜。他在博物馆逗留了很长时间，欧仁·杜马和布瓦松内一直陪伴其左右。他在凡尔赛宫的一幅画前停住了脚步，这幅画是通过奥马勒公爵的关系收购来的。埃米尔惊异于画面的宏大和画笔的精细。这是一幅旷世巨制，长 21 米，面积有100 平米。埃米尔审视着这幅画，毫不掩饰瞳孔中燃烧着的胜败的痛苦，耳边仿佛听见奔腾的战马在嘶鸣。一些观画者立即明白了画面的含义，而另一些人则需要解说来解惑。

埃米尔没说什么，但当他站在法国画家霍勒斯·瓦尔内的一幅表现希波拉战役的油画前时，他义愤填膺地说：

"为什么你们只画胜利的场景，而回避那些败仗。如果画家有理性，作画时既有表现胜利的作品又有表现失败的作品该多好！没有哪个民族能长盛不衰，没有哪个将领是常胜将军。"

"先生，你知道的，胜者往往能操控一切。"

布瓦松内用几乎听不见的声音说道：

"现在，一切都结束了，这幅画也会成为历史的一部分。这些残酷历史的缔造者们又有哪个能永垂不朽呢？比若死了，王储杜马公爵被流放了，尽管有信誓旦旦的约定，埃米尔还是惨遭囚禁，另一些人也退出了历史舞台。就像你看见的那样，从前的小兵变成了将军，从前的将军变成了元帅，从前的元帅退出了历史舞台，而昔日早已退出历史舞台的人们则已经不复存在。世界在变，人也一样。从前，路上满是马匹，而如今，奔驰在马路上的已经全是汽车和蒸汽机车了。世界正在飞速变化，我们要么顺应它的潮流，要么被它抛弃并碾作泥尘。"

"布瓦松内，你的豁达和智慧总能使我豁然开朗。"

"就像你从我身上受益一样，我也从你身上学到了温和、豁达和坚忍。"

随后，埃米尔参观了印刷机。机器的智能让他震撼。他亲眼看见了机器如何印刷报纸和书籍，如何将字词排列成句，将句子排列成行，又将行列排列成篇。一名工人向他介绍了生产流程，又在机器的轰鸣声中为他讲解了机器的智能：

"埃米尔先生，我们正处在一个复杂程度远远超乎我们想象的时代。便捷正是这些机器带来的好处。机器操作一小时印刷出来的读物量是人工操作 13 年的总和。试想，如果工人们一天不间断地工作 10 小时，这些报刊和书籍就可以在一天或更短的时间内通过火车、汽船和蒸汽机车送到全法国的读者们手中。"

埃米尔被所见所触震撼了，他惊叹道：

"太伟大了！我昨天参观了军械库，看到了最复杂防御工事中的弹药是如何产出的。今天又参观了这样的机器，知道了最强大的国王的心声是如何传递的。这些只是倾盆大雨中的一滴雨，它如果被放进贝壳中便会成为一颗珍珠，而一旦被放在蛇信子上便会成为一滴毒液。"

在回到昂布瓦斯宫之前，埃米尔在 11 月 9 日最后一次前去拜访了路易·拿破仑。二人在众人的陪同下骑着两匹阿拉伯骏马在圣克卢的旷野上漫步。埃米尔骑着那匹路易·拿破仑赠予他的白马。

埃米尔沉醉在一望无际的自然美景之中。一阵沉默之后，路易·拿破仑说道：

"我希望你拥有高尚的地位。我有一柄阿拉伯古剑，年代可追溯至古代东方哈里发时期，希望你收下我的这件礼物，但我希望能配备上与你身份相称的手柄和护套，遗憾的是，工匠们还没有打造好它。等造好后会送到布尔萨，送到你手中。我很高兴能将这柄剑送给你，我也知道你绝不会将剑刃对准法国。"

"如今我已不再求助于武器。我将为您和您伟大的国家祈祷，而对于在那片美丽的土地上发生的事情，只有真主方能定夺。我只希望一切安好。"

第二天，埃米尔在布瓦松内的陪同下登上了返回昂布瓦斯宫的列车，一队骑兵和军官与他们同行。埃米尔问布瓦松内道：

"我知道你极有耐心，但我希望我没有困扰你或行为失礼。如果没有你，这场会面会沉默乏味。"

"先生，我很荣幸能为您效劳。很高兴为您提供帮助和服务。希望您能让我陪您一同前往布尔萨。"

埃米尔对布瓦松内第一次这么提议吃了一惊，便问道：

"你是认真的还是嘲笑我的幼稚？会有人愿意放弃这里优厚的条件而走向一片未知的土地吗？"

"先生，我早就和我妻子想好了，如果您接受我们，我们便一直追随您。不强迫您，这只是个愿望。"

"你们的上级会怎么看此事？"

"没关系。我已经服役多年，请求他们遣散我，他们也接受了我的请求。而且还有很多人认为我陪同您前往是件好事，兴许我可以在需要的时候帮助您。"

埃米尔没再说话，紧紧地拥抱了布瓦松内。

火车已经离站了，车头喷出一缕缕浓烟，遮蔽了巴黎的天空，也掩住了前方的路途。

"你现在的情况好多了，可以出去到花园转转。"

穆斯塔法·本·塔哈米在床上辗转反侧，然后转向白色的墙壁，仿佛没有听到医生的叮嘱。他闭上眼睛，徒劳地试图入睡。

埃米尔一行到达时，昂布瓦斯的天气很好。埃米尔的母亲拉莱·扎赫拉以及所有的人都在门口等候，除了穆斯塔法。自从埃米尔去巴黎后，他发起高烧，卧床不起，尽管御医几次造访，都未见效。为了驱除脑海里如同碾压机作业一样的嘈杂声，他把头埋在枕头下。欢呼声变成了像子弹穿梭一样的回声，它穿过树林和躯体，然后轻轻地传来。他再次抓住头，把头埋在双手间，用力敲打，感到头痛欲裂。

他的妻子走进来，把绷带浸在冷水里，拧干后缠在他头上，又在他面前放了一杯苦艾酒。这是自从埃米尔去巴黎之后，御医第三次看到这幅情景。

"头疼可能只是因为太高兴了，阿卜杜·卡迪尔先生到了，你可以下床了，所有人都在大厅里等你呢。"

穆斯塔法没说话，而是像医生建议的那样喝了花草和橙皮泡的水，然后不顾酒烈，将苦艾酒一饮而尽。

"穆斯塔法，你还需要别的东西吗?"他的妻子又问了一遍，"他们所有人都在楼下的大厅等你呢。"

"我想小睡一会儿，现在还不能起来。"

"你不能这么做。埃米尔从巴黎赶来了，昨天你一直都没有睡着，整个晚上你喊叫着，辗转难眠，我晃动着你。"

"当我们已听天由命之后，突如其来的自由唤醒了所有的伤口。"

"整个晚上你都很清楚地呼喊：监禁……监禁……真主啊，你不是全能者吗？阿古纳来了……拉莫里西埃将军……里雅法各部落……你不是全能者吗?"

"也许过度的劳累刺激了老伤口。"

"真主保佑你，穿上衣服，和我们下楼迎接埃米尔吧，我帮你起来。"

穆斯塔法在床上折腾了一会儿，试图站起来，但是身体不听使唤，便又躺下了。他注视着新房间的天花板。这个房间是自城堡打开那天起赏给他住的。只有一件事让他不能释怀，也无法谅解，那就是：埃米尔怎么能不声不响地去了巴黎？为什么他没有问问自己是否想与他同行。穆斯塔法知道原因，但是，埃米尔第一次在直接关系到他的问题上没有征求他的意见。

门外的欢呼声渐强，队伍已经到了卢瓦尔河，开始向着城堡的入口走来。拉莱·扎赫拉已经拄着拐杖，站在埃米尔乘坐的马车门口。他从车上下来，容光焕发。母亲给了儿子一个长久的拥抱，然后注视着他的眼睛，喃喃道：

"感谢真主让你开心，也让我们所有人开心。"

这是她从他那双清澈碧绿的眼睛里得知的。每当他的心境变化时，他眼睛的颜色也随之改变。她确定此时此刻的他非常放松自在。

穆斯塔法的妻子再次告诉丈夫必须要快些起身，埃米尔已经步入城堡的大厅了：

"穆斯塔法，天啊，你睡也睡好了，赖也赖够了，阿卜杜·卡迪尔先生已经到了，你现在就该起床了。"

"但愿如此，真主赐予我们自由。只要在我们这儿——这块我们被迫居住的土地上，一切都是纸上谈兵。"

"真主已赐给我们自由。过些日子但愿我们还能去土耳其。真主保佑！埃米尔已经回来了，不同于往常，他看起来神采奕奕。"

穆斯塔法战胜了打倒他的疾病和燃烧的思绪，艰难地起了床。当他进入大厅时，那里已挤满了来一睹埃米尔风采的人们。埃米尔问候大家，然后一反常态地走入人群。穆斯塔法一言未发。埃米尔很快理解了他的行为。埃米尔继续讲述他去巴黎的细节，还有巴黎的执政者——路易·拿破仑亲王信守承诺的事情。当大厅静下来的时候，埃米尔起身走向穆斯塔法，坐在了他身边，而此时其他人都在对埃米尔的巴黎之行议论纷纷。埃米尔先开口道：

"穆斯塔法，你看起来忧伤又憔悴。我从我的姐姐和母亲拉莱·扎赫拉那里得知你得了热病，在休息。"

"是的，我的先生，热病在这个地方是致命的。"

"当真主赐福于我们时，还会生病吗？"

"不会的，我的先生。但我的确在生病，连起床都很困难。"

"你心里很苦，我知道你很失望。你知道西迪·易卜拉欣战俘之事，我们不能如此挑衅款待我们的人。你斜视我的眼神让我想起了你穿越法吉格沙漠、从扎瓦维山回来的那一天，那时我就发现了你对囚犯之事很失望。赞美真主，你现在的表情与当时的一模一样，病症也一样，甚至连反应都一样。一切都已结束，我们现在面临着新的命运。当真主向我们敞开大门时，我们跑过去关上它。你很清楚我去那儿不是为了自己，否则的话，我一开始就接受了比若的建议，洗手不干，也不用对别人负责了。"

"主公，你不会那样做的。但是我感到十分不公，无法接受。我没有要求同你们一起去巴黎。但是，我的主公啊，我不想背负背叛的罪名。我的主公啊，这是一场战争。当那些在扎希拉山上烧杀抢掠的人，那些杀害了西迪·穆巴拉克和其他人的人要和我们握手时，难道我们无权拒绝吗？仅此一个问题，主公，我知道答案。"

"当时我不在现场，没有发言权。我所知道的细节就如同你讲给我的那样。你我心知肚明，战争自有其法则。穆斯塔法，我们不应该忘记的是，我们今天的处境已非同往昔。我们是阶下囚，我们曾经针对法国和欧洲所做的一切，究其本质，是错误的。从前我们以为我们自己是真主在世界末日唯一眷顾的一群人，天堂为我们独占，安拉是穆斯林的主，其他人若敢在此事上指手画脚，我们就会对他们义愤填膺。穆斯塔法先生，现在世界变了，变了很多，我们处于世纪交替之时，这个时代的一切向我们展示着它的真谛。当别人挖掘土地，开发资源并把它们转变成坚船利炮、治世之法来发展国家时，我们还沉湎于衰退落后的公理中，我们曾经生活的时代结束了。我们今天能否睁开眼睛面对现实，把我们致命的错误告知我们的子孙？我不知道。时间飞逝，我担心我们连收尸的机会都没有。在时代更迭的十字路口，如果人们无法同时理解两个时代，那么很难选择正确的道路。"

"但是，我的素丹，远方的土地如今成为我们欠下的巨债，也许我们不会作战，但是我们要在真主面前对它进行清算。有时候我问自己，作战直至战死沙场不是更好吗？条约从我们这偷走的不仅是我们生命中的 5 年，而且是横亘在我们和那片土地及其子民之间的鸿沟。"

埃米尔沉默了一会儿，转向墙壁，只看到一片空白。

"你的痛苦也是我的痛苦。我们别无选择。尽管如此，被囚禁不全是坏事。我们学到了很多东西，我们知道没有什么能打击我们，除非命中注定。曾经，我可以在战场上或军帐里轻易死去，当时阿古纳派出了他的一个助手。如果他准备挥剑取我首级那一刻，我没有抬起头与他四目相对，此人当时便可以取我性命。在这片土地上，我们失去了众多挚爱。但是如今很多事情已经改变，当你远离这片土地数千里之外时，你无法保护它。真主神通广大，在那片土地上自有人知道如何保护它，为它消除不公。至于我们，从我们同意放弃武器的那天起，战火销声匿迹，我们便已死去，向坟墓迈出了第一步。除了死，别无选择。时光不会倒流。没有军队，没有军事知识能够解救我们。穆斯塔法，我们缺乏一点理智，对事物的审视也十分欠缺，事物有其发展规律，而非我们的想象。我们的确失败了，我们的敌人比我们强大，是的，但是真主永远是最强大的。"

"但是，我的主公啊，在我的心中有无法抑制的怒火，除非我隐瞒、沉默。除了悲痛，我别无他法，因为我感到心中有罪。"

"穆斯塔法先生，我能理解你的怒火，但是你不认为我心中也有同样的怒火吗!? 我们之间的区别就在于，我听天由命，不再有什么可以阻止我和我的心灵坦诚相见。这就是我专心致志的事情。而你仍然对我们创造的世界不能释怀，这个世界今天已另有归属，也许他们比我们更有构想。"

这次伊本·塔哈米沉默了。埃米尔返回了人群，滔滔不绝地讲述他同路易·拿破仑的会面，以及他在巴黎所见识到的文明的生活方式和文化古迹。在场者对他所描述的事情惊讶不已。他的母亲拉莱·扎赫拉自从他进门后就拉着他的手，好像他是一个孩子，而她不想放开。她还时不时地看着他的脸，观察他的表情。

沉默良久后，穆斯塔法·本·塔哈米问他道：

"路易·拿破仑赠你的白马在哪儿？"

"它和卡拉的儿子穆罕穆德一起在马厩，他正试着让马儿适应我们的生活习惯呢。它将前往伊斯兰的土地，那它就该知道我们吃什么，如何活动，免得水土不服，或受骗上当。人类杀马前，总是先把马儿骗到手。"

"我能骑它吗？"

"它有点阿拉伯个性，调皮起来和艾哈米彦的马可不一样。小心点，如果你不抓牢，它可是会把你摔倒在地。穆斯塔法先生，我们都是在马背上长大的，但是监禁和流放削弱了我们的感官。"

"我们试试，也许他们的马比他们要仁慈。"

埃米尔点点头，不置一词。

穆斯塔法一反被关押时的状态，穿上骑士服装，令众人惊讶。他的衣服上点缀着金线编织成的流苏，皮革上涂上了砖红颜色。马儿受不了寻常人。布瓦松尼和埃米尔大笑，他俩一直看着穆斯塔法这副骑士模样。穆斯塔法把他的拐杖像雅塔甘（Le Yatagan）长管猎枪一样扛着。在他还没走出去的时候，刚才出去又很快折回来的布瓦松尼走到他身边，递给他一双砖红色皮长靴。穆斯塔法迅速穿上，在埃米尔面前像个军人一样立正，然后走了出去。他是一个充满活力的骑士，走向马厩，骑上了卡拉的儿子穆罕默德已经为他准备好的那匹马。他驾驭着马，走到城堡的广场上，让它飞奔，他在马背上困难地重复着从前的动作。所有的人都临窗看着广场上的他。直到马跑累了他才停下来，而这匹马还不习惯在封闭的场地里兜圈子。夕

阳西下，穆斯塔法才返回屋子，去见埃米尔。埃米尔开玩笑
地说：

"穆斯塔法先生，你的热病如何了？外面的空气似乎是灵
丹妙药啊。"

"啊，众信士的长官，我感到了奇妙的快乐。所有让我心
神不安的病一扫而光，随风而逝。尽管身体感到很沉，但我的
心情好多了。流放不仅让人忧伤，它还会搞垮人的身体。"

"我们的身材不再健美，也许上了年纪都会如此，你别
忘了。"

"年纪不会让人丧失机敏，精神萎靡才会侵蚀肌体。现在，
如果您允许的话，我能否时不时地骑骑那匹白马，以便让我的
身心不再沉重。"

"去问穆罕默德·本·卡拉①吧，他很摸得透马儿的脾气。
自从看见了这匹马，他就迷恋上了它那矫捷的身姿。他说，它
和艾哈米彦马的区别就在于它有点调皮，除去这一点，简直就
是完美的。"

"如果可能的话，我们何时前往土耳其？"

穆斯塔法·本·塔哈米迫不及待地问道。

"啊，我的主公，我对那片土地的思念与日俱增，不能再
忍受了。一旦看到光明，我们就会渴望快点解脱。"

"如果万事都如计划的那样顺利进行，我们将在1852年的
12月11日启程。但愿如此。千万忍耐，过去的就让它过去吧，
我们把失望忧愁丢到身后，真主已经在我们面前开启了所有曾

---

① 即卡拉的儿子穆罕默德。

经关闭了的道路。"

"但愿如此。"

第一个黎明，金色的阳光驱散了郁积的乌云。

一切都突然消失了，取而代之的是一片空白和渴望静思的心潮。甚至连埃米尔曾经在昂布瓦斯城堡面对亲属和追随者们开始学术讲座时用的书籍也烟消云散。那些书籍包括赛努西①有关伊斯兰经院哲学的著作《一神论信徒之小成》、伊玛目伊本·艾比·宰德·凯鲁瓦尼的《马立克派教义学书信集》②、布哈里的各种著述③、伊玛目阿亚德的《痊愈经》④。当时，还有布瓦松内等人的讲座。所有这些都溶解在那剧烈的震颤中和突如其来的光亮中，让他措手不及，只见眼前一片白晃晃的。他试图分辨这一切到底是美梦还是噩梦，试图听听城堡门窗最后一次关闭时发出的嘎吱声，然而这一切都是徒劳。他在大门前方、后方还是门内？抑或似一粒散落于空气中的尘埃，随处飘荡？

---

① 赛努西（Muhammad bn Ali al-Sanūsi，1791—1859），伊斯兰教赛努西教团创立人。生于阿尔及利亚穆斯塔加内姆，自称系阿里和法特梅的后裔。主张在正统教义基础上实行一种祷告式的"齐克尔"（即心存安拉），因要求创制的权利，被爱资哈尔大学马立克学派长老视为"异端"。（译者注）

② 伊本·艾比·宰德·凯鲁瓦尼（Ibn Abī Zayd al-Qayrawānī，922—996），马立克派著名人物，有阐释马立克派教义的著作《马立克派教义学书信集》传世。（译者注）

③ 布哈里（Muhammed bn Ismayil al-Bukhari, 810—870），阿拉伯历史学家，伊斯兰历史上最为著名的圣训学家之一，著述颇丰，达20余种，其中最为著名的是《布哈里圣训实录》，被公认为是6种最好的圣训录之一。（译者注）

④ 阿亚德（al-Qādī Ayād，1083—1149），安达卢西亚著名的马立克派教义学家、历史学家，有《先知权利之定义》一书传世，该书主要讲述先知穆罕默德的美德。（译者注）

啊！难道仅此而已？5年过去，弹指一挥间。往事如烟，仅仅5年？5年意味着8760天，43800小时，262800分钟，15768000秒吗？难道他们不曾明白这5年中的每一秒都无不见证着生与死的更替？

所有的人都走出了城堡，大门在他们身后关闭，人们乘车驶向车站。人去楼空，昂布瓦斯城堡顿时安静下来，卡拉·本·穆罕默德那每日5次响彻整个城市的洪亮的宣礼声也随之消逝了。城堡一片静默，又恢复了他们到来之前了无生机的沉寂。

仅仅是座城堡而已！

临行时，天下起了雨。不久雨过天晴，空气中弥漫着泥土、花草和沾着露珠的树叶散发出的怡人气息。

埃米尔放下马车的窗帘，不再看城堡的景象。他转头朝向母亲莱拉·扎赫拉，试图忘记刚才白光照射他时的感受。他说道：

"莱拉·扎赫拉，转瞬间情况大变，真主的仁慈是无限的。"

"赞美真主，我们都快要绝望了。不过，有件事我无法释怀……"

拉莱·扎赫拉沉默了一会儿。

"妈妈，我理解你的心情。真主会让生者长寿，会怜悯死者。他们是我们在这座坟墓、这座城市的记忆。我们不能将他们带走，这座城市善良的民众会祭奠他们。我给这里的人们留下了一些金银和钱财，以便他们照顾好这座伊斯兰墓地。长眠于这片土地的还有我的贤妻穆巴拉克和爱子阿卜杜拉，真主与他们同在。对于亡者而言，不管在哪儿，入土为安，大地属于真主。同一片土地，同一具忘我的躯体。"

"孩子呀，人非石头，孰能无情。总觉得他们就在我眼前，好像他们没有逝去。愿真主赐福他们！"

"扎赫拉妈妈，这就是尘世。离开这里，我也很难过，以后再也见不到为我们不惜牺牲一切的大好人迪皮什主教了。记得最后一次离开我时，他很难过。"

"真主不会撇下我们不管的，我坚信你会再次见到迪皮什主教。别想太多了，离开之前还有很多人等着跟你道别呢！"

一大早，满载着昂布瓦斯城堡监狱囚犯及他们行李的马车一辆接一辆地驶离，远远就能看见车队穿过山谷，翻过高坡，向火车站驶去。

"感谢真主给你重获新生、继续行善的机会。"

莱拉·扎赫拉一边说，一边在埃米尔的额头轻吻了一下。

"妈妈，我相信邪不压正。我们只有不懈地工作，才能感受到真主赐予我们的力量。伟大的先哲伊本·阿拉比曾常说：'生命有限而功德永存。'我希望从今起能有充足的时间来阅读他的书籍，并能在他的语言王国里永驻。"

"你会有充足的时间读书的。该做的你已经都做了。"

"我曾经多么希望阿尔及利亚能有更好的结局。不过我相信一定会有人热爱她、保护她。天意不可违。"

沉默了一会儿，埃米尔转目看着倚靠在自己右肩的母亲，稍稍撩开车窗的纱帘，他睁大清澈的双眸注视着遮住了半壁天空的乌云。乌云渐渐缩小，凝聚成云团，巨大的阴影投射在昂布瓦斯城堡上；乌云之外的天空一如先前，白晃晃的，犹如流溢的奶泡。这团乌云预示着坏天气和一场暴雨的临近。云层越来越低，遮住了加尔索内（Garçonnet）城堡的顶部。这里曾经是昂布瓦斯宫的宣礼塔，在过去的 5 年中，昂布瓦斯城堡的居民对每日从这里飘出的高昂的宣礼声再熟悉不过了。

昂布瓦斯城堡最终消失在卢瓦尔河桥和对面林立的建筑中。来自北方寒冷的西北风夹着雪呼啸而来，凛冽刺骨。

大约下午一点左右，蒸汽火车最后一次冒起浓烟启动了，抛下了这座城市以及前来送别昂布瓦斯城堡居民的人们，这座城堡见证了过去不同寻常的 5 年。列车到达里昂车站时，欧仁·杜马将军、伊斯梅尔·欧尔班①，以及画家蒂提尔②前来迎接。还有欧仁·德希威利③也前来迎接，并要送给埃米尔一本关于法国军队的书，他脸上略带迟疑之色，说道：

"如果先生能接受我这份薄礼，将是对我最大的恩典。"

"我本以为自己配不上你们这般大恩大德，一直以来我都是你们军队和将领的顽敌。我愿意接受这份礼物，因为今天这样的殊荣和友情让我有机会发现那不久前才书写的辉煌友谊史。"

"谢谢您，先生，这是我的荣耀。"

接着埃米尔转向一直注视着自己言行举止的欧仁·杜马将军，他似乎想保持自己从成为穆阿斯凯尔城的武官以来就习惯的面容，而过一会儿一切都将了结。埃米尔感觉到了他的忧伤和尴尬，便说：

---

① Ismail Urban.（原注）
② Le peintre Titier.（原注）
③ Eugène de Civry.（原注）

"杜马，我不知该对你说些什么，我永远不会忘却你的友谊。祈求真主保佑你万事吉顺！希望能常看到你的信，并不吝赐教。只要我活着就一定不会忘记你的忠言。"

"素丹啊，与你陪伴让我受益良多，打开了我的视野，了解到以前从不知道的知识，如关于马的知识，阿拉伯人对女性的看法，你们的传统和习俗。"

"很希望你能提供给我《布道者》和《箴言报》两份报纸，以便让我可以时刻关注这个国家的动态。"

"小事一桩，我个人向你保证，通过合适的渠道将报纸不断送到你手中。这一点请你放心。"

"愿真主赐你吉祥！"

接着所有人登上了前往夏隆镇（Chalon）的列车。这条铁路的尽头便到了索恩河（Les Saone）附近，所有人将在那儿换乘巴黎人 N1 号汽轮（Le Parisien N1）去往里昂。在里昂，埃米尔将与卡斯特兰老元帅①共进晚餐。北非所有的军团都听从这位元帅的指挥。这也是埃米尔迫不及待地前去看望他的原因。另一位要探望的便是瑞士银行家查尔斯·埃纳德②，他曾誓死捍卫埃米尔，联系了所有法国政要来保释埃米尔。

"当我解除监禁出来时，"埃米尔说道："就像还清了陈年老账。那一刻，你是我尽早想见的人之一，是把自己获得自由的消息最早告诉他们的人。很高兴能再次见到你。患难见真情哪！"

---

① Le maréchal Castellane. （原注）

② Le banquier Charles Aynard. （原注）

翌日，汽轮驶向阿维尼翁（Avignon），埃米尔将在此稍作停留，以便向专程前来送别的地方长官以及一道来的百姓们致谢。之后汽轮将开往马赛港，在那儿换乘拉布拉多号游轮（Labrador）前往布尔萨。

埃米尔一行下榻事先安排好的帝国酒店①并受到了很好的接待。由于舟车劳顿，大家一到酒店就直奔客房休息，以便稍作休整后继续赶路。他们那些沉重的行李、家具及个人物品被直接送抵老港于当日装船。

埃米尔在对着大窗的一个角落处站了一会儿，窗外是一片空地。他长久凝视着酒店的设计，惊叹于它那复杂且透着年深月久的工程。但他不明白的是，人何以在这种封闭、不见阳光的地方生活。他无法想像出既没有前庭、后院又没有橄榄树和无花果树的房子。庭院就是房子的肺叶，人、鸟甚至石头都通过它来呼吸。

此刻的埃米尔，尽管心里万分喜悦，脸上却显得冰冷而抑郁。他疲惫地瘫在沙发上，除了想要一杯苦味的土耳其咖啡，别无所求。此刻一杯这样的咖啡对他来说弥足珍贵，他似乎已经嗅到了从远处飘来的咖啡醇香，沁入心脾。布瓦松内留意到埃米尔的疲惫和沉重，便说道：

"先生，你最好住下来，稍事休息。每个人都住下来了，你可以在房间边休息，边等待启程。"

"亲爱的布瓦松内，也许我再也快乐不起来，我深感悲伤，对此地恋恋不舍。这里有我的爱人，在沙场上我们彼此经受了

---

① Hôtel: Les Empereurs.（原注）

考验。我知道了勇者、强者和忍者，也了解了懦夫和叛徒。每当触摸着他们某人的脸或手时，我强忍着眼泪和崩溃。朋友啊，离开自己的爱人真是难啊。他们的离去也许会让我们渐渐习惯于这苟且的生活，然而他们却在记忆中永存，并在我们试图忘却时唤醒我们的意识。"

"我明白，并且感同身受。从我决心带着全家跟随您的那天起，我的脑海中就只有一件事情，那就是效忠于您，因为您代表人生的最高典范，我不想因为战争而让生命变得冷酷无情。"

"尽管如此，战争还是扼杀了我们最重要的东西：感知事物最朴素、最本质的含义。战争让我们失去了这种禀赋。而今，每件事情都要经历算计和揣测，哪怕是微乎其微的事情。"

埃米尔说完便下意识地将头转向正对着酒店花园敞开的大窗。咖啡的醇香再次不知从何处飘进来：

"啊，很久都没有闻到这种咖啡的味道了。"

"这是土耳其的苏莱曼·叶沙尔咖啡。咖啡馆离我们住的饭店不远，我这就派人送一壶过来。"

当埃米尔用舌尖轻啜了一口咖啡时，感到一种异样的美味传遍周身，给他巨大的热量；再呷一口时，他感到身体更加舒展、放松。第二口虽不如第一口热乎，但口感更爽滑。埃米尔感到疲劳一点点地减少，整个人变得神清气爽。

他仿佛觉得自己正在布尔萨的大街小巷穿过，朝那里最大的清真寺或者文化中心走去；他觉得自己正在大马士革的伍麦叶清真寺埋头研读毛希丁·本·阿拉比大师的某本巨著或他的手稿，解读文字背后的堂奥，而只有进入知识殿堂的人才能悟到其中蕴含的博大精深。埃米尔此时思绪万千。与其说是马赛港的建筑、日益宽广的车站以及每天穿梭的火车吸引了他，不如说是这座城市的气息和地理位置令他着迷。它与巴黎相反，而同阿尔及利亚相似，静卧在海岸边。埃米尔感到某种东西把他拉回故里，马赛的土地和海洋散发着一种来自远方的神秘气息，沁入心底，久久挥之不去。这座城市具有一些东方神韵，勾起了他对失乐园的深深思念。他嗅着异乡泥土的芬芳，异乡的土地与他从前每次走出雕刻精美的青石板路便双脚踩进去的泥土不同，那里的土地、气息、阳光和雨露有时唤醒他那深刻的对孩提记忆的痛楚。他忽然看见自己站在离奥兰港口不远的图莱拉特山谷的高地上，当时正逢朝觐时节，他赶着马儿叫嚷着，马儿则瞪圆了眼睛无动于衷，毫不理会他的叫喊。接着他看到了父亲毛希丁谢赫，父亲的形象和大师的形象重叠了。父亲从马鞍上下来，双手摩挲着马儿那张执拗的脸和光滑的鬃毛，然后在它耳边轻语，最后轻轻地赶马前行。忽然，马儿一跃而起，踩着淤泥和泥浆奔向前方，好像什么事也没有发生一样。然后毛希丁在儿子的右耳边嘀咕道：

"阿卜杜·卡迪尔，我的孩子，马通人性，当它受到侮辱时会变得很执拗。马不同于驴，你若想要马儿跑起来，就要在它耳旁细语，心平气和地对待它，这样它才能跑起来，才能跑得更快。侮辱往往会适得其反，会让马儿变得更加顽固，心怀憎恨。暴力和谩骂只会减弱马儿的锐气。马是敏感的动物，谁要认为暴力和夹紧马镫就能催马儿奔跑，那就错了。马镫会伤及马儿，只会让它变得狂躁不羁。孩子啊，你可要避免如此行事啊！"

"先生，您最好休息一会儿吧。"

埃米尔没听清布瓦松内在说什么，只觉得像是大师毛希丁的声音从远古传来。

"您肯定累了，先生，路还长着呢。"

"亲爱的布瓦松内，我一点都不感到疲惫。我在欣赏一个以后也许再也看不到的世界，饱饱眼福。你以为它存留在生命里的时间比已流逝的时间更长吗？"

"先生，您已重获新生了。"

"没错，但是我生命中的一部分已掩埋在这片土地里。"

布瓦松内没有答话。他转头看到一个如幽灵般的身影正从玻璃窗后面穿过，一个他再熟悉不过的身影。他二话不说，冲过去打开门，迪皮什主教披着简朴的外衣站在门前。他看上去满脸疲惫，浓密的胡须因驼背而垂在胸前。埃米尔起身迎接，似乎一直在等待迪皮什主教跨上酒店台阶的这一刻。埃米尔一时语塞。他上次见迪皮什主教时，主教正病着，疲惫不堪，步履蹒跚。

当埃米尔问及他的身体状况时，他说自己不知为何总是发烧，颈椎剧痛，接着便说此时最好什么也别问，尽享聚首之快乐。

埃米尔紧紧拥抱了迪皮什主教，感到了主教的体温。

"素丹啊，看见了吧？你我都上了年纪，弱不禁风喽。"

"主教，你没有必要远道来此。我知道你身体不好，也很明白旅途艰辛。我们已经习惯于有你的日子，不忍与你分离。我们今日获得的巨大幸福，得益于你的大恩大德。请记得在伊斯兰这片土地上，你有一群热爱你、誓死保卫你的忠实朋友。

我即将离去，随我一起带走的还有失去你的痛苦。"

"我将不遗余力地继续为你效劳。请原谅我这样说。当我们失去心爱之人时，就像孩子一样。我也受不了你一人独自离去，到那个你心之所往、归之所依的地方。我们在波城或昂布瓦斯城一起度过的战胜黑暗与严寒的冬夜让我刻骨铭心。生活也许对我们不公，但依然充满光明。恰恰是人类自己让世事难以承受。"

"主教，与人的残酷相比，西北风刺骨的严寒显得微不足道。然而真主不会忽略任何一位像你这样忘我地为人类谋福祉的好人！"

从北方袭来的西北风凛冽肆虐，刮了两天。看不见窗外的景致，只有高大的柳树无论狂风如何抽打，它依然挺拔直立。

在那古老的港口，渔民和水手在徒劳无益地补修船帆。西北风使海水水位上涨，船只无法出海。直到 12 月 21 日海面才风平浪静，众人才被允许登上插着法国旗帜的拉布拉多号游轮。

埃米尔转头看着倚靠在他右肩的迪皮什主教。主教面色忧郁，惶恐不安。大家都向船上走去，只有埃米尔还在与主教说话：

"主教，5 年一晃而过，一切事情恍如昨日，所有发生的事情仿佛转瞬即灭的梦魇。有句话说得好：世间物，动不止。如果我们明白这个道理，就不再悲伤、绝望。昨日和今天有什么关系？时光将人间万事全部抹去。"

"没错，但是肉体和记忆会保存那些深刻的印记。我常扪心自问：是怎样强大的内心力量使你能够承受所有的不公？"

"当我们所爱的人给予我们支持时，我们就会忘却一切。像今天这样的雨天，让我想起了我在绝望中穿越马拉维亚山谷的那天。整整5年过去了，一切仍记忆犹新，当时的情形直至现在历历在目：洪流挡住了我们的去路，士兵们与暴雨和敌军顽强拼搏，忍着喉头的疼痛，最终胜利穿过峡谷。朋友啊，亲人的欺骗比外族的残忍更叫人痛心疾首。如今一切恢复了平静，停止了喧嚣，取而代之的却是各种棘手的问题。我们正在走向一个前途难测的地方，唯一的优势就是，我们选择了那片土地，而不是别人。"

"尊贵的素丹啊，世事如此。我去过意大利，之后又到过西班牙，然而我从来没有选择过自己的人生轨迹，这都是主的前定，正是他指引我来到了你的身边。当我听到那位半裸的妇女在风暴中呼喊时，便知道能够佑助她的只有主和你我。"

说完，迪皮什主教将埃米尔紧紧拥抱，两个大男人抱头痛哭，涕泪纵横。

"康斯坦丁城离我们不远，你可以去那里或者到布尔萨找我们。如果我回到这片乐土，一定会来看望你。"

"只要我们活着。只是我这把老骨头越来越吃力了。"

"主教，我们的寿命掌握在主手中。我多想把自己的心掏给那些帮助过我的人，献给那些给予我慈爱与悲悯的波尔多百姓。让我感到羞愧的是，我未能为那里的穷人们留下些钱财，给他们以温暖，弥补他们所受的凌辱和苦难，波尔多百姓的好客令人仰止。请原谅除了这件斗篷，我别无他物可赠送给你，但我内心对你的感恩戴德远胜这些。"

布瓦松内停止了翻译，随着其余的人登上了船，因为他知道此时语言不再成为二位先生交谈的障碍，没有他，他俩仍可交流，他俩对心语并不陌生。

接着埃米尔将身上的白色丝绸斗篷脱下，披在了迪皮什主教的身上。这件斗篷由埃米尔的母亲扎赫拉和很多妇女们在昂布瓦斯城堡花了很长时间编织而成，当时她们忍受着孤独、寂寞和对叵测未来的担忧。

"这件斗篷是我心爱之物，也是我唯一能配得上你的最贵重物件。"

"非常高兴能留作纪念。有你这样的朋友已经足矣。"

说完埃米尔低头弯身告辞，转身走向正在船上等候他的人群。

拉布拉多号拉响了最后的汽笛，笛声悠远，回荡在每一个人的心里，也回荡在这座依海而卧的城市的每条街道。主教感到之前被他暂时抛到脑后的颈痛发作了，觉着全身在发烧，并感到一阵剧颤，犹如那些弥留之际的人颤栗一样，他曾在那些人临死前用良言善语宽慰他们。他把身体往白斗篷里蜷了蜷，才感到一丝温暖。埃米尔及船上的人群向他挥手道别，而妇女们则走进了船舱，只有扎赫拉左手抓住铁栏杆，伸出右手向他吻别。岸上的主教则冒着阵阵刺骨的密史脱拉寒风①挥舞着双臂向众人告别。大风伴随着层层击碎的浪花刮得十分猛烈。

拉布拉多号不见了，只有升腾的浓烟若隐若现，最后连烟也消失在浓雾和细雨中。雨越下越大。迪皮什主教像往常一样将右手伸进胸前的衣袋里，朝港口外面走去，一直走到可以远

---

① 密史脱拉风，是法国南部及地中海上干寒而强烈的西北风或北风。

远俯瞰老港全貌的观望台上。他最后一次向大海望去，只见海水青蓝，但很快变成了白色，如白雾，似殓衣。他看不下去，拄着拐杖踽踽前行，穿过林立的高楼，走过狭窄的街道，这条路直通位于山顶的拉加德圣母院（Notre Dame-de-Lagarde）。他变成了一个翻越古老街区、登上城市高地的影子。

我无法与主教并行，他知道自己前行的方向。

他是一股无法抗拒的风。

呵，终于到了拉加德圣母院①。

主教站了一会儿。

他长长地舒了一口气，然后将目光转向脚下嘈杂喧嚣、海运繁忙的马赛港。从山顶的教堂望下去，一切都变得自然平静。

"啊？这些阶梯比我厉害，让，我已经无力攀爬上去了，还是你年轻力壮啊。"

"主教，您还年轻，否则怎么能到达这片只有年富力强的人才能爬上的高地。"

"话是没错，但岁月不饶人哪！"

迪皮什主教说着伸出手搭在我的肩膀上，靠了一会儿。他的身体并不沉重，但我却倍感疲惫。再走几步就到山顶上的拉加德圣母院了。

"亲爱的让，我觉得自己已经走到了生命的尽头。这些台阶，前些年我都可以像年轻人一样，闭着眼睛几分钟爬上来。你看看现在的我，变化多大呀，我感觉全身无力，似乎死亡比

---

① Notre Dame de Lagarde.（原注）

452

想像中来得快。想起瓦勒里昂山①，当年我们是如何登上 800 多米的高地，无比自豪地拜见那里的苏菲信徒和隐士们呢？我们当时还为处于危难中的巴黎祈祷，非常忧伤。1400 年查理六世统治时期②，拉加德圣母院只是一个很小的修道院，之后由路易十八③协助完成了修建和改造，三座教堂才拔地而起。而'七月革命'摧毁了一切，像驱逐无法无天占据山头的匪帮一样赶走了住在修道院里的信徒。如今时过境迁，我还得努力加把劲登上山顶，好歇下来。"

"先生仍能登上比这更高的台阶。我们都很累，这与年龄无关，却与体力相连。再则，您最近活动过多了。"

迪皮什主教又挪了几步，然后面对着波澜壮阔的大海停了下来。

"你瞧，尘世是如何寂灭的，我们爱的人是如何离去的，我们在心中为他们建起一座无人进入的庙宇。你知道吗，让？每当登上这座山，我都无比喜悦。这里曾走出过一个人，他用自己的睿智和高贵征服了世界。我很荣幸曾帮他排忧解难。你知道什么是流亡吗？什么是背井离乡吗？这些你一定知道。埃米尔的悲剧不是失败。在失败中，我们有力地接受了异己，而近 20 年的顽强抗争足以让他引以为荣。这一点并不重要。真正的悲剧是，当你某天清晨醒来，忽然发现自己和自己爱的人生于斯长于斯的土地不能再容纳你，你将客死他乡，你和这片土地将长相思而无缘聚首。身体和故乡有着天然的吸引

---

① Le mont Valérien.（原注）
② Charles Ⅵ.（原注）
③ Louis ⅩⅧ.（原注）

力。没有谁能够像我一样对埃米尔的悲剧感同身受。你很清楚，被流放者是无自然属性的存在物。C'est l'être sans statut. Je ne dis pas homme parce qu'il ne l'est pas. C'est difficile, mais c'est comme ça. La vie est des fois très injuste envers les plus nobles.① 每当我想起埃米尔，都会来到此地朝觐。我曾想让埃米尔成为一名基督徒，来履行基督的崇高使命，我也曾做好准备带他去参见教皇为他施洗礼，以便成为我们中的一员。但他信仰笃深，超越宗教本身，他是为人类利益而征战疆场的穆斯林。"

"令人欣慰的是，埃米尔已经履行了自己的义务。"

"令人难过的是，横亘在我们之间的大海增加了我们之间的距离和鸿沟。"

主教又登高了一点，这次他没有倚靠任何东西。他深深地吸了一口海风，再次停下来，说道：

"马赛港、安纳巴和阿尔及利亚这三座城市在景致、地理位置和城市居民三个方面都颇为相似。从这座山上看下去，马赛港一览无余；同样，从圣奥古斯丁大教堂的山顶可以俯瞰安纳巴市；而从非洲圣母圣殿能够鸟瞰阿尔及利亚。这三座城市都濒临大海，所有大教堂的窗户都向大海敞开，眼前水光潋滟，澄明空灵。亲爱的让，我多么希望在我死后的某个清晨，你能将我的灰土挖出，撒进大海。我曾依依不舍地离开了那个国度，你知道这种相思之苦只有死亡或永不相聚方能治愈。"

---

① 原文为法语，意为"我没说'人'，那是因为流亡者根本就不是所谓的'人'。这很难理解，但是没错，就是这样。人生有时就是这么不公平，总是向着那些上等人"。（译者注）

454

"主教，愿您一生吉祥如意！"

"让，其实生与死之间对于永恒而言，只是一段虚幻的距离。我们赤条条来，又赤条条去；来时呱呱坠地，去时悄无声息，到死才知道自己如此渺小。很多复杂的问题，我们自以为找到了答案，没想到每当接近答案时，便陷入更多的问题中。这就是人哪，让。我们无法违背注定的命运，但我们可以改变事物的运行，使之与理性并行，而这并不意味着我们改变了我们无能为力的命运轨道。来吧，让，拉着我的手……"

"好的，先生。"

我简短地回应了主教，因为当时我也精疲力竭了。迪皮什主教清楚自己要走的路，我没法跟上他的步伐。

"上帝眷顾我才将你置于我的坎坷道路上，我不知道遇见我是你之幸还是不幸，这一路让你够受的。"

"您千万别这么说，主教，能跟着您是我莫大的荣幸。"

走进教堂之前我最后一次眺望大海，没有看到迪皮什主教看到的景色，却看见迪皮什主教的身体在这山上越来越衰弱，大不如前。他常常夜里起床，背部与脖颈的剧痛使他彻夜难眠。痛得厉害时，他便使劲抱着头，咬紧牙关，不发出一声叫喊或呻吟，最后像胎儿一样蜷缩着身子睡去。我不敢惊醒他，生怕惊动了他的恶疾。

我没有看到迪皮什主教看到的大海景致，看到的却是，他在我怀里静静地死去。

第三节　近在咫尺

船坞（4）

　　在海滩上人们排起了一条看不到尾的长龙，队伍始于帝国大街，穿过整个海滨大道，止于船坞。一丝悲伤夹杂着莫名的喜悦。多年以后，迪皮什主教的灵柩被运了回来。从1838年教皇格列高里十六世派他担任阿尔及利亚第一位牧师，到8年以后主教提出辞呈，迪皮什曾向别人自嘲自己的一生，嘲笑自己最终得到的是被流放和被跟踪的结局。这时，一位40多岁的女人手里拉着一个正值妙龄的姑娘奔跑着穿过人群，要找帕维主教。帕维主教正穿过人群向停泊在港口的泰晤士号游轮走去。尽管这个女人被卫兵一次次推开不让靠近帕维主教[①]，她还是挤到了主教面前，匍匐在他的脚边，说道：

　　"主教先生，您不认识我，但我认识您。我多么想跪拜在这具遗体前，感谢他曾搭救我丈夫之恩。我丈夫真不知该如何感谢迪皮什主教和护送他去布尔萨的埃米尔先生。我去找迪皮什主教的时候，当时电闪雷鸣，狂风大作，我衣衫褴褛，怀里抱着不谙世事、骨瘦如柴的孩子。当我把丈夫关在囚牢之事告诉主教时，他奋不顾身去救助我老公，使他免于一死。我只想伸出手，摸摸他的灵柩，摸摸他的遗体，请求他的宽恕。我曾希望去他的家乡波尔多，实现自己的愿望。现在，命运给了我

---

　　①　Monseignuer Pavis, évêque d'Alger.（原注）

这个机会，让我在这里——那个冬天去找他的地方——为他送行吧。主教先生啊，别让我失望。"

帕维主教犹豫了一下，便同意了这个女人的请求。

"请。"

"上帝会眷顾你就像你眷顾我一样。迪皮什主教值得我们对他驻足敬仰。他给了我们血肉，而我们给他的却是遗忘和无情的流亡。"

此时已是下午五点钟了。泰晤士号游轮拉响了它粗重的汽笛，港口停止了一切运行。帕维主教和随从们走进小船，小船把他们带入游轮。那位女人久久地抱着灵柩，而帕维主教只是摸了摸灵柩，念了念祷告词，划了划十字，然后，转身看了看出殡的队伍，他们是：叙谢神父①、布尔吉斯、胡里·法瓦兰克、迪皮什的侄子德·圣苏朗男爵②、卢塞修士③。大家在一片呼喊声中走出来。走在最前面的是非洲狙击手军团、宪兵团和鼓乐队。泰晤士号游轮汽笛长鸣，响彻海滨。一小群人向船坞走去，走在前面的是阿尔及利亚城的官员、阿尔及利亚各教堂的名流、孤儿们、圣文森特·德保罗教堂的修女们④、阿尔及利亚大教堂的妇女和学生们、善良的人们。数千人的呼喊声充斥整个沿海的皇后大街。沿街的阳台上摆满了野菊花，向迪皮什主教的遗体致以最后一别，遗体非同寻常地用军车运载着。皇后大街两旁彩旗招展。

---

① L'abbé Suchet.（原注）
② Le Baron de Saint-Surrin.（原注）
③ Le channoine Rousset.（原注）
④ Le soeurs de Saint-vincent de Paul.（原注）

队伍在彩旗中庄严肃穆地行进，朝着船坞走去。在那里，海军最高统帅已经给人们腾出一块空地来临时安放迪皮什主教的灵柩。

在船坞的绿荫下，一场隆重而神圣的殡礼进行着。第一个出场的是卢塞修士，他将迪皮什主教的遗体以逝者家属的名义和红衣主教多奈①及波尔多居民的宽容之名交给帕维主教。他说道：

"先生，您要求运回迪皮什主教的遗体，我们倾听了您的心声。主教的朋友们希望遗体掩埋在他们附近，以方便去瞻仰主教遗容。然而正如您所说，尽管那里的人们能对他细心照料，但是安托万·迪皮什主教终究沉睡在了流亡地。是的，他应该和他的家人在一起，但阿尔及利亚人有权请求他回来。我相信，当主教的在天之灵看见自己的遗体掩埋在非洲这片美丽的土地上时，会深感欣慰，这是他至高的荣耀，因为他曾为之付出了他全部爱心。现在，我们以波尔多优秀的儿子、最大的主教多奈的宽容之名，以逝者家属及其朋友之名，把迪皮什主教珍贵的遗体转交给您，他们为主教遗体的离去而痛哭，也为您赐予他的荣耀而感激。"

海风吹拂着肃立的人们，无声无息。让·莫贝站在后面，不敢穿过围着队伍的卫队，不想上前妨碍帕维主教和随行人员的行动。

迪皮什主教的继任帕维主教犹豫了很久，挺直了身子，整了整仪容，终于开口道：

---

① Le cardinal Donnet. （原注）

"我对波尔多城献出它的巨大财富深表谢意，感谢红衣主教多奈的大度，他本可以将逝者——教会忠实的儿子、真理和美好的守护者作为教堂的财富保存起来。我特别要感谢的是迪皮什主教的家眷——德·圣苏朗男爵，忍痛让出主教的遗体——这美好家庭的财富。但是，大家都明白，这个优秀男人是属于你们的，同时也是属于我们的。美好的灵魂无论在哪儿都一样。"

接着是灵柩入土仪式，它暂时安放在船坞边的一块空地下，等30天以后移至阿尔及利亚大教堂。灵柩晃动了几下终于平稳地放入黑暗的墓穴里。那里，点了几支蜡烛，直至静静地熄灭。支撑灵柩的岩石碑上写着迪皮什主教毕生为之奋斗的口号：

Ita et nos faciamus.①

人群散去。帕维主教摸了摸让·莫贝的头，嘴里嘟嘟囔囔地说：

"让·莫贝，你很忠诚。上帝不会忘记你为别人做出的牺牲，你应该为今天能陪同这位伟人而感到骄傲。"

"主教先生，我只做了我应该做的。我希望……"

"让，别伤脑筋。他的位置在大教堂。我们将在那儿庆祝他最后的离去。那些他认识和认识他的虔诚的人们将陪送他。谁都不会打扰他，他将埋在大教堂后面的陵墓里，永远安息。"

"谢谢！先生。"

---

① 原文为拉丁语，注释为阿拉伯语，意为"像我这样去做吧！"（译者注）

说完，帕维主教在随从的陪护下离去。从古老大门的缝隙中投射出来的光线映照着他那瘦削的脸庞和敏锐的眼睛，浮现出十分喜悦的表情。

让·莫贝又点上了七支蜡烛，将黑暗的墓穴照得更亮。他那些烂熟于心的话语脱口而出：

"这些蜡烛为你送行，也为那个你付出毕生精力、万死不辞去捍卫的那个伟人，你背负着许多人的仇恨，希望上帝把给你的东西也给予他，给你回到故土——那片掺和着你的血肉和仁慈的土地——的机会。我知道，当你听到他也回到了这片故土时，你一定很高兴。人如飞鸟，只有回到交融着他们的梦想和孩提时光的故土本源，他们的灵魂才能安歇。"

让低下头，走出小门，离开船坞。

此时，一群群海鸥朝着灯塔后面它们的栖身之地飞去，只有一对海鸥仍然低旋在迪皮什主教安眠的船坞上空，然后，便穿过大门的缝隙，飞进了大楼。

大海如镜，映照出让·莫贝的身影，折射出他全部的颓丧和失望。他长久地望着自己身影，似乎什么也没看见。他向停泊在码头的泰晤士号游轮走去。从远处望着游轮，他似乎看见迪皮什主教的脸庞。主教昂着头，系好斗篷，高高地举起手，在马赛最后一次送别埃米尔，便消失在港口的浓烟中。让看见海水在夏季月光的照射下，越变越深，由湛蓝变成了青色，而后在月白的映衬下变成深紫，尽管秋天的黎明是红色的。

当他转向位于卡萨巴高坡上的安达卢西亚城时，一种在夏季才有的感觉涌上心头。夏季狂风歇息，城市敞开它的胸怀，让太阳温暖而炽热地照着它；傍晚时分，夕阳斜照，高坡上的人们开始用掺和着蔷薇、野百合、紫茉莉花汁液的水冲洗他们的花园和庭院，然后躺在牲畜栏边上的柠檬树下，感受着从那永不停息的大海吹来的阵阵凉风。

在离开码头的时候，他感到步履沉重。明天，他要亲自登上游轮护送迪皮什主教。上帝是否给了他足够的勇气离开这个很快就与记忆相连的苦难之地？

当他最后一次转向灯塔时，只看见一些无巢可归的海鸥在飞翔，港口的喧闹破坏了它们的巢穴，它们只好一群群飞向海滨大道的楼房上。大道顺着海湾延伸，直至佩农角①。那里海水清澈如初，人迹罕至，记忆保存完好。记忆一旦被人背叛、放下尊驾之时，它就像饿狼一样嚎叫，来到海滩，因饥渴而自杀。

只有海水和飞鸟突然颤抖着噤声了。在古灯塔旁奋不顾身地寻找窝巢的水鸟、海鸥突然无声无息了，它们的眼睛在黑暗和支离破碎的日光中失明，此时意味着大事发生了，或者将要发生。

2004 年，秋天，巴黎

---

① Le Pénon.（原注）

译后记

《埃米尔之书》是新闻出版广电总局（原国家新闻出版总署）主持的中阿互译项目。该书是阿尔及利亚当代著名作家沃希尼·爱阿拉吉的长篇小说代表作。这是一本以阿尔及利亚反抗法国殖民主义历史为题材的皇皇巨著，原作长达514页，涉及阿尔及利亚、阿拉伯和法国的历史人物众多，背景复杂，还夹杂较多的法文原文，翻译难度较大。

自从2013年下半年接受新闻出版广电总局的翻译任务后，本人即组织广东外语外贸大学徐娴、石虹、李丹娜，对外经济贸易大学邹兰芳，新华社林庆春，北京大学顾巧巧、阎鼓润、王婧、杜艳爱和张佳倩等多位译者共同参与。在大家的共同努力下，终于完成了书稿的翻译。

译文中的上帝、真主、安拉在原文中均为阿拉伯文的الله（Allah），为了尊重国内穆斯林读者和基督徒读者的感情，译文在处理这一词汇时使用了不同的译法，大体上在法国人物形象的话语中译成"上帝"，而在阿拉伯人物形象的语境中则使用"真主"或偶尔音译为"安拉"，而在两者对话的某些语境中则译为"主"。这种处理方法不尽如人意，但也是译者的一种尝试，希望得到读者的理解。

本人除了组织并参与部分翻译工作以外，还负责全书的统稿工作。由于时间紧、任务重、译文难，错误之处在所难免，但责任主要在我，欢迎批评指正。

阎鼓润、王婧、杜艳爱和张佳倩还帮助进行了译稿的后期整理工作，邹兰芳教授协助校对了 2 节译文，中联部李娜和北京大学法语系的董强教授为译稿中的部分法文提供了支持，人民出版社法律事务部（对外合作部）副主任李冰先生在总局和译者之间做了大量的联络、沟通工作，特此致谢。

具体分工如下：

林丰民　前言、第一章第一节

杜艳爱　第一章第二节

张佳倩　第一章第三节

王　婧　第一章第四节

阎鼓润　第一章第五节

顾巧巧　第二章第一节 1—4 小节

李丹娜　第二章 第一节 5—7 小节

石　虹　第二章第二节 1—4 小节

徐　娴　第二章第二节 5—6 小节

林庆春　第二章第三节、第四节

邹兰芳　第三章

林丰民

2014 年 3 月